I0597713

IN CERCA DI KHLOE

Ricerca e soccorso Eagle Point, libro 7

SUSAN STOKER

Meritare Ryleigh

<ins>Delta Duo</ins>

La forza di Gillian
La forza di Kinley
La forza di Aspen
La forza di Jayme
La forza di Riley
La forza di Devyn
La forza di Ember
La forza di Sierra

<ins>Forze Speciali alle Hawaii</ins>

Trovare Elodie
Trovare Lexie
Trovare Kenna
Trovare Monica
Trovare Carly
Trovare Ashlyn
Trovare Jodelle

<ins>Armi & Amori: verso il futuro</ins>

Soccorrere Caite
Soccorrere Brenae
Soccorrere Sidney
Soccorrere Piper
Soccorrere Zoey
Soccorrere Avery
Soccorrere Kalee
Soccorrere Jane

<ins>Delta Force Heroes</ins>

Salvare Rayne
Salvare Emily

Salvare Harley
Il Matrimonio di Emily
Salvare Kassie
Salvare Bryn
Salvare Casey
Salvare Sadie
Salvare Wendy
Salvare Mary
Salvare Macie
Salvare Annie

Armi e Amori
Proteggere Caroline
Proteggere Alabama
Proteggere Fiona
Il Matrimonio di Caroline
Proteggere Summer
Proteggere Cheyenne
Proteggere Jessyka
Proteggere Julie
Proteggere Melody
Proteggere il Futuro
Proteggere Kiera
Proteggere i figli di Alabama
Proteggere Dakota

Mercenari di Montagna
Difendere Allye
Difendere Chloe
Difendere Morgan
Difendere Harlow
Difendere Everly
Difendere Zara
Difendere Raven

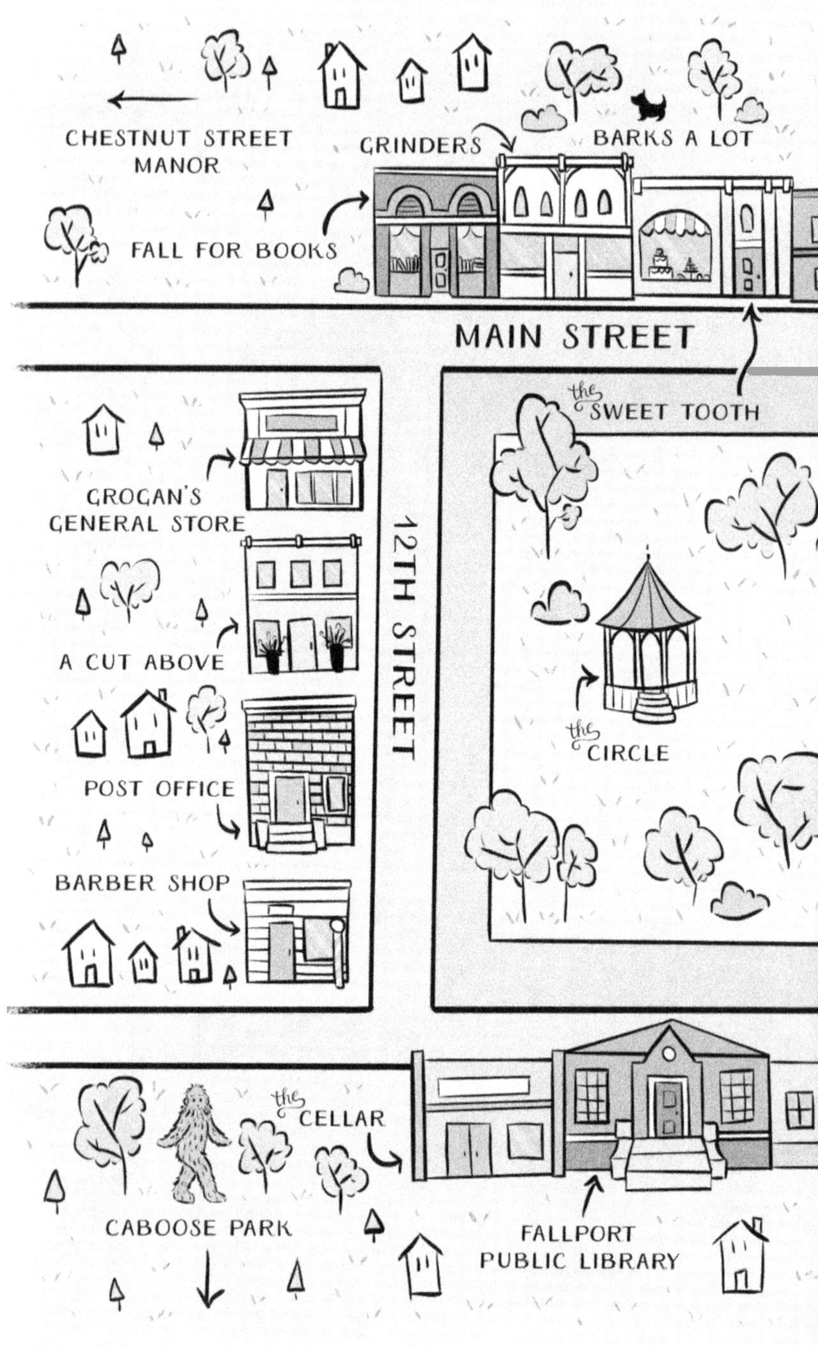

CHESTNUT STREET MANOR
GRINDERS
BARKS A LOT
FALL FOR BOOKS
MAIN STREET
the SWEET TOOTH
GROGAN'S GENERAL STORE
12TH STREET
A CUT ABOVE
the CIRCLE
POST OFFICE
BARBER SHOP
the CELLAR
CABOOSE PARK
FALLPORT PUBLIC LIBRARY

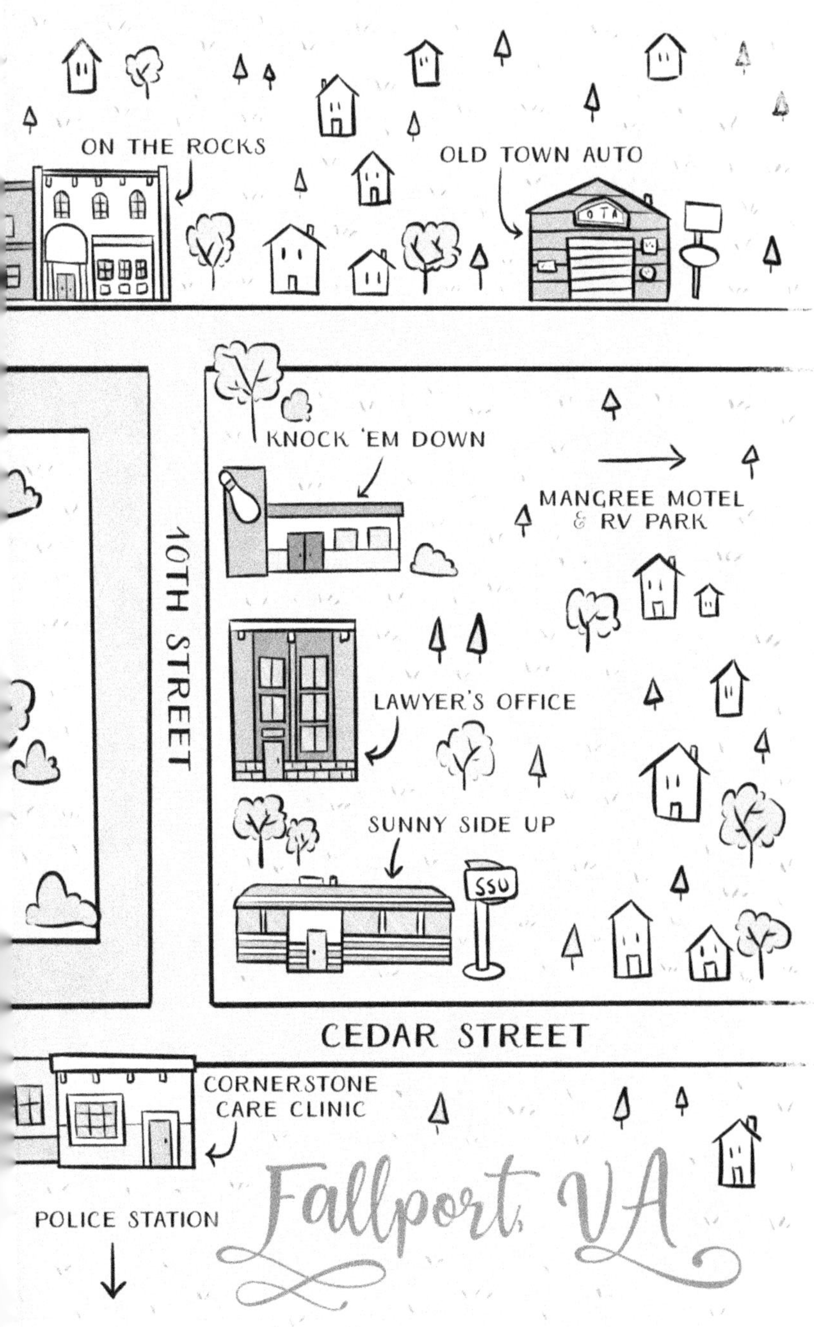

ON THE ROCKS
OLD TOWN AUTO
O T A
KNOCK 'EM DOWN
MANGREE MOTEL
& RV PARK
10TH STREET
LAWYER'S OFFICE
SUNNY SIDE UP
SSU
CEDAR STREET
CORNERSTONE
CARE CLINIC
POLICE STATION
Fallport, VA

CAPITOLO UNO

RAIDEN WALKER FISSAVA INCREDULO la donna che gli aveva stravolto la vita. Non era la stessa che lui aveva assunto come collaboratrice alla biblioteca di Fallport. Era una persona totalmente diversa. Non fosse stato per il bene di Duke, il suo amato segugio, probabilmente lui avrebbe tirato subito in disparte Khloe Moore insistendo per farsi dire chi diavolo fosse.

Ma Duke era in *pericolo* di vita e Khloe stava facendo tutto ciò che poteva per salvarlo. Così Raid rimase in disparte a guardare.

Una trentina di minuti prima, Khloe era entrata di getto nell'ufficio di Raiden in biblioteca, intimandogli di telefonare al dottor Snow e a Simon, il capo della polizia di Fallport. Poi si era messa al volante, guidando come un'indemoniata verso l'unico studio veterinario del luogo, quello del dottor Ziegler, che però era fuori paese. Ma Khloe lo sapeva e non aveva desistito.

Aveva chiesto la presenza del capo della polizia per entrare nella clinica senza passare dei guai, mentre il medico avrebbe dovuto aiutarla nell'intervento.

Duke si stava gonfiando. Torsione e ostruzione dello stomaco, una patologia gravissima nei cani di taglia medio grande: un movimento di centottanta gradi o anche più che impediva il passaggio dei fluidi e dei gas, con conseguente dilatazione dello stomaco. A causa dell'occlusione, il cane non poteva svuotare lo stomaco né vomitando, né scaricandosi. Il gonfiore rischiava di spingere sul diaframma, impedendo la respirazione, oppure di causare emorragie e crisi cardiache.

Raid aveva sentito Khloe spiegare al dottor Snow che lo stomaco rischiava di fare pressione sulla vena cava caudale, una vena importante che portava il sangue al cuore, col rischio di uno shock per l'animale.

Raiden sapeva che, più a lungo lo stomaco rimaneva occluso e peggiori erano i danni. Senza un intervento immediato, lo stomaco si sarebbe lacerato, portando il segugio alla morte. Perdere Duke era inimmaginabile.

Certo, Raid sapeva che sarebbe giunto il giorno in cui il suo fedele compagno sarebbe morto, ma sperava che passassero prima diversi anni. Non era pronto a perdere un altro cane prima del tempo.

Bloccando i ricordi del passato, ricordi di un altro cane, Raiden si costrinse a concentrarsi sul presente.

"Raid! Vieni qui subito!" gli urlò Khloe.

Lui era rimasto in disparte per lasciarle lo spazio che le serviva per lavorare. A quella chiamata decisa, accorse da lei, vicino al lettino elevato. Duke era sdraiato su un fianco, ansimava e stava malissimo.

"Devi tenerlo calmo mentre gli faccio una trocarizzazione percutanea. Si rilasserà meglio se rimani in contatto e gli parli."

Raid non aveva idea di cosa fosse una trocarizzazione, ma non discusse. Andò subito vicino al muso di Duke e si accovacciò così da trovarsi alla stessa altezza del segugio. "Ciao, bello, andrà tutto bene. So che ti fa male, ma Khloe ti farà star meglio. Intanto resisti."

Continuò a parlargli teneramente, mentre Khloe operava: rasò rapidamente una chiazza di pelo dalla zampa di Duke, poi gli inserì un catetere. Aveva forzato l'armadietto dei medicinali del dottor Ziegler, sotto l'occhio vigile di Simon, per poter somministrare del Fentanyl e dei fluidi che alleviassero il dolore ed evitassero lo shock. Poi prese un ago di un certo calibro e lo infilò nello stomaco di Duke per cercare di espellere i gas.

Mentre Raiden guardava, la pancia del segugio si sgonfiò visibilmente. Khloe sospirò per il sollievo, poi alzò la testa per guardarlo negli occhi.

"Non è ancora fuori pericolo. Devo intervenire chirurgicamente."

Raid annuì senza esitare. Mentre fissava gli occhi color nocciola di Khloe, non vide altro che la fiducia in sé stessa che la animava: era agitata, anche preoccupata per Duke, ma sembrava sicura di avere la situazione sotto controllo, così lui si rilassò un poco. "Va bene," le rispose semplicemente.

Khloe lo fissò per un attimo, poi gli chiese: "Non vuoi sapere se sono qualificata?"

"Puoi salvarlo?" le chiese.

"Sì."

"Allora il resto non mi interessa. Non voglio farti domande inutili che ti farebbero perdere tempo, mentre stai facendo il possibile per salvare la vita al mio cane. Ovviamente sai quello che fai; però ne parleremo dopo."

Khloe fremette, ma annuì.

Raid sentì crescere l'ammirazione per quella donna, con cui aveva un rapporto complicato. Khloe era la persona più frustrante che conoscesse. Proprio quando stava cominciando a capirla, lei faceva o diceva qualcosa che rimetteva tutto in discussione. Spesso gli veniva spontaneo lanciarle delle frecciate con una durezza doppia rispetto al modo in cui trattava chiunque altro.

La verità era che... Khloe gli era entrata dentro più di chiunque altra. Voleva parlare con lei, farsi dire cosa la preoccupasse, perché era ovvio che quella ragazza si portava addosso dei pesi gravosi. Ma lei, dal momento in cui si erano conosciuti, aveva sempre rifiutato di approfondire il rapporto, tenendo Raider perennemente a una certa distanza.

Quell'emergenza era la prima occasione in cui lui riusciva a intravedere la persona che doveva essere la *vera* Khloe... e Raid dovette ammettere che quella persona gli piaceva. Era una donna forte e sicura del proprio ruolo. Era naturale che, lavorando in biblioteca, non fosse mai stata pienamente a suo agio: era abituata a trattare con gli animali, non con le persone.

Finalmente Raiden riusciva a capire l'atteggiamento che Khloe aveva avuto in passato: ogni volta che l'aveva vista con Duke, con i gattini che aveva salvato, o con qualunque animale incontrasse.

Sì, doveva prendersi il tempo per una chiacchierata aperta e sincera con Khloe... ma prima bisognava salvare la vita di Duke.

Un rumore alla porta fece irrigidire Raid, che si alzò e fece un passo di lato, mettendosi tra la porta e Khloe, per proteggerla da chiunque cercasse di superare Simon ed entrare in quella piccola sala operatoria.

Fu un gesto istintivo. Voleva proteggere Khloe da qualunque cosa o persona che potesse farle del male. Ma lei, com'era abitudine della donna che lui aveva conosciuto nei mesi precedenti, non si lasciò proteggere: gli passò al fianco per andare alla porta.

"Scusa, Khloe, questa signora insiste per parlare con te," le disse Simon scusandosi mentre apriva la porta.

"Mi chiamo Afton, sono l'assistente veterinaria," spiegò la

donna; aveva una sessantina d'anni, capelli neri tirati su in uno chignon, camice azzuro. "Aiuto il dottor Ziegler quando opera. Vivo dall'altra parte della strada, quindi visito gli animali che rimangono qui dopo essere stati operati. Sapevo che il dottore non sarebbe tornato per qualche giorno, quindi quando ho visto tutte le auto arrivare sono venuta a vedere cosa succede." Fece una pausa e fissò il lettino operatorio. "Oh, no... è Duke? Che gli succede? Posso aiutare?"

Khloe osservò quella donna per un lungo momento. "Sì, ha una torsione allo stomaco."

"Cacchio! È stata diagnosticata in tempo?" le chiese.

"Sì, ma devo cominciare subito l'operazione per salvarlo."

L'assistente raddrizzò la schiena. "Posso aiutarti."

"Sì, lascia che ti aiuti lei," ripeté il dottor Snow. "Io sono specializzato in esseri umani, non in cani."

Khloe guardò il medico. "Te la caverai di sicuro," gli disse, per poi voltarsi di nuovo verso Afton. "Ziegler si arrabbierà per questa irruzione. Se rimani ad aiutarmi, potrebbe licenziarti, non mi sorprenderebbe."

Afton alzò le spalle. "È un demente," affermò senza esitare. "Sto già cercando un altro impiego. Tecnicamente è bravo in ciò che fa, ma non ha alcuna compassione per gli animali che cura. I soldi che guadagna gli interessano molto più delle bestiole. Cioè, guarda caso: ha chiuso la clinica per due settimane per andare a una di quelle battute di caccia organizzate, sapete quelle in cui in una certa zona viene liberato un orso, oppure un alce o un'altra bestia selvatica, apposta perché i turisti si divertano a dargli la caccia? È uno schifo, eppure lui era tutto contento di andarci. Non ha nemmeno cercato qualcuno che lo sostituisse qui in clinica. Quando gli ho chiesto dove mandare gli animali che avevano delle emergenze, ha alzato le spalle rispondendo che dovevano andare all'ospedale veterinario di Christiansburg."

Khloe era serissima. "Vorrei tanto dire di esserne sorpresa, ma non è così. Se vuoi rimanere ad aiutare, lo apprezzo; ma capisco anche se preferisci andar via: possiamo anche fingere che non sei passata e che non ne sai nulla."

"Vado a prepararmi," disse Afton girandosi e avviandosi di corsa verso il corridoio.

Khloe tornò da Duke. Raid vide che il segugio teneva gli occhi mezzi chiusi. Gli antidolorifici stavano facendo effetto, e insieme allo sfiato dello stomaco, chiaramente gli stavano conciliando il sonno.

"Se vuoi puoi uscire con Simon," disse Khloe a Raiden.

"Rimango."

"No, non rimani," ribatté Khloe. "Senti, lo so che sei preoccupato, ma ci penso io. È meglio se non vedi questa parte. Ti richiamo appena ho finito. Starai qui con lui mentre si riprende."

Raid voleva protestare, ma la determinazione ferrea negli occhi di Khloe gli chiarì che non l'avrebbe avuta vinta. In aggiunta... si fidava di lei.

Stava per accettare, ma l'esitazione doveva averla convinta che stesse per opporsi.

"Lo so che adesso sei confuso, e mi dispiace. Ho i miei motivi, per non averti mai detto che sono veterinaria. Però sono qualificata, sono iscritta e abilitata e conosco le procedure con tanto di aggiornamenti formativi. Non ho mai perso un cane per un'occlusione e non intendo cominciare adesso."

"Mi fido di te." Raid poteva essere confuso sul perché Khloe fosse a Fallport, a lavorare come assistente in biblioteca invece di fare la veterinaria, ma aveva la massima fiducia in lei: sapeva che avrebbe fatto tutto il possibile per aiutare Duke. Accidenti, non fosse stato per lei, probabilmente sarebbero passate diverse ore prima che Raiden si accorgesse che c'era qualcosa di strano nel suo segugio. Poi avrebbe dovuto prendere la macchina e correre all'ospedale veterinario, perdendo *altro* tempo.

Le parole che disse a Khloe dovettero soprenderla, perché lei reagì visibilmente: sbatté le palpebre più volte e inspirò di scatto, poi disse: "Grazie."

"Non faremo entrare nessuno durante l'operazione," le disse. "Se hai bisogno di qualcosa, di qualunque cosa, fammelo sapere: ci penso io."

"Penso di avere tutto. Adesso che c'è anche Afton ad aiutarmi a trovare ciò che serve, dovremmo essere a posto. Però devo avvertirti che Raymond si arrabbierà *davvero* per questa irruzione nel suo studio."

"Certamente," rispose Raid. "Ce ne preoccuperemo quando Duke sarà in salvo."

Lei annuì. "D'accordo. Devo andare a prepararmi."

Raiden si mosse istintivamente verso di lei. Khloe rimase dov'era senza arretrare. Lui alzò una mano e gliela mise dietro la nuca. Era alto quasi due spanne in più della donna affascinante che gli stava davanti, la cui testa gli arrivava al petto. La fissò per un attimo... poi fece ciò che sognava da mesi.

Si abbassò e la baciò.

Fu un contatto breve, più che altro uno sfioramento di labbra. Ma anche quel minimo sentore di intimità gli scatenò delle scosse a tutte le estremità, provocandogli un pizzicore a mani e piedi.

Khloe lo fissò con gli occhi spalancati. Si era tirata indietro i capelli castano chiaro, unendoli in uno chignon basso sul collo; Raid ne sentì le ciocche morbide tra le dita. Lei alzò una mano e gli afferrò l'avambraccio, poi sbatté le palpebre lentamente. Probabilmente si stava chiedendo che cavolo gli fosse passato per la testa e come si fosse permesso.

Per tutta la vita, Raiden si era sentito fuori posto. Era troppo alto, con le orecchie troppo a punta. Era un secchione coi capelli fulvi e la carnagione pallida. In passato, quando gestiva una squadra dell'unità cinofila della Guardia Costiera, non si trovava a proprio agio con i colleghi, nonostante fosse tra i più abili.

Per accedere a quel ruolo, aveva dovuto superare degli esami di qualifica estremamente complessi, e lui si era sempre fatto il mazzo per eccellere. I cani in servizio dovevano potersi fidare ciecamente degli agenti, non era una condizione facile da raggiungere; lui aveva odiato ogni occasione in cui era stato costretto a mettere in pericolo il suo cane, nonostante l'addestramento a cui il suo compagno a quattro zampe era stato sottoposto fin dalla nascita.

Solo una volta, un collega sembrava aver legato col proprio cane quanto Raid col suo... e avevano pagato entrambi uno scotto tremendo, nel momento in cui quel legame era stato reciso nel modo peggiore.

Scosse la testa per non andare coi pensieri al passato, poi tolse la mano dal collo di Khloe. Una donna come lei non avrebbe mai potuto desiderare un rapporto con un uomo come lui. Era un tipo troppo... strambo. Troppo chiuso. Da quando l'aveva assunta, non erano andati molto d'accordo. Lei aveva chiarito perfettamente il proprio bisogno di tenere le distanze.

Raiden fece un passo indietro e si sforzò di distogliere lo sguardo. Sapeva di essere arrossito. Era impossibile nascondere l'imbarazzo, anche per via della carnagione chiara. Non avrebbe dovuto baciarla. Non che gli *dispiacesse* per quel bacio; i pochi secondi in cui le loro labbra si erano sfiorate gli si erano stampati nel cervello. *Però* gli dispiaceva aver fatto qualcosa che poteva cambiare il loro rapporto.

Accidenti, ma chi stava prendendo in giro? Khloe era una veterinaria esperta che lavorava come assistente in biblioteca e non frequentava quasi nessuno. Ovviamente si stava nascondendo a Fallport per un qualche motivo. Dopo aver svelato il proprio segreto, probabilmente se ne sarebbe andata... quindi il loro rapporto sarebbe cambiato *per forza*.

Tra tutti quei ragionamenti, Raid quasi sperava che Khloe dimenticasse quel bacio dato al momento sbagliato, per il caos di ciò che stava succedendo.

Si abbassò su Duke e gli disse: "Resisti, amico. Ci vediamo quando ti svegli." Poi fece un cenno del capo a Khloe e si avviò verso la porta.

———

Khloe fissò la schiena di Raid che se ne andava da quella piccola sala operatoria. Doveva darsi da fare, prepararsi all'intervento. Eppure, in quel momento non riusciva a fare altro che cercare di controllare il palpito del cuore, fissando l'uomo che da mesi aveva tentato con tutta sé stessa di ignorare.

La vita di Khloe era complicata. Troppo complicata per pensare a un qualunque tipo di rapporto. Fallport le era sembrato il nascondiglio perfetto, mentre Alan Mather era in attesa di processo. Peccato che, più tempo ci aveva passato e più si era innamorata di quella ridente cittadina... abitanti compresi.

Aveva cercato di tenere le distanze, evitando di farsi delle amicizie. Però era stato impossibile, con Lilly, Elsie, Bristol, Caryn, Finley e per ultima anche Heather. Le donne che aveva incontrato erano tutte persone meravigliose, ognuna a modo suo. Avevano caratteri molto diversi, eppure, quando la vita aveva presentato dei tiri mancini, ciascuna di loro aveva resistito, lottando e uscendone vincitrice. Erano forti, molto più di Khloe.

Quando il mondo le era crollato addosso, lei era scappata. Era andata a nascondersi.

Ormai il processo contro Alan era terminato, l'avevano condannato, e lei poteva finalmente muoversi senza problemi. Aveva un magazzino pieno di attrezzature da utilizzare. Eppure, invece di voltare pagina e andare avanti, lei aveva esitato. Non aveva studiato tanti anni per diventare assistente in biblioteca, eppure non aveva mosso il minimo passo per riprendere le redini della propria vecchia esistenza.

Fino a quel momento.

Ormai era stata scoperta, ma non le dispiaceva. Sapeva di poter salvare Duke e non avrebbe mai potuto lasciarlo morire per un'occlusione allo stomaco. Eppure quel gesto le sarebbe costato caro. Le amiche avrebbero capito che aveva mentito loro per tutto il tempo. Alan avrebbe potuto scoprire dove si era nascosta... Quello aspettava solo di sapere che aveva ripreso a lavorare come veterinaria, lei ne era consapevole. Per non parlare di Raymond Ziegler, che di sicuro si sarebbe imbestialito per quell'irruzione nel suo studio medico mentre lui era via.

Infine c'era Raiden. Lei non aveva idea di come sarebbe cambiato il loro rapporto; si aspettava una reazione irritata, temeva che si sarebbe arrabbiato con lei, che era colpevole di avergli mentito sulla propria identità. Invece le era sembrato... incuriosito; aveva accettato molto facilmente il fatto che lei gli avesse tenuto dei segreti. Se si fosse veramente arrabbiato, lei l'avrebbe percepito.

Quel bacio non significava esattamente *Sono incazzato con te*.

Eppure, nulla nella vita era tanto semplice. Khloe l'aveva imparato nel modo peggiore.

Avrebbe dovuto pagare il prezzo delle proprie menzogne, dopo aver salvato la vita di Duke. Raid le aveva detto che avrebbero parlato, e lei temeva quel confronto con tutta sé stessa. Tuttavia, tornando indietro, avrebbe preso di nuovo la stessa decisione. Duke non meritava di morire, dato che lei poteva salvarlo. Fallport aveva bisogno di quel segugio, che negli anni aveva ritrovato la sua quota onorevole di persone scomparse. Certo, Raiden poteva addestrare un altro cane, ma nel frattempo, senza il fiuto di Duke, quante persone smarrite avrebbero sofferto?

Khloe fissò fuori dall'oblò della porta e vide Raiden che parlava con Simon. Per fortuna c'era il capo della polizia, anche se ciò non la discolpava da quell'effrazione. Raymond l'avrebbe comunque denunciata per violazione di domicilio o per qualunque altra accusa gli fosse venuta in mente; almeno Simon, con la sua presenza, le garantiva una sorta di approvazione a quell'ingresso, così da evitare che le accuse potessero veramente avere seguito.

La conversazione che stava osservando sembrava estremamente grave, a giudicare dall'espressione severa sul volto di Raid. Con i capelli e la barba di color fulvo che lo distinguevano dagli altri, non era un uomo di una bellezza classica; ma a lei, sotto sotto, piaceva. Era più alto di chiunque altro avesse mai pensato di frequentare. Col suo metro e sessanta, lei era più bassa di un paio di spanne rispetto a lui, che letteralmente la sovrastava. Da quel che aveva sentito, Raid era alto più di due metri, tanto che gli altri gli arrivavano al massimo alle spalle; ma lei si era accorta che non gli faceva piacere distinguersi troppo, perché non era un uomo sempre sicuro di sé... il che a lei sembrava ridicolo.

A chi interessava il fattore altezza? A chi interessava che le sue orecchie puntassero leggermente all'infuori? Era un uomo in perfetta forma, tanto da poter seguire Duke nel bosco senza fatica. Lei una volta l'aveva visto anche a torso nudo, e le era bastata un'occhiata alla tartaruga degli addominali e ai muscoli del bacino che indicavano verso il centro... uno spettacolo che le sarebbe rimasto scolpito nel cervello per sempre.

Ma più importante dell'aspetto fisico, Raid era un animo gentile con i bambini e con gli animali, era disposto a tutto per gli amici... e Khloe si sentiva sciogliere dentro ogni volta che lo beccava a piedi scalzi nell'ufficio, per coccolare Duke con i piedi caldi grazie alle calze, quando pensava di non essere notato.

Più tempo passava insieme a Raid, e più le piaceva... e più cercava di stargli lontano.

Certo, Khloe avrebbe tanto voluto fidarsi di qualcuno, ma non avrebbe mai voluto appesantire Raid e tutti gli amici e le amiche, che ne avevano già passate a sufficienza. Alan Mather non sarebbe rimasto in carcere per sempre, e senza dubbio l'avrebbe cercata subito, appena fuori. Non l'avrebbe mai lasciata in pace.

Dopo aver salvato la vita a Duke, forse Khloe avrebbe fatto bene a lasciare Fallport; sarebbe stato meglio per tutti: per lei, per gli amici, per Raiden.

Ma quel bacio... lei non aveva idea del perché lui l'avesse baciata, ne ignorava il significato.

Però non era il momento di pensarci: c'era un animale da salvare.

Khloe si girò, dando le spalle alla porta, e si incamminò verso il segugio. Ne controllò le condizioni, che erano stabili, e si avviò soddisfatta al gabinetto preoperatorio nella stanzetta accanto. Entrando, trovò il dottor Snow e Afton ormai pronti.

Khloe si lavò le mani e gli avambracci, ripassando mentalmente le varie fasi della procedura. Per lei, tutti gli animali che operava erano importanti, ma Duke era diverso: le sembrava quasi un animale suo; una sensazione sciocca, dato che chiaramente il cane non le apparteneva. Non poterlo salvare l'avrebbe ferita. Per non parlare del dolore che avrebbe devastato Raid, se Duke non ce l'avesse fatta.

Khloe sperava che lo stomaco non avesse subito troppi danni, ma era abbastanza certa di aver riconosciuto per tempo i sintomi di quell'ostruzione: Duke si sarebbe salvato. Doveva controllare la milza, monitorare il battito cardiaco, e se necessario rimuovere i tratti dello stomaco necrotizzati.

Poi doveva effettuare una gastropessi, suturando lo stomaco al corpo per evitare che si torcesse di nuovo in futuro.

Dopo l'operazione, Duke sarebbe rimasto sotto attenta osservazione, per prevenire eventuali aritmie cardiache, problemi di funzionamento allo stomaco, dolore, infezione, polmonite da aspirazione o crisi di cedimento ai vari organi interni. Senza gli adeguati macchinari di uno studio veterinario avanzato, i controlli di Duke sarebbero toccati a lei, ma a Khloe non dispiaceva.

Dopo un respiro profondo, alzò le mani davanti a sé e si girò verso gli assistenti chiedendo: "Siamo pronti?"

Afton si fece avanti per asciugarle le mani con una garza sterile, poi l'aiutò a indossare il camice e i guanti. Khloe prese fiato, poi fece loro strada nella sala operatoria. Era ora di salvare una vita.

CAPITOLO DUE

Raiden camminava avanti e indietro da un'ora. Non riusciva a fermarsi. Ogni volta che si metteva seduto, nella speranza di rilassarsi, l'ansia gli scorreva nelle vene e gli rendeva impossibile star fermo. Era agitato per Duke, sì, ma ripercorreva mentalmente anche ogni singola conversazione con Khloe, per cercare di scoprire i segnali che avrebbero potuto rivelare chi lei fosse veramente, segnali che gli erano sfuggiti.

Il fatto che lei in realtà fosse una veterinaria non avrebbe dovuto sorprenderlo: aveva sempre saputo che era una donna troppo qualificata per un incarico di assistente nella biblioteca di un paesino di periferia. Se l'era sempre sentito fin nel midollo. Per non parlare dell'abitudine di Khloe di rimanere sempre in disparte, evitando il più possibile ogni contatto.

Raid si vergognava ad ammettere, anche a sé stesso, che nonostante i sospetti sulle difficoltà di Khloe... lui aveva preferito non farsi coinvolgere in alcun modo, attrazione o meno. Aveva preferito un'esistenza comoda, senza drammi. Con gli amici, il lavoro, il cane... e nessun criminale che cercava di ucciderlo, di mentirgli o di sfuggirgli, per non essere catturato da lui.

A volte, gli sembrava passato un decennio dal servizio nella Guardia Costiera, altre volte gli sembrava passato un giorno da quando dava la caccia ai narcotrafficanti o ad altri famigerati criminali. Quando la mente minacciò di tornare all'incidente che alla fine l'aveva convinto a mollare una carriera un tempo tanto amata, Raid si sforzò di pensare alla donna che, dietro quella porta, stava salvando il suo cane.

Khloe era una persona riservata, non era cambiata da quando l'aveva conosciuta. Però gli era capitato di intravedere a volte dei tratti di una persona completamente diversa. Una persona compassionevole, che avrebbe fatto di tutto per le amiche, nonostante l'abitudine di rimanere a distanza da Lilly, da Finley e dalle altre. Dato che almeno uno dei suoi segreti era venuto alla luce, Raid si chiedeva che altro stesse nascondendo Khloe. Perché aveva ritenuto opportuno nascondere la propria professione? Perché non voleva approfondire le amicizie?

Voltandosi, Raid guardò verso la porta dalla parte opposta, quella che portava alla sala d'attesa del dottor Ziegler. Si era rapidamente affollata di persone preoccupate per Duke... e per Raid. Ogni singolo membro della squadra di ricerca e soccorso Eagle Point, ciascuno accompagnato dalla propria compagna. Heather e Tal avevano portato anche la figlia appena adottata, Marissa, che era tenuta impegnata da Tony, il figlio di Elsie e Zeke, che le stava leggendo un libro.

Ma non c'erano solo gli amici. Edna, il vecchio Grogan, Whitney, Karen della tavola calda, Art, Otto e Silas, persino Davis Woolford, un senzatetto di Fallport; tutti in quella saletta. C'erano anche alcuni che Raid conosceva solo di vista... senza saperne il nome. Persone del posto che lui aveva incontrato in biblioteca, in servizio, oppure persone tratte in salvo grazie alla squadra, grazie a Duke.

Simon era rimasto, mentre Miguel, uno dei suoi agenti, aveva cercato di convincere i più ad andarsene; in fondo, Raid e Khloe *avevano* fatto irruzione nella clinica veterinaria... ma nessuno se ne stava lamentando. Se Khloe sperava di contenere la notizia di quella violazione di domicilio dal veterinario, sarebbe rimasta delusa. Il parcheggio era pieno, quindi *altre* persone stavano arrivando per capire cosa stesse succedendo. Proprio tipico di un paesino di periferia.

Sarebbe stato impensabile nascondere l'accaduto a Raymond Ziegler. E Raid sapeva che il veterinario non l'avrebbe presa tanto bene.

Eppure, in quel momento, i sentimenti di quell'uomo erano l'ultima delle preoccupazioni di Raiden. Grazie a Khloe, Duke si sarebbe salvato. Se non ci fosse stata lei, se non fosse stata la persona che era... un'assistente bibliotecaria, veterinaria segreta... se non avesse deciso di fare irruzione nello studio veterinario, la vita di Duke avrebbe preso una piega parecchio diversa.

"Come va?" gli chiese Ethan a voce bassa, entrando nel lungo corridoio.

Raid stava ancora camminando avanti e indietro davanti alla porta della sala operatoria. "Tutto a posto," gli rispose.

"Sì, certo. Che ne dici di tagliar corto con le cazzate e dirmi come stai *veramente?*" gli chiese Ethan con determinazione.

Raid si fermò per fare un respiro profondo, poi si voltò verso l'amico. "Ho una paura folle di perdere un altro cane prima che arrivi il suo momento. Mi chiedo che diavolo ci stesse nascondendo Khloe, perché si è trasferita a Fallport, come mai si è presa quelle due settimane all'improvviso per tornare indietro, tempo fa, senza dire a nessuno *dove* stava tornando. Ma sono anche commosso dalla solidarietà di tutti."

Ethan fece un passo verso di lui e gli mise una mano sulla

spalla. "Duke è una pellaccia. Da quel che ho capito, Khloe non ha perso tempo per portarlo qui."

"È vero," confermò Raid all'amico. "Se non avesse riconosciuto subito i sintomi dell'occlusione, se non fosse la veterinaria esperta che sembra essere, ormai le condizioni di Duke sarebbero già gravissime."

Ethan annuì e strinse la spalla di Raid, poi tolse la mano. "Secondo me, per il momento puoi solo aspettare, ma smettila di torturarti pensando a cose su cui non hai alcun controllo. Quando Khloe avrà finito e Duke sarà in via di guarigione, dopo aver controllato la reazione di Ziegler, potrai pensare a trovare le risposte alle altre domande."

Raid sapeva che Ethan aveva ragione, ma non riusciva a smettere di pensare a quella nuova versione di Khloe. In testa gli turbinavano ipotesi di ogni tipo, anche le peggiori. Forse Khloe si stava nascondendo per sfuggire a un ex compagno manesco? Forse era sposata? Forse era stata testimone in un processo ed era sotto copertura per protezione personale? Raid faceva molta fatica a trovare dei motivi validi che avrebbero potuto indurre Khloe a rinunciare a una professione che lei ovviamente amava, solo per trasferirsi a Fallport e lavorare in biblioteca.

Dopo un respiro profondo, Raid cercò di soffocare tutte quelle domande. Un passo alla volta. Come aveva detto Ethan, prima bisognava sperare che Duke superasse l'intervento. Poi il segugio avrebbe avuto bisogno di cure per rimettersi in sesto. Nel frattempo c'era Ziegler, che avrebbe attaccato Khloe per quell'effrazione nel suo studio.

"E *tu* come stai?" chiese Raid all'amico, per cercare di cambiare argomento e non parlare troppo di sé. "Come sta Lilly?"

"Stiamo bene. Non ti nascondo che la perdita del bimbo è stato un brutto colpo. Per entrambi. Però ci stiamo riprendendo."

Raid annuì. "Bene. Se avete bisogno di qualcosa, non avete altro che da chiedere."

"Lo so, e ti ringrazio. Ci è servito molto andare avanti con le nostre cose. Per non rimuginare sul dolore. Capisci? Non dimenticheremo mai, ma non possiamo nemmeno marcire nel pianto. Il lavoro aiuta sia me che lei. Ma sai cos'altro ci aiuta?"

"Che cosa?"

"Ci aiuta poter aiutare *te*. Vogliamo tutti molto bene a Duke. Sarà un bel lavoro, tenerlo a riposo per farlo riprendere. Sono sicuro che non vorrai lasciarlo mai da solo, almeno per un certo periodo. Quindi chiamaci. Io e Lilly saremmo felicissimi di badare a lui, come immagino anche tutti gli altri."

Raid sorrise a Ethan. "Va bene, grazie." Sapeva di essere un uomo fortunato: poteva portare Duke in biblioteca quando lavorava, e nonostante il segugio avesse una preferenza per il padrone, anche gli amici lo viziavano e lo trattavano come un principe quando Raid non poteva stare con lui.

"Allora... devi sapere che Rocky ha già chiamato uno dei suoi conoscenti per i materiali necessari: farà sostituire la porta e l'infisso. Non so se ce la farà prima che Ziegler torni dalla sua stupida gita di cosiddetta caccia, ma ce la metterà tutta per tentarci."

"L'apprezzo molto."

Ethan quasi ignorò la gratitudine di Raiden. "Khloe è stata furba a chiamare Simon prima di entrare."

Raid annuì: era d'accordo. In pratica, con la presenza del capo della polizia, Khloe si era garantita una sorta di approvazione. Così, qualora Ziegler avesse sporto denuncia, la cosa non avrebbe avuto molto seguito. "Khloe ha detto chiaro e tondo che vuole pagare anche i materiali che usa."

"Vabbè," commentò Ethan alzando le spalle. "Quello non

sarà un problema. Finley ha già avviato una raccolta di fondi online per coprire i costi dell'intervento di Duke."

Raid lo fissò. "Davvero?"

"Eh sì. Ha già raggiunto la quota di duemila dollari in donazioni."

Raid quasi si strozzò. "Sono passate solo due ore da quando Duke è stato male."

"Eh sì," ripeté Ethan con un sorriso. "Penso che dovremo accettare un fatto: Duke è il più amato tra tutti, nella nostra squadra." Poi si fece serio. "Pensi che Ziegler creerà dei problemi a Khloe? Non vanno molto d'accordo."

Eh no, non andavano affatto d'accordo. L'astio estremo di Khloe nei confronti dell'unico veterinario di Fallport avrebbe dovuto allarmare Raiden. Khloe aveva sempre nutrito un interesse personale nei confronti delle pratiche professionali di Raymond Ziegler. Evidentemente ne sapeva più di tanti altri su come si porta avanti uno studio medico per animali.

Raid alzò le spalle per rispondere a Ethan. "Vorrei tanto poter dire di no... ma lo sappiamo bene entrambi che si incazzerà."

"Infatti. Beh, in ogni caso, tu tienila d'occhio. L'ultima cosa di cui ha bisogno è trovarselo addosso, o che le faccia una scenata davanti a tutti. Ci staremo attenti tutti, anche quando non ci sei tu. Sai, tanto per farle sapere che ha tutto il nostro sostegno."

Raid fece un respiro profondo e chiuse gli occhi, cercando di contenere le emozioni. Aveva gli amici migliori che potesse immaginare. Quando era ancora in servizio, a volte si sentiva come su un'isola, da solo col proprio cane. Invece, a Fallport, aveva trovato ciò che desiderava da sempre: una famiglia. Un gruppo di amici disposti a mollare tutto per aiutarlo in ogni modo possibile e immaginabile. "Grazie," rispose un po' in ritardo riaprendo gli occhi.

"Senti, non ti ho mai detto nulla, da quando ti conosco.

Non so cosa fai nel tempo libero... ma *so* che ti capita spesso di tornare a casa dalla biblioteca e di rintanarti fino al giorno dopo. Sei uno di noi, Raid. Siamo un gruppo compatto, ci siamo per te, come tu ci sei per noi. Ci farebbe piacere vederti un po' più spesso."

Raid deglutì a fatica. Fin da ragazzino, lui era stato un solitario. Gli amichetti non lo invitavano alle feste, o a dormire a casa loro, e alle superiori non si era fatto molti amici. Quei pochi che aveva anche da adulto, erano tutti solo online. Gli piaceva lo spirito di gruppo tra i compagni di squadra, e *accettava* gli inviti occasionali per i vari eventi. Però si era talmente abituato a farsi i fatti suoi che non gli era mai venuto il dubbio che gli altri volessero frequentarlo più spesso.

"Farebbe piacere anche a me," gli rispose sottovoce.

Ethan fece un gran sorriso. "Anche se, però, dovrai abituarti a un po' di follia. Le nostre donne amano ravvivare i momenti che trascorriamo in compagnia. Per non parlare di Tony, di Marissa e degli altri bambini che arriveranno."

L'amico non poteva certo sapere che Raid non avrebbe desiderato altro che trovarsi in mezzo a un bel gruppo chiassoso di persone che si volevano bene. Certo: dopo una vita passata in solitudine, quell'idea gli sembrava una meraviglia.

"Raid?"

Sentire la voce di Khloe lo fece voltare tanto alla svelta da far ridere chi lo stava osservando. "Come sta? È andato tutto bene?"

"Sta bene. Ha passato l'intervento senza alcuna complicazione. Afton sta suturando l'incisione."

"Ce la fa? Intendo dire, non dovresti farlo tu?"

Khloe sorrise, ma Raid si accorse che era stanca. "È brava, molto brava, penso che svolga molti più compiti di un'assistente qualunque, per via della pigrizia di Ziegler. Comunque sia, torno dentro per controllare che sia tutto a posto; volevo solo avvisarti il prima possibile che è andato tutto bene. Duke si riprenderà, Raiden."

Fu come se un peso enorme gli venisse tolto dalle spalle. Raid non era riuscito a salvare il cane precedente, ma almeno non aveva perso Duke. Fissò Khloe e cercò con la voce di trasmetterle al meglio la propria gratitudine e il sollievo che provava, rispondendole: "Grazie."

"Ci mancherebbe."

"Quando potrò vederlo?"

"Appena finiamo di ricucirlo e lo spostiamo sul lettino postoperatorio."

"Rimarrà qui?" le chiese.

Khloe arricciò il naso. "È meglio di no. Più rimaniamo qui e più è probabile che Ziegler lo scopra. Però non voglio ancora spostarlo. Il dottor Snow ha detto che possiamo usare una delle sale del suo studio, appena Duke si sarà stabilizzato."

"Eh... Khloe," la interruppe. "Penso che sia inevitabile che Ziegler lo venga a sapere. Il parcheggio non è mai stato tanto affollato quanto adesso."

Lei spalancò gli occhi. "Ah sì?"

"Eh sì. Ci sono tutti. E quando dico tutti, intendo proprio *tutti*. Per non parlare del tam tam dei social media."

"Cacchio," mormorò Khloe.

"Ma non preoccuparti," la rassicurò Raid.

"Ziegler sarà fuori di sé," aggiunse lei.

"Sì, ma a te che importa?" le chiese.

Khloe pensò a quella domanda per un lungo momento. Era uno degli aspetti che più gli piacevano di lei: non aveva mai fretta di parlare. Pensava sempre con molta attenzione a cosa voleva dire e a come rispondere alle domande. Anche se a farle una domanda era un bambino di cinque anni, lei trattava comunque il quesito con il massimo rispetto, come se qualcuno le chiedesse di parlare del significato della vita.

"Nulla," gli rispose. "Anche se doverlo affrontare potrebbe dar fastidio a Duke, quindi è meglio di no. Per non parlare del fatto che potrebbe sfogare la rabbia sugli animali che vengono qui nello studio. O magari farà lo stronzo con i collaboratori... specialmente con Afton, che mi ha aiutata."

"A lui penseremo quando sarà il momento," le disse Raid. "Non ha senso preoccuparsene adesso."

"Hai ragione. Comunque sia, Duke sta bene. Torno da te tra poco."

"Grazie mille. Ah, Khloe?"

Lei si fermò nell'atto di rientrare. "Sì?"

"Per la cronaca... non mi interessa che tu non abbia detto a nessuno di essere una veterinaria. Non mi interessa, perché sei qui a Fallport. In questo momento, non mi interessa nulla, se non il fatto che Duke sta bene e che tu sei al sicuro."

Raid sapeva che quello non era esattamente il momento né il luogo per una dichiarazione tanto solenne, ma non riuscì a fermare quelle parole. Lui e Khloe avevano molto di cui discutere, ma Raid non voleva che le pesasse il timore delle reazioni a quella rivelazione.

Lei spalancò gli occhi color nocciola. Aveva il viso arrossato, probabilmente per il calore delle luci della sala operatoria. Aveva i capelli ficcati sotto una cuffia chirurgica, da cui era sfuggito qualche ciuffetto. Sembrava stanca, stressata, ma Raiden pensava di non aver mai visto una donna tanto bella.

All'improvviso, si accorse di non essere irritato dal fatto che Khloe gli avesse tenuto nascosti dei segreti piuttosto importanti: doveva aver avuto dei motivi, lui ne era certo. In passato, in alcune occasioni gli era sembrata guardinga, persino spaventata. Lui voleva conoscere la storia di Khloe, ma soprattutto voleva farla sentire a proprio agio.

Ormai, le tante occasioni in cui l'aveva ripresa con modi spicci e maleducati, discutendo con lei per delle stupidaggini, non avevano più senso. Khloe gli *piaceva*. La ammirava, e non sapeva proprio come farle capire quanto lei gli fosse entrata dentro.

Il che, chiaramente, lo irritava. Lo rendeva ancor meno sicuro di sé stesso. Ecco perché aveva sempre fatto di tutto per starle lontano.

Ma non più: quella strategia era ormai inefficace. Quella donna, chiaramente molto specializzata, aveva molte più sfaccettature di quante lui se ne aspettasse. Non che la ritenesse meno importante come semplice assistente in biblioteca, ma senz'altro gli avrebbe fatto piacere sapere cosa motivava la Khloe veterinaria.

Lei non gli rispose a parole, ma annuì e tornò a controllare Duke, chiudendosi la porta alle spalle.

"Devi andarci piano," gli disse Ethan sottovoce, per avvertirlo.

Raid si voltò verso l'amico, che continuò a spiegare.

"Una persona non viene quaggiù a Fallport, stando in disparte come ha fatto lei, per *non* crearsi delle amicizie, se non ha un peso addosso."

"Non ce l'abbiamo tutti?" ribatté Raid.

"Sto solo dicendo... fai attenzione. Penso che abbiamo imparato tutti una bella lezione con quanto è successo a Lilly, Caryn, Elsie, Finley, Bristol ed Heather."

"Allora pensi... cosa pensi, che dovrei licenziarla? Girarle le spalle solo perché potrebbe essere in pericolo, o in fuga da qualcosa?" gli chiese Raiden, con un tono chiaramente irritato per l'avvertimento dell'amico.

"No," gli rispose Ethan, sinceramente stupito. "Sto solo dicendo di fare attenzione," gli ripeté. "A volte gli eventi ti travolgono e le situazioni possono diventare terribili in un attimo... almeno a noi è successo così. L'ultima cosa che voglio è che Khloe venga travolta o spaventata dal proprio passato."

Si fissarono a vicenda per un lungo momento, poi Raid distolse lo sguardo. "Terrò presente," rispose all'amico. Mai e poi mai avrebbe voltato le spalle a quella donna. Raiden si sentiva in debito nei confronti di Khloe. Un debito enorme. Aveva salvato la vita al suo fidato segugio: si era guadagnata il diritto di ottenere tutto ciò di cui aveva bisogno... che lo chiedesse o meno.

Pensandoci bene, Raid non voleva approfondire la storia di Khloe solo per gratitudine. Fin dal primo momento in cui l'aveva conosciuta, se n'era sentito attratto. Purtroppo era stato troppo codardo per agire di conseguenza. Si era lasciato influenzare dal caratterino altero di Khloe, convincendosi a non farsi coinvolgere da quei problemi. Però, dopo aver capito *per certo* che Khloe gli stava nascondendo qualcosa, evidentemente un segreto enorme, non si sarebbe più tirato indietro.

"Bene. A questo punto, vado fuori dagli altri per annunciare che Duke ha superato l'intervento, così magari qualcuno se ne torna a casa. Se hai bisogno di qualcosa, telefonami, altrimenti mi incazzo."

"Va bene," confermò Raid.

"Tienimi aggiornato sulle condizioni di Duke, così passo voce a tutti e tu non dovrai preoccuparti di nulla se non di viziare e coccolare quel segugio."

"Ti ringrazio."

"Ti avverto: quando le ho lasciate da sole, le signore stavano parlando di una festa di bentornato per Duke... quindi comincia a pensare a come vuoi gestire la cosa. A casa tua, in biblioteca, in piazza per far partecipare tutti. *Oppure* se non vuoi proprio che ci sia una festa, fammelo sapere."

"Santi numi..." commentò Raid scuotendo la testa e alzando gli occhi al cielo.

"Tu e Duke raccogliete molto più affetto di quanto tu creda," gli disse Ethan con un sorriso. "Sarebbe ora che te ne accorgessi."

Ethan gli diede una pacca sulla spalla, poi si avviò nel

corridoio verso la porta che si apriva sulla sala d'attesa. Quando la aprì, Raid poté sentire un gran vocio, ma non aveva ancora voglia di incontrare nessuno. Apprezzava la presenza di quelle persone tanto numerose, ma per potersi mettere al centro dell'attenzione senza imbarazzo non gli bastava una chiacchierata con Ethan.

Raiden faceva fatica anche a rimanere nel corridoio, a non andare da Khloe per sentire se avesse bisogno di qualcosa; ma con lei c'erano il dottor Snow e Afton, che avrebbero stabilizzato Duke. Khloe l'avrebbe raggiunto appena possibile.

Raiden non sapeva se era maggiore la voglia di rivedere Khloe o il segugio.

———

Khloe sentiva un ronzio alla testa. Era rimasta lontana dalla sala operatoria per moltissimo tempo, tornarvi le era sembrato come tornare a casa. Ovviamente non le piaceva il motivo che l'aveva costretta a intervenire; le dispiaceva per qualunque sofferenza subita da un animale. Ma il dolore era compensato dalla soddisfazione, dal sapere di aver consentito a Duke di sopravvivere.

Dopo i fatti del passato, lei aveva pensato di appendere il bisturi al chiodo per sempre, nella speranza di trovare un altro lavoro che la rendesse felice e appagata. Invece era stata tutta un'illusione. Si trovava bene a Fallport, le piaceva passare il tempo in biblioteca, aiutando gli utenti a trovare dei libri di loro interesse. Di quella professione amava tutto... a parte i proprietari di animali che glieli portavano per farle "sistemare" ciò che loro per primi avevano distrutto.

Ovviamente, per quanto avesse cercato di convincersi del contrario, Khloe non era pronta a rinunciare al sogno di una vita: fare la veterinaria. Tanto che aveva ancora un garage pieno delle attrezzature della vecchia clinica, il che smentiva l'illusione di svolgere una professione diversa per il resto della vita. Avrebbe potuto vendere tutto e rimpolpare i risparmi in banca. Invece, aveva impacchettato tutto con estrema attenzione... per qualunque evenienza.

Così, dopo aver salvato la vita a Duke, Khloe era più certa che mai di non poter abbandonare la carriera da veterinaria.

Non sapeva assolutamente come procedere: non aveva avuto alcuna intenzione di ingannare le nuove amicizie, però non aveva mai trovato l'occasione giusta per spiegare la propria esperienza di veterinaria di fama, trasferitasi a Fallport quando uno degli ex clienti aveva tentato di ucciderla perché non era riuscita a salvare il cane che lui aveva portato in clinica; peraltro, l'animale era già mezzo morto a causa di un pestaggio orrendo.

Khloe si sentiva quasi sollevata dal fatto che, ben presto, tutti quei segreti sarebbero venuti alla luce. Fingere di essere un'altra persona era spossante. Lei non sapeva se sarebbe rimasta a Fallport o anche solo in Virginia, ma si era stufata di nascondersi: dalle amicizie, da Alan Mather, da sé stessa.

"Vuoi che rimanga?" le chiese Afton dopo aver terminato di sistemare Duke.

Khloe non se l'era sentita di mettere il segugio in una gabbia, dopo tutto ciò che la povera bestia aveva passato, così gli aveva preparato un giaciglio sul pavimento usando delle coperte e degli asciugamani. La flebo postoperatoria era agganciata alla grata metallica di una gabbia dietro di lui. Poco dopo il trasferimento dalla sala operatoria, Duke si era svegliato e non aveva mostrato alcun sintomo di dolore, con gran sollievo di Khloe; merito dei farmaci che gli scorrevano nel sangue.

"Grazie, ma non serve," rispose Khloe all'assistente veterinaria. Il dottor Snow se n'era andato da pochi minuti, dopo aver controllato che Khloe avesse tutto ciò di cui necessitava e dopo averla rassicurata che sarebbe tornato il mattino seguente per sostenere sia lei, sia Duke.

"Sei sicura? Ci sono abituata. Di solito, dopo un intervento importante come questo, rimango nei paraggi, anche perché vivo qui vicino, quindi non mi pesa."

"Non ho visto una branda per i turni di notte," le disse Khloe accovacciandosi per sedersi sul pavimento, vicino a Duke. Era una domanda, nonostante non ne avesse l'intonazione.

"Una branda? Ci sono cliniche con le brande per dormirci la notte?"

La reazione incredula di Afton fece di nuovo irritare Khloe nei confronti di Ziegler. "Sì, almeno quelle di un certo livello."

Afton alzò le spalle. "No, qui non ci sono."

Khloe avrebbe dovuto aspettarselo, invece fu comunque sorpresa. "Va' pure, rimango io. Voglio tenerlo sotto osservazione."

"D'accordo, però se hai bisogno di me, ti lascio il mio numero. Sono felice di tornare ad aiutarti, se vuoi."

"Ti ringrazio molto."

"Il dottor Ziegler dovrebbe tornare solo fra tre giorni."

"Ecco, allora spero che domattina Duke stia bene, così potremo trasferirlo nella clinica del dottor Snow. Ah, Afton?"

"Sì?"

"Non preoccuparti, non gli dirò che mi hai aiutata nell'intervento."

La signora le rispose con un sorrisetto. "Non è un problema. Tanto lo scoprirà. È un po' che cercavo il coraggio di dimettermi, ma speravo prima di trovare un altro impiego... adesso ho solo una spinta in più. Forse non dovrei permettermi, ma se un giorno decidi di aprire una clinica tua, sarei molto onorata di fare domanda per lavorarci."

Khloe sbatté le palpebre sorpresa. "Oh, ehm... non ci

avevo pensato. L'emergenza di Duke mi è un po' piovuta addosso."

"Sei una veterinaria ottima, Khloe... accidenti, ehm... dottoressa Moore. A Fallport farebbe comodo una figura come te, qualcuno che *tenga* agli animali. Il dottor Ziegler vede solo il colore dei soldi. Lo so che non dovrei parlare così del mio datore di lavoro, ma non è certo un segreto. La gente continua a venire qui perché non ci sono alternative, altrimenti bisogna farsi mezz'ora di macchina o anche di più."

"Chiamami Khloe, niente dottoressa Moore," le disse, non sapendo che altro aggiungere.

"Va bene. Comunque, se non ti dispiace, posso tornare a vedere Duke, quando sarà nella clinica del dottor Snow?"

"Ma certo."

"Grazie. Bene... allora ci rivediamo."

"Certamente. Ah, Afton?"

"Sì?"

"Non lasciare che Ziegler cerchi di metterti i piedi in testa. Sei un'ottima assistente, e *se* io dovessi aprire di nuovo una clinica mia, sarai la prima nella lista delle persone da assumere."

La donna sorrise. Ampiamente. "Fantastico. Grazie. Dirò a Raiden che qui è tutto sistemato e te lo mando dentro. Arrivederci."

Uscì dalla stanza ancora raggiante. Khloe ebbe solo qualche secondo per riflettere su quella conversazione, perché Raid arrivò subito. Doveva essere rimasto dietro la porta ad aspettare il via libera per entrare. Del resto, non c'era da biasimarlo.

"Stai bene?" le chiese Raid sottovoce entrando e avvicinandosi a lei.

Khloe annuì e si fece un po' da parte mentre lui si inginocchiava vicino a Duke, alzando la mano e accarezzando la testa del segugio. Gli passò gli occhi su tutto il corpo, dal muso alla coda, osservando le bende, le zone del pelo che Khloe aveva dovuto radere per eseguire l'operazione e per inserire l'ago della flebo.

Raid poi si abbassò, baciò il segugio sul muso e gli sussurrò qualcosa nell'orecchio.

Khloe fu presa dalle troppe emozioni. La sua vita era stata stravolta, e vedere la preoccupazione di Raiden per il suo cane le fece riempire gli occhi di lacrime.

Fino a quel preciso istante, non si era resa conto del proprio stress. Lei voleva bene a Duke, quel cane era un bel tipo, sempre con la bava pronta, ottimo nel seguire una pista. Ovviamente era affezionato a Raiden, completamente devoto al suo padrone, un attaccamento palesemente ricambiato.

Khloe era stanca, le faceva male la schiena, la gamba pulsava di dolore, ed era passato molto tempo dall'ultima volta che era stata in una sala operatoria: aveva usato muscoli che non allenava più, da quando aveva chiuso la clinica.

Ovviamente Raid scelse quel preciso istante per alzare lo sguardo e la sorprese a piangere.

Quelle lacrime non sembrarono scuoterlo. Si girò per sedersi sul pavimento, con la schiena appoggiata al muro, e la tirò tra le proprie braccia.

Per un momento, lei fu stupita. Non le aveva chiesto alcun permesso, non le aveva dato scelta. Però, a dire il vero, quell'abbraccio era proprio ciò di cui Khloe aveva bisogno. Le mancava da troppo tempo un contatto umano, un abbraccio.

Si appoggiò al petto di Raiden, con le braccia piegate davanti a sé e quelle di Raid intorno al corpo, a guardare Duke che dormiva. Il cane respirava in modo uniforme, a ritmo regolare, ogni tanto agitava una zampa.

"Grazie per averlo salvato," le disse Raiden sottovoce.

Lei aspettò che partissero le domande, ma lui non aggiunse altro. Così Khloe alzò la testa e lo guardò negli occhi verdi. I capelli rossi e la barba erano in disordine, borse scure sotto gli occhi. Vestiti spiegazzati. Anche in quell'abbraccio, gli brontolò lo stomaco. Raiden era rimasto per tutto il tempo, proprio come lei. Anche se non nella sala operatoria, era rimasto presente, rifiutandosi di allontanarsi. Era proprio il tipo di padrone che lei augurava a ogni animale. Ma Khloe sapeva benissimo che, purtroppo, esistevano molte persone insensibili e crudeli.

"Non hai altro da dire?" sbottò Khloe.

Raid scosse la testa. "Per adesso."

Khloe non prese benissimo quel rinvio, ma fu comunque sollevata, così annuì semplicemente e abbassò la testa, appoggiandogliela di nuovo sul petto.

"Puoi dirmi com'è andata l'operazione? Adesso che sintomi dobbiamo aspettarci? So che ne parlavi prima dell'operazione, ma non mi ricordo tutto ciò che hai detto. Scusami."

"Avevi altri pensieri per la testa," gli rispose alzando le spalle. Le piaceva stare con lui in quel modo. Sarebbe arrivato il momento in cui dover rispondere alle domande di Raid, raccontandogli tutto, ma per il momento Khloe si sarebbe goduta quella calma.

"È stato fortunato. Quando l'ho aperto per esaminare, non ho trovato danni importanti allo stomaco. Se passa troppo tempo, da quando c'è la torsione a quando si interviene chirurgicamente, poi non c'è più nulla da fare. Se lo stomaco necrotizza, non è più riparabile. Ho controllato la milza e sembra a posto. C'erano solo dei danni minimi, ma non ho dovuto rimuoverla. Ho effettuato una gastropessi preventiva... in pratica gli ho fissato lo stomaco al corpo per evitare ulteriori episodi di torsione. Rimane comunque un dieci per cento di rischio recidiva, ma è assai meglio di prima."

"Ha un cuore forte. Nessuna aritmia anomala durante l'intervento, ma continuerò a monitorarlo per assicurarmi che le pulsazioni siano normali. Ha dei punti interni ad assorbimento a vari livelli, nella parete addominale, nel tessuto sottocutaneo e l'ultimo nel tessuto sottocuticolare, ma ho fatto in modo che non ci siano punti da togliere più avanti."

"Non ho idea di cosa significhi, ma... mi sembra una buona notizia," commentò Raid.

"Scusa, sono fuori allenamento nello spiegare cos'ho fatto in sala operatoria."

"Non preoccuparti. Adesso cosa gli succederà?"

"Dobbiamo controllare l'incisione per evitare infezioni. Voglio tenerlo con la flebo e gli antidolorifici per almeno un paio di giorni. È stato un intervento importante, non voglio che provi dolore. Ha bisogno di antibiotici, ma per adesso glieli sto somministrando con la flebo. Le prende le pillole?"

Raid ridacchiò e lei ne sentì il suono riverberato. "Se sono polverizzate nel formaggio o nel burro d'arachidi, non si tira indietro."

Khloe gli sorrise addosso. "Sì, è senz'altro un segugio motivato dal cibo. Bene, allora quando finisce la flebo gli serviranno gli antibiotici per un po'. Direi che dovresti essere in grado di portarlo a casa fra tre giorni. Andrà riabituato lentamente a mangiare: piccole quantità, pasti frequenti. Intanto che è qui o alla clinica del dottor Snow, non potrà né mangiare né bere; controllerò eventuali aritmie, sintomi di polmonite, dolore e infezione."

Raid annuì su di lei, e Khloe ne sentì la barba che le sfregava alcune ciocche di capelli.

"Se la caverà, anche se tu dormi un pochino?" le chiese Raid.

"Sì. È tosto, Raid. Garantito. Però io non sono stanca." Certo, appena quelle parole le uscirono di bocca, le partì anche uno sbadiglio.

Raiden fece una risata. "Appunto, lo vedo. Chiudi gli occhi, Khloe. Penserò io a vegliare su entrambi. Quando ti svegli, farò anch'io un pisolino mentre tu rimani a monitorare."

Lei avrebbe voluto opporsi, dirgli che stava bene e che poteva rimanere lei a controllare che Duke stesse bene. Ma le piaceva stare tra quelle braccia. Le piaceva moltissimo, e l'operazione le aveva drenato più energie di quanto fosse disposta ad ammettere. "D'accordo, ma solo per un'oretta. Poi devo controllare Duke."

"Benissimo."

Quando lei cercò di alzarsi, lui non la lasciò andare; così Khloe alzò la testa per guardarlo. "Mi lasci muovere, così posso sdraiarmi?"

"No."

Lei aspettò che lui aggiungesse altro, ma lui non parlò più. Solo *no*.

Khloe accennò un sorriso. "D'accordo." Se non fosse stata tanto stanca tutto a un tratto, gli avrebbe risposto a tono. Avrebbe insistito divincolandosi. Anche se, a dire il vero, era felice dov'era. Era impossibile prevedere come avrebbe reagito Raid alla conversazione che avrebbero dovuto affrontare per forza. Quella poteva essere l'ultima occasione per stargli vicino in quel modo, e Khloe non se la sarebbe lasciata sfuggire.

Era difficile ammettere quanto l'intrigasse Raid. Da sempre. Dal primo colloquio con lui, in biblioteca, Khloe si era sentita come una mosca catturata in una ragnatela. Quell'uomo era una tale dicotomia! Serio e reticente con gli altri, coccolone e senza pudore nel mostrare il proprio affetto nei confronti di Duke. Era uno degli uomini più intelligenti che lei conoscesse, ma non si vantava della propria furbizia. Era muscoloso e affascinante, eppure non si comportava mai da sciupafemmine. Khloe non sapeva nemmeno se lui fosse *in grado* di flirtare. Le era sempre sembrato insicuro della propria apparenza, il che era una follia. Di certo, sapeva di essere un uomo di bell'aspetto, anche se forse non nel senso più classico; ma lei non era mai stata attratta dagli uomini dall'aspetto comune.

"Smettila di pensare, Khloe. Dormi," le disse Raiden con decisione, ma con un pizzico di divertimento nella voce.

"Ti ha mai detto nessuno che sei veramente dispotico?" gli chiese, pur chiudendo gli occhi.

"No."

"Beh, è la verità."

"Solo con te, perché non fai mai come ti dico."

Lei gli sorrise. Era la verità. Avevano trascorso molti pomeriggi a scontrarsi in biblioteca, quando lui scopriva che lei non aveva svolto i compiti che le aveva assegnato. Non che lei intendesse disobbedirgli apertamente, ma spesso trovava altre mansioni più importanti... o più interessanti di quelle che lui le dava.

"Svegliami tra un'ora," gli ricordò.

"Va bene."

Di solito, Khloe impiegava un'eternità per addormentarsi. Nel suo appartamento, ogni cigolio, ogni auto che passava nei paraggi, ogni rumorino le faceva sorgere il timore che Alan fosse riuscito in qualche modo a portare avanti la minaccia di farla soffrire per il resto della vita. Invece, in quel momento, accoccolata tra le braccia di Raid, sulle mattonelle fredde e dure del pavimento della clinica veterinaria di Raymond Ziegler, si lasciò andare a un sonno pacifico appena chiuse gli occhi.

CAPITOLO TRE

Mentre Khloe dormiva, Raid la tenne vicina, continuando a osservare Duke e contando i respiri del segugio, il cui torace si alzava e si abbassava. Nel frattempo, nel cervello di Raid turbinavano idee su tutto ciò che poteva andare storto. Se Duke avesse superato l'operazione per poi avere un infarto durante il recupero post-operatorio, sarebbe stato un destino crudele.

Ma Khloe non gli era sembrata eccessivamente preoccupata, quindi anche lui si sforzò di rimanere calmo. Però si avvicinò a Duke. Nel muoversi, non svegliò Khloe per miracolo; lei era piombata in un sonno profondo pochi secondi dopo che lui le aveva assicurato che l'avrebbe svegliata nel giro di un'ora.

Poter sfiorare Duke fece star meglio Raid, che si concesse un minimo di sollievo. Con un braccio intorno a Khloe, per tenerla stretta a sé, e l'altra mano su Duke, anche lui chiuse gli occhi e appoggiò la testa al muro dietro di sé per riposare.

I giorni successivi sarebbero stati frenetici, lui non aveva alcun dubbio. Sperava solo di riuscire ad allontanarsi dalla clinica veterinaria prima che tornasse Ziegler. Quel tipo avrebbe dato di matto per quanto era successo. Era davvero uno stronzo. Avrebbe dovuto essere *contento* perché Khloe era riuscita a salvare Duke, invece Raid non si aspettava quella reazione. Per fortuna, nel frattempo, Rocky avrebbe sostituito la porta in legno, danneggiata dall'irruzione, ma Raid sospettava che non sarebbe bastato per attenuare la rabbia di Ziegler, che sicuramente avrebbe preso l'episodio come una minaccia al suo ruolo di unico veterinario di Fallport.

Raid tornò a pensare alla donna che teneva tra le braccia. Nell'ultimo annetto, a volte, gli era sembrato di conoscerla bene, nonostante lei facesse di tutto per evitarlo; invece, gli eventi quel giorno avevano dimostrato che non la conosceva affatto. Un altro uomo si sarebbe arrabbiato, scoprendo che Khloe aveva nascosto qualcosa a lui e a tutti gli altri; Raid, invece, no. Del resto, anche lui non era stato esattamente un libro aperto.

Era un introverso da una vita. Aprirsi non gli riusciva certo facile. Però, visto dall'altra parte... chiedersi che altri segreti avesse Khloe, a parte essere veterinaria... gli aveva fatto riconsiderare tutto il proprio passato, tutto ciò che non aveva mai condiviso con nessuno.

Non aveva mai parlato nemmeno degli eventi che l'avevano convinto a uscire dalla Guardia Costiera per accettare l'offerta di Ethan di trasferirsi a Fallport. Ormai quel pensiero non gli usciva dalla mente. Non smetteva mai di pensare a Finn "Tonka" Matlick. Tonka era stato un caro amico nella Guardia Costiera. Il suo unico amico, a dire il vero. Anche i loro cani, Steel e Dagger, erano diventati amichetti. In quattro, avevano lavorato estremamente bene, e Tonka non se l'era mai presa perché Raid non parlava molto. Non gli importava che non fosse abituato a uscire spesso con i colleghi fuori turno.

La loro ultima missione era cominciata come una normale routine. Un pattugliamento delle acque territoriali della Virginia, in cerca di possibili attività sospette. Quando avevano individuato un motoscafo di piccole dimensioni, avevano deciso di andare a bordo per verificare l'eventuale presenza di sostanze illecite.

Raid rabbrividì al pensiero di cos'era successo subito dopo.

Erano saliti a bordo di quell'imbarcazione, subendo un'imboscata da parte di Pablo Garcia, che aveva colpito alla testa Raid e gli aveva sparato; per fortuna non era morto dissanguato su quel motoscafo. Ma ad avere la peggio quel giorno erano stati Tonka e i due cani di servizio. Per Raid, perdere i sensi durante gli eventi che si erano susseguiti era stata come una benedizione. Tonka non era stato altrettanto fortunato: aveva dovuto assistere alla crudeltà di Garcia, e da allora aveva sofferto di una grave forma di stress post-traumatico.

Una conseguenza che aveva stravolto Raid. Molti aspetti di quell'ultima missione l'avevano stravolto: non era riuscito a dare l'addio a Dagger, a confortarlo nei suoi ultimi momenti; per anni, Tonka aveva rivissuto tutto ciò che aveva visto; ma, soprattutto, Raid odiava Pablo Garcia, che almeno stava marcendo in galera: una magra consolazione.

Ripensare ai propri segreti gli fece abbassare lo sguardo su Khloe. Era tanto minuta rispetto a lui, che da una vita veniva chiamato "gigante". A volte, degli estranei l'avevano fermato per strada per chiedergli quanto fosse alto. Aveva sentito ogni sorta di battute sul tema, e gli davano fastidio tutte, dalla prima all'ultima.

Invece Khloe non aveva mai fatto alcun commento sulla sua altezza, o sui suoi capelli rossi. Si erano comunque lanciati frecciate su altri aspetti: lei non aveva mai avuto paura di tenergli testa... il che a lui faceva piacere, perché trovava quei battibecchi persino divertenti.

Ma gli piaceva ancor di più quella situazione.

Tenerla tra le braccia.

Tenerla al sicuro mentre lei era vulnerabile.

Khloe aveva salvato Duke, lui ne era certo come era certo di chiamarsi Raiden. Senza di lei, avrebbe perso un altro amico ben prima del tempo.

Strinse il braccio involontariamente, e Khloe si mosse. Raid cercò di rilassarsi e per fortuna lei non aprì gli occhi.

Lui lasciò andare un sospiro pesante: provava per quella donna emozioni contrastanti. L'aveva assunta in biblioteca a lavorare per lui, non era nemmeno certo di piacerle più di tanto, e si chiedeva se lei, dopo aver svelato il proprio segreto, avrebbe deciso di andarsene da Fallport.

Il loro rapporto era quanto meno complicato.

Quando Khloe si svegliò da sola, poco dopo un'ora, Raid non aveva ancora trovato le parole giuste da dirle. La sentì muoversi e mettersi seduta lentamente, battendo le palpebre assonnate.

Aveva i capelli in disordine per la frenesia di quel giorno, una guancia segnata dalla maglia di lui, su cui l'aveva tenuta appoggiata. Raid si accorse di non essere mai stato tanto attratto da lei quanto in quel preciso istante. Era tutta arruffata, assonnata, con la guardia abbassata.

"Ciao," le disse, accorgendosi subito di averla salutata in modo goffo.

Ma Khloe non sembrò notare quel disagio. "Ciao," gli rispose. "Quanto ho dormito?"

"Non troppo. Sarà stata un'ora e mezza."

Lei gemette e si stiracchiò, e Raid dovette sforzarsi di non guardarle il petto in quel movimento. Khloe aveva un corpicino forte ma snello... ma i seni erano un po' più grossi rispetto al resto, in proporzione. Lui aveva sempre notato (e apprezzato) quei tratti femminili, ma aveva evitato di soffermarvisi troppo. Tuttavia, dopo averla avuta appoggiata sul petto per un'ora e mezza, mentre lei faceva stretching proprio davanti ai suoi occhi... non poté che apprezzarla ancor di più.

"Chissà cosa darei, per un buon caffè di Grinders," borbottò Khloe, che poi si voltò verso Duke. "Come sta?"

"Per quel che vedo, direi bene. Non si è svegliato. Respira a un ritmo di sedici al minuto."

"Ottimo, è un ritmo normale." Khloe si avvicinò al cane e gli controllò il battito cardiaco, dando un'occhiatina sotto le bende intorno al torace. Controllò la flebo e sembrò soddisfatta: annuì e tornò a sedersi vicino a Duke, rivolgendo lo sguardo a Raid. "Sono sicura che vorrai parlare."

Lui alzò le spalle.

"Non vuoi?" gli chiese alzando un sopracciglio con scetticismo.

"Si sta facendo tardi, sono stanco, il mio cane si sta riprendendo. La verità? Adesso non voglio fare altro che starmene seduto a godermi la quiete prima della tempesta."

"La quiete prima della tempesta?" gli chiese Khloe inclinando la testa.

"Sì. Il trasporto di Duke, le visite degli amici, l'arrivo di Ziegler, le domande di tutti gli abitanti di Fallport ogni volta che metterò piede fuori casa. L'appetito di Duke da gestire nel suo miglior interesse, tenerlo a bada mentre guarisce. Il lavoro. Scoprire il modo migliore per aiutarti con il tuo problema, qualunque esso sia..."

"Starmene qui seduto, in questa quiete relativa, sarà il momento meno stressante che avrò per un certo periodo, probabilmente."

"Io non ho alcun problema," gli disse Khloe con ostinazione, andando dritta al sodo di quelle parole.

Lui accennò un sorriso senza pensarci. Poi chiuse gli occhi e appoggiò la testa al muro dietro di sé. "Sì, certo," le disse.

"Sto bene. Benissimo. Alla grande."

Il sorriso di Raid si aprì. "Sì. Per questo vivi qui a Fallport, lavori in biblioteca, quando era chiaro fin dall'inizio che non mettevi piede in una biblioteca da anni; hai mentito sulla tua esperienza professionale. Almeno ti chiami davvero Khloe?"

"Sì!" gli rispose sulla difensiva.

Raid aprì gli occhi e la guardò. Era seduta con la schiena dritta come un fuso, le gambe incrociate e una mano appoggiata alla zampa di Duke più vicina a lei. Era caruccia, tutta arruffata e sulle difensive. Lo colpì ancora il pensiero delle battute che le rivolgeva sempre per stuzzicarla; perché, in realtà, lei gli era entrata nel cuore; gli piaceva vederla come in quel momento, con gli occhi accesi dalle emozioni, irritata con lui. Preferiva quell'irritazione, alla preoccupazione che altrimenti le leggeva nello sguardo. Forse, senza rendersene conto, Raid aveva già cercato al massimo di farle dimenticare quei problemi.

Più a lungo la fissava, e più a lungo lei si agitava, finché finalmente Khloe sospirò e abbassò lo sguardo sulle proprie gambe. "D'accordo. Mi chiamo davvero Khloe, ma il cognome non è Moore."

A Raid bastò quell'informazione minima per sentirsi meglio. Senza dover insistere troppo, Khloe si stava aprendo con lui. Almeno un pochino. Dato che non le rispose a parole, lei alzò lo sguardo.

"Non mi chiedi il mio vero cognome?"

"No," le rispose pigramente. "So cosa significa avere dei segreti, cose che non vuoi far sapere agli altri, per il loro *e* per il tuo bene. Voglio che tu me lo dica quando saprai di poterti fidare di me. Perché di me ti *puoi* fidare, Khloe."

Passarono vari secondi, poi lei commentò: "Lo so."

"Bene. Come va la gamba?"

Khloe sbatté le palpebre. "Non male."

"Te lo chiedo solo perché oggi sei rimasta in piedi più a

lungo del solito. Ho visto un frigo nella saletta in fondo al corridoio. Se hai bisogno, posso portarti del ghiaccio o qualcosa di fresco."

"Non c'è bisogno. Devo dire che fa un pochino male, ma non tanto. Le variazioni di pressione nell'atmosfera danno più fastidio alla gamba rispetto a stare in piedi al tavolo operatorio."

"D'accordo, ma se hai bisogno di qualcosa, fammelo sapere."

Lei lo fissò a lungo.

"Che c'è?" le chiese Raid.

"È solo che... ti trovo... strano."

"Strano in che senso?"

"Non lo so. Sono abituata alle tue frecciate, al fatto che mi riprendi ogni volta che sbaglio, che mi dai ordini. Questa versione... *gentile* di Raid... non riesco ad abituarmici."

"Dai, non sono tanto cattivo," le disse.

Khloe alzò di nuovo un sopracciglio, e lui non trattenne una risata.

"D'accordo. Sul lavoro sarò anche un perfezionista."

"Eufemismo," borbottò Khloe.

"E tu no?" ribatté lui. "A ruoli invertiti, se fossi io l'assistente veterinario nella tua clinica, tu non ti aspetteresti un lavoro perfetto?"

Lei accennò un sorrisetto. "Nella mia vita precedente, potrei aver avuto la reputazione di una inflessibile."

Raid ricambiò il sorriso. "Me l'immagino. Ma scommetto che i tuoi dipendenti ti volevano bene."

Il sorriso svanì lentamente dal viso di Khloe, che alzò le spalle.

Lui si morse la lingua per aver fatto riaffiorare dei ricordi che chiaramente la rattristavano. Così cambiò argomento. "Allora... quando pensi che potremo trasportare Duke nella clinica del dottor Snow in tutta sicurezza?"

Era la domanda giusta da porle: lei gli rispose con una lunga spiegazione di ciò che si aspettava dalla convalescenza di Duke, delle modalità di trasporto, di cosa aspettarsi al risveglio del segugio.

Dopo un po', Raid si alzò e raccattò altre coperte e asciugamani da usare come cuscini; per il resto della notte, fecero dei sonnellini a turno mentre monitoravano le condizioni del paziente. Quando il sole cominciò a sorgere, Raid si rese conto che, nonostante il sonno spezzato di quella notte, si sentiva sorprendentemente bene.

Duke si era svegliato in alcune occasioni, e per quanto debole, era sembrato felice di vedere i suoi due esseri umani preferiti.

"Non so cosa darei per una doccia, un caffè e dei vestiti per cambiarmi," disse Khloe.

"Dimmi cosa ti serve e mando Caryn e Drew a prendertelo," le disse Raid.

"Eh?"

"Dimmi che caffè preferisci ordinare e cosa ti serve dal tuo appartamento, ci mando Caryn e Drew."

"Ti ho sentito, ma non capisco perché dovresti chiedere proprio a loro di andare a prendermi qualcosa."

"Perché sono qui. Sono rimasti in sala d'attesa quasi tutta notte."

"*Cosa?* Perché?"

"Perché noi siamo qui *dentro* e loro erano preoccupati per noi e per Duke. Poi ho chiesto a Drew se non gli dispiaceva stare di guardia, nel caso tornasse Ziegler."

"Dovrebbe tornare solo fra qualche giorno."

"Lo so, ma ormai gli sarà giunta voce di questa irruzione nella sua clinica e scommetto che non l'ha presa bene. Al suo posto, io vorrei tornare subito per scoprire cosa sta succedendo. Immagino che non gli passerà per la testa che è stato salvato un animale: si incazzerà per la nostra irruzione."

"Non è la *nostra* irruzione. Sono stata *io*," affermò Khloe con decisione.

"Dettagli semantici," rispose Raid alzando le spalle.

"Davvero sono rimasti qui fuori tutta notte?" gli chiese aggrottando la fronte.

"Eh sì. Tra poco Rocky e Bristol daranno loro il cambio. Sono sicuro che prima o poi torneranno anche gli altri. Ci daranno il cambio per una doccia, se vogliamo, ma anche perché vogliono vedere Duke."

"Non so... è che... Raid, ma è pazzesco."

"Perché?"

Lei lo fissò, come se quella domanda la confondesse. "Perché sì!"

"Non ti è mai capitato che i tuoi clienti fossero disperati nel cercare di sapere se i loro animali stessero bene? Che si presentassero anche prima dell'orario di apertura, per far visita ai loro amici pelosi? Che ti implorassero di passare la notte vicino alle gabbie dei loro animaletti in difficoltà?"

"Certo che mi è capitato, ma..." Khloe si interruppe.

"...ma non hai mai avuto degli amici che si comportassero allo stesso modo *per te*," concluse Raid.

"Non è che mi sia comportata in modo super amichevole nemmeno con loro," ammise lei sottovoce. "Ho cercato di tenere tutti a distanza, non volevo coinvolgere nessuno nelle mie beghe."

Sentendo quelle parole, Raid avvertì una stretta allo stomaco. Lui non sapeva di che "beghe" si trattasse, ma gli bastò sentire come ne aveva parlato per capire che erano problemi più gravi di quanto lui credesse. La determinazione a fare di tutto per aiutarla aumentò. "I miei amici riconoscono una persona per bene quando ne incontrano una. E tu, Khloe, qualunque sia il tuo cognome, sei una brava persona."

Lei inspirò a fondo ed espirò lentamente, evitando di guardarlo negli occhi.

"Caffè?" le chiese con dolcezza.

"Un caffè lungo, quadruplo, latte magro, un cucchiaino di miele, niente panna montata... per favore."

Raid strabuzzò gli occhi. "Quadruplo? Sono quattro caffè espressi!"

"Lo so. Dopo la notte scorsa, penso che oggi mi servirà un bel po' di caffeina per poter affrontare Ziegler senza massacrarlo, sempre che torni."

Raid fece una risatina. "Ecco. Allora mi sa che è una buona idea." Tirò fuori il telefono e fece volare le dita sullo schermo per inviare un messaggio a Drew. "E da casa tua?"

"Dei jeans e una maglia pulita andranno benissimo."

Lui fece una risatina maliziosa. "Niente intimo?" La guardò con piacere arrossire in volto.

"Ma dai?!" esclamò lei alzando gli occhi al cielo.

Raid stava ancora sorridendo, mentre inviava un secondo messaggio a Drew.

"Immagino che avranno bisogno delle chiavi, per entrare nel mio appartamento," disse Khloe.

"Troveranno il modo," le rispose Raid cliccando su *Invio*.

"Troveranno il modo per cosa? Raid, per entrare nel mio appartamento hanno bisogno della chiave. Penso che un'effrazione sia abbastanza, almeno per questa settimana."

"Khloe, siamo a Fallport, non in una metropoli. Parleranno con l'amministratrice e si faranno aprire. Non preoccuparti troppo."

Lei però non lasciò cadere il discorso. "Quindi Diedre li lascerà entrare solo perché glielo chiederanno gentilmente?"

"Sì," le rispose Raid. "Ma non pensare che sia una pappamolle che farebbe entrare *chiunque*. Sono sicuro che anche lei, come quasi tutti gli altri, sappia cos'è successo ieri. Avrà sentito della tua determinazione a intervenire per aiutare Duke, del rischio di far arrabbiare Ziegler. Qui a Fallport sono tutti contenti dell'attività della squadra Eagle Point, e sanno che il contributo di Duke è fondamentale. Quindi, il fatto che tu fossi non solo in grado, ma anche *disponibile* ad aiutare nel momento del bisogno, perché si tratta di te, vedrai che Diedre accetterà di aprire l'appartamento a Drew e Caryn; così potranno prenderti un cambio di vestiti. Però non preoccuparti: sono sicuro che l'amministratrice rimarrà presente mentre Caryn prende la tua roba, per controllare che non succeda niente di strano mentre loro sono a casa tua. Entreranno e usciranno in pochi minuti, poi Diedre controllerà che la porta sia chiusa a chiave prima di andar via."

"Da come ne parli, devi conoscerla molto bene."

Il pizzico di gelosia nella voce di Khloe gli fece quasi piacere, ma si affrettò a rassicurarla, perché non voleva certo darle l'idea di essere uno che scherzava sulle emozioni degli altri, né voleva lasciarle pensare che lui avesse un debole per l'amministratrice del palazzo dove viveva Khloe.

"È una signora gentile; qualche anno fa, suo padre è venuto a trovarla e si è perso; era arrivato per il Ringraziamento e voleva fare una breve camminata prima di pranzo. Quattro ore dopo, Duke lo ha trovato cinque chilometri fuori dal sentiero, aveva freddo ed era confuso. Dire che Diedre è una fan della squadra sarebbe un eufemismo. Comunque te lo ripeto: siamo a Fallport, è molto facile conoscere bene gli altri, basta viverci abbastanza a lungo."

"Ah," disse Khloe.

"Sì, *ah*. Adesso, dimmi, cosa devo fare per aiutarti con Duke?"

Al che, il colloquio tornò sul piano professionale; ma Raid non era preoccupato di fare passi indietro. Nelle ultime quattordici ore, il suo rapporto con Khloe era cambiato. Lui non era molto a suo agio con le fasi di conoscenza di un rapporto, che si trattasse di amicizia o di altro tipo. Con Khloe, invece, trovava quella fase assai intrigante.

Era difficile prevedere cosa avesse in serbo il futuro per loro, ma, per il momento, Raid avrebbe conosciuto meglio quella donna, con molto piacere... e chissà, con un po' di fortuna, lei a sua volta ne avrebbe approfittato per conoscere il vero Raiden.

CAPITOLO QUATTRO

KHLOE SI SENTIVA FUORI POSTO. Era stata una giornata surreale. Le era sembrato di passare da una vita in disparte all'essere al centro dell'attenzione. Non solo, ma evidentemente non era mai stata molto "in disparte" come aveva creduto.

Aveva parlato con più persone in un giorno solo, che in tutto il periodo trascorso a Fallport. Non solo gli altri uomini della squadra di Raid e le relative compagne, ma anche compaesani che conosceva a malapena. La campanella della clinica di Ziegler aveva tintinnato tutto il giorno. Persone che lei aveva incontrato una volta sola in biblioteca si erano fermate non solo per far visita a Duke, ma anche per salutare lei e Raid. Chi si diceva preoccupato, chi faceva gli auguri al segugio... chi le domandava senza mezzi termini se in futuro intendesse aprire una clinica veterinaria a Fallport.

Sinceramente, lei non ci aveva pensato molto; ma nel frattempo aveva sentito parecchi aneddoti sul dottor Ziegler, che era freddo e poco professionale nel trattare gli animali in difficoltà... e chiudeva spesso la clinica, non rendendosi reperibile nemmeno in caso di emergenze... così Khloe si era ritrovata a pensare intensamente a quell'ipotesi futura.

Ma prima di poter valutare seriamente di fermarsi per sempre a Fallport, doveva gestire il proprio passato. Assicurarsi di non portarsi dietro alcun rischio.

Quella era la sua paura più grossa: che Alan Mather cercasse di ferire le persone a cui lei voleva bene. Era stato quello il motivo che l'aveva spinta a fuggire. Ma lui era in carcere, e chissà, forse per lei era giunto il momento di tornare a vivere.

Il caffè che Caryn le aveva portato l'aveva svegliata per bene, e Khloe non se la prese nemmeno per tutti i commenti ricevuti sull'enorme quantità di caffeina in quella bevanda dolcificata. Qualcuno aveva persino scherzato, dicendole che avrebbe fatto prima ad attaccarsi a una flebo riempita di caffè; lei l'aveva presa sul ridere. I vestiti che Caryn le aveva portato l'avevano svegliata anche meglio del caffè: mettersi abiti puliti la faceva sempre star meglio.

Duke si stava riprendendo ottimamente, forse anche perché era molto in forma, prima del malessere. Lei non aveva prove scientifiche per dimostrarlo, ma l'esperienza le diceva che gli animali non in sovrappeso e in costante movimento sembravano riprendersi molto meglio dopo un'intervento importante.

La sala d'attesa era ancora affollata di persone accorse a dare supporto a Raid e a Duke, quando si realizzò l'evento che lei temeva.

Il dottor Ziegler era tornato in anticipo dalla vacanza per scoprire cosa diavolo stesse succedendo nella sua clinica.

Khloe era nella stanzetta sul retro, intenta a preparare Duke per il trasporto, quando lo sentì sbraitare e il cuore le si fermò. Sperava veramente di andarsene prima che lui tornasse. Duke stava meglio, quindi poteva essere trasportato nella clinica del dottor Snow un giorno prima del previsto, ma evidentemente quella precauzione non era bastata.

"Respira con calma, Khloe," le disse Raid, vicino a lei.

La sua presenza la aiutò moltissimo a mantenere la calma. Non che il veterinario la spaventasse, ma dopo quanto era successo con Alan, lei non se la sentiva molto di avvicinare degli uomini in preda alla rabbia.

"Non può far nulla, ci sono troppi testimoni," aggiunse Raid.

"Lo so. Ma mi preoccupa di più cosa succederà dopo, quando saranno andati via tutti," aggiunse lei senza pensarci.

Khloe si rese conto di cosa gli aveva risposto solo quando Raid le appoggiò una mano dietro la schiena, facendole sentire il proprio calore. Lui non era uno stupido. Anzi, era uno degli uomini più intelligenti che lei conoscesse. Era sempre in grado di leggere tra le righe, capendo quando lei si riferiva a un evento del proprio passato.

"Non ti metterà certo le mani addosso, nessuno potrà mai," le disse con un tono che Khloe non gli aveva mai sentito usare prima: profondo e minaccioso... con una rabbia sottostante che però stranamente non la spaventò. Perché l'ira di Raid, chiaramente scatenata dall'idea che qualcuno le facesse del male, per lei fu un vero... sollievo.

Khloe era sempre stata una donna indipendente. Il padre, prima di morire, le aveva insegnato a non farsi mettere i piedi in testa da nessuno, le aveva insegnato a difendersi. Ma nonostante tutto l'addestramento, Alan era riuscito comunque a ferirla.

Certo, avere Raid al proprio fianco *era* una consolazione.

"Lo so," gli rispose, cercando di sembrargli più decisa di quanto fosse veramente.

"Dico sul serio," insisté lui. "Ziegler può incazzarsi finché vuole, può gridare e minacciare, ma se fa anche solo una mossa verso di te, è finito in un attimo. Lo capirà chiaramente non solo da me, ma da ogni singolo amico della squadra: deve lasciarti in pace. *Punto*."

Khloe annuì, ma capì anche che Raid e gli altri non potevano certo proteggerla a ogni ora del giorno e della notte. Se Ziegler si fosse incazzato troppo, se avesse voluto farle veramente del male, prima o poi ce l'avrebbe fatta. Proprio come c'era riuscito Alan.

"Tu non mi credi," le disse Raid.

Khloe avrebbe dovuto preoccuparsi, perché lui sembrava in grado di leggerle benissimo nella mente, ma in quel momento la cosa non la infastidì. "Non puoi starmi vicino in ogni momento."

"Hai ragione. Non posso. Ma possiamo comunque fargli capire chiaramente che prendersela con te sarebbe la peggior decisione della sua vita."

"Ecco. Allora, possiamo andare così la facciamo finita?" gli chiese Khloe, che preferiva non pensare che qualcuno cercasse di nuovo di farle del male.

Raid non le rispose a parole, ma si abbassò, fece una carezza a Duke, gli disse di non preoccuparsi, che sarebbe tornato subito, poi si avviò verso la porta. Invece di aprirla e farsi precedere da Khloe, uscì lui per primo, lasciandosela alle spalle.

Khloe fu confusa da quella mossa, perché Raid di solito era molto cortese; tanto che non le tornava in mente una singola occasione in cui lui non avesse aperto la porta a lei o a un'altra donna del gruppo. Ma la confusione fu subito chiarita quando lui si voltò nel corridoio che portava alla sala d'attesa, dicendole: "Rimani dietro di me."

Normalmente, quella richiesta decisa l'avrebbe irritata, perché le avrebbe dato l'impressione di un ordine eccessivo e prepotente. Per fortuna, in quel momento, ne fu solo sollevata. Non le dispiaceva affatto tenere la presenza imponente di Raid tra sé e Ziegler.

Quando finalmente entrarono nella sala d'attesa, Khloe si guardò intorno e vide tutti i presenti. Sapeva che c'era stato un viavai per tutta la mattina, e c'erano ancora almeno una quindicina di persone. Lei ne conosceva meno della metà.

"Eccola!" gridò Raymond Ziegler facendo sussultare Khloe.

Lei sentì dietro le spalle qualcuno che si muoveva e si voltò, trovando Lilly ed Heather. Il fatto che anche Heather fosse presente la sorprese. Non molto tempo prima, Heather viveva ancora nel bosco, nascosta per proteggersi dagli uomini che l'avevano rapita e molestata per anni. Avere anche il suo supporto, a fronte di un uomo chiaramente infuriato, fu molto importante per Khloe.

Ethan e Tal affiancarono Raid, pronti ad affrontare uno Ziegler furioso.

"Che cazzo hai fatto alla mia clinica?" sbraitò Ziegler.

"Non ho fatto nulla," gli rispose Khloe, facendosi strada tra Ethan e Raid per mettersi al loro fianco, piuttosto che stargli alle spalle.

"Cazzate! La porta è stata sfondata! Hai usato i miei farmaci. Le mie attrezzature. Senza il mio permesso. Maledizione, è contro la legge!"

"Pagherò ogni singolo batuffolo di cotone e ogni goccia di medicinale che ho usato," lo informò Khloe.

"Come minimo!" gridò Ziegler. "Quando riuscirò a fare un inventario completo, ti manderò la fattura."

"Invece no," replicò Khloe con calma. "Mi faresti pagare *troppo*, proprio come fai con tutti i clienti. Pagherò solo ciò che ho usato per salvare la vita a Duke, non un centesimo in più."

La faccia di Ziegler divenne ancora più paonazza. Indossava ancora la tenuta da caccia, ovviamente era tornato immediatamente a casa dalla vacanza, per affrontarla. Non si radeva la barba da qualche giorno, aveva sporcizia su mani e viso. Era un uomo sulla cinquantina, sovrappeso, ma era alto più di un metro e ottanta, con una presenza imponente.

Mentre Khloe lo osservava, lo vide stringere i pugni e si impose di non fare un passo indietro per quel segno visibile di rabbia.

"Ti farò causa per i danni!" sbraitò Ziegler furioso.

"Quali danni?" gli chiese Ethan inserendosi nella conversazione.

"Per effrazione. Per aver usato le mie attrezzature senza permesso. Per aver minacciato la mia professione."

"Prima di tutto, qui c'era il capo della polizia ed è stato *lui* ad aprire, informando la società di sorveglianza di cosa stava succedendo," gli spiegò Tal. "In secondo luogo, Khloe ha usato solo ciò che serviva per salvare la vita a Duke. Terzo, come diavolo pensi che quel che ha fatto si rifletta su di te? Pensi che minacci in qualche modo la tua professione?"

"Certo che sì!"

Khloe avrebbe voluto ridere: lei non aveva fatto un bel nulla che minacciasse il lavoro di Ziegler. Almeno, niente più di quanto avesse fatto lui stesso. Il veterinario era solo un testone ferito, che la odiava perché era stata in grado di salvare la vita di un animale. Gli piaceva l'idea di essere l'unico veterinario di Fallport e se ne approfittava, anche con crudeltà. Rifiutava di intervenire fuori dagli orari di apertura, se c'era un'emergenza. Chiudeva alle cinque spaccate, non lavorava nel fine settimana, non offriva un numero di emergenza. I clienti dovevano aspettare l'orario di apertura del mattino dopo, oppure del lunedì, altrimenti erano costretti a prendere l'auto per raggiungere l'ospedale veterinario più vicino.

I grandi sforzi di Khloe per salvare la vita di Duke non erano passati inosservati a Fallport, almeno a giudicare dal numero di persone che l'avevano implorata di aprire una clinica veterinaria.

A quel pensiero, Khloe decise che forse Ziegler aveva ragione su un punto: lei si era fatta in quattro per quel segugio e, probabilmente, *aveva* messo in cattiva luce il lavoro del suo antagonista.

"Ho visto l'immagine che ha postato ieri sul suo social," disse a Ziegler un uomo presente in sala d'attesa.

Khloe credette di riconoscere un certo Jim; non lo conosceva bene, non sapeva cosa facesse, che legame avesse con la squadra di ricerca e soccorso Eagle Point; non sapeva nemmeno se avesse degli animali. Tuttavia, a giudicare dal tono con cui era intervenuto, ovviamente doveva avere un motivo ben preciso.

"Ah sì? E allora?" gli chiese Ziegler.

"Quelle corna dovevano essere... quanto? Quasi due metri? Quindi quel maschio di alce doveva avere una decina d'anni, giusto?"

"Immagino di sì."

"Da queste parti non ci sono molte alci. Dov'è andato a caccia? Non molto lontano, dato che ieri era a caccia e oggi è già qui."

Raymond non rispose e rimase a squadrare Jim.

Al che, intervenne un'altra persona, una donna. "Anch'io ho visto quella foto. Poi ho cercato l'azienda usando il logo che si vedeva sul furgoncino sullo sfondo. Quelli portano gli animali nei loro terreni per farli cacciare... e uso il termine in senso molto ampio: cacciatori come voi *comprano* un animale che viene liberato in un territorio recintato, poi andate a sparare facile facile, dato che l'animale non può scappare. È immorale e *disgustoso*," terminò con un tono carico di veleno.

"Molly ha ragione. Portano orsi, alci, cervi, cinghiali... a volte persino canguri! È terribile," commentò un'altra signora. Una certa Claire. Khloe l'aveva incontrata in biblioteca."

"Non funziona così," protestò Raymond, arrabbiandosi sempre più.

"Davvero? Quanto ha pagato per quell'alce?" gli chiese Jim con le braccia conserte. "E cosa gli è successo, dopo che gli ha sparato e ha scattato quelle stupide immagini in posa?"

"Penso proprio che la carne sia stata sfruttata al meglio," mormorò Raymond con il viso ormai in fiamme.

Molte persone presenti reagirono sbuffando.

"E poi, quello che faccio nel mio tempo libero non è affare di nessuno," aggiunse Raymond con fervore. "Quel che importa è che ho curato Rover e Frisky e tutti gli altri animali che mi sono stati affidati."

"È vero fino a un certo punto," intervenne un altro uomo. "Ma se i soldi che paghiamo per la cura dei nostri amichetti pelosi poi vanno nelle tasche di chi caccia un animale in modo illegale e immorale, solo per farne carne da macello, *allora* diventano anche affari nostri."

"Precisamente!" esclamò Molly. "E la signorina Khloe non ha esitato a intervenire per salvare Duke. Non ha fatto storie di orario o fuori orario, né ha insistito per essere pagata *prima* di operare. Ha fatto ciò che andava fatto, e da quel che ho sentito non ha nemmeno chiesto un compenso. Si è preoccupata solo di salvare quel cane. Quand'è stata l'ultima volta che tu hai operato un animale senza chiedere di essere pagato in anticipo?"

Ormai Raymond era talmente paonazzo in volto che Khloe stava cominciando a preoccuparsi che gli venisse un infarto.

Durante tutta quella spiacevole conversazione, Raid non aveva detto una parola. Non si era spostato dal fianco di Khloe. Era rimasto là con le braccia conserte e il viso torvido. Intimidiva persino lei, nonostante fossero dalla stessa parte.

Ma quando Raymond fece un passo verso di lei, l'atteggiamento di Raid cambiò. Come un fulmine.

Spostò Khloe con un braccio, mettendosi davanti a lei, e spinse il palmo dell'altra mano sullo sterno di Ziegler appena quello si fece troppo vicino, dicendogli con un grugnito: "Indietro!"

"Mi ha messo le mani addosso!" esclamò Raymond. "L'avete visto, siete tutti testimoni! Quest'uomo mi ha colpito. Faccio causa anche a te!"

"Non l'ha colpito," disse il secondo uomo che era intervenuto, alzando gli occhi al cielo.

"Invece sì! Mi ha spinto con una mano!" insisté Raymond.

"Perché hai minacciato Khloe," spiegò Jim.

"Non è vero!" gridò Raymond.

"Hai fatto un passo verso di lei con il pugno chiuso, è un chiaro segno di minaccia, almeno per come la vedo io," lo informò Ethan.

Vedendo lo sguardo d'odio del veterinario, Khloe rabbrividì. "La pagherai per tutto questo. Te lo garantisco."

"Ora *sì* che è una minaccia palese," commentò Jim, che poi fece una smorfia. "Siamo tutti testimoni."

"E penso che se le succedesse qualcosa, non sarebbe difficile immaginare il colpevole," aggiunse Molly. "È davvero arrivato il momento di trovare un altro veterinario," aggiunse con un tono carico di sdegno.

"Buona fortuna. Da queste parti non ci sono altri veterinari," le rispose Raymond. "E comunque... Muffy è solo viziata."

"Per cominciare, si chiama *Fluffy*, e anche se fosse viziata, a chi importa? Preferisco farmi un'ora di strada per andare in una clinica diversa, piuttosto che farle mettere le mani addosso di nuovo da te," concluse Molly.

"Non ho bisogno dei tuoi soldi," mormorò stupidamente Raymond.

"Hai ragione. Non ne hai bisogno. Allora non avrai nemmeno i miei," intervenne Claire.

Una a una, le persone presenti in sala d'attesa si unirono al coro.

"Non sei molto furbo," commentò Tal scuotendo la testa e sogghignando.

"Adesso andate via tutti! *Subito!*" sbraitò Raymond a denti stretti.

Khloe non fu mai tanto felice che il suo paziente si fosse ripreso tanto bene. "Stavamo già andando via quando sei arrivato," lo informò.

"E non cercare di portar via le mie cose," aggiunse Raymond con disprezzo.

"Non ci penso nemmeno," gli rispose.

"Forza, andiamo a preparare Duke," disse Lilly mettendo una mano sul braccio di Khloe.

Khloe non desiderava altro che sparire dalla presenza di Raymond, ma le dispiaceva anche per lui. Nonostante fosse uno stronzo, doveva essere stata una seccatura interrompere le vacanze perché qualcuno aveva fatto irruzione nella sua clinica. Anche se si trattava di un'altra veterinaria.

"Per quel che vale... mi dispiace," gli disse, cercando di riportare la conversazione a un livello civile. "*Pagherò* tutto ciò che ho usato."

"E non osare minimizzare i costi," le rispose Raymond.

La voglia di rimborsarlo in modo equo vacillò, ma Khloe annuì. "Ci mancherebbe. So benissimo quanto costano i farmaci che ho usato."

"La porta verrà riparata stasera stessa," disse Ethan a Ziegler. "Rocky passerà tra poco per fissare il telaio."

"Sarà meglio," commentò Raymond, tutt'altro che disposto a ringraziare.

"Che imbecille," commentò Claire senza abbassare il tono.

"Ho detto: tutti fuori di qui! La clinica è chiusa. Questo non è un locale di ritrovo!" sbraitò Raymond.

Uno a uno, tutti i testimoni di quell'incontro sgradevole si defilarono, lasciando solo Ethan, Lilly, Tal, Heather, Raid e Khloe. E naturalmente Raymond.

"Voi altri pensate di essere intoccabili," disse Ziegler con un tono pregno d'odio. "Ultime notizie: non è così. Avrete anche abbindolato tutti gli abitanti di questo maledetto paesino, li avrete convinti che non fate mai nulla di male, ma si accorgeranno della realtà, dietro quella facciata da santarellini. Ricordatevi le mie parole."

Khloe non poté far altro che scuotere la testa. Quell'uomo era un illuso. I tre uomini della squadra presenti erano tra le persone più valide che lei avesse mai incontrato. Erano buoni fino al midollo. Raymond non poteva dire o fare nulla che cambiasse quella realtà. Ethan e gli altri della squadra Eagle Point avevano tratto in salvo moltissime persone, abitanti del posto e turisti; Ziegler non avrebbe fatto cambiare idea a nessuno. Anzi, probabilmente, più avesse tentato di infangare la loro reputazione, e più gli si sarebbe ritorto contro.

"Avete dieci minuti per sparire," li minacciò.

Khloe avrebbe voluto chiedergli: "Altrimenti?" Però si trattenne. Ziegler avrebbe potuto chiamare la polizia, ma Simon era dalla parte giusta, e anche tutti gli altri agenti: non avrebbero fatto nulla. Però la presenza di Raymond la metteva a disagio, così si voltò e andò verso l'uscita posteriore senza aggiungere altro.

Heather e Lilly la seguirono, e quando furono nella stanza in cui Duke si stava riposando in santa pace, tirarono insieme un sospiro di sollievo.

"Che uomo orribile!" esclamò Heather, che nella sala d'attesa non aveva detto nulla. Quelle tre parole riassunsero tutte le loro emozioni.

"Verissimo," confermò Lilly. "Ma hai visto che Raid è scattato subito, appena Ziegler si è mosso verso di te?"

Khloe annuì.

"Ti protegge," commentò Heather a bassa voce. "Gli piaci."

"Eh sì," confermò Lilly con un sorriso. "Era ora."

"Aspetta, aspetta... non è come pensi," replicò Khloe.

"Sì, sì..." disse Lilly con il sorriso che le si apriva in volto.

"Dico davvero. Lui protegge *tutte* le donne. L'ho visto in biblioteca, e anche quando segue una traccia con Duke."

"È diverso," le rispose Heather. "Ha un'espressione diversa negli occhi."

Khloe guardò la donna timida che le stava al fianco.

Heather alzò le spalle. "So di non essere un'esperta di questioni sociali e sono l'ultima persona che può commentare i rapporti degli altri... ma me ne sono accorta perché è la stessa espressione che vedo negli occhi di Tal quando guarda *me*. Fin dal giorno in cui mi sono svegliata in quella caverna e lui era seduto là fuori che mi fissava, ho visto nei suoi occhi le stesse emozioni che ho visto adesso nello sguardo di Raid."

Khloe avrebbe voluto insistere, ma preferì non dire a Heather che si sbagliava. Quella donna si stava ancora riprendendo da un'esperienza tremenda.

Peraltro... anche lei aveva notato l'espressione negli occhi di Raid. Non ci aveva dato peso, ma senz'altro si era sentita sollevata, quando lui le si era messo davanti per evitare che Raymond si avvicinasse troppo."

"Ecco. Comunque, non importa. Rimangono pochi minuti per preparare Duke per il trasporto," disse Khloe tornando coi piedi per terra.

Per prima cosa, fece per inginocchiarsi vicino al segugio, ma Lilly la fermò mettendole una mano sul braccio. "Con noi puoi parlare," le disse sottovoce. "Noi non ti giudicheremo, siamo amiche, Khloe. Io, Heather, Elsie, Bristol, Caryn e Finley. Se hai bisogno di parlare... ci siamo."

Khloe deglutì a fatica per trattenere le emozioni che le

stavano crescendo dentro. "Lo so," riuscì a rispondere dopo un momento.

"Bene. Perché vogliamo sentire tutto sulla tua professione di veterinaria e su come sei finita qui a Fallport," aggiunse Lilly con un sorriso solidale.

"Non è una storia molto interessante," replicò Khloe con ritrosia.

Lilly fece una risata nasale. Una vera sghignazzata. "Sì, certo."

"Non è molto interessante... quanto la storia di come sono finita a vivere nel bosco," scherzò Heather.

Al che, Khloe dovette sforzarsi al massimo per non ridere. Tra tutte le amiche del gruppo, Heather era probabilmente quella con la storia più traumatica e commovente. "Va bene, diciamo che è interessante, in un certo senso, ma adesso devo portare Duke fuori di qui, prima che arrivi Ziegler a trascinarlo per le orecchie."

"Dovrà passare sul mio cadavere," mormorò Lilly.

"Cosa possiamo fare per aiutarti?" le chiese Heather.

Khloe fu contenta che quella specie di interrogatorio fosse terminato... almeno per il momento. Sapeva che sarebbe arrivato il tempo di parlare con le amiche, ma per fortuna, dopo aver rivelato la propria professione di veterinaria, ormai non le sembrava più *troppo* tremendo o spaventoso raccontare a tutte anche ciò che aveva dovuto passare.

Tornò con la mente al presente e decise di non preoccuparsi del futuro. *Sarà quel che sarà.* Era una lezione che aveva imparato nel modo peggiore. Però le sembrò più semplice mettere da parte ogni preoccupazione, grazie alle care amiche che la circondavano.

Preparare Duke per il trasporto richiese più dei dieci minuti concessi da Ziegler; Brock arrivò con il suo Ford Ranger, Duke fu appoggiato nel cassone, dove Brock aveva sistemato un materasso gonfiabile per far stare il cane più comodo. Khloe e Raiden salirono sul cassone insieme al segugio, mentre Simon fece da apripista fino in piazza con le luci d'emergenza accese. Brock guidò a meno di dieci chilometri orari per non dar fastidio a Duke o ai passeggeri che lo accompagnavano all'aria aperta.

Si creò come una processione verso la clinica del dottor Snow, una specie di sfilata che attraversò la piazza fino allo studio medico. Con tutta la gente accorsa ad aiutare, bastarono pochi minuti per sistemare Duke in una saletta del centro medico di Fallport.

Khloe fu sorpresa dall'arrivo di Afton, che sostenne di essere venuta per monitorare il segugio, in modo da dare agli altri una tregua. Se non fosse stata l'assistente veterinaria a dire a Khloe di andare a casa a farsi una doccia e a mangiare qualcosa, probabilmente lei non ci avrebbe nemmeno pensato. Ma dato che aveva assistito coi propri occhi alla professionalità di quella donna, Khloe si fidava ciecamente. Non le aveva mentito, quando le aveva detto che l'avrebbe assunta in un batter d'occhio.

Dopo aver dato ad Afton le ultime direttive sulla convalescenza di Duke, Khloe si ritrovò attaccata a Raid, che la accompagnava fuori dalla sala visite. Nemmeno lui aveva rifiutato di allontanarsi: aveva detto a Khloe che se lei se la sentiva di affidare il benessere di Duke ad Afton, allora anche lui era d'accordo.

Si ritrovarono in piedi nella sala d'attesa del dottor Snow, quando Finley cominciò a ridere.

"Cosa c'è di tanto divertente?" le chiese Elsie.

"Ve lo ricordate il tipo nell'angolo della saletta, quando Ziegler stava andando fuori di testa?" chiese Finley.

Khloe scosse la testa. A parte le persone intervenute per dire a Ziegler ciò che pensavano, lei non aveva notato veramente chi fosse o non fosse presente.

"Non era Rory? L'autista dello spazzaneve che ha aiutato tutti ad arrivare alle nozze di Lilly ed Ethan?" chiese Elsie.

"Proprio lui. Ha appena postato un video sul sito social di Fallport," spiegò Finley, che poi girò il telefono per farlo vedere a tutti i presenti. Raymond Ziegler cercava di difendere le vacanze a caccia, poi il video proseguiva. Lo si vedeva dire che non aveva bisogno dei soldi di nessuno, e finiva con le minacce alla squadra Eagle Point.

"Ha toccato il fondo," disse Elsie con un sorrisetto.

"Nessuno andrà più da lui, dopo aver visto il video," aggiunse Zeke mettendo un braccio intorno alla moglie.

Di nuovo, il desiderio di aprire un proprio studio veterinario a Fallport si infiammò nell'animo di Khloe. Elsie aveva ragione. Dopo aver assistito allo sdegno e al disprezzo di Ziegler nei confronti dei residenti di Fallport, dopo i commenti denigratori sulla squadra di ricerca e soccorso, composta da uomini che si offrivano volontari per andare nel bosco a fronte di qualunque intemperia, giorno e notte, solo per aiutare gli altri... Ziegler avrebbe perso senz'altro tutti i clienti.

Quindi si apriva il mercato per una nuova clinica, che avrebbe raccolto facilmente tutti i clienti.

"Per quanto sia divertente, anche se penso che Ziegler se lo meriti e che sia giusto pubblicare le sue parole e le sue azioni... non reagirà bene a quel video," osservò Tal.

Khloe tornò seria: Tal non si sbagliava. Non era stata lei a caricare il video, lei non c'entrava nulla, ma bastò quel pensiero per farle tornare la paura.

"Proprio ciò di cui avevo bisogno," mormorò. "Qualcun altro che ce l'ha con me."

Nella stanza piombò il silenzio... e quando Khloe alzò lo sguardo, si accorse che la fissavano tutti. *Merda.* C'era caduta di nuovo. Aveva aperto la bocca e detto la cosa sbagliata al momento sbagliato.

"Khloe..." esordì Brock, con serietà

"No," intervenne Raid interrompendolo con decisione e scuotendo la testa.

"No?" gli chiese Brock.

"Non ne parliamo adesso. Khloe è sfinita. Ha bisogno di una doccia, poi di mangiare, deve smaltire tutta la caffeina che le scorre nelle vene, dopo il caffè quadruplo di stamattina."

"Ma se dobbiamo guardarci le spalle da qualcun altro, oltre che da Ziegler, dobbiamo conoscere i dettagli," gli rispose Zeke con voce pacata.

"Nessuno interroga Khloe. Parlerà quando sarà pronta. Se non sarà mai pronta, allora non parlerà. Nel frattempo, terremo d'occhio Ziegler per evitare che faccia qualche stupidaggine."

Khloe non capì come si fosse meritata un tale attaccamento da parte di Raiden. L'aveva trattato un po' a pesci in faccia da quando l'aveva incontrato. Non volutamente, ma per cercare di proteggersi, evitando di approfondire troppo la conoscenza con lui o con gli altri. Evidentemente, non ci era riuscita. Ormai non poteva immaginare una vita senza di lui o senza gli altri. Specialmente in un momento critico come quello delle ultime ventiquattr'ore, con quello che era successo a Duke. Si erano fatti avanti tutti per aiutarla. Si erano dimostrati gli amici che lei aveva sempre desiderato, ma mai trovato. E li aveva trovati proprio quando non li stava cercando.

"Ecco. Si può fare," commentò Zeke.

"Parlo io agli altri," aggiunse Brock.

"L'operazione *Proteggere Khloe* comincia adesso," aggiunse Tal. "Non va da nessuna parte senza una scorta."

"Aspetta un momento," disse Khloe, ma Raid le parlò sopra.

"Mi faccio sentire," disse agli amici.

"Devo andare a infornare una torta," le disse Finley, "ma posso tornare dopo per tenerti compagnia, mentre controlli Duke."

"Io posso portare anche Tony. Vorrà vedere coi suoi occhi che Duke sta bene," le disse Elsie.

"Non so se posso essere utile, specialmente con Afton e tutte le altre, ma sono felice di offrirmi per qualunque tipo di aiuto ti serva con Duke," aggiunse Heather.

"Grazie mille a tutti... ma penso che siamo a posto così. Duke deve solo rimanere tranquillo, almeno per ora. Magari, quando uscirà dalla convalescenza, potrete fare a turno con Raid per tenergli compagnia in biblioteca o a casa sua."

Accettarono tutte subito.

"E penso che dovremmo organizzare presto una serata tra donne," aggiunse Elsie con decisione.

Khloe non ne era sicurissima, ma capì che Elsie e le altre non avrebbero desistito. E dato che si trattava di un breve rinvio, prima di dover trovare il modo di spiegare il proprio passato alle amiche con delle parole che non creassero risentimento o rabbia, per non essersi aperta prima, anche lei annuì.

La abbracciarono tutte, stringendola prima di andarsene. Dopo qualche altra battuta con Afton per assicurarsi che avesse tutto sotto controllo, e dopo aver ringraziato ancora il dottor Snow per aver accolto Duke nella sua clinica, Khloe uscì di nuovo al fianco di Raid.

Invece di andare all'appartamento di lei, Raid si diresse fuori paese, verso la casetta di sua proprietà che conosceva anche lei.

"Raiden? Vorrei andare al mio appartamento."

"No."

Khloe si corrucciò. Davvero le aveva appena risposto in quel modo? "Non puoi rapirmi. Voglio tornare a casa."

Lui ebbe la sfrontatezza di ridacchiare. Chissà come, nelle

ultime ore, lei si era dimenticata quanto quell'uomo potesse irritarla. "Non c'è nulla da ridere," gli disse a denti stretti.

"No, hai ragione, non c'è da ridere," ripeté lui tornando serio. "Sei sfinita perché hai passato la notte a curare il mio cane, su cui sei intervenuta chirurgicamente in condizioni di emergenza, salvandogli la vita. Hai dormito sul pavimento, non hai mangiato nulla che fosse degno di esser chiamato cibo. Hai dovuto affrontare Ziegler, incazzato con te, che ti ha scosso più di quanto tu voglia ammettere. Stai anche cominciando ad accettare l'importanza delle tue amicizie, un qualcosa che *so* che hai cercato di evitare dal giorno in cui hai assunto l'incarico in biblioteca. Inoltre, Caryn mi ha detto che non c'era molto da mangiare nel tuo frigo... e sì, io le ho detto di curiosare e di farmi sapere."

"Quindi, ti porto a casa mia, dove posso farti mangiare qualcosa di sano e farti dormire senza interruzioni. Sono sicuro che ci saranno molti curiosi benintenzionati che si fermeranno da te per fare due chiacchiere. A casa mia, invece, potrai riposare."

"E dopo l'ultimo commento che hai fatto dal dottor Snow... ti illudi se pensi che ti perda di vista prima di avere la certezza che qualunque minaccia di Ziegler sia sventata, e prima di sapere quali *altre* minacce possono pendere sulla tua testa."

Khloe sospirò. Gran parte di quelle dichiarazioni le facevano piacere, ma quell'ultima frase... aveva capito che Raid intendeva proteggerla, ma non aveva capito esattamente quanto. "Posso arrangiarmi da sola."

"So che puoi," le rispose senza esitare. "Ci sei riuscita per un periodo lunghissimo... ma non devi più fare tutto da sola."

"E se volessi?"

Al che, lui si voltò, fissandola con i suoi occhi verdi penetranti. "È quello che vuoi?"

Lei fu quasi sul punto di dire di sì. Di affermare che non

voleva coinvolgerlo. Ma non ce la fece. Era stanca. Sfinita fino al midollo. Spossata dalla paura qualcuno la stesse aspettando dietro ogni angolo per farle del male, magari per cercare di portare a termine ciò che Alan aveva tentato in passato.

Raid non le lasciò il tempo di rispondere e tornò con gli occhi sulla strada.

Lei gliene fu grata. Non le stava rendendo quella situazione più difficile di quanto già fosse. Sollevata, Khloe sospirò e chiuse gli occhi. Sentiva ancora sulle spalle il peso del mondo, ma il fardello, per un momento, le sembrò un pochino più leggero.

Riaprì gli occhi quando sentì il veicolo rallentare. Raid stava accostando sul vialetto ghiaioso che portava a casa sua. Lei era già stata in quella casa in passato, e le era piaciuta. Era una casa tinteggiata in blu scuro, con un porticato frontale e lungo un lato. Vicino c'era un garage non collegato alla casa, ma Khloe aveva fissato lo sguardo sulla panca a dondolo sul porticato anteriore. Ne aveva sempre desiderata una. Ci si vedeva seduta a rilassarsi, dopo una lunga giornata.

"Devo ancora completare dei lavori," le disse, "ma l'essenziale è terminato."

"E quale sarebbe la roba essenziale?" gli chiese d'istinto.

"Ho installato uno steccato sul retro, così Duke può correre liberamente senza che io debba preoccuparmi che si perda. I segugi hanno la tendenza a seguire delle tracce olfattive per chilometri e chilometri, poi alzano il muso e si chiedono dove diavolo sono finiti."

Raid aveva ragione. "Tutto quello steccato non ti sarà costato poco," commentò.

"Infatti, ma era importante, quindi ho trovato il modo di completarlo."

Altra dimostrazione che Raiden era una brava persona. "Che altro?"

"Una bella cucina. Una doccia in cui non devo piegare le

ginocchia per mettermi sotto al getto d'acqua, una camera da letto abbastanza grande per metterci un matrimoniale, così non mi sento rattrappito."

A Khloe sembrò tutto molto logico. Ovviamente, un uomo alto come Raiden voleva sentirsi a proprio agio in casa.

"Ci sono anche due camere da letto per gli ospiti, con altri due bagni per farti una doccia; uno è attiguo a una camera. C'è tutto il tempo per riposarsi, prima di tornare indietro a visitare Duke."

"Come se tu non volessi tornare indietro a controllare," commentò Khloe.

Raid sorrise. "Beccato. Mi farà strano, essere a casa senza Duke. Andiamo. Mentre ti fai la doccia, preparo qualcosa da mangiare."

"Non vuoi lavarti anche tu?"

"Sì, ma lo stomaco mi sta dicendo che in questo momento il cibo è più importante."

"Sei proprio un uomo," finse di lamentarsi.

"Eh sì," confermò lui senza esitare, mentre spegneva il motore.

Uscirono dal veicolo e si trovarono davanti al cofano. Raid aveva parcheggiato davanti a casa invece di entrare nel garage; Khloe lo seguì sulle scale del porticato.

"Spero che quel dondolo sia comodo come sembra," gli disse mentre lui apriva la porta di casa.

"Non lo so. Non lo uso mai."

"Cosa?" gli chiese Khloe incredula. "Che spreco!"

"Non fa per me. Però tu provalo, così poi mi dici com'è," aggiunse lui aprendo la porta e facendole cenno di precederlo.

Quel gesto le fece tornare in mente il momento in cui lui l'aveva preceduta, nella sala d'attesa della clinica di Ziegler. Si era messo tra lei e il pericolo a cui stavano andando incontro. Raiden aveva dei tratti nascosti molto profondi, e lei fu all'improvviso incuriosita di scoprire cos'altro ci fosse da conoscere in lui.

La casa era sorprendentemente in ordine. Chissà perché, lei si aspettava di trovare piatti sporchi, rifiuti sui tavoli, disordine generale. L'ufficio di Raiden in biblioteca era *sempre* molto caotico. Non sporco, ma con pile di libri e documenti dappertutto, e con l'immancabile, preziosa tazza di caffè, che secondo lei non veniva lavata a fondo da anni. Invece, mentre le faceva strada nel salotto, passando per la cucina, in direzione della camera degli ospiti con il bagno attiguo, lei riuscì a dare una rapida occhiata in giro e trovò tutto immacolato.

Raid non entrò nella camera con lei, rimase in piedi sulla soglia, ovviamente per non metterla a disagio. "Fai una doccia con calma. Ti va il pollo alla pizzaiola?"

Khloe sbatté le palpebre. "Sul serio?"

"Sì, perché? Sei allergica al pollo?"

"Cosa? No. Esiste davvero quell'allergia?"

Raid alzò le spalle. "Certo. Ormai c'è gente allergica praticamente a tutto."

"Io no. È che mi aspettavo qualcosa tipo un panino, uova strapazzate, cose così."

Lui fece una smorfia. "Perché? È perché sono un uomo?"

Khloe arricciò il naso. Quella domanda la fece sentire sessista. "Sì?"

Lui ridacchiò. "Non ho un repertorio infinito di ricette che mi riescono bene, ma ho preso una pentola a pressione elettrica che mi facilita il compito. Comincio a preparare. Comunque, ho un boiler che funziona a meraviglia, quindi davvero: prenditi tutto il tempo che vuoi. Dopo mangiato, possiamo dormire."

Al che, Raid le fece un cenno col mento, poi chiuse la porta e la lasciò in camera per la doccia.

Khloe perse la sensazione del tempo, rimanendo là in piedi a fissare quella porta dopo che lui se ne fu andato. Si era abituata al Raiden che conosceva sul lavoro. Scorbutico, sulle sue, concentrato sulle mansioni da bibliotecario... un uomo che sembrava trovare difetti ogni volta che lei gli diceva qualcosa.

Le riusciva difficile credere che quell'uomo e il tipo generoso, affettuoso, che l'aveva accolta in casa propria e che quasi flirtava con lei fossero la stessa persona.

Alla fine, si costrinse a svegliarsi da quello stupore e si girò verso il bagno. In un mobiletto, trovò degli asciugamani puliti, mentre nel cassetto c'erano spazzolini e dentifricio. Nel bagno c'erano anche sapone, shampoo, balsamo e persino uno scaldasalviette. Lei si era fatta l'impressione che Raiden fosse un tipo solitario, che non avesse molti amici, al di fuori della squadra Eagle Point. Ma forse si era sbagliata, almeno a giudicare da quella camera per gli ospiti in cui non mancava nulla.

Mezz'ora dopo, Khloe sbucò da quella camera. Si era fatta una doccia con calma e si sentiva cento volte meglio. Anche se l'effetto della caffeina ormai stava svanendo. La stanchezza della notte e del giorno prima si stava facendo sentire. Aveva fame, sì, ma il pensiero di sdraiarsi in un letto comodo per farsi un pisolino l'attirava anche di più.

Quando entrò nella zona giorno, rimase ferma per un momento a guardare Raid, senza che lui si accorgesse della sua presenza. Quell'uomo sembrava nel suo ambiente, in quella cucina. Si era cambiato la maglia e indossava un paio di pantaloni della tuta grigi.

Khloe non aveva mai capito le donne che andavano pazze per gli uomini in tuta... fino a quel momento. Il materiale dei pantaloni aderiva alle gambe di Raid come una seconda pelle. Aveva cosce muscolose e i piedi nudi che sbucavano dal fondo rendevano quello spettacolo anche più intimo. Ma ciò che fece arrossire Khloe fu la forma che la tuta prendeva sul davanti.

Che sciocca. Raid era completamente vestito e coperto, eppure lei non riusciva a togliere lo sguardo dal rigonfiamento dei pantaloni. Si vedeva chiaramente che aveva un uccello delle dimensioni giuste, per un uomo della sua altezza. Poi lui si girò dall'altra parte e Khloe affondò le unghie nei propri palmi: santo cielo, aveva un sedere da urlo.

Come mai non aveva mai notato che Raiden Walker aveva forme tanto perfette?

Probabilmente perché, quando era arrivata a Fallport, era ancora sotto shock e cercava di tenere la testa bassa. Inoltre, Raid era il suo diretto superiore e a lei serviva quell'impiego; almeno all'inizio, le serviva un posto per riprendersi, per nascondersi.

Tuttavia, col passare dei mesi, la paura si era mutata in rabbia, per il modo in cui la sua vita era stata stravolta da un evento di cui lei non aveva alcuna colpa; e Khloe, sia pur con riluttanza, segretamente, si era accorta di essere attratta da Raid. Da allora, aveva cercato di reprimere quell'istinto.

Eppure, in quella casa, dopo essersi denudata per farsi la doccia... beh, non insieme a lui, ma vicina... vedendolo vestito in modo casual, mentre le preparava qualcosa da mangiare, tutte le sensazioni che lei aveva cercato di soffocare tornarono in superficie, ravvivate. Rendendola nervosa, agitandola e imbarazzandola.

Fece del suo meglio per non fissare il contenuto di quei pantaloni e si schiarì la gola entrando in quella cucina ampia e accogliente, fingendo che, nelle precedenti ventiquattr'ore, tra loro nulla fosse cambiato.

Ma Khloe sapeva che era tutta un'illusione. Era cambiato tutto, e lei aveva l'impressione che tornare al rapporto di prima sarebbe stato impossibile per entrambi.

CAPITOLO CINQUE

RAID SI RESE conto del momento in cui Khloe entrò in quella stanza: aveva sempre una percezione inspiegabile della sua presenza, ogni volta che erano vicini. In biblioteca, si accorgeva di quando lei andava via dall'ufficio per aiutare qualche utente a trovare dei libri. La sentiva uscire all'ora di pranzo e rientrare dopo mangiato, si accorgeva quando lei lasciava la biblioteca, a fine orario... e tutto senza mai nemmeno vederla direttamente. Non sapeva come mai era tanto sintonizzato con lei. Non che gli dispiacesse...

Dovette sforzarsi al massimo per fingere di non rendersi conto che fosse arrivata. Mentre finiva di preparare da mangiare, sentì come un pizzicore alla schiena, nel punto dove lei sicuramente lo stava osservando. Raid non sapeva cosa le passasse per la mente, se le piacesse ciò che vedeva, oppure se si stesse chiedendo il motivo di tanta gentilezza.

Quando le stava vicino, lui *non cercava* di essere scontroso; però percepiva in lei qualcosa che lo metteva in difficoltà. Lui aveva capito da tempo che Khloe si portava dentro dei segreti, e si chiese se, forse, l'inconscio l'avesse spinto a punzecchiarla di continuo nella speranza di farle perdere le staffe e magari di indurla a rivelare qualcosa.

Però non si sarebbe mai aspettato di scoprire uno di quei segreti nel modo in cui era successo. Raid era ancora sbalordito dal fatto che lei fosse una veterinaria, e non aveva mai provato tanto sollievo e tanta gratitudine: Duke era vivo grazie a lei.

Prendersi cura di Khloe era l'unico modo in cui poterla ringraziare, per scusarsi di aver fatto lo stronzo, per tutte le frecciate che le aveva lanciato. Ma c'era molto di più, e lui lo sapeva. Voleva anche conoscerla meglio. Lei aveva degli altri segreti, nascondeva qualcosa di molto più importante di una semplice professione, come era risultato evidente da ciò che le era sfuggito poco prima. Gli sarebbe servito del tempo per superare gli scudi con cui lei si proteggeva, ma Raid voleva riuscirci assolutamente.

Prima, però, doveva darle da mangiare, assicurarsi che dormisse un po'; poi avrebbe trovato l'approccio migliore per scalfire quella corazza esteriore. Sapeva che, per farla aprire, avrebbe dovuto confidarsi con lei, aprendosi a sua volta; per la prima volta, dopo tanti anni, quel pensiero non gli creò un'ansia insopportabile.

Quando la sentì schiarirsi la gola, si girò e le fece un sorrisetto. "Tempismo perfetto," le disse, "il pollo è quasi pronto."

"Posso aiutarti in qualche modo?"

"Vuoi prendere i piatti dalla dispensa?" le chiese Raid, indicando una porta sulla destra.

Senza dire una parola, lei andò in quella direzione e prese due piatti. Nel giro di cinque minuti, si ritrovarono seduti al tavolino, davanti a due piatti fumanti di pollo alla pizzaiola con la polenta.

Mangiarono in silenzio per qualche minuto, poi Khloe commentò: "Che piatto fantastico."

"Grazie."

"Dico sul serio, è *davvero* buonissimo. Grazie."

"Avresti dovuto vedere le prime ricette che ho provato con questa pentola: disastro completo."

"Beh, non si direbbe, mangiando questo," gli rispose.

Quel complimento gli fece piacere. Anzi, anche solo mangiare a tavola con lei gli faceva piacere. "Penso che sia la prima volta che mangio seduto qui," le disse istintivamente.

Khloe lo fissò. "Cosa? Come mai?"

Raid rimpiangeva già quel commento impulsivo. "Non è un problema, anzi, lascia perdere."

"Sul serio, Raid. Come mai?"

Lui alzò le spalle con tutta la noncuranza possibile. "Di solito non viene nessuno a casa mia; è più comodo mangiare in piedi in cucina, oppure seduto sul divano mentre guardo la TV." Oppure giù nel seminterrato, dove passava quasi tutto il tempo libero; ma non intendeva rivelare anche quello. Ciò che faceva nel suo tempo libero sicuramente non avrebbe fatto una buona impressione su una donna come Khloe.

"Cosa intendi dire, che non viene mai nessuno a casa tua?" gli chiese. "Hai un bagno pieno di prodotti per gli ospiti, e due camere da letto oltre alla tua."

"Credo sia solo merito di mia mamma, che mi ha abituato così. Lei portava sempre a casa i prodotti gratuiti dalle stanze degli alberghi e li metteva in un cestino nel bagno di casa, nel caso in cui qualche ospite avesse bisogno di qualcosa."

"Sono sicura che le fa piacere vedere che porti avanti la sua tradizione," commentò Khloe con un sorriso.

Raid alzò le spalle. "Non è mai stata in questa casa."

"Oh. Non è più in vita?"

"Sì, vive in Iowa con mio padre. Sono entrambi in pensione, ma non amano viaggiare. Non li vedo da circa otto anni."

Khloe spalancò gli occhi. "Davvero?"

Raid si mise sulla difensiva e le rispose con un tono un po' più seccato del voluto. "Non è un problema, ci sentiamo ogni tanto, ma vivono la loro vita e io vivo la mia. Non l'hanno presa bene quando sono uscito dalla Guardia Costiera, specialmente mio papà. Da ragazzino, ero molto introverso, e lui si era convinto che il servizio nelle forze dell'ordine mi facesse diventare un 'uomo vero'. Ci sono rimasti male entrambi."

Khloe lo sorprese allungando una mano e appoggiandogliela sull'avambraccio.

Raid non se l'aspettava e rimase con la forchetta sospesa a mezz'aria. La sensazione di quella mano sulla pelle gli fece partire un formicolio lungo la schiena.

"Scusami. Non volevo giudicarti. Ma sono loro a rimetterci, Raiden. Tu sei un brav'uomo. Non essere un militare non ti rende meno 'uomo'. Sei uno dei maschi più maschi che abbia mai conosciuto."

Raid non aveva idea di cosa intendesse Khloe con quelle parole, ma si sentì comunque confortato. "Grazie," le rispose sottovoce.

Khloe ritirò la mano e Raid trattenne l'istinto di afferrarla e rimettersela sul braccio. Nella vita, un contatto di pelle come quello gli era capitato pochissime volte e non si era mai reso conto di quanto gli mancasse.

"Mia mamma è morta quando frequentavo le scuole elementari. È stata dura, ma mio papà mi è rimasto vicino e ha fatto tutto il possibile per compensare la sua assenza," gli raccontò Khloe, che poi sorrise leggermente. "Quando ero adolescente, papà mi ha portato da una signora che aveva un salone di bellezza, per farmi aiutare a truccarmi e sistemarmi i capelli. Quando gli portavo a far conoscere i ragazzi con cui uscivo, si è sempre comportato da tipico papà, ma mi ha sempre sostenuto, in tutto ciò che ho voluto fare."

"Sembra un papà in gamba."

"Era in gamba."

Era. Accidenti.

"È morto circa cinque anni fa, di infarto. Non sapevo nemmeno che avesse difficoltà al cuore. Per me era sano come un pesce, salute di ferro. È stato un brutto colpo."

"Ci credo," commentò Raid dolcemente.

"Comunque sia," proseguì Khloe con tono più brioso, "mi sorprende lo stesso che tu non abbia mai mangiato a questo tavolo. E quelli della squadra, Ethan e gli altri? Loro non sono mai venuti qui a casa tua?"

Raid fece spallucce. "Di solito mi invitano loro."

"Quindi no. Raid, ma è pazzesco... Questa casa è meravigliosa! Hai un cortile recintato, e scommetto che anche la veranda sul retro è una bomba, non è vero?"

Non si sbagliava, e Raid alzò le spalle.

Khloe fece una smorfia. "Certo che è una bomba. Perché non hai mai invitato gli amici?"

Lui avrebbe preferito cambiare argomento. Ormai si sentiva in difficoltà. "È andata così, non è che io non li voglia invitare, solo che non sono il tipo da organizzare feste o ritrovi."

Khloe lo fissò per un lungo momento, poi annuì. "Sì, questo lo capisco."

Raid avrebbe voluto chiederle cosa intendesse, ma era troppo intimorito.

"Nemmeno io partecipavo a molti ritrovi, a Norfolk. Dopo il lavoro ero troppo stanca, era più semplice tornare a casa e prepararmi un'insalata di cereali o qualcosa di rapido per cena prima di addormentarmi, piuttosto che cercare di approfondire delle amicizie con le persone che conoscevo."

"Norfolk," ripeté Raid meditando. Da quando aveva conosciuto la donna che gli stava vicino, non aveva mai saputo da dove venisse, prima di arrivare a Fallport. Gliel'aveva domandato, in un'occasione, ma lei aveva risposto in maniera molto evasiva, chiedendogli se fosse necessario rivelarlo per mantenere il posto di lavoro.

"Sì," gli rispose a voce bassa, senza guardarlo negli occhi. "So che ci sono molte cose del mio passato che non ti ho svelato, e..."

"Non preoccuparti," la interruppe Raid, che non voleva farla sentire in dovere di spiegargli.

Mangiarono in silenzio per un altro minuto, poi lei aggiunse: "Volevo solo dirti che ti capisco, perché anch'io sono molto introversa. Mi piace passare il tempo per conto mio. Leggo. Guardo la TV. Oppure rimango seduta in silenzio ad assorbire l'atmosfera. Ai tuoi amici piaci per come sei, Raiden, non si aspettano che li inviti a casa tua a far festa o che altro."

"Meglio così," borbottò lui.

Khloe fece una risatina, e Raid la guardò sorpreso. L'aveva mai sentita ridere con tanta leggerezza? Probabilmente no.

"Cacchio. Adesso mi sto perdendo," gli disse con un sorrisetto. "Quando comincio a ridacchiare per nulla, è un sintomo chiaro che ho bisogno di dormire."

Raid memorizzò quell'informazione. Sentiva il bisogno impellente di conoscere ogni peculiarità di Khloe. Guardò nel piatto di Khloe e fu contento di notare che aveva mangiato tutto il cibo che le aveva servito. Rispetto a lui, Khloe era una persona minuta e non gli sarebbe dispiaciuto vederle mettere più carne su quelle ossa; ma forse lei non sarebbe stata d'accordo e avrebbe ribattuto dicendo di essere sovrappeso. Non era vero. Aveva tutte le curve nei posti giusti.

"Ne vuoi ancora?" le chiese.

Lei rise di nuovo. "No, sono piena."

"Ecco, allora perché non vai in camera a sdraiarti? Penso io a sistemare qui."

"Dovrei aiutarti," gli disse.

"Perché?"

"Perché sì. Hai cucinato, dovrei sistemare io. Mi sembra giusto."

Raid scosse la testa. "No. Ci penso io."

"Va bene. Grazie. Ti dispiace se invece di andare in camera mi sdraio sul divano?"

"Certo che no. Posso chiederti il motivo?"

Khloe alzò le spalle e non lo guardò negli occhi. "Penso solo che quel divano sia estremamente comodo."

Raid immaginò che la riluttanza ad andare nella camera degli ospiti nascondesse altro, ma non insisté. "È comodissimo. Mi ci sono addormentato sopra un'infinità di volte."

Lei gli mostrò un sorriso di gratitudine, poi si alzò. Lui la guardò raggiungere il divano a passi tranquilli e sedervisi sopra. Poi la testa di Khloe sparì dietro lo schienale, mentre lei sistemava i cuscini. Pur non vedendola, Raid sorrise. contento di saperla vicina.

Quando ebbe finito di mettere in lavastoviglie i piatti usati e di pulire la pentola a pressione, Raid non si trattenne e andò in salotto. Avrebbe potuto andare a riposare in camera da letto, ma non avrebbe mai rinunciato alla possibilità di dormire vicino a Khloe. Anche se "vicino" significava accontentarsi della poltrona accanto al divano.

Guardandola, Khloe lo sorprese. Non per la sua presenza, ovviamente, ma perché nel sonno gli sembrava una persona completamente diversa. Con tutte le difese abbassate, sembrava estremamente vulnerabile.

Era sdraiata su un fianco, con i capelli arruffati intorno alla testa. Aveva gli occhi chiusi, la guardia abbassata, e Raid sentì crescere l'istinto di proteggerla. Per tanti mesi, l'aveva spinta a diffidare, senza darle motivo di pensare che lui l'apprezzasse, né che gli piacesse. Ormai aveva chiuso con quell'atteggiamento. Khloe aveva salvato la vita a Duke, il che per lui era importantissimo. Il minimo che potesse fare per ricambiare era smettere di comportarsi da stronzo con lei.

Si sedette sulla poltrona e appoggiò i piedi sul pouf, senza mai distogliere lo sguardo da Khloe, addormentata sul divano.

Raid conosceva sé stesso, i propri pregi come i propri difetti, e non era il tipo di uomo che attraesse le donne. Ormai ci si era abituato da molto tempo. Gli epiteti che gli avevano affibbiato già alle elementari gli riecheggiavano ancora in testa.

Elfo.

Secchione.

Spilungone dai capelli rossi.

Fricchettone.

Ne aveva sentiti di tutti i colori. Ma la verità era che le sue orecchie *erano* sporgenti. Lui *era* un tipo strano. Aveva i capelli di un fulvo acceso ed era sempre stato un secchione. All'epoca, i compagni di scuola non gli avevano mai detto nulla di falso. Solo che lui, fino alle scuole superiori, non si era reso conto che essere come lui significava non attirare l'interesse delle ragazze, che preferivano gli sportivi, gli idioti biondi o coi capelli scuri che avevano un bell'aspetto, ma che non prendevano una sufficienza in storia o in matematica senza copiare.

Così, Raid era sempre rimasto in disparte, e aveva trovato più semplice andare d'accordo coi cani che con la gente, un tratto che si era portato dietro anche da adulto. Negli anni aveva avuto qualche esperienza, ma nessun rapporto a lungo termine, nessuna relazione seria.

Per la prima volta nella vita, si chiese come sarebbe stato tornare a casa da una persona come Khloe. Da una donna che gli sorridesse come aveva fatto lei, chiedendogli come fosse andata la giornata. A lui piaceva cucinare per qualcun altro, gli piaceva il pensiero di prendersi cura di lei, di soddisfare ogni sua esigenza. Però, probabilmente si era già bruciato ogni possibilità di fare breccia istigando battibecchi e costringendola sempre a muoversi in punta di piedi intorno a lui.

Decise di fare il possibile per correggere quel rapporto. Magari avrebbero potuto diventare amici, quantomeno.

Chiuse gli occhi e sospirò. Chi se l'aspettava che l'unica donna che gli interessava, dopo un tempo lunghissimo, non solo fosse proprio quella che lavorava per lui, ma anche quella che lui si era impegnato tanto a irritare e contrastare per mesi?

Poco prima di prender sonno, pensò di essere comunque un uomo fortunatissimo. Se non avesse assunto Khloe, mesi prima, probabilmente avrebbe perso il suo migliore amico. Aveva un tetto sulla testa, viveva in un paesino i cui abitanti, pur non conoscendolo molto bene, lo avevano accettato per quello che era. Aveva degli amici che si sarebbero fatti in quattro per aiutarlo e se l'era cavata in situazioni piuttosto pericolose, mentre lavorava per la Guardia Costiera.

La vita non era mai scontata; nascere era come tirare i dadi della fortuna: non era possibile scegliere i genitori, il Paese in cui crescere... ma era sempre possibile scegliere il modo in cui gestire le difficoltà della vita. E lui aveva sempre affrontato ogni difficoltà al meglio, superandola. Cercando di trasformare le apparenti sfortune in qualcosa di buono.

L'ultimo suono che sentì prima di addormentarsi fu il leggero russare di Khloe. Sapere che era vicina, che non era solo, gli regalò una sensazione meravigliosa.

———

Alan Mather era seduto coi due fratelli nella sala visite del penitenziario di Norfolk. Rispetto al carcere, preferiva mille volte la cella in cui era stato detenuto in attesa di processo. Era meno affollata, si mangiava meglio e consentiva qualche libertà in più. Per non parlare degli altri prigionieri: quelli del penitenziario statale erano molto più crudeli rispetto a quelli della cella precedente.

Essere rinchiuso in quel posto era uno schifo.

Tutta colpa di quella stronza.

Era stata lei a uccidergli il cane, e poi aveva dato la colpa *a lui* per quella situazione.

Khloe Watts doveva morire.

Peccato per quell'errore, quando l'aveva investita. Voleva sfracellarle il cranio, invece l'aveva ferita solo a una gamba.

Ora Alan era in prigione, ma non era tagliato fuori dal mondo. L'aveva cercata fin dal giorno in cui lei era scappata dall'ospedale dove era stata ricoverata dopo "l'incidente". Quella stronza era scappata e si era resa irreperibile. Era tornata per il processo; vederla al banco dei testimoni, sentire le menzogne che aveva detto su di lui, avevano reso Alan ancor più determinato a fargliela pagare per avergli rovinato la vita.

I fratelli avevano un ruolo cruciale per realizzare il piano.

Scott e Jason erano più giovani di lui e avrebbero fatto tutto ciò che lui avesse chiesto. Da quando lui era stato arrestato, loro avevano setacciato internet in cerca di tracce di quella maledetta veterinaria, per scoprire dove si fosse nascosta.

Quel giorno erano andati a fargli visita per mostrargli un video che era diventato virale, che loro avevano trovato per puro caso sui social media. Evidentemente, quella aveva fatto incazzare qualcuno... niente di nuovo. Nel video, un certo dottor Ziegler sbraitava contro una Khloe che era entrata senza permesso nella clinica per intervenire chirurgicamente su un cane.

Ad Alan non fregava nulla di quel dottore o di ciò che gli aveva fatto quella stronza. A lui interessava solo capire dove fosse successo.

Scott aveva cercato online un riferimento alla clinica di quel veterinario e aveva scoperto che si trovava in un paesino sperduto, a Fallport. Era dall'altra parte dello Stato, ai piedi dei monti Appalachi.

"Qual è il piano?" gli chiese Jason a voce bassa, in modo da non farsi sentire dagli altri prigionieri o dalle guardie che curiosavano vicino.

"Voi due ve la sentite di fare una gita?" chiese Alan.

"Dove?" gli chiese Scott.

Alan trattenne l'impulso di sbuffare. Il fratellino più giovane non era certo una cima. Aveva ventisei anni, non aveva completato le scuole superiori e si era appoggiato al fratello per farsi sostenere e per avere un tetto sulla testa.

Jason aveva trent'anni e non era molto più intelligente del fratello minore, ma almeno si era diplomato. Aveva messo incinta la compagna all'età di vent'anni ed erano ormai a quota quattro figli. Lavorava in vari posti e si faceva pagare tutto in nero per poter evadere le tasse. La moglie portava a casa il grosso delle entrate di famiglia, altrimenti lui l'avrebbe già scaricata da molto tempo. Jason però era abbastanza furbo da capire che, se l'avesse lasciata, avrebbe dovuto lavorare molto più duramente.

Quando non lavoravano, Jason e Scott passavano le giornate a fumare erba in casa. Avevano perciò la possibilità di andare a Fallport a fare ciò che Alan non poteva fare... almeno non prima di un permesso per buona condotta. Purtroppo, quel bastardo dell'avvocato non era riuscito a far archiviare l'accusa di tentato omicidio, per cui avrebbe dovuto passare in quel posto parecchi anni. Tutto per colpa di quella maledetta veterinaria, che per prima aveva fallito nel suo lavoro.

"Dove pensi di dover andare, tonto?" chiese Alan sospirando. "A Fallport."

"Oh!" esclamò Scott con una risata. "Ma certo."

"Allora, di nuovo, qual è il piano?" chiese Jason ripetendo la domanda.

"Voglio che le rendiate la vita un inferno. Fatevi vedere ovunque vada. Spargete voci. Lasciatele dei regalini sulla soglia di casa. Cose di questo tipo."

"Che tipo di regalini?" chiese Jason.

Alan si sforzò di non prendersela. Gli dava fastidio dover spiegare tutto nei minimi dettagli. "Animali morti, pile di merda... che cazzo ne so! Qualcosa che la spaventi, che la faccia tremare dalla paura. Quella stronza non può rifarsi una vita, dopo aver rovinato la *mia*. Deve sapere di essere sotto sorveglianza a ogni ora del giorno e della notte, di non esser-sela cavata per quel che ha fatto."

"Va bene, ho capito. Si può fare," disse Jason annuendo.

"Sì, sarà anche divertente."

"Ma non fate nulla che vi faccia arrestare," li avvertì Alan. "Di sicuro, gli sbirri di quel paesino sperduto saranno dei tonti, ma insomma... voglio solo farle sapere che l'abbiamo trovata, che non può più nascondersi da *nessuna* parte. La tormentiamo per un po', poi ci tiriamo indietro. Le facciamo pensare che abbiamo rinunciato, poi torniamo a mostrarci quando meno se l'aspetta. Quella stronza non dimenticherà mai ciò che ha fatto."

"E poi?" gli chiese Scott. "Cioè, prima o poi dovremo fare qualcosa, non solo tormentarla, giusto?"

"Quando mi fanno uscire, la ammazzo," disse Alan con voce piatta e inespressiva. "Finirò io ciò che avete cominciato. Ci penso *io*. Se mi togliete questo piacere, ammazzo voi."

"Non la uccidiamo, ma tutto il resto è possibile, giusto?" gli chiese Jason con un ghigno malizioso.

Alan inclinò la testa per squadrare il fratello. Aveva sentito raccontare cosa faceva a letto: gli piaceva quasi stran-golare le donne mentre le scopava. Si aspettava obbedienza totale. Gli sorrise. "Certo. Però, basta che non vi becchino. L'ultima cosa che voglio è che gettino anche voi qui dentro insieme a me. Chi potrebbe più aiutarmi a mettere in atto la mia vendetta?"

"Non ci faremo beccare," gli rispose Jason. "Gli abitanti dei paesini come quello sono tutti dei bifolchi. Ci infiltriamo senza farci notare, nessuno sospetterà. Poi, a giudicare dal video che abbiamo visto, sembra che la odino già tutti. Saranno contenti di togliersela dai piedi."

"Tenetela d'occhio. Se scappa, dobbiamo sapere dove va."

"Fine visita!" annunciò una delle guardie.

Alan si rabbuiò. Lui *odiava* quel posto maledetto. Odiava dover chiedere il permesso per pisciare, per mangiare, per dormire. Avrebbe dovuto fare retromarcia, dopo averla investita! Spiaccicare la sua testa su quel maledetto parcheggio. Invece l'aveva lasciata in vita, disposta a testimoniare contro di lui. Una volta uscito, non avrebbe ripetuto lo stesso errore.

La dottoressa Khloe Watts era condannata a morte. Solo che lei non lo sapeva ancora.

CAPITOLO SEI

DOPO QUATTRO GIORNI, Khloe era seduta nel suo ufficio in biblioteca e scuoteva la testa mentre osservava Duke che dormiva sul cuscino in un angolo. Il segugio si era ripreso. Stava *bene*. Era stracoccolato non solo da Raiden, ma anche da tutti gli altri cittadini di Fallport. L'avevano visitato decine di persone, ansiose di vedere coi propri occhi che stesse bene. Aveva ricevuto più bocconcini e giocattoli di quanti potesse goderne qualunque cane.

Le amiche avevano chiesto di organizzare una grande festa in onore della guarigione di Duke, ma Raid era riuscito a convincerle che non era il caso. Ciononostante, in tanti avevano voluto far sapere a Raid, a Khloe e persino al segugio che la sua guarigione era stata un gran sollievo per tutti.

Duke era ormai diventato senza dubbio celebre a Fallport, e Khloe aveva scoperto di godere di una fama quasi pari a quella del cane. Lei era abituata a confondersi, a rimanere in disparte. In passato, era stata trattata cordialmente, ma mai come negli ultimi giorni. Sembrava che tutti la conoscessero e che sapessero cos'aveva fatto. Più persone di quante lei ne ricordasse l'avevano implorata di aprire una clinica veterinaria a Fallport.

Tuttavia, quella nuova fama non era l'avvenimento più strano che le fosse successo negli ultimi tre giorni. Era tornata al proprio appartamento una volta, solo per fare le valigie. Per il resto, era rimasta a casa di Raid. Se qualcuno le avesse chiesto, un anno prima, un mese prima, accidenti, anche solo una *settimana* prima se pensasse di dormire una notte da lui, lei avrebbe riposto che era impossibile. Invece era successo.

Erano riusciti a portare a casa Duke dopo solo un giorno trascorso nella clinica del dottor Snow. Khloe gli aveva tolto la flebo, il segugio era ancora mezzo intontito e persisteva un certo dolore, ma lei aveva garantito a Raid di poterlo gestire con qualche pillola. Lui l'aveva implorata di rimanere in quella casa per la notte, per monitorare Duke, per evitare che gli capitasse qualcosa di male.

Dopo la prima notte era arrivata la seconda, seguita da una terza.

Veramente, Raid non aveva dovuto implorare più di tanto. A lei piaceva molto stargli vicino, dato che lui aveva smesso di provocarla costantemente. L'emergenza di Duke li aveva senza dubbio avvicinati.

Conoscere qualcuno, ma provare la sensazione di *non* conoscerlo veramente era una situazione strana. Khloe frequentava Raid da quasi un anno, ma negli ultimi tre giorni aveva scoperto che, se lui non beveva un bel caffè la mattina (e lo beveva amaro... bleah!), quasi non riusciva a svegliarsi.

Guardarlo insieme a Duke le aveva sciolto il cuore. Quando usciva col segugio, la mattina, Raid gli rimaneva al fianco, senza preoccuparsi di quanto volesse rimanere all'aperto. Un mattino, era rimasto fuori per tre quarti d'ora, sempre camminando pazientemente al fianco di Duke, che sembrava annusare ogni singola foglia d'erba di quel giardino di diecimila metri quadri. Si metteva anche seduto sul pavimento vicino a Duke, per aiutarlo con un cucchiaio a mangiare la pappa umida per colazione.

Raid non perdeva mai la pazienza; non gli importava di mettere le esigenze di Duke davanti alle proprie. Per Khloe, era uno spettacolo rigenerante, rispetto a quello dei tanti padroni di animali che aveva conosciuto negli anni. Ovviamente, ne aveva visti anche molti che si facevano in quattro per i loro cuccioli. Ma erano fin troppi quelli che, dopo aver sentito il costo di un intervento chirurgico, decidevano di farla finita e lasciar morire i loro animali. Oppure semplicemente li abbandonavano. Oppure li riportavano a casa, lasciandoli soffrire, invece di consentirle di operare per salvarli.

Ogni volta che Khloe parlava del rientro al proprio appartamento, Raid quasi andava nel panico. Gliel'aveva visto negli occhi: aveva una paura folle che Duke avesse una ricaduta, o che gli succedesse qualcosa. Così lei non aveva avuto il coraggio di andarsene.

Ecco perché era rimasta. Lei e Raid avevano mangiato insieme, erano andati al lavoro insieme, erano rimasti alzati ogni sera a parlare, ben oltre l'orario in cui lei andava a dormire di solito.

Però era arrivato il momento di insistere: Duke stava bene. Beh, non benissimo, ma senz'altro fuori pericolo. Né il segugio, né Raiden avevano più alcun bisogno di lei.

Quel giorno, dopo il lavoro, Khloe sarebbe tornata al proprio appartamento. Aveva bisogno di un po' di spazio. Doveva ripensare ai propri passi per il futuro prossimo. Alan era in prigione, quindi lei avrebbe anche potuto tornare a Norfolk. Oppure avrebbe potuto rimanere a Fallport. Poteva tornare a essere la dottoressa Khloe Watts, aprire una clinica tutta sua, praticare la professione che amava.

Però una parte di lei esitava ancora. Il veleno nella voce di

Alan, quando l'aveva minacciata di fargliela pagare per avergli rovinato la vita, le circolava ancora nel cervello. Solo perché era in carcere, non significava che non potesse renderle la vita un inferno. Ecco perché aveva usato un cognome falso ed era scappata a Fallport, la località più a nord senza dover uscire dalla Virginia.

Pensare di andarsene le fece stringere il cuore. A lei piaceva quel paesino. Voleva bene alle amiche... anche se non si era certo impegnata per trasmettere loro quell'affetto. Avrebbe voluto esserci, al momento del parto di Finley ed Elsie. Avrebbe voluto festeggiare con le altre, quando Lilly fosse rimasta di nuovo incinta, perché senza dubbio sarebbe successo. Lilly ed Ethan avrebbero allargato la famiglia che tanto desideravano, Khloe ne era certa.

Voleva vedere i progressi di Heather, che continuava a sbocciare dopo una vita d'inferno. Le piaceva osservare Caryn quando lavorava nelle scuole superiori e pressava quei poveretti per selezionare i migliori.

Tutto sommato, Khloe era contenta di quella vita, che non si limitava al mero lavoro ogni santo giorno. Per quanto le piacesse la professione di veterinaria, l'aveva talmente assorbita da non godersi la vita a Norfolk, perché non si prendeva mai abbastanza tempo per sé stessa.

Poteva mantenere le amicizie e la vita a Fallport *pur* aprendo una clinica veterinaria? Non ne era sicurissima. Però aveva la sensazione che quello fosse l'unico luogo in cui poterci provare.

Cosa sarebbe successo poi, quando Alan fosse uscito di prigione? Era un evento inevitabile. L'avrebbe lasciata in pace? La pena detentiva l'avrebbe fatto ragionare? Avrebbe finalmente capito che lei aveva fatto tutto il possibile per salvare quel cane?

Chissà perché, lei ne dubitava. Alan non avrebbe mai accettato che lei fosse felice. Avrebbe fatto di tutto per farla penare... a costo di perseguitare anche le persone a lei vicine.

Non era proprio quello il motivo per cui se n'era andata da Norfolk? Per le voci che lui aveva messo in circolazione su di lei e su quei pochi amici che lei aveva? Khloe non voleva essere responsabile dell'arrivo di malignità del genere a Fallport. Non riusciva a concepire che Heather dovesse affrontare le cattiverie che sicuramente Alan avrebbe messo in giro su di lei. Né voleva immaginare cosa avrebbe potuto dire o fare alle altre donne con cui lei aveva fatto amicizia.

Non poteva assolutamente sopportare il pensiero che Alan tentasse di attaccare il buon nome di Raid e degli altri. Loro non se la sarebbero presa, senza dubbio; anzi, avrebbero ignorato menzogne e dicerie, ma lei odiava il pensiero di causare un caos del genere nelle loro vite.

Ecco perché esitava ancora nell'aprirsi completamente con gli altri, nel raccontare tutto di sé. L'avrebbero supportata tutti, lei non ne dubitava. Le avrebbero detto che non temevano Alan o ciò che lui poteva dire o fare. Invece *lei* lo temeva. *Le parole fanno male a qualunque età*. Le amiche ne avevano già subite abbastanza, non era il caso di scaricare su di loro le cazzate di Alan, dopo tutto ciò che avevano già sopportato.

"Khloe?"

Lei sussultò e si girò verso la porta.

"Scusami," le disse Raid dolcemente. "Non volevo spaventarti."

"Non preoccuparti. Ero sovrappensiero. Che c'è?"

Raid la fissò per un attimo e le trasmise la sensazione di aver capito che gli stava mentendo: non era solo sovrappensiero, era stressata dai ragionamenti.

"Invece di startene seduta a far nulla, che ne dici di cominciare a sistemare sugli scaffali i libri resi?"

Era il tipo di incarico a cui lei era ormai abituata... ma le era mancato quel piglio determinato. Raid aveva un sorrisetto in volto, e le aveva parlato con un tono più che altro provocatorio. Invece di mettersi sulla difensiva, come avrebbe fatto fino alla settimana prima, lei semplicemente annuì e si alzò.

Si incamminò passandogli vicino, ma lui la fermò mettendole una mano sul braccio. "Khloe?"

"Sì?"

"Grazie."

Lei si fermò perplessa. "Per cosa? Perché me ne stavo seduta in ufficio invece di fare il mio lavoro?" gli chiese scherzosamente.

Raid però non accennò nemmeno un sorriso. "No: per essere rimasta insieme a noi. La tua presenza mi ha tolto di dosso il pensiero di cosa fare, nel caso ci fossero stati imprevisti nella convalescenza di Duke. Ma non è tutto: mi ha fatto piacere averti vicina... e so che anche Duke è contento."

Khloe lo fissò per un attimo, poi gli regalò un sorrisetto. "Non c'è di che." Avrebbe voluto dirgli molto altro. Che aveva fatto piacere anche a lei. Che era stato facile stargli vicino. Che era confusa su ciò che provava nei suoi confronti.

Quando lui tolse la mano, Khloe si avviò nel corridoio verso il contenitore dei libri resi dagli utenti, ma si sentiva addosso lo sguardo di Raid. Negli ultimi giorni, lui era sempre rimasto in ufficio con Duke mentre lei usciva per svolgere dei compiti in biblioteca. Avevano fatto a turno: uno di loro era sempre rimasto nella stessa stanza in cui si trovava il segugio in via di guarigione.

La risoluzione di tornarsene al proprio appartamento dopo il lavoro vacillò. Se lui le avesse chiesto di tornare ancora a casa insieme, lei probabilmente avrebbe accettato senza esitazione. Dopo la gentilezza con cui l'aveva ringraziata, dopo la coraggiosa ammissione di aver gradito la sua compagnia... come poteva rifiutarsi?

Però era anche possibile che lui volesse tornare alla

propria routine quotidiana. Ormai Duke era quasi guarito e il giorno dopo avrebbe ripreso a mangiare regolarmente, anche se a razioni ridotte. Aveva digerito bene le pappe che aveva mangiato senza difficoltà, Khoe non aveva motivo di credere che con la dieta normale la reazione sarebbe stata diversa.

La verità era un'altra: a lei *piaceva* stare insieme a Raid, che era un brav'uomo. Certo, era taciturno, introverso, ma la metteva a suo agio. Quando era con lui, Khloe poteva rilassarsi. Era un uomo affidabile, sia nelle attività di ricerca e soccorso, sia nel suo impiego in biblioteca.

Con la mente immersa in un turbinio di pensieri, Khloe si sforzò di concentrarsi sul compito che doveva svolgere... e cioè prendere i libri resi dagli utenti e riporli negli scaffali, al posto giusto. Raid ne aveva già registrato la restituzione al computer, non mancava che fare il giro dei reparti e inserirli, in modo che qualche altro utente potesse consultarli.

In quel momento, in biblioteca non c'era molta gente, anche perché era pieno giorno, i ragazzini erano a scuola e tanti utenti erano al lavoro. Però c'erano gli *habitué*, i soliti che lei come sempre salutò con piacere. Dai convenevoli, si passava alle domande sulla salute di Duke e ad altri ringraziamenti per averlo salvato.

Arrivò nella sezione di storia quando le sembrò che qualcuno si stesse avvicinando da dietro. Fin dall'incidente con Alan, Khloe aveva sempre controllato con circospezione gli spazi in cui si muoveva. Quando il presagio diventò un brivido e l'istinto le disse che c'era qualcuno molto vicino, lei si girò.

Appena vide chi c'era là in piedi, si irrigidì.

Non ricordava il nome di quell'uomo, ma l'aveva visto in tribunale, insieme a un altro uomo che gli somigliava, il giorno dell'udienza per il processo ad Alan. Le occhiatacce e le smorfie che le avevano rivolto erano bastate per capire che il loro pensiero su di lei rispecchiava ciò che pensava loro fratello.

"Bene, bene, bene, guarda chi c'è," disse l'uomo sottovoce.

Khloe sentì il cuore battere più rapido e l'adrenalina cominciò a scorrere nelle vene. Quell'uomo non le avrebbe fatto nulla di male, in pieno giorno, in un edificio pubblico... oppure sì? Lei non ne era sicura.

"Ti ricordi di me? Sono Jason. Il fratello di Alan."

Lei fece un passo indietro, alzò la testa e gli chiese: "Cosa ci fai qui?"

"Io? Cercavo un libro," le rispose l'uomo.

"Non sei residente, quindi non puoi prendere in prestito dei libri," gli spiegò.

"Oh... peccato."

Si fissarono a vicenda per almeno una decina di secondi, poi lui le disse: "Sembra che te la stia cavando benino qui da sola. Invece mio fratello sta marcendo in una cella per colpa tua."

"Ha cercato di uccidermi," rispose Khloe, che fece un altro passo indietro; ma Jason le si avvicinò, non permettendole di allontanarsi troppo. Lei ebbe l'istinto di scappare.

Di raggiungere Raid.

Il pensiero di mettersi in salvo vicino a Raiden avrebbe dovuto sorprenderla, invece non ebbe il tempo di pensarci.

"Gli hai ammazzato il cane," le disse Jason con un ghigno.

"Ho fatto tutto il possibile per salvarlo, ma era troppo ferito," spiegò Khloe, forse per la milionesima volta. Jason era stato presente al processo. Aveva sentito tutta la testimonianza sulle condizioni di quel levriero, su come Khloe avesse cercato di fermare l'emorragia interna, senza riuscirci.

"Ho visto un video, sei entrata da un veterinario per salvare un cane," le disse Jason con tono profondo e minaccioso. "Pensi che fare l'eroina ti metterà in buona luce con la gente di qui? Forse sì... ma solo per poco. Aspetta che sentano tutto ciò che sei veramente, dottoressa *Watts*. Cambieranno idea molto alla svelta."

Lei cominciò ad ansimare. Era il suo peggior incubo che si realizzava. Non aveva idea di cosa ci facesse Jason in quel posto, quale fosse il suo fine ultimo, ma ovviamente l'aveva rintracciata grazie al video del dottor Ziegler che sbraitava per via dell'effrazione nella sua clinica.

Si preparò a contrastare Jason, aspettandosi che la attaccasse, o che tirasse fuori una pistola, o che tentasse di colpirla.

Invece lui non fece altro che sorridere e dirle: "Ci vediamo in giro." Poi si voltò e se ne andò, lasciandola là da sola.

Le servì un minuto d'orologio per riprendersi e muoversi. Proprio come quel giorno terribile, di fronte al pericolo, il suo corpo si irrigidiva e non si muoveva più, invece di reagire in automatico. Era saltata all'ultimo secondo, ma non abbastanza alla svelta per evitare di essere investita.

Khloe era ancora là impalata, in preda al panico, quando Duke la sorprese trotterellando verso di lei dal fondo della corsia. Raid lo seguiva da vicino.

Appena l'uomo la vide, si fece serissimo. Duke le appoggiò il muso su una mano e quel contatto l'aiutò a sbloccarsi. Cadde in ginocchio e avvolse dolcemente le braccia intorno al collo del segugio. Gli affondò il viso nel pelo e cercò con tutta sé stessa di controllare le proprie emozioni e il corpo che tremava.

"Khloe? Che diavolo è successo?"

Lei non riuscì a parlare. Non voleva ammettere che il passato l'avesse raggiunta. Se Jason l'aveva trovata, sicuramente si era portato dietro anche l'altro fratello di Alan. Quei due non si erano mai separati durante il processo.

Khloe sentì la mano di Raid che le sosteneva il gomito. "Dai, alzati, Khloe. Ci sono qua io. Ecco... appoggiati a me."

Chissà come, lei si ritrovò con la faccia appoggiata al

petto di Raid, che la portava via da quegli scaffali. Lo sentì dire ai passanti che lei stava bene, che le girava solo un po' la testa; le fece piacere quel tentativo di non metterla in imbarazzo per quel momento di debolezza. Lui non sapeva cosa fosse successo, come mai lei stesse male, eppure si sforzava di prendersi cura di lei.

Era una sensazione travolgente. Dopo la morte del padre, Khloe non aveva mai potuto contare su un tale sostegno.

"Siediti," le suggerì Raid dopo averla accompagnata nel suo ufficio.

Lei si sedette, ma tenne gli occhi chiusi, mentre le emozioni minacciavano di travolgerla. Panico. Imbarazzo. Paura. Persino quell'accidenti di gamba le faceva male. Era come se vedere qualcuno legato ad Alan le infiammasse i nervi, ricordandole tutti i mesi di riabilitazione che si era dovuta sorbire per tornare a camminare.

Raid non le disse nulla. Non le impose di parlare con lui. Non le intimò di aprire gli occhi. Rimase semplicemente con lei. Una presenza sicura. Le appoggiò una mano sul ginocchio, accovacciandosi davanti a lei. Solo quando sentì Duke che mugolava, Khloe riuscì ad aprire gli occhi.

"Va tutto bene, amico. Sta bene. Si sta solo riprendendo," disse Raid al cane.

Duke era accucciato vicino al padrone; quando la vide riaprire gli occhi, avvicinò il muso per spingerle la mano con insistenza.

Lei obbedì e gli passò la mano sul muso, grattandolo.

"Mi ha portato lui da te," le disse Raid a voce bassa. "Eravamo seduti nel tuo ufficio, poi tutt'a un tratto ha tirato su la testa e si è alzato. È andato dritto verso gli scaffali, il che è strano, perché se deve fare i suoi bisogni va verso la porta sul retro."

Khloe si abbassò e baciò il segugio sulla testa. "Sto bene," gli sussurrò. "Grazie per essere venuto a trovarmi."

Per tutta risposta, Duke le leccò una guancia, poi si girò e tornò alla sua cuccia, nell'angolo della stanza.

Lei si asciugò la bava dalla faccia con la spalla, poi fece un respiro profondo e guardò Raid. "Scusa, non è nulla," gli disse.

Ma Raid scosse la testa dicendole: "No."

Khloe lo guardò perplessa. "No?"

"Non minimizzare. Se non vuoi parlarmi di ciò che è successo, va bene, dimmelo pure. Ma non fingere che non sia nulla di strano. Là è successo qualcosa. Hai ancora il battito cardiaco accelerato e ansimi troppo. Anche il viso è scolorito. Non so cos'hai visto o chi ti ha detto cosa, ma sono certissimo che ti ha fatto paura."

Khloe aveva sempre saputo che Raid era un ottimo osservatore, ma fino a quel momento non si era accorta di *quanto* percepisse ogni dettaglio .

"Io... è una storia lunga," gli disse alla fine. Era davvero una storia lunga. E mentre stava là seduta davanti a Raid, pronto a darle supporto, Khloe capì che lui meritava di conoscere ogni dettaglio di quella storia sordida. L'aveva assunta per un impiego quando lei non era molto qualificata, le aveva concesso due settimane di permesso che lei non aveva ancora maturato, non le aveva fatto domande sul perché le servisse o su dove andasse. Anche quando era chiaramente frustrato o irritato con lei, non l'aveva mai licenziata, né aveva mai alzato la voce.

Negli ultimi giorni, le aveva dimostrato di avere tratti più profondi di quanto lei credesse. Khloe si era accorta di volergli raccontare tutto. Aveva bisogno di togliersi di dosso quel peso. Con il fratello di Alan a Fallport, Khloe non poteva più rinviare la propria confessone.

"Ecco," le disse Raid guardando l'orologio. "Puoi aspettare un'oretta? Telefono a Cherise per chiederle se può sostituirci fino all'orario di chiusura."

Cherise era una impiegata part time che sostituiva Raiden

quando lui era impegnato con la squadra di ricerca e soccorso, oppure interveniva quando c'era bisogno di una mano. Khloe annuì.

"Va bene. Stai qui con Duke. Vado a prenderti una Sprite. Non hai bisogno di altra caffeina, se no ti agiti di più, ma lo zucchero ti farà bene. Sistemo tutto qui in biblioteca, poi andiamo a casa. Ti preparo uno stufato piccante alla messicana e poi parliamo. Va bene?"

Khloe avrebbe voluto protestare, dirgli che aveva bisogno di tornare al proprio appartamento. Non l'aveva appena deciso? Ma l'arrivo del fratello di Alan cambiava tutto. E se l'avesse aspettata fuori per seguirla? E se l'avesse aspettata nel parcheggio per cercare di investirla?

Ancora scombussolata, Khloe riuscì appena ad annuire.

Lui la fissò per un lungo momento, poi le disse: "Qualunque cosa sia successa... vedrai che andrà tutto bene. Te lo garantisco." Si alzò senza darle il tempo di rispondere.

Poi lui la lasciò di sasso abbassandosi e baciandola sulla testa; infine si voltò e si avviò verso la porta.

Solo quando lui uscì e la porta fu chiusa, Khloe lasciò andare il sospiro che aveva trattenuto.

Lei non aveva dimenticato il bacio che le aveva dato alla clinica del dottor Ziegler, ma l'aveva attribuito all'emozione del momento. Credeva fosse stato un impulso. Invece Raiden l'aveva baciata di nuovo. Anche se solo sulla testa... con un gesto molto intimo che lui non si sarebbe mai permesso fino a quel giorno.

L'universo di Khloe si era capovolto in un battibaleno. Solo una settimana prima, viveva in una routine piuttosto scontata, ma sicura. Ma ormai non era più l'impiegata della biblioteca che nessuno conosceva molto bene.

Ormai, per quel giorno non sarebbe più riuscita a lavorare, né credeva che Raid se l'aspettasse. Si alzò, andò vicino a Duke, che dormiva, sedendosi vicino al suo muso. La vicinanza degli animali la faceva sempre star meglio, e il leggero mugolio del segugio, appena lei gli accarezzò la testa, l'aiutò a rilassarsi un pochino. Avere a che fare con gli animali era semplice. Le loro emozioni erano facili da interpretare: bastava dar loro affetto per ricevere fedeltà completa.

Khloe non sapeva come avrebbe reagito Raid sentendo la sua storia, ma era arrivato il momento di raccontargliela. Era stanca di nascondersi. Stanca di non essere sé stessa. Era anche terrorizzata. Alan era stato chiarissimo: voleva fargliela pagare per avergli rovinato la vita, quando in realtà lei non gli aveva fatto nulla. Era finito in carcere per ciò che aveva fatto lui, ma era troppo presuntuoso, narcisista e aggressivo per ammetterlo.

La presenza di Jason a Fallport non era un buon segno. Lei se lo sentiva fino al midollo. Le serviva l'aiuto di Raid. Non che le piacesse ammetterlo, ma ne aveva bisogno. Aveva visto gli altri amici e le loro compagne stringersi e sostenersi, quando necessario. Forse, chissà, magari sarebbero stati disposti ad aiutare anche lei. Anche se lei non era stata sincera. Anche se lei non era stata presente *per loro*, quando avrebbe dovuto.

Fallport poteva rappresentare un nuovo inizio e Khloe voleva tornare a essere sé stessa. Ma l'unico modo per riuscirci era prendere le distanze dall'inganno. Svelare tutto. Nella speranza che Raiden la perdonasse per tutte quelle bugie.

CAPITOLO SETTE

RAID ERA PREOCCUPATO.

Khloe si comportava in modo strano. Di solito era una donna sicura e non aveva paura di affrontarlo e di rispondergli a tono, quando lui la provocava. Ma quando l'aveva vista in quella corsia della biblioteca, gli era sembrata terrorizzata. Non era la Khloe che lui aveva conosciuto.

Duke si era accorto che stava succedendo qualcosa e l'aveva raggiunta. Era stato un gran sollievo: il segugio sembrava essere tornato quello di prima, forse un pochino più lento del solito, per via dell'addome ancora non del tutto guarito. A Raid non dava nemmeno fastidio che il suo fedele amico a quattro zampe fosse affezionato a Khloe quanto al suo padrone... se non anche di più.

Vederla tanto spaventata da ridursi quasi a un vegetale l'aveva irritato parecchio. Per fortuna, forse si era convinta a parlare con lui. *Finalmente.*

Raid non era un idiota: poco dopo averla assunta, si era accorto che la nuova assistente gli stava nascondendo qualcosa. Non credeva che ci mettesse tanto per parlargliene, ma la pazienza stava finalmente pagando.

Quando l'aveva raggiunta per portarla a casa, l'aveva trovata seduta sul pavimento vicino a Duke: lo stava accarezzando distrattamente. Si era fatta accompagnare senza dire una parola, ma mentre raggiungevano l'Expedition di Raid, a lui non era sfuggita la paura con cui lei si guardava attorno.

Una paura che lui non gradiva. La *detestava*. Khloe non era il tipo di donna che mostrasse paura, almeno la Khloe che lui conosceva. Ormai era sempre più convinto che fosse appena successo qualcosa legato a un'altra persona: forse le era arrivata una brutta telefonata, o un messaggio, ma lui non pensava che bastasse, per avere quella reazione. L'aveva vista sussultare troppo, allarmata anche durante il tragitto verso casa.

Raid la accompagnò in casa senza perdere tempo e si assicurò di chiudere a chiave la porta. Fallport era uno dei luoghi più tranquilli in cui lui avesse mai vissuto, ma non era il caso di lasciare la porta *aperta*: aveva visto moltissimi programmi di storie criminali in cui le persone intervistate cominciavano dicendo che la cittadina in cui vivevano era sicura e che nessuno si chiudeva a chiave in casa, per poi proseguire raccontando del quadruplo omicidio appena successo.

Non solo: in passato, Raid aveva visto il male da vicino, personalmente. Chiudersi a chiave in casa era per lui un gesto naturale, e gli sembrava che Khloe stesse per dargli un motivo in più per prendere con la massima serietà le precauzioni di sicurezza.

"Prima di preparare la cena, porto fuori Duke," le disse appena entrati in casa. Stava per suggerirle di andare fuori lei col cane, ma cambiò idea perché lei era troppo nervosa.

"Va bene. Io penso di farmi una doccia. Per te va bene?"

Raid corrugò la fronte. Da quando, Khloe doveva chiedergli il permesso per fare qualcosa? "Ma certo."

Lei annuì e si avviò verso la camera in cui aveva dormito.

Raid strinse i denti; sarebbe voluto andare con lei, dirle

che, qualunque fosse il problema, lui l'avrebbe risolto. Ma non si era ancora guadagnato il diritto di agire in quel modo.

Man mano, nei giorni passati, Raid aveva capito quanto fosse importante per lui quella donna. Aveva passato con lei quasi ogni giorno, da quando avevano cominciato a lavorare insieme, ma la convivenza gli aveva consentito di chiarire perfettamente le sensazioni che provava per lei, che prima erano ancora confuse.

Gli piaceva quel carattere peperino. Gli piaceva quel senso dell'umorismo. Khloe non aveva paura di dire ciò che pensava. Sapeva stuzzicarlo quanto lui provocava lei. Non solo: era una donna intelligente e chiaramente un'ottima veterinaria. Proprio come lui, voleva molto bene agli animali e sembrava andare più d'accordo con loro che con le persone.

Raid poteva ben dire di aver trovato finalmente una donna che l'avrebbe accettato per com'era; secchioneria e tutto il resto. Ma il loro rapporto non era affatto a un livello di profondità tale da giustificare una confessione aperta, dicendole che per lei provava qualcosa di più di una semplice amicizia. Lei doveva togliersi un peso di dosso, raccontargli tutto; lui l'avrebbe ascoltata, le avrebbe offerto il proprio supporto. *Poi si vedrà.*

Per fortuna, Duke non passò la solita ora a girovagare intorno alla casa. Era come se il segugio sapesse che Khloe aveva bisogno di loro, così sbrigò i suoi bisogni rapidamente, prima di tornare verso casa.

Entrò e si accomodò sulla sua bella cuccia lussuosa, in un angolo, tenendo d'occhio il corridoio da cui Khloe sarebbe arrivata, dopo aver finito la doccia. Raid andò in cucina e cominciò a preparare lo stufato alla messicana. Era una ricetta che doveva sobbollire per qualche ora, per guadagnare più sapore, ma anche mangiandolo subito sarebbe stato un pasto delizioso.

Khloe tornò proprio quando lo stufato finì di cuocere.

"Posso aiutarti?" gli chiese a bassa voce. Chissà come, sembrava più vulnerabile, con i capelli bagnati, pantaloni della tuta, calze, una maglia a maniche lunghe troppo grande per la sua corporatura minuta.

"Ho quasi finito. Vai pure a sederti. Cosa ti preparo da bere?"

"Va bene dell'acqua."

A Raid non piaceva vederla tanto mogia.

Finì rapidamente di impiattare la cena, che portò al tavolino in un paio di giri, poi si sedette di fronte a lei e la osservò. Khloe cercava di evitare di guardarlo negli occhi, concentrandosi invece sul cibo.

"Sembra buono."

"Se è troppo piccante, posso stemperarlo con dell'acqua," le disse Raid.

"Sono sicura che andrà bene."

"Khloe."

"Sì?" Ma ancora non alzò lo sguardo, tenendo gli occhi sul piatto che aveva davanti come se contenesse il significato della vita.

"Per favore, mi guardi negli occhi?"

La osservò fare un respiro profondo, poi finalmente alzare gli occhi verso di lui.

"Qualunque cosa sia successa oggi... non cambierà nulla."

"Invece cambierà *tutto*," ribatté lei.

"D'accordo. Non cambierà nulla di ciò che provo per te. Non cambierà nulla nemmeno per i tuoi amici."

Al che, lei non rispose, ma sospirò appena.

"Ecco, allora mangiamo, poi ci mettiamo comodi e parliamo. Puoi dirmi una cosa? Sei in pericolo?" le chiese Raid.

Khloe lo fissò brevemente, con una tristezza negli occhi che quasi lo sciolse. Raid non si trattenne e allungò una mano per prendere quella di lei e stringerla. "Troveremo una soluzione, va bene?"

Lei strinse le labbra, ma poi annuì.

Lui non era sicuro di riuscire a mandar giù qualcosa, oltre il groppo che aveva in gola. Non gli piaceva il pensiero che quella donna fosse in pericolo. Lo faceva incazzare più di quanto avesse creduto possibile. Non era agitato per ciò che Khloe poteva dirgli: era arrabbiato per la situazione che l'aveva costretta a mentire, a nascondere la professione di veterinaria, perché evidentemente era spaventata da qualcuno.

Era una sensazione strana. Non la rabbia, ma una reazione viscerale di quel tipo, mai provata per una donna. Lui era un uomo equilibrato, in grado di controllare le proprie emozioni in quasi tutte le situazioni. Era una qualità che gli aveva consentito di riuscire bene nel suo lavoro alla Guardia Costiera.

Ma il pensiero che Khloe fosse in pericolo gli faceva venir voglia di andare in cerca del responsabile per pestarlo a sangue.

Mangiarono lo stufato in silenzio. Non era il più gustoso che Raid avesse mai preparato, ma l'indomani, dopo aver riposato per una notte in frigorifero, avrebbe preso ancor più sapore. Khloe non si lamentò. Mangiò e basta, senza parlare.

Quando finirono, lo aiutò a portare i piatti in cucina.

"Ti va di dar da mangiare a Duke?"

Lei annuì, e Raid notò sul suo viso il primo briciolo di emozione, oltre alla paura e al terrore. Mise i piatti in lavastoviglie e osservò Khloe che dava la pappa al cane. Il legame tra lei e Duke era palese. In ogni altra circostanza, Raid si sarebbe ingelosito. Duke non aveva mai mostrato interesse per altre persone, da quando lui l'aveva portato a casa, dopo averlo salvato dal ciglio della strada, tantissimi anni prima.

Raid andò in salotto e si sedette sul divano a guardare

Khloe e Duke per un momento, poi le disse sottovoce: "Vieni qui, Khloe."

In principio, pensò che lei non avesse sentito, o che lo stesse ignorando. Invece, dopo un po', Khloe sospirò e si alzò dall'angolo del pavimento vicino al segugio, guardò prima Raid, poi la poltrona vicina al divano, poi di nuovo lui.

"Qui," le disse, dando un colpetto sul cuscino al proprio fianco.

Per fortuna, lei non si oppose. Se avesse avuto bisogno di un po' di spazio, mentre gli raccontava cos'era successo in biblioteca, lui gliel'avrebbe concesso. Ma Khloe scelse di sedersi vicino a lui, il che gli fece piacere.

Quando lei si sedette, tirò subito su le gambe e si abbracciò le ginocchia. Era una posizione molto chiusa, che lo infastidiva. Raid avrebbe voluto prenderla tra le braccia, ma si trattenne.

"Oggi qualcuno ti ha spaventata?" le chiese a voce bassa. "Qualcuno ti ha detto qualcosa di offensivo?"

"Te l'ho detto prima, è una storia lunga, e per spiegarti cos'è successo oggi devo tornare indietro di qualche anno," gli rispose Khloe, con lo sguardo fisso nel vuoto.

"Va bene," le disse immediatamente.

"Come ormai sai, sono una veterinaria. È sempre stato il mio sogno, da quando ero bambina. Ho sempre amato gli animali, tutti gli animali. Facevo diventare matto il papà perché portavo a casa ogni bestiola ferita o randagia. Ho sempre odiato gli zoo, mentre amavo molto i rifugi per animali. La mia idea di un fine settimana perfetto era andare al rifugio più vicino per aiutare a curare uccelli, scoiattoli, opossum o altri animali selvatici. I dipendenti del rifugio vicino a casa ormai si erano abituati alla mia presenza. Comunque, dopo il diploma sono andata al college con l'obiettivo di diventare veterinaria."

"E ci sei riuscita," aggiunse Raid appena lei fece una pausa.

"Sì, ci sono riuscita. Il papà era felicissimo e io amavo il mio lavoro. Ero diventata socia di una clinica con altri medici, e anche se non potevo decidere per me stessa, mi piaceva lo spirito di gruppo con i colleghi. Comunque sia, per andare avanti con la storia, un giorno è arrivato un signore con la sua cagnolina, dicendo che si era ritrovata in una zuffa con un altro dei suoi cani, ma era ovvio che non era andata in quel modo."

"Aveva le ghiandole mammarie ingrossate, a riprova del fatto che aveva partorito più volte. Stava ancora producendo latte, quindi l'ultima gravidanza era stata recente. Era un levriero e aveva l'aspetto dei tanti cani che avevo visto, sfruttati solo per fare cuccioli. A Norfolk non è una pratica diffusa, quella di allevare cani solo perché sfornino cuccioli, ma senza dubbio quell'uomo stava usando la sua cagnolina per far nascere più cagnolini possibili, per poi venderli ai cacciatori della regione per fare soldi."

"Insomma, non era il primo caso di abusi su cani che vedevo e sapevo che non sarebbe stato nemmeno l'ultimo. Non ho potuto fare altro che cercare di aiutare la cagnolina. Però, quando l'ho visitata, ho capito che stava molto peggio di quanto sembrasse all'inizio. C'era un'emorragia interna. Non ho spiegato molto al padrone: l'ho portata subito in sala operatoria per intervenire."

"Dalla visita, avevo capito che era stata presa ripetutamente a calci. C'erano costole rotte e le sanguinava anche la testa. Ma il problema più grave era la milza lacerata. Quando ho aperto col bisturi, ho capito subito che non c'era più nulla da fare. Aveva perso troppo sangue. Non solo, ma aveva un tumore esteso a quattro ghiandole e l'utero era ormai in metastasi. Aveva portato avanti troppe gravidanze e non era stata curata. A quel punto non ho potuto fare altro che porre fine alle sue sofferenze nel modo più umano."

La tristezza nella voce di Khloe lo commosse: allungò una mano e la tirò dolcemente a sé. Lei lasciò andare le proprie ginocchia e si voltò verso di lui.

"Purtroppo, la morte di un animale è un evento che capita, in una clinica veterinaria. Ovviamente si cerca di salvare tutti gli animali, ma non sempre è possibile. Però, dover sopprimere quel levriero senza che avesse mai goduto di un minimo di affetto… perché *sapevo* che aveva sofferto per tutta la vita… è stato un dolore insopportabile. Dopo aver ripreso il controllo delle mie emozioni, sono uscita a parlare con il proprietario, che era rimasto in sala d'attesa per tutto il tempo; quando gli ho detto che non ero riuscita a salvare quella povera cagnolina, lui è uscito di senno."

"Ha cominciato a gridare, dicendomi che avevo ammazzato la sua cagna preziosa, che mi avrebbe fatto causa per negligenza professionale. Io sapevo di aver fatto tutto ciò che potevo per quella poverina, così ho cercato di farlo calmare, ma non è servito a nulla. Se n'è andato arrabbiatissimo e mi ha giurato che me l'avrebbe fatta pagare."

"Io non ci ho pensato più di tanto, perché capitano sempre i clienti che se la prendono quando il loro animale non ce la fa. A lui però non è passata. Ha telefonato ogni giorno, lasciando alla segreteria della clinica dei messaggi odiosi. Ha inviato delle lettere, scritto post sui social media. In breve, ha fatto di tutto per avviare una campagna diffamatoria nei miei confronti."

"A quel punto, volevo mollare, perché non volevo che i colleghi risentissero delle azioni di quell'uomo a causa mia. Invece i miei soci sono stati molto solidali e compatti e hanno rifiutato di lasciarmi andar via. Hanno detto che la situazione si sarebbe calmata e che sapevano tutti che avevo fatto il possibile per quella cagnolina."

Si interruppe di nuovo, e Raid si preoccupò per ciò che stava per ascoltare.

Khloe fece un respiro profondo. "Ormai mi stava tartassando da quasi un mese, senza mai desistere; ero sul punto di cedere. Non dormivo bene, arrivavo in clinica la mattina e quasi mi venivano attacchi di panico. Una sera ero tra le ultime persone a uscire dallo stabile, perché aveva terminato un'operazione che si era prolungata a causa di complicazioni. La gatta era sopravvissuta, ma per qualche minuto avevo temuto il peggio. Insomma... stavo attraversando il parcheggio e all'improvviso è arrivato un camioncino a tutta birra che mi puntava."

"Mi sono gettata da una parte, ma non abbastanza alla svelta. Sono stata investita, il camioncino mi è passato su una gamba. Frattura del femore in quattro punti. Per rimetterlo insieme c'è voluto parecchio tempo, mi hanno messo dei perni e la gamba è rimasta in trazione per un certo periodo, poi ho passato due mesi in riabilitazione per riprendere a camminare."

"Ecco perché hai quell'andatura," commentò Raid senza lasciar trapelare emozioni. Era infuriato per quanto le era successo.

"Sì. Spesso non mi dà pensieri, ma se rimango in piedi troppo a lungo sento dolore. E adesso posso anche prevedere la pioggia," aggiunse alzando le spalle.

Khloe stava cercando di minimizzare l'incidente, ma Raid sapeva che le conseguenze le pesavano più di quanto fosse disposta ad ammettere. "È stato lui, non è vero?" le chiese.

"Sì. Era fuori che mi aspettava. Ovviamente ha cercato di uccidermi, mi è venuto addosso a tutta velocità; probabilmente avrebbe fatto retromarcia per investirmi di nuovo, ma uno degli assistenti della clinica è uscito al primo botto e ha cominciato a gridare. Così il camioncino è ripartito a tutta birra, ma l'abbiamo visto in faccia."

"Come si chiama?" le chiese Raid a denti stretti.

"Alan Mather."

Raid imparò a memoria quel nome. Lui non aveva un animo vendicativo... nonostante avesse parecchi motivi per provare rancore. Eppure, nonostante l'incidente che l'aveva convinto a uscire dalla Guardia Costiera, lui non aveva mai sentito l'impulso di rintracciare qualcuno per vendicarsi, almeno prima di quel momento.

"Cosa gli è successo?"

"Ti ricordi che un paio di mesi fa ti ho chiesto quel permesso?"

"Sì, certo. Poco prima delle nozze di Bristol e Rocky, giusto?"

Lei annuì. "Dovevo andare al processo."

"Dimmi che è stato condannato."

"Sì, l'hanno condannato."

Raid tirò un sospiro di sollievo, ma durò poco, perché lei continuò.

"È in prigione, ma la sentenza non è molto severa, e ha giurato di rovinarmi la vita come io l'ho rovinata a lui. Ha due fratelli..."

"Merda," mormorò Raid.

"Il mio cognome non è Moore, è Watts. L'ho cambiato mentre lui era in attesa di processo, perché avevo paura di cosa potesse farmi, dato che ovviamente ero la testimone chiave nel processo. Pensavo che, chissà, con lui in carcere, forse sarei stata libera. Cominciavo persino a considerare di riaprire una clinica veterinaria. Sai, dopo quel che è successo a Duke, forse un pronto soccorso per animali qui a Fallport sarebbe stato ben accolto. Fuori orario, per non interferire troppo con lo studio di Ziegler, ma per riempire un vuoto. Però, dopo oggi, penso che non sia una buona idea."

"Cos'è successo oggi?" le chiese Raid. L'idea che Khloe

rimanesse lo entusiasmava, nonostante l'odio che provava per ciò che le aveva fatto quel bastardo.

"Non ti importa che ti abbia mentito sul mio cognome?" gli chiese alzando la testa per guardarlo.

"No. L'hai fatto per proteggerti. Poi, un cognome non vuol dire nulla, quel che conta è quel che una persona ha dentro. E tu, Khloe, sei una brava persona, questo è poco ma sicuro."

"Continuo a pensare a cos'avrei potuto fare di diverso per salvare quella cagnolina," aggiunse lei.

"No, non tormentarti in questo modo. Non lasciare che le parole di quel bastardo ti facciano dubitare delle tue capacità. Quella poverina era troppo malandata e tu sei intervenuta nel modo più umano... così ha smesso di soffrire. Hai detto che c'era una emorragia dalla milza, è chiaro che quello stronzo l'aveva presa a calci. Se anche fosse sopravvissuta, penso che non gliel'avresti mai restituita. Quindi si sarebbe incazzato lo stesso, forse anche di più."

"Sì," confermò Khloe.

"Allora... oggi?" insisté Raid.

Lei sospirò. "Oggi ho avuto la prova che Alan non si arrende. Suo fratello Jason è entrato in biblioteca. Mi hanno trovata per via di quel video che è andato virale sui social media, quello con Raymond che sbraitava e mi malediceva per l'effrazione nella sua clinica."

"Cosa ti ha detto questo Jason?"

"Non molto. Ha insinuato che quando le persone di qua scopriranno chi sono veramente mi volteranno le spalle."

Raid non si trattenne: si mise a ridere.

Khloe lo guardò addolorata, poi cercò di alzarsi, ma lui la prese per un braccio tenendola vicina.

"Scusa," le disse subito, "ma se quell'idiota pensa di poter venire qui a Fallport, diffondere sospetti su di te e metterti tutti contro, si sbaglia di grosso."

"Raid, non puoi capire," si inserì lei.

"Invece sì," ribadì lui, più serio. La capiva perfettamente. In pratica, il bastardo violento che aveva cercato di ucciderla era infuriato perché era finito in carcere e cercava di dare la colpa a Khloe. Pensava di poter mandare il fratello a Fallport per rovinarle la vita. Si sbagliava. "Senti, anch'io non sono a Fallport da molto tempo, saranno cinque anni, ma conosco la gente del paese. Tu hai appena salvato la vita di Duke. In questo posto sei un'eroina, Khloe. Nessuno tollererà che un estraneo arrivi e parli male di te."

"Non è solo lui. Sono sicura che ci sia anche l'altro fratello. In due, renderanno la mia vita un inferno."

"Che ci provino pure," ribadì lui con ostinazione.

"Raid! Tutti scopriranno cos'è successo! Si saprà che ho mentito sul mio cognome, si chiederanno tutti su cos'altro ho mentito. Crederanno che io abbia *davvero* ucciso la cagnolina di Alan. Devo andar via. Stavolta uscirò dallo Stato. Magari vado a Seattle, oppure a Los Angeles. Laggiù posso nascondermi. Dovrò..."

Raid si mosse senza pensarci: si lanciò verso Khloe facendola sdraiare con la schiena sui cuscini, appoggiandosi sulle mani per sovrastarla. Era molto più grosso e alto di lei, le sarebbe stato impossibile spingerlo via. Khloe lo fissò sbalordita.

"Tu non vai da nessuna parte," le disse quasi con un grugnito.

"Ma se..."

"No. La tua abilitazione come veterinaria è valida per lo Stato della Virginia, giusto?"

Lei annuì.

"Non te ne vai. Aprire un pronto soccorso per animali qui a Fallport è un'ottima idea. Ammiro la tua scelta di non voler interferire con la clinica di Ziegler, per quanto quell'idiota se lo meriterebbe. Gli farebbe bene un po' di concorrenza. Almeno, aprire un pronto soccorso fuori dagli orari della clinica è un buon inizio. Fallport non darà alcun credito a un paio di estranei che arrivano per parlar male di te. La gente di qui ti *conosce*, Khloe. Qui non siamo a Norfolk. Non siamo in città. Te ne accorgerai.”

Lei lo fissò con gli occhi pieni di paura, ma anche di una cauta speranza, e Raid trattenne l'istinto di alzarsi e andare a cercare quel bastardo che l'aveva appena minacciata, invadendo uno spazio che doveva essere sicuro... il posto di lavoro di Khloe. La *sua* biblioteca.

“Senti cosa ti dico. In tutta onestà... ti dico di rimanere anche perché ho un interesse personale,” le disse.

“Per Duke,” gli rispose Khloe con tono pragmatico.

“No, per me, perché mi piaci.” Raid si sentì uno sciocco nel dirglielo in quel modo, come un ragazzino con una cotta, ma non ce la faceva più a stare lontano dai propri sentimenti. Soprattutto quando lei stava pensando di andarsene. Il suo interesse non doveva essere necessariamente ricambiato, ma gli anni passavano anche per lui: tutti gli amici avevano trovato la donna ideale, e anche lui voleva ciò che avevano loro... e lo voleva con Khloe.

Lei corrugò la fronte.

“Non sono stato molto bravo nel mostrarti quanto ti ammiro, quanto ti apprezzo, ma è così. Ogni giorno, vengo al lavoro più motivato solo perché so che ci sei *tu*.”

“Ma... non andiamo nemmeno d'accordo. Ci lanciamo frecciate di continuo.”

Raid sussultò. “Sì, ma è perché sono un idiota. Mi piaceva vederti bella carica, mi facevi sempre sorridere.”

Lei accennò un sorriso. “Quindi mi stai dicendo che ti comportavi come un ragazzino delle medie? Mi tiri i capelli e mi metti una rana nel vestito perché ti *piaccio*?”

Messa in quel modo, sembrava un comportamento totalmente ridicolo, ma Raid si limitò ad alzare le spalle.

Il sorriso di Khloe svanì. “Raid, non posso mettere in

pericolo te, Duke o chiunque altro. Alan ha cercato di *investirmi*. E se i suoi fratelli facessero del male ai nostri amici, per punire me? Non voglio che succeda qualcosa a Lilly. Se prendono di mira Heather, sarà devastante, dopo quel che ha passato. E Bristol? È così minuta che se la attaccano non avrà speranze. Poi ci sono Finley ed Elsie, entrambe incinte e perciò molto vulnerabili. Io conosco Alan: manderà i fratelli a scavare nel torbido per infangare i vostri nomi. Non potrei sopportare il peso del dolore causato a te e agli altri."

"Penso che tu stia sottovalutando gli amici. Pensi che Ethan, Zeke e gli altri permetterebbero che succedesse qualcosa alle loro compagne? Impossibile, ci mancherebbe altro. Dopo tutto quello che hanno passato, non accetteranno altre offese. Heather si sta riprendendo bene, Tal le ha dato la forza di difendersi anche da sola, ormai ha già dimostrato che è disposta a tutto pur di proteggere Marissa, da quando l'hanno adottata."

"Non posso rischiare," sussurrò Khloe.

Raid la scrutò per un lungo momento, poi le disse: "Potranno difendersi meglio se sanno qual è il pericolo da cui devono guardarsi. Da *chi* devono guardarsi."

Khloe chiuse gli occhi. Le tremavano le labbra. Raid odiava vederla agitata, ma *sapeva* che era una donna abbastanza forte da poter affrontare la situazione. Accidenti, era già sopravvissuta a un tentato omicidio, aveva ripreso a camminare e aveva attraversato lo Stato da sola, senza alcuna rete di supporto; aveva persino tenuto aggiornata la licenza per svolgere la professione veterinaria, infine aveva salvato Duke. Poteva fare di tutto.

"Lo so," gli sussurrò lei dopo un po'. "Devo parlare con loro, prima che sentano le voci che spargeranno su di me Jason e suo fratello."

Raid annuì.

"Si arrabbieranno perché non gliel'ho detto prima," aggiunse Khloe.

"No, non si arrabbieranno," le rispose Raid con convinzione. "Saranno preoccupati per te e incazzati... ma non con te, il che fa una bella differenza."

"Raid?"

"Sì?"

"Anche tu mi piaci," gli sussurrò.

Lui sentì la gioia scorrergli nelle vene.

"Sono rimasta qui a Fallport più a lungo perché anche *a me* fa piacere vederti tutti i giorni. All'inizio, mi irritavi, ma poi, lavorando con te, ti ho conosciuto e man mano ho capito che non discutevi mai con nessuno, solo con me. Per il resto, te ne stavi sulle tue, sempre tranquillo. Solo con me non lo eri. In un certo senso... anche a me piaceva sapere di poterti dare il tormento."

Raid rifiutò di demoralizzarsi per quell'ultima affermazione. "Allora rimani?"

"Per adesso. Ma senza impegno. Se Jason e l'altro fratello... mi venisse un colpo se mi ricordo come si chiama... se fanno qualcosa di brutto a te o agli altri, probabilmente me ne andrò."

"Possono anche provarci... guarda che siamo più forti di quanto pensi. Però dovremo parlare con gli altri," la avvertì.

Khloe trasalì, ma gli rispose con un cenno del capo.

"E tu devi organizzare una serata tra ragazze per raccontare tutto," proseguì Raid, nella speranza di non essere troppo insistente. "Se vuoi, puoi invitarle qui."

Lei lo fissò. "Qui?"

"Sì."

"Ma tu non inviti mai nessuno a casa tua."

Lui alzò le spalle. Era vero. A lui non piaceva invitare persone nei propri spazi: aveva un carattere introverso e gli piaceva mantenere una certa riservatezza. "Voglio che tu ti senta a tuo agio il più possibile. Casa mia è più grande del tuo appartamento, poi c'è anche Duke. Per non parlare del fatto che è meglio se non ci vai proprio, al tuo appartamento, con quei due idioti in circolazione."

Lei lo fissò per un lungo momento, poi accettò con un cenno del capo. "Va bene."

"Va bene," ripeté lui soddisfatto. "Ti senti meglio, adesso che ti sei tolta questo peso di dosso?" le chiese.

Khloe sospirò. "Sì. Anche se non posso dimenticare ciò che è successo."

"No, certo che non puoi," commentò Raid. "Quel che è successo, è successo, e non puoi cambiarlo. Puoi solo andare avanti."

"Da come lo dici, sembra che sia capitato anche a te," gli disse.

"È vero. Però stasera non è la sera giusta per parlarne. Hai avuto una giornata lunga e stressante. So che hai ancora la mente molto in agitazione. C'è un incidente particolare del mio passato di cui non ho mai parlato con nessuno, se non con le persone che l'hanno vissuto con me... ma se ti va di rimanere, te lo racconterò."

Quelle parole non intendevano in alcun modo fungere da trabocchetto, o almeno Raid sperava che lei non le interpretasse in quel modo. Ma fu un dubbio superfluo: Khloe annuì.

"Raid?"

"Sì?"

"Hai intenzione di tenermi qui intrappolata sul divano per tutta la notte?"

In un momento di follia, lui ci pensò, poi sospirò e scosse la testa. Si mise seduto e si allontanò, così Khloe poté riportare le gambe oltre il bordo del divano.

Poi lei lo prese di sorpresa: gli mise il palmo d'una mano sulla guancia e si avvicinò.

Raid trattenne il fiato, per timore di muoversi, di fare

qualcosa che la allontanasse. La sensazione calda di quella mano sulla pelle era completamente nuova. Erano passati anni dall'ultimo contatto intimo.

"Grazie," gli sussurrò. "Non sai quanto sia importante per me il tuo supporto. Spero che tu non te ne penta."

"Mai," le promise. Poi mise la mano su quella di Khloe e si voltò per baciarle il palmo. Le strinse la mano e le disse con voce tremante, nel tentativo di ricomporsi: "Ti va di guardare in TV quella gara di pasticceria?"

Lei gli rispose con un sorrisetto. "Certo."

Ogni sera che aveva trascorso a casa di Raid, Khloe aveva guardato con lui quel programma. A lui piaceva sentirla commentare gli ingredienti che venivano imposti ai concorrenti, cosa decidevano di preparare e le reazioni pungenti dei giudici.

Mentre guardavano il programma, Raid memorizzò la sensazione di avere Khloe seduta tanto vicina. Non si era appoggiata a lui, come lui avrebbe gradito, ma non si era nemmeno spostata all'altro capo del divano, o sulla poltrona. Né gli era sfuggita l'ammissione timida di Khloe, che gli aveva confessato che lui le piaceva. Forse sarebbe riuscito a non mandare tutto all'aria, forse avrebbero avuto una possibilità di realizzare qualcosa insieme. La possibilità di stare insieme.

A prescindere dall'accaduto, lui le avrebbe garantito la libertà da Alan Mather e dai suoi fratelli. Stava già programmando di richiedere i verbali del processo per reperire tutte le informazioni su ciò che era successo quando Khloe era stata quasi ammazzata.

Raid intendeva anche trovare tutto il marcio possibile sulla famiglia Mather... e scoprire il modo migliore per far capire ad Alan che Khloe era intoccabile. Punto.

Tuttavia, per quella sera, Raid si accontentò di averla al proprio fianco, di averla ascoltata aprirsi. Lo infastidiva pensare che lei aveva dovuto affrontare tutto da sola... la riabilitazione, il processo, lo stress della fuga da Norfolk. Ma ormai non era più sola. C'era lui. C'erano le amicizie. Raid non aveva dubbio che anche gli altri, una volta scoperto cosa stava accadendo a Khloe, avrebbero fatto quadrato, per così dire, per proteggerla. Come tutta la cittadinanza di Fallport.

Ultimamente, c'erano state fin troppe tragedie. Nessuno voleva che ci fossero altre persone ferite. Specialmente da parte di intrusi. Eh sì: senza dubbio gli abitanti di Fallport si sarebbero fatti avanti per proteggere Khloe, che ormai era una di loro.

CAPITOLO OTTO

Era difficile credere a quanto le cose si muovessero rapidamente. Una settimana prima, Khloe poteva andare in giro per Fallport senza quasi farsi notare. Certo, le persone che incontrava erano cordiali con lei, ma nessuno si affannava per parlarle. Da qualche giorno, non poteva metter piede in un negozio o camminare su un marciapiede qualunque senza che qualcuno non la fermasse per chiacchierare. Tutto per via del salvataggio di Duke. Le chiedevano se intendesse aprire una clinica veterinaria a Fallport. Un'euforia collettiva.

Inoltre, Khloe stentava a credere di aver finalmente raccontato a Raiden la propria vita passata, ciò che le era successo. L'unica cosa che non poteva sopportare era la commiserazione. Dopo il tentato omicidio, e durante tutto il periodo di riabilitazione, aveva visto sguardi impietositi. In quella struttura ospedaliera, sapevano tutti che era stata investita da un camioncino.

Invece Raid non sembrava impietosito. Sembrava *arrabbiato*. Non con lei, ma con Alan. Era una reazione... piacevole. Forse quel pensiero non la rendeva la persona più altruista al mondo, ma a lei non interessava. Alan era un folle a incolpare lei della morte di quel cane, che proprio lui aveva picchiato per mesi, se non per anni; poi, quando l'animale era morto a causa dei maltrattamenti subiti, Alan aveva cercato in tutti i modi di sfogarsi su Khloe. Fino al punto di tentare di *ucciderla*. Un'azione fuori di testa.

Lei si sarebbe sentita molto meglio, svelando finalmente la propria storia senza dover più nascondere la propria vera identità... però sapeva che Jason e l'altro fratello erano nei paraggi, in attesa, ad osservare. Khloe non aveva idea di cosa stessero tramando, sapeva solo che non era nulla di buono. Era come una spada di Damocle che le pendeva sulla testa, sul punto di cadere da un momento all'altro. Uno stress che lei odiava.

Finalmente era arrivato il giorno in cui si sarebbe trovata con le amiche per raccontare tutto anche a loro. Non che volesse farlo a tutti i costi. Non smaniava dalla voglia. Però anche loro dovevano sapere. Avevano il diritto di conoscere i rischi che correvano, qualora i Mather ne avessero fatto il loro bersaglio.

Per quanto Raid avesse insistito, Khloe non era convinta che le amiche non avrebbero cambiato idea su di lei, dopo aver appreso dei rischi che correvano: Jason avrebbe potuto importunarle mentre andavano in giro, o avrebbe potuto convincere la gente a non entrare nei locali in cui lavoravano loro.

Certo, il rapporto con Raid invece non era cambiato, nonostante lei l'avesse avvertito che i loschi piani dei Mather l'avrebbero coinvolto. Lui aveva alzato le spalle dicendo che *sperava* di essere coinvolto.

Sotto un altro aspetto, invece, il loro rapporto *era* cambiato. Era diventato più... profondo. Tutto era cominciato con l'intervento su Duke. Non che lei pensasse di aver fatto chissà che, ma era come se più di una porta si fosse spalancata tra loro. Lei non si era capacitata della reazione di Raid, che non si era minimamente arrabbiato per le bugie. Era sembrato quasi contento che lei non fosse solo un'assistente di biblioteca senza particolari qualifiche.

Lui aveva cercato di spiegarle cosa provava, dicendo che aveva sospettato che lei gli nascondesse qualcosa, e che scoprire quel segreto, sapere che non stava scappando dalla polizia e non nascondeva un marito con quattordici figli chissà dove, era stato un sollievo.

Khloe non era convinta di credere fino in fondo a quella logica, ma doveva ammettere che le piaceva come stavano andando le cose con Raid. Moltissimo. Tuttavia, una parte di lei continuava a trattenersi. Certo, lui le piaceva, ma rappresentava ancora un mistero. Lei gli aveva raccontato tutto, ma lui non aveva ancora ricambiato.

Khloe conosceva le informazioni essenziali: che era stato nella Guardia Costiera, unità cinofila, che aveva mollato dopo la morte del suo cane e che non era molto vicino ai genitori, ma nulla di più.

No, non era vero. Sapeva anche che aveva un carattere introverso, che non moriva dalla voglia di star fuori con gli amici, anche se, come loro, era molto leale e protettivo.

Sapeva che Raid aveva la casa piena di libri... di fanta-scienza.

Non rimaneva alzato fino a tardi la notte, non teneva in casa molte fotografie, seguiva spesso Duke da vicino (sempre per quel senso di protezione) e se uno degli amici lo chiamava per chiedergli aiuto, lui mollava tutto per intervenire.

Sì, forse su di lui sapeva più di qualcosina. Ma il suo passato era ancora un mistero. Proprio come il passato di Khloe era stato un mistero per lui fino a una settimana prima, quindi non era il caso di stargli troppo addosso. Però Raid le aveva svelato sufficienti indizi su cosa fosse successo nella Guardia Costiera, tanto da farle capire che non era finita molto bene, che ne era uscito messo peggio di quanto lasciasse credere, mentre il suo compagno di squadra aveva subìto danni ancora più gravi da quella vicenda.

Per quanto Khloe volesse scoprire cosa fosse successo, non gli faceva domande. Era passata solo una settimana da quando il loro rapporto si era trasformato, e lei non voleva certo costringerlo a ricordare dei momenti dolorosi del passato. Inoltre, Raiden aveva dimostrato tutta la pazienza del mondo con lei, quindi lei era disposta a ricambiare.

"Sei pronta?" le chiese Raid.

Lei sussultò per la sorpresa. *Merda.* Si era persa tra i pensieri e probabilmente gli aveva fatto credere di avere dei dubbi su quella serata, perché era con lo sguardo fisso nel vuoto. Non ci aveva ripensato: tacere alle altre i pericoli in cui potevano ritrovarsi anche solo standole vicino sarebbe stato irresponsabile e le avrebbe messe a rischio. Per quanto odiasse dover condividere quella storia, ormai non poteva più rimandare. Proprio non poteva.

"Sì," rispose a Raid.

Erano in piedi in cucina, davanti a pile di provviste appoggiate sul piano di lavoro.

"Bene. Ci sono drink e stuzzichini. Se avete bisogno di qualcosa, basta che mi facciate un fischio. Io sarò a casa di Rocky con gli altri, insieme a Tony e a Marissa."

"Va bene." Khloe sapeva di poter contare su di lui. Era andata con lui a fare la spesa, Raid non si era trattenuto e aveva comprato più di quanto le amiche potessero mangiare in un mese. C'era anche una quantità sufficiente di alcol per far sì che fossero tutte brille e senza freni.

"Sei sicura che ti va bene se Duke rimane qui?" le chiese Raid.

"Ci sopporterà," gli rispose, ma la verità era che voleva tenere il segugio convalescente in casa per distrarsi. Se avesse sentito bisogno di fare una pausa, avrebbe potuto sempre affermare di dover portare fuori il cane, o esaminargli l'addome, o magari qualche altra scusa, tanto per prendersi un momento.

Raid sembrò capire esattamente ciò che stava pensando, tanto che accennò un sorriso.

"Che c'è?" gli chiese con un tono più duro del previsto.

"Vuoi che a un certo punto ti telefoni, così puoi chiudere la serata?" le chiese scherzando.

Lei socchiuse gli occhi. "Pensi di essere divertente?" gli chiese, piacevolmente sorpresa dal loro familiare battibeccare.

Lui si aprì in un sorriso e le rispose alzando le spalle: "Ma io *sono* divertente."

"Se lo dici tu." Non sapeva che altro rispondergli, ma era felicissima di essere tornata in un luogo ormai familiare, con le attenzioni di Raid.

Poi lui fece un passo verso di lei e le diede una spintarella con la spalla.

Lei finse che quel colpetto la facesse volare: traballò di fianco e si appoggiò con una mano al mobiletto.

Alzando lo sguardo, Khloe si aspettava che Raid si mettesse a ridere... invece lui allungò una mano con un'espressione preoccupata.

"Merda, Khloe! Non volevo colpirti tanto forte. Stai bene? Come va la gamba? Hai colpito il mobile col fianco?"

Per un momento, lei fu travolta da quella reazione preoccupata. Si aspettava che lui ridesse, che le desse del peso piuma. Che scherzasse sulla differenza tra le loro corporature, come aveva fatto in passato. Certo, la preoccupazione di Raid le dava piacere, ma nascose quel sentimento e si sforzò di fare una risata. "Santo cielo, Raid, pensi davvero di essere tanto forte? Ma fammi il piacere!"

Gli servì un momento, ma l'espressione seria sul volto di Raid si trasformò lentamente in uno sguardo calcolato.

Lei non ebbe il tempo di prepararsi: Raid partì verso di lei affondando le dita nei fianchi. "Ah, stasera siamo in vena di scherzi, eh?" le chiese, mentre le faceva il solletico senza pietà.

"Dai, Raid, basta!" gridò Khloe mentre si agitava e cercava di sottrarsi a quella tortura, senza fortuna. "Soffro troppo il solletico!"

Ma lui continuò a torturarla e lei non riuscì a smettere di ridere.

Quando finalmente fermò le dita, Raid non la lasciò andare. Khloe alzò lo sguardo e si accorse di essere con la schiena nell'angolo della cucina. Lui svettava su di lei e la fissava con un'espressione molto simile alla meraviglia. Era tenerezza.

Le batteva forte il cuore, si era aggrappata alle maniche corte della maglia di Raid. Dovette allungare il collo per guardarlo in faccia. Khloe non aveva mai frequentato un uomo alto come lui. All'inizio, quando l'aveva conosciuto, si era sentita intimidita dalla statura spaventosa di Raid, ma in quel frangente, mentre la avvolgeva tenendole gli ampi palmi sui fianchi e lei gli arrivava appena all'altezza del petto, Khloe si sentì... femmina. Non si sentiva tanto femmina da moltissimo tempo.

"Raid?" gli sussurrò, dato che lui non si muoveva.

Si aspettava che lui si abbassasse per baciarla, invece Raid sembrò controllarsi e staccò le mani molto lentamente, poi fece un passo indietro.

"Scusami," le borbottò.

Khloe aprì la bocca per chiedergli il motivo di quella scusa, per dirgli che anche se lei lei non gradiva molto il solletico, le piaceva sentirsi addosso le sue mani; ma il campanello di casa suonò.

Il viso di Raiden mostrò il suo sollievo, mentre lui si girava e usciva dalla cucina.

Al che, Khloe finalmente capì: Raid era un uomo intelligente, vibrante, protettivo, leale... e timido. Ovviamente lei lo sapeva già. O almeno, aveva sempre saputo che era molto introverso, ma nell'ultima settimana si era talmente aperto che lei se n'era dimenticata.

Da quando l'aveva conosciuto, non le era mai sembrato interessato a una donna. Non abbracciava mai le amiche senza prima chiedere il permesso. Mentre facevano la spesa, raramente guardava gli altri negli occhi.

Eppure, con lei, quando aveva qualcosa da dire, non sembrava trattenersi: le dava ordini al lavoro, se pensava che lei stesse facendo qualcosa di stupido non si faceva problemi a dirglielo, e da quando si era offerto di ospitarla, si era dimostrato quasi un chiacchierone.

Ma raramente cercava il contatto fisico. Beh... almeno così era stato fino alla settimana prima, quando, dopo l'intervento su Duke, l'aveva abbracciata senza esitare. Quando Khloe gli aveva raccontato la propria storia, erano rimasti seduti sul divano abbastanza vicini da sfiorarsi. In un paio di occasioni, mentre mangiavano, aveva allungato una mano verso di lei per consolarla. Ma quando un momento diventava troppo intimo, lui si tirava indietro, sembrava incerto.

Se lui si fosse abbassato per baciarla, Khloe avrebbe sicuramente ricambiato il bacio, senza esitare. Più tempo passava insieme a lui e più ne era attratta. L'interesse era maturato sotto traccia per mesi... celato dietro gli scherzi e i battibecchi, mentre lei cercava di tenere le distanze da tutti.

Khloe arrivò lentamente a comprendere che, se voleva che con Raid succedesse qualcosa, sarebbe stata lei a dover fare la prima mossa. Il fatto che un uomo tanto grosso e affascinante come Raiden potesse essere un timido non le era mai venuto in mente. Evidentemente, il problema dell'autostima non era riservato solo alle donne, preoccupate di non essere all'altezza o di non essere abbastanza belle da attirare un partner.

Si sentì più risoluta. Non sapeva minimamente cosa avesse

in serbo per lei il futuro, ma era più che mai determinata a far capire a Raid che uomo meraviglioso era, quanto era contenta di aver avuto il suo supporto nell'ultima settimana.

Khloe sentì delle voci e fece un respiro profondo. Il capitolo Raid avrebbe dovuto aspettare. Prima doveva affrontare la serata con le amiche.

Era appena entrata in salotto, quando arrivarono Lilly ed Elsie.

La abbracciarono entrambe a lungo e con forza, poi la lasciarono andare e si voltarono verso Raid.

"Bene, fuori, adesso siamo ufficialmente in una zona solo per signore," gli disse Lilly.

Raid sorrise. "Ecco. Se torno a casa e trovo le pareti tinteggiate di rosa e coperte di fiori, non la prendo bene."

Khloe fece una risata insieme alle altre due.

"Ma no! Però può darsi che le nostre chiacchiere sui figli, sugli uomini e su tutti i nostri interessi di donne vengano assorbite dalle pareti e aumentino il livello di estrogeni della casa," ribatté Lilly.

"Ragazze, se avete bisogno di qualcosa, chiamate pure senza esitare," disse Raid.

Elsie alzò gli occhi al cielo. "Come se non l'avessi già sentito da Zeke un milione di volte," gli rispose.

"Vero?" aggiunse Lilly con un sorriso.

"Bene, a questo punto, me ne vado," concluse Raid, che invece di incamminarsi verso la porta di casa, attraversò il soggiorno e si accovacciò vicino alla cuccia di Duke. Il segugio non si era disturbato ad alzarsi all'arrivo di Elsie e Lilly. Khloe sapeva che il cane andava d'accordo con loro due, ma evidentemente in quel momento la cuccia comoda era più importante del saluto alle due nuove arrivate.

Raid disse qualcosa a Duke, gli grattò un orecchio per un momento, poi si alzò.

Khloe fu di nuovo colpita dalla statura di quell'uomo.

Forse si sarebbe sempre meravigliata per quel gigante, che svettava sulle tre donne; quando poi si avvicinava a Bristol, diventava quasi una comica. Ma nonostante la differenza di altezza, più lo frequentava e più si sentiva tranquilla... e più se la prendeva, quando qualcuno ne approfittava per dargli dello spilungone.

"Allora vado," disse Raid di nuovo. "Khloe, posso dirti una parola al volo, in privato?"

Le altre due presero la palla al balzo e si diressero verso la cucina. Khloe le sentì commentare con *ooh* e *aah* per la quantità di cibo e di bevande in bella vista sul piano di lavoro.

"Che succede?" gli chiese Khloe.

"No, nulla. Volevo solo dirti che prima dicevo sul serio, se ne hai bisogno, chiamami pure e ti darò un motivo per chiudere la serata. Le ragazze sono fantastiche, e farei di tutto per loro, ma a volte possono essere travolgenti. Tu racconterai loro dei segreti molto personali, carichi di emozioni. So cosa significa aver bisogno di spazio. Se hai bisogno di un espediente per uscirne... fammelo sapere."

Santo cielo, che uomo meraviglioso!

"Grazie. Ma non so cosa potresti fare, dato che saranno tutte in casa *tua*."

"Mi inventerò qualcosa," le rispose Raid alzando le spalle.

"Allora ti faccio sapere," gli disse.

"Va bene," concluse lui sospirando. "So che devo andare. Di sicuro Ethan si starà spazientendo, avrà organizzato qualche attività da maschiacci, sai, tipo una corsa a ostacoli nel cortile o un finto rifugio di criminali da attaccare e conquistare. Un uomo può uscire dai SEAL, ma il SEAL non uscirà mai dall'uomo."

Khloe fece una risatina per quell'immagine, poi gli disse: "Divertiti."

"Io non mi diverto così," le rispose alzando le spalle.

Raid non era affatto entusiasta di dover passare la serata

con gli amici, e all'improvviso Khloe si sentì in colpa, perché in pratica lo stava cacciando da casa sua. Non che a lui non stessero simpatici gli altri, ovviamente. Aveva solo un carattere diverso. Però ci sarebbe andato comunque... per lasciarle il tempo e lo spazio che le servivano per raccontare tutto alle amiche.

"Stasera parli con gli altri, giusto? Della mia situazione?"

"Sì."

"Pensi che se la prenderanno, perché metto in pericolo le loro mogli? O compagna, nel caso di Drew?"

"Prendersela? No. Preoccuparsi? Sì. Si incazzeranno come degli indemoniati con chiunque ti attacchi, o venga nel *nostro* paese per cercare di insultare il tuo buon nome? Accidenti, certo che sì! Non hai nulla di cui preoccuparti, Khloe. Te lo garantisco."

"Va bene," gli sussurrò, sopraffatta dall'emozione.

Si fissarono per un lungo momento, e proprio quando lei stava per fare un passo avanti e abbracciarlo, un contatto fisico di cui aveva un disperato bisogno, qualcuno bussò di nuovo alla porta.

"Saranno le altre," le disse Raid con riluttanza. "Non esitare a messaggiarmi," le ripeté, per poi voltarsi verso la porta.

Come aveva immaginato, alla porta c'erano Bristol, Caryn, Finley ed Heather. Entrarono tutte con impeto, salutando Khloe e Raid.

"Andrà tutto bene, Khloe, ce la farai," le disse Raid, che poi le fece un cenno col capo e si avviò fuori dalla porta. Ethan, che aveva accompagnato Lilly, lo aspettava per dargli un passaggio verso casa di Rocky; sarebbe tornato a prendere la moglie più tardi. Quasi tutte erano state accompagnate dai rispettivi uomini e Khloe guardò la comitiva di macchine che si allontanavano dalla casa, lungo il vialetto. L'unica che non vide fu quella di Rocky; evidentemente, Bristol era salita con un'amica.

Khloe chiuse la porta lentamente e fece un respiro profondo, poi tornò verso la cucina. Come Raid, anche lei non era ansiosa di affrontare quella serata, ma almeno finalmente si sarebbe tolta un grosso peso di dosso e sarebbe stata sincera con le persone che ammirava di più in assoluto.

___

CAPITOLO NOVE

___

TRE ORE DOPO, Khloe e le altre erano ancora sedute nel salotto di Raid. Lilly, Elsie ed Heather erano spaparanzate sul divano, Finley sulla poltrona, Khloe sul pavimento, vicino a Duke, mentre Bristol e Caryn, anch'esse sul pavimento, si erano accomodate davanti al divano, sui cuscini che avevano arraffato in una delle camere degli ospiti.

Stranamente, nessuna aveva bevuto gli alcolici che Raid aveva procurato. Elsie e Finley per via della gravidanza. Heather invece non amava bere, solo perché non le piaceva il sapore dell'alcol. Khloe era troppo nervosa e sapeva che non era il caso di ubriacarsi prima di raccontare la propria storia. Caryn doveva alzarsi presto il mattino dopo per svolgere coi ragazzi delle scuole superiori un programma di addestramento dei vigili del fuoco, una sua iniziativa. Lilly aveva sostenuto di non essere dell'umore giusto per alzare il gomito, mentre Bristol sperava di finire il giorno dopo un progetto artistico con vetri colorati e non voleva dover lavorare coi postumi di una sbronza.

In compenso, avevano mangiato quintali di stuzzichini... evidentemente Raid non aveva esagerato quanto aveva creduto Khloe... si erano coccolate Duke, avevano esplorato l'enorme cortile sul retro, poi la casa di Raid; erano tutte *estremamente* curiose, dato che non c'erano mai state prima; poi avevano mangiato *altri* stuzzichini, guardato un episodio del programma di cucina, quindi avevano parlato ciascuna a turno della propria vita.

Infine era arrivato il momento di Khloe.

Le altre sei la stavano guardando, in attesa. Lei abbassò lo sguardo su Duke, che russava nella cuccia vicina. Aveva accettato di raccontare tutto, ma era arrivato il momento e non sapeva bene da dove cominciare.

"Allora... sei una veterinaria. Da quanto tempo?" le chiese Lilly rompendo il ghiaccio con una domanda facile.

Khloe prese fiato lentamente, racimolando il coraggio per affrontare le amiche. "Dunque: ho quarantatré anni, mi sono laureata in medicina veterinaria quando ne avevo ventisei. Da una quindicina d'anni. Trascurando l'ultimo anno e mezzo, ovviamente."

"Giusto. Sei venuta a Fallport e sei diventata assistente di Raid in biblioteca," aggiunse Bristol.

Khloe annuì.

"Perché?" le chiese Caryn.

Ecco il momento. L'apertura di cui Khloe aveva bisogno per raccontare la propria storia. Eppure, chissà perché, le parole non le uscivano dalla gola.

Mentre il silenzio si prolungava, Finley cominciò ad agitarsi e a dondolare, cercando a fatica di alzarsi dalla poltrona. Con il pancione che cresceva, oltre allo schienale della poltrona che era inclinato, quella manovra le riusciva tutt'altro che naturale. "Santo cielo, sono bloccata in poltrona! Aiutatemi."

Risero tutte, mentre Caryn la raggiunse in ginocchio. "Perché vuoi alzarti? Il bello sta per cominciare!" esclamò, mentre cercava il comando per abbassare il supporto delle gambe.

"Voglio abbracciare Khloe. È laggiù, tutta agitata e spaventata da questa conversazione."

Sei paia di occhi si indirizzarono verso Khloe.

Da un lato, fu un momento di disagio: a lei non piaceva essere al centro dell'attenzione, preferiva di gran lunga lavorare a porte chiuse con gli animali, che non potevano giudicarla. D'altro canto, era con le amiche, delle donne che avevano cercato in ogni modo di includerla nelle loro vite. Il fatto che Finley volesse darle anche supporto fisico allontanò da Khloe ogni reticenza.

"Stai pure lì, Fin. Va tutto bene," le disse. "Sul serio, se ti alzi, vengo lì e ti faccio accomodare di nuovo in poltrona," aggiunse, dato che l'amica sembrava non desistere.

Finley sbuffò frustrata. "D'accordo. Ma solo perché penso che questa poltrona stia cercando di inghiottirmi tutta intera. Non capisco come faccia Raid a starci seduto."

"Perché è più alto di te di due spanne e la poltrona è adatta a una persona con la sua corporatura," le disse Elsie con voce tranquilla.

"È vero," rispose Finley.

"Sono venuta a Fallport perché era la località più distante da Norfolk, senza uscire dalla Virginia," sbottò Khloe. "Il mio cognome non è Moore, ma Watts. Ho dovuto abbandonare una clinica veterinaria e tutta la mia vita perché uno dei miei clienti ha cercato di uccidermi, quando non sono riuscita a salvare la cagnolina che mi aveva portato dopo averla picchiata per anni."

La sua uscita fu seguita da un attimo di silenzio... poi cominciarono tutte a parlare sovrapponendosi.

"Santo cielo, ma stai bene?"

"Che bastardo!"

"Spero che marcisca in galera!"

"Ti ha portato un animale che *lui* aveva picchiato e si aspettava che tu lo salvassi?"

"A chi interessa del tuo cognome? Tu come stai?"

"È per questo che hai un'andatura irregolare, vero?"

Khloe alzò una mano per fermare quell'assalto verbale. Poi fece del suo meglio per rispondere alle domande delle amiche. "Sto bene... adesso. Sì, è in galera e sì, non si aspettava che scoprissi che era stato lui a prendere a calci la sua cagnolina al punto da spezzarle le costole e lacerarle la milza. E *ancora* sì... ha tentato di investirmi con un camioncino, per questo zoppico."

A quelle risposte, sei paia di occhi si spalancarono.

"Ecco, allora forse è il caso che cominci dall'inizio," insisté Caryn.

Dopo un respiro profondo, Khloe seguì quel consiglio. Più parlava e più le riusciva facile. Per fortuna, le amiche non la stavano fissando con disprezzo o con rabbia per le bugie che aveva raccontato loro.

"Il processo è durato più a lungo di quanto ci si aspettasse, per questo mi sono allontanata, Finley, quando ti ho chiesto di seguire quei gattini. Scusami se ti ho messa nelle condizioni di assistere allo spaccio di droga che aveva imbastito quella pazza."

Finley fece spallucce. "Non è colpa tua. Avrei preferito che ce lo spiegassi, lo sai che ti saremmo state vicine. Al tuo fianco, per darti supporto."

"Sì, non so come hai fatto ad andare a testimoniare tutta sola, senza il sostegno di nessuno," le disse Elsie.

Le amiche continuarono a incoraggiarla, dicendole che era stata forte, che erano impressionate dal modo in cui aveva affrontato tutto.

"Penso sia stato un miracolo che tu fossi nel posto giusto al momento giusto, quando Duke ha avuto bisogno di te," le disse Heather a bassa voce. "Io mi chiedevo sempre il perché fossi stata proprio *io* a essere rapita. Perché avevo dovuto affrontare quell'inferno. Eppure, se non fosse successo, se fossi cresciuta come una ragazzina normale, con una vita normale, non sarei stata in grado di salvare Marissa. Non avrei incontrato Tal. Non avrei la vita che ho adesso. Quindi, mi dispiace per tutto quel che hai dovuto affrontare, ma adesso sei qui, alla fine ci siamo conosciute e hai salvato Duke. E chissà quante altre vite hai salvato con lui! Appena si riprenderà, potrà tornare a collaborare alle ricerche, tutto perché tu sei intervenuta quando è stato male."

Dopo i commenti di Heather, la stanza rimase in silenzio.

"Ha ragione," commentò Finley annuendo.

"È vero," aggiunse Lilly. "Allora perché adesso?"

"Cosa, perché adesso?" le chiese Khloe.

"Perché ce lo racconti adesso? Cioè, intendiamoci, mi fa piacere e ti ringrazio, perché finalmente ti sei confidata. Avevamo capito tutti che ti stavi tenendo dentro qualcosa di grosso, ma cos'è cambiato?"

Eccoci. Era arrivato il momento in cui Khloe temeva di perdere per sempre quelle amiche meravigliose. Temeva che uscissero dalla sua vita, e lei non avrebbe potuto biasimarle. Ognuna di loro aveva avuto esperienze terribili, e ciascuna aveva affrontato il pericolo a modo suo; non era giusto che corressero nuovi rischi a causa del passato di Khloe. Però avevano anche il diritto di sapere. Lei si sentiva in obbligo di raccontare.

"Il tipo che ha cercato di uccidermi si chiama Alan Mather. Adesso è in carcere, speriamo per un bel po' di tempo. Però non è certo contento, diciamo così. Ha giurato di rendere la mia vita un inferno, e a quanto pare cerca di tener fede al giuramento. I suoi fratelli sono qui a Fallport. Beh, immagino che ci siano tutti e due, anche se ne ho visto uno solo, Jason: è venuto in biblioteca e si è divertito a minacciarmi, dicendomi che in pratica è venuto a portare avanti il tormento che suo fratello aveva avviato a Norfolk."

"Se Jason vi vede insieme a me, farà di tutto per tormentare anche voi. Spargerà dicerie sul vostro conto, sulle vostre attività. Alan e i suoi fratelli sono dei maestri nelle campagne diffamatorie. Hanno quasi fatto fallire la mia clinica a Norfolk. Diranno menzogne, si presenteranno a sorpresa, facendo commenti disgustosi, senza lasciarvi la possibilità di reagire. Credetemi, io avevo fatto di tutto per fermarli... ma non è servito a nulla. Non hanno mai fatto niente di illecito, quindi la polizia non è mai intervenuta."

"Niente di illecito?!" Caryn era infuriata. "Penso che intimidire una testimone sia illecito!"

"Giusto?!" aggiunse Bristol con un tono altrettanto arrabbiato. "Ma è una vergogna!"

"Vorrei tanto che ci provassero, a spargere menzogne sulla mia pasticceria," commentò Finley. "Nessuno crederà a una sola delle loro parole."

"Precisamente," confermò Lilly, annuendo. "Come se la gente di Fallport fosse disposta a credere a un estraneo che spara cazzate sul nostro conto."

"E non dimentichiamo come reagiranno i nostri compagni, se gli arriva voce delle menzogne che girano su di noi o sulle nostre attività," aggiunse Finley.

"Santo cielo, quel Jason dovrà prepararsi a una bella strigliata, appena osa dire qualcosa su di me," commentò Caryn concludendo con una risatina profonda.

"Ragazze," aggiunse Khloe disperata, "voi non capite. Potreste essere in pericolo. Alan ha cercato di uccidermi per via di un cane! Mi odia a morte, e di sicuro avrà trasmesso la stessa rabbia anche ai fratelli. Se sono da queste parti, vuol dire che sta per succedere qualcosa di spiacevole. Dovrete guardarvi le spalle di continuo. Per questo non volevo farvi sapere chi ero. Per questo ho usato un cognome falso: per non farmi trovare. Ma mi hanno trovata grazie a quel video con Ziegler, e io non voglio assolutamente che una di voi debba rimetterci per causa mia!"

Quando finì di parlare, Khloe stava quasi ansimando. Duke mugolò e le si avvicinò, appoggiandole il testone sulla gamba.

Una a una, le sei amiche si alzarono e si avvicinarono al punto in cui Khloe stava seduta contro il muro. Si strinsero a lei, in piedi o in ginocchio. Caryn le mise una mano sulla spalla, Lilly su un ginocchio, Bristol sull'altro.

Fu Heather la prima a parlare. "Per tutta la vita, ho desiderato delle amiche. Volevo qualcuno di cui potermi fidare. Qualcuno di affidabile. All'inizio, ho trovato Tal. Non ero sicura di potermi fidare di altre persone. Poi, dopo un po' di tempo, ho capito che anche voi non avevate nulla da spartire con le donne che mi avevano cresciuta nella Comune. Non avevate secondi fini, volevate il meglio per me, senza chiedere nulla in cambio. Non mi era mai capitato, e all'inizio mi ero spaventata, ma adesso non potrei immaginare una vita diversa. Non posso mentire, non mi fa piacere che questo Jason o suo fratello spargano malignità sul mio conto... ma mi fido di Tal, e di voi e dei vostri compagni; i nostri uomini ci terranno al sicuro. Penso che anche tu dovresti fidarti, Khloe."

Sotto alcuni aspetti, Heather era ancora infantile; era rimasta intrappolata per anni in una setta, perdendosi molto dell'infanzia, e molti aspetti del mondo erano ancora nuovi per lei. Però c'erano dei momenti in cui dava a Khloe l'impressione di essere la persona più saggia in circolazione. Aveva una prospettiva unica sul mondo.

"Quei bastardi non riusciranno nel loro piano, quale che sia," affermò Lilly con decisione. "Qui non siamo a Norfolk. La gente di Fallport ti vuole bene, Khloe."

"Sì, già piacevi a tutti prima dell'episodio di Duke, ma adesso? Sei una fallportiana fino al midollo," concluse Elsie.

"Una fallportiana?" chiese Caryn ridacchiando. "Così sembra un'aliena o chissà che altro."

Elsie fece spallucce. "Non importa. Il punto è che, appena qualcuno comincerà a dire fesserie, si accorgerà che le malelingue qui non hanno alcun peso."

"Questo non puoi saperlo," le disse Khloe sottovoce. "Probabilmente dovrei andarmene via."

"No!" gridarono tutte insieme, facendo alzare il muso a Duke, che commentò con un mezzo ringhio.

"Vedi? Nemmeno Duke vuole che tu vada via," aggiunse Finley. "Senti, noi ti capiamo. Sapere che c'è qualcuno in giro che ti vuole male non è divertente. Ci siamo passate tutte. Ma con il nostro aiuto, nessuno ci riuscirà."

All'improvviso, gli occhi di Khloe si riempirono di lacrime. Lei non se l'aspettava. Aveva mentito a quelle donne, le aveva tenute a distanza per mesi, eppure le stavano offrendo un sostegno incondizionato. L'emozione era troppo forte.

"Bene, ragazze, lasciamole un po' di spazio," suggerì Lilly. Si fecero tutte indietro e tornarono ai loro posti, tutte tranne Lilly, che si mise seduta sul pavimento con la schiena contro il muro, spalla a spalla con Khloe.

"Bene, allora... ci serve un piano," disse alle altre.

"Un piano?" chiese Khloe asciugandosi le lacrime dalle guance con la spalla, nel tentativo di controllare le proprie emozioni.

"Certo. Che aspetto ha questo Jason?"

Khloe deglutì. "Sulla trentina, il fratello avrà venticinque anni. Entrambi hanno capelli e occhi castani. Jason ha i capelli corti, il fratello li tiene più lunghi e in disordine. Li ho sempre visti in jeans e maglie a maniche lunghe, niente giacche. Anche in tribunale, quando venivano ogni giorno a guardarmi di sbieco. Jason è alto, sarà sul metro e ottanta, mentre il fratello è più basso di qualche centimetro. Aspetto... normale. In mezzo agli altri, non si notano. Per questo penso che siano tanto in gamba a malignare."

"Non riesco a trovarli sui social media," disse Lilly, col telefono in mano.

"Davvero? Ma hanno visto il video con Ziegler, e poi ormai *tutti* hanno un account sui social," commentò Finley.

"Evidentemente loro no. O magari hanno deciso di cancellare gli account, per qualche motivo," spiegò Lilly alzando le spalle.

"Che macchina usano?" chiese Caryn.

Khloe scosse la testa. "Non lo so."

"Va bene, si può scoprire facilmente," aggiunse Lilly con calma.

"Ragazze, non penso che quelli siano da sottovalutare. Ripeto: loro fratello ha tentato di *uccidermi*."

"Che stronzo," mormorò Finley.

"Dobbiamo solo spargere la voce che sono a Fallport e che hanno cattive intenzioni prima che comincino con le loro cavolate," disse Elsie. "Io posso cominciare dall'On the Rocks."

"Io parlerò al nonno," disse Caryn. "Lui lo dirà a Silas e Otto, così sarà sulla bocca di tutti nel giro di poche ore."

"No!" esclamò Khloe, presa dal panico all'idea che tutti parlassero di lei.

Lilly le mise una mano sul ginocchio. "Non è un problema, Khloe."

"Invece *sì*. Ho mentito a tutti! Già non è bello che abbiano scoperto che facevo la veterinaria, ma se si conoscesse tutta la storia..." Si interruppe, incapace di trovare le parole per spiegare il motivo di tanta paura.

"Respira, Khloe," le disse Lilly dolcemente. "Nessuno ti vieta di cambiare mestiere, e non hai mentito a nessuno. Hai solo evitato di spiegare cosa facevi prima. Il che va bene, perché non sono affari di nessuno, solo tuoi. Pensi che non sia capitato a nessun altro di lavorare in un campo diverso? Fidati, sei al sicuro."

Khloe fece un gran respiro e deglutì a fatica. Le amiche avevano ragione, ma lei si sentiva ancora in colpa per aver tradito la fiducia di tutta la cittadinanza.

"Hai parlato con Simon?" le chiese Heather.

Khloe scosse la testa.

"E con i nostri uomini?" chiese Bristol.

"Raid sta spiegando tutto anche a loro proprio questa sera."

Annuirono tutte, comprendendo la logica di quella rivelazione in contemporanea.

"Senti, so che non vuoi far sapere gli affari tuoi in giro, ma qui siamo a Fallport. Ormai è solo questione di tempo. Pensi che non ci sia già qualcuno che è andato online per fare ricerche su di te? Pensi che la gente non abbia già cominciato a trarre conclusioni sul perché sei qui? L'informazione è potere. Dobbiamo anche far sentire a tutti quanto sei forte e fantastica. Raccontare che sei sopravvissuta a un *furgoncino che ti ha investita*, che sei andata avanti tutta sola, perseverando fino a riprenderti, che ti sei ricostruita una vita qui a Fallport e che ti piace," le spiegò Lilly.

"Di sicuro non farebbe male aggiungere che sta pensando di rimanere, e magari aprire una sua clinica veterinaria... ma che se quei fratelli le rendono la vita impossibile, potrebbe ripensarci," disse Caryn con un sorriso.

"Un momento, io non..."

"Oh, sì! Ho sentito una valanga di persone che si lamentavano del dottor Ziegler," aggiunse Finley. Quel video non l'ha messo certo in buona luce. Se la gente sa che il progetto di una nuova clinica veterinaria potrebbe non partire per via di quegli scemi che spargono malignità sul tuo conto, di sicuro reagiranno tutti."

"Sul serio, ragazze, non ho ancora deciso nulla al riguardo..."

"Niente social media," intervenne Lilly. "Dev'essere tutto un passaparola."

"Sono d'accordo," confermò Elsie. "Così nessuno capirà da dove partono le voci e non sarà possibile risalire a noi o a Khloe."

"I fratelli immagineranno che sia stata Khloe a dire qualcosa," commentò Finley.

"E allora? Non potranno dimostrare nulla," insisté Lilly.

"Devi parlare anche con Simon," aggiunse Caryn. "Magari anche con Nissi, lei può contattare l'ufficio della procura di Norfolk. Così avrai le spalle coperte, nel caso quei due facciano qualche sciocchezza violando la legge."

Khloe non riusciva a parlare, tanto era sopraffatta.

"Simon è gentile," commentò Heather, male interpretando il silenzio di Khloe come paura. "All'inizio spaventava anche me, ma poi lui ha ascoltato tutto ciò che dovevo dirgli e non mi ha giudicata male. Almeno non penso."

"Non ti ha giudicata," confermò Elsie per rassicurarla. "È un capo della polizia molto bravo, la gente di qua gli sta veramente a cuore."

"E non gli farà certo piacere, se qualcuno comincia a spargere voci maligne sul suo territorio," commentò Caryn.

Khloe lasciò partire un sospiro potente, poi disse semplicemente: "Va bene."

Le altre la fissarono in silenzio per un attimo.

"Va bene?" chiese conferma Lilly dopo un po'.

Khloe annuì.

Si unirono tutte con grida di gioia... tranne Heather, che sorrise appena.

"Benissimo, domani parte l'operazione *Calci in culo agli stronzi*," annunciò Caryn.

"Sarà un bel divertimento," concluse Elsie con un sorriso.

Khloe si limitò a scuotere la testa, esasperata. Aveva temuto che quelle donne le voltassero le spalle, invece si erano coalizzate con lei, facendo quadrato e puntando a respingere il potenziale pericolo dei fratelli Mather; ancora non se ne capacitava.

"Dovete stare attente," le avvertì. "Se Jason o l'altro fratello... maledizione, *ancora* non mi torna in mente come si chiama... se si accorgono di cosa sta succedendo, si incazzeranno di più."

"Possiamo gestirli. Beh, i nostri uomini possono," rispose Bristol alzando le spalle.

"Probabilmente, per loro sarà anche *più* divertente," aggiunse Elsie.

"E non pensare nemmeno a nasconderti, o a evitare di passare il tempo con noi in pubblico," le intimò Finley.

"Sì, adesso non ci scappi," aggiunse Caryn con un sorriso.

"Come se adesso fosse possibile rimanermene per conto mio," borbottò Khloe.

"Puoi dirlo forte. Non ti libererai di noi," aggiunse Elsie.

"Adesso... possiamo cambiare argomento?" chiese Lilly. "Perché vorrei parlare di Raiden e Khloe."

Accettarono tutte con entusiasmo.

Khloe guardò l'orologio. "Oh, come vola il tempo. Si sta facendo tardi."

"Ah ah ah, non è mai troppo tardi per parlare delle persone a cui vogliamo bene. Come va tra voi due? Finora sembrava che vi odiaste a vicenda," le disse Lilly con un sorriso cordiale. "Vi lanciavate sempre frecciate, a volte davate l'impressione di essere sul punto di esplodere. Invece stasera lui sembrava preoccupato, e per un secondo ho pensato che non volesse andarsene. Allora, com'è 'sta faccenda, amica mia?"

Khloe, con il viso paonazzo, alzò le spalle.

"Dai, forza, raccontaci qualcosa di più," la pregò Bristol spostandosi più avanti sul cuscino, davanti al divano.

Khloe però non era pronta a raccontare cosa diavolo stava succedendo con Raiden. In parte perché nemmeno lei ne era sicura, e le sembrava tutto troppo fresco per esprimerlo a parole. Ma anche per via del carattere introverso di Raiden. Senza alcun dubbio, non gli avrebbe fatto piacere che si spettegolasse su di lui. E se da un lato quelle donne non avrebbero mai detto o fatto alcunché di male per ferirlo, lui si sarebbe sentito in imbarazzo, sapendo di essere oggetto di tanta curiosità.

"Apprezza molto che io sia intervenuta per aiutare Duke," disse Khloe con diplomazia.

Le altre sbuffarono.

"E poi?" insisté Finley.

"E poi mi è stato molto vicino nell'ultima settimana," aggiunse Khloe nella speranza di porre fine a quella discussione, sottovalutando il bisogno delle amiche di sapere, la loro voglia di condividere la felicità, perché si volevano bene.

"Raid è un brav'uomo," commentò Bristol.

"Bravissimo," aggiunse Caryn annuendo.

"È sempre disposto ad aiutare nelle ricerche, a prescindere dall'ora o dalle condizioni atmosferiche," aggiunse Elsie.

"E in pasticceria compra sempre troppi dolci, più di quanti possa mangiarne, solo per sostenermi," intervenne Finley.

"È altissimo," disse Heather con un sorrisetto.

Al che, Khloe non si trattenne e rise, confermando: "Altissimo."

"È adorabile, davvero," aggiunse Lilly a bassa voce. "L'ho sempre pensato. È un tipo tranquillo, con quei capelli e la barba dello stesso color fulvo, mi ricorda l'immagine di un boscaiolo."

"E lo sapete cosa dicono... lunghi piedi, lungo... ehm... mi capite?" chiese Caryn ridacchiando.

Allora Khloe ne ebbe abbastanza. Un conto era elencare le buona qualità di Raid, ma lei non voleva sentir parlare delle doti sessuali di Raid, o di quanto fosse affascinante. Sapeva di avere una reazione di gelosia, ma non riuscì a controllarla.

Per fortuna, Duke scelse proprio quel momento, per alzarsi con un gemito e andare a grattare la porta sul retro.

"Devo portarlo fuori," mormorò Khloe alzandosi.

Tutte le altre cominciarono a chiacchierare tra loro mentre Khloe apriva la porta. Tutte tranne Lilly, che la seguì e si mise in piedi sulla pedana in legno insieme a lei, per osservare Duke che tentava di trovare il punto perfetto per fare i propri bisogni.

"Tutto bene?" le chiese Lilly a voce bassa.

Stranamente, Khloe si accorse di star bene; quella serata avrebbe potuto andare molto diversamente, e se anche non era entusiasta di far sapere a tutta Fallport la propria storia, l'unica alternativa che aveva era andarsene e nascondersi di nuovo. A lei piaceva Fallport, le piacevano le amiche, le piaceva Raid. Non voleva andarsene. "Sì, penso di sì."

"Bene. Perché lo sai che se tu ci chiedessi veramente di non dire nulla in giro, di non far sapere cosa ti è successo, noi eviteremmo di farlo. Troveremmo qualche altro modo per affrontare quei bastardi."

"Lo apprezzo."

"Ma certo. Siamo amiche."

"E *tu* invece come stai?" le chiese Khloe voltandosi verso di lei, prontissima a parlare per un po' di tutt'altro, non di sé.

"Sto bene."

"Dai, Lilly, *come stai?*"

Lilly sospirò. "Tiro avanti. Ci sono giorni in cui faccio più fatica ad alzarmi dal letto e non vorrei far altro che dormire per tutto il giorno."

"Penso che sia normale, dopo un aborto spontaneo," le disse Khloe.

"Lo so, ma è uno schifo."

"Infatti."

Lilly raddrizzò la schiena. "Ma io ed Ethan non ci arrendiamo. Proveremo di nuovo a concepire."

"Certo che non vi arrendete," ribadì Khloe. "E quando ci riuscirete, Ethan sarà molto protettivo e tu ti incazzerai con lui perché non ti farà uscire di casa senza seguirti a ruota. Ti stuferai dei pasti sani che ti preparerà e di essere trattata come una bambola di cristallo. Brontolerai con noi e noi ti ricorderemo quanto lui ti ama e quanto si preoccupa per te. Poi partorirai e lui ti metterà incinta ancora, poi di nuovo, finché avrete quattordici figli e non ti ricorderai più dei momenti in cui eravate solo voi due. Ci trascinerai tutte a fare da baby-sitter e noi ci lamenteremo dei bambini piccoli, poi dei ragazzini, poi degli adolescenti, mentre voi due vivrete felici e contenti."

Lilly la fissò incredula per un secondo, poi scoppiò a ridere. "Santo cielo, quattordici figli? Non sia mai!"

Khloe le sorrise e le mise una mano sulla spalla. "Ma non dimenticherai mai quello che hai perso; era una creatura speciale e merita di essere ricordata negli anni."

"Vero. Grazie," le rispose Lilly, che poi si girò e la abbracciò forte. "Sono contenta che tu sia qui, Khloe Watts."

Udire il proprio vero nome sulle labbra dell'amica la fece sentire coccolata e amata. "Grazie. Anch'io sono contenta di essere qui."

Duke trotterellò indietro sulla pedana, evidentemente aveva finito di fare i bisognini, così rientrarono.

Le altre si erano tuffate di nuovo sugli stuzzichini e qualcuna aveva acceso la TV per guardare un altro episodio del programma di pasticceria. Khloe si accomodò sul pavimento, su un cuscino davanti al divano, insieme alle altre.

Si sentiva contenta, anzi, piena di gioia, e si accorse di non essere preoccupata per il futuro, per la prima volta da un'eternità. Non era preoccupata del processo, della gamba che a volte le doleva, di quel che pensavano gli altri. Lì, in casa di Raid, le sembrava di essere in un bozzolo, al sicuro, protetta. Non immaginava cosa avesse in serbo il futuro per lei, ma continuava a sperare di poter riprendere a fare la veterinaria... e magari di includere nel proprio futuro anche Raiden.

CAPITOLO DIECI

Era passata una settimana da quando Khloe aveva trascorso la serata con le amiche, e da quando Raiden aveva raccontato agli amici tutto ciò che le era successo. Non l'avevano presa bene, per usare un eufemismo. Si erano ripromessi di fare tutto il necessario per tenerla al sicuro.

Raid non avrebbe dovuto sorprendersi del milione di domande che i ragazzi gli avevano posto immediatamente, concentrandosi sulla sicurezza di Khloe, piuttosto che sull'eventuale rischio per le altre; alla fine avevano parlato anche di quello, ma prima avevano discusso di come aiutare Khloe.

Per forza Raid era contento di essere a Fallport e di lavorare con quegli uomini: gli ricordavano Finn Matlick, un collega della Guardia Costiera che si faceva soprannominare Tonka. Raid era intervenuto insieme a lui più spesso che insieme agli altri colleghi, e anche i loro cani erano molto affiatati. Avevano lavorato insieme come un ingranaggio ben calibrato... fino a quel tragico giorno.

Sforzandosi di pensare a qualcos'altro e non al suo vecchio amico, Raid guardò Khloe da dietro il bancone della biblioteca: stava aiutando una donna a trovare i libri più adatti alla figlia adolescente.

Era visibilmente agitata e preoccupata fin dal giorno della visita di Jason Mather. L'attesa era quasi peggio di dover affrontare ciò che i fratelli Mather avevano in serbo. Dopo alcune ricerche, Raid si era convinto che non avrebbero lasciato in pace Khloe senza un minimo di incoraggiamento, a cui avrebbe pensato proprio lui.

Raid aveva già contattato alcune persone che aveva conosciuto durante il servizio per farsi aiutare. Non solo, ma Ethan aveva detto di conoscere un certo Tex, un ex SEAL esperto di elettronica, che forse sarebbe riuscito a screditare i fratelli Mather con qualche magia sulla tastiera. In Colorado c'era anche un altro tipo felicissimo di aiutare. Era specializzato nella lotta al traffico umano a fini sessuali, ma conosceva una valanga di persone, un po' dappertutto.

Raid voleva assicurarsi che Alan Mather ricevesse forte e chiaro il messaggio: dimenticare Khloe, scontare la pena e voltare pagina per sempre. Altrimenti? Beh, altrimenti avrebbe commesso l'errore più grave della sua vita.

Ma la preoccupazione più immediata erano Jason e Scott... così si chiamava il fratello più giovane. Anche lui era sicuramente a Fallport. Drew aveva riferito di averlo intravisto un paio di giorni prima gironzolare in piazza per guardare il viavai dei passanti.

Le signore avevano concluso la serata con Khloe infiammate e pronte a fare di tutto per garantire che la gente di Fallport sapesse cosa stava succedendo. Da quel giorno, il loro piano di spargere informazioni su Khloe e sulla sua situazione aveva cominciato a funzionare meravigliosamente. Quasi tutti gli utenti della biblioteca andavano dritti da Khloe per esprimerle solidarietà per ciò che aveva dovuto affrontare. Tutti le avevano detto chiaramente che chiunque avesse causato problemi a lei o a una delle amiche se ne sarebbe pentito amaramente.

Sarebbe stata una situazione persino divertente, se non si fosse trattato di Khloe. Raid vedeva quanto le pesava la situazione: lei odiava sentir parlare di sé, essere al centro dell'attenzione. Non le piaceva essere commiserata per la gamba, né gradiva le domande sui dettagli di quanto era successo.

Raid non commiserava Khloe: come avrebbe potuto? Era una delle donne più forti che avesse mai conosciuto. Lui aveva letto i verbali del processo parola per parola. Poteva immaginare la faticosa riabilitazione per riprendere a camminare, la difficoltà del dramma che aveva dovuto superare Khloe. Non aveva le registrazioni del processo, ma dai verbali si capiva che i giudici avevano espresso preoccupazione, quando lei aveva deciso di abbandonare la clinica veterinaria e tutto ciò che si era guadagnata lavorando duramente.

Più Raid conosceva Khloe e più gli piaceva. Ma non aveva idea di come portare avanti un rapporto con lei. Lavoravano insieme da parecchio, e lui si era comportato più da fratellone irritante che da uomo con un interesse romantico, ignaro di come farsi guardare con occhi diversi.

Lei aveva insistito per tornare al proprio appartamento, e Raid *non* l'aveva presa bene. Non faceva altro che preoccuparsi che Jason e Scott la raggiungessero in quel palazzo. Si chiedeva cosa le avrebbero fatto, trovandola sola. Così aveva insistito per andarla a prendere la mattina e riportarla a casa a fine giornata.

Khloe si sentiva un po' meglio grazie alle amiche, che a turno passavano la serata insieme a lei.

Una sera, Ethan e Lilly avevano portato delle pizze ed erano rimasti oltre le undici. Un'altra sera, Finley e Brock erano arrivati con tutti gli ingredienti per preparare i biscotti. Heather e Tal si erano presentati la sera dopo per una visita. E così via.

Raid non poteva certo prendersela con gli amici che passavano il tempo con Khloe... *eppure* era geloso. Certo, lui le era vicino tutto il giorno, ma non era come restare da soli, a casa di lui.

Ecco un altro punto: la sua casa, in cui di solito si rifugiava in santa pace, ormai gli sembrava troppo vuota. Raiden aveva l'impressione che anche Duke ne risentisse. Il segugio era irrequieto, sempre più spesso cercava di dormire nella camera degli ospiti in cui aveva dormito Khloe.

Raid sentiva la mancanza della compagnia di Khloe, e per uno che stava tanto bene da solo e che non aveva problemi a passare il tempo, era una novità importante.

Era arrivato il venerdì e Raid sapeva che Caryn e Drew avrebbero portato un film in DVD all'appartamento di Khloe. Raid avrebbe anche invitato tutti da lui, ma per quella sera aveva già un impegno. Ogni venerdì sera, sempre lo stesso impegno... sempre che non ci fossero ricerche in corso.

Sabato mattina, per prima cosa, avrebbe trovato il coraggio di chiedere a Khloe se volesse passare del tempo insieme a lui. Magari andando insieme a lui e Duke a fare una passeggiata nel bosco. Ormai il segugio si era ripreso abbastanza, e poteva ricominciare a fare delle escursioni. Anche per rinfrescare l'addestramento a seguire tracce olfattive.

"Raid?"

La voce di Khloe lo prese alla sprovvista e lo fece sussultare. Si era perso in quei pensieri e ovviamente lei aveva finito di aiutare la signora.

"Sì, scusa, che c'è?"

"Va tutto bene?"

Lui avrebbe voluto ridere, per quella domanda che avrebbe dovuto rivolgerle *lui*.

"Ma certo. E tu?"

"Sì. È che... rimanere in attesa è irritante. Stamattina ho visto Jason al Cerchio, era seduto sotto al padiglione. Voleva solo farsi vedere. Preferirei che facessero qualcosa, qualunque cosa."

"Sì, ma se aspettano e rimangono a guardare, la cosa gioca a tuo favore. Ormai molti di noi sanno della loro presenza e *anche* delle loro intenzioni. Quando decideranno di colpire, si beccheranno una bella strigliata."

Khloe annuì, ma Raid si accorse che non era convinta. Si sarebbe persuasa col tempo. Raid non aveva alcun dubbio: Fallport avrebbe fatto quadrato intorno a lei, come era normale che succedesse, in un paesino.

"Volevo chiederti qualcosa," gli disse Khloe a quel punto. Si era appoggiata alla scrivania e lui la trovava particolarmente bella. I suoi capelli lucidi castano chiaro non erano tirati indietro, ma sciolti, liberi di scenderle sulle spalle. Indossava una camicetta blu molto elegante abbottonata sul davanti e un paio di pantaloni color cachi. La scollatura che le metteva in risalto il seno, facendogli venire l'acquolina in bocca, mentre i pantaloni le avvolgevano il sedere in modo affascinante. Ogni volta che la vedeva, gli sembrava più bella.

Quando lei alzò le sopracciglia con espressione perplessa, Raid si sarebbe preso a scappellotti. "Sì? Dimmi," le rispose tardivamente.

Poi lei lo prese alla sprovvista dicendogli: "Mi chiedevo se volessi venire su da me, oggi, quando mi porti a casa. So che dovevano venire Caryn e Drew per guardare un film insieme, ma non so se stasera avrò voglia di stare troppo in compagnia. Quindi pensavo che, magari, noi due... beh, tre con Duke... potevamo stare insieme e guardare altre puntate di quel programma che guardavamo sempre da te."

Raid la fissò per un lungo momento. Accipicchia, lo stava invitando per un appuntamento? Avrebbe voluto dirle di sì. Moltissimo. Ma non poteva perdere il suo impegno del venerdì sera per la seconda settimana consecutiva.

Era anche colpito ed emozionato dal coraggio di Khloe, che gli chiedeva di passare la serata insieme. Aveva più fegato di lui. Beh, *chiunque* aveva più fegato di lui nel campo dei rapporti di coppia.

Ovviamente rimase in silenzio troppo a lungo, perché lei abbassò lo sguardo verso il pavimento e disse: "Scusa, è un'idea stupida. Sarai sicuramente impegnato. Nessun problema."

Invece *era* un problema, e Raid non voleva assolutamente che Khloe si sentisse in imbarazzo, o che si sentisse sciocca per quell'invito. Fece il giro della scrivania e si mise in piedi davanti a lei. Non sapeva cosa fare con le mani, se entrare o meno in contatto con lei. Sapeva bene di essere sul posto di lavoro, con gli utenti che frequentavano la biblioteca.

Decise di prenderle una mano; gliela strinse nella speranza che lei alzasse lo sguardo. "Non è che non voglia passare la serata con te," le disse. "Perché *voglio*. Accidenti, questa settimana mi è mancato molto non averti in casa con me. È solo che... stasera devo fare qualcosa."

"Va bene, capisco."

"Ne dubito, però, posso chiederti di rimandare? Volevo chiederti se domani ti andrebbe di uscire con me e Duke per una passeggiata sul sentiero di Fallport Creek. È una camminata semplicissima, un paio di chilometri, ma hai detto che Duke può ricominciare con i giri all'aperto. Poi magari possiamo prendere qualcosa in tavola calda, per cena, andare a trovare Finley, e se vuoi puoi fermarti da me per la serata... così possiamo guardare quegli episodi del programma di cucina."

Ormai stava parlando a vanvera, ma non era in grado di fermarsi. Non era mai stato una cima in situazioni come quella, in cui doveva invitare una donna per un appuntamento.

"Mi sembra un'ottima idea. Duke si è ripreso benissimo e gli farà bene uscire. Ultimamente è un po' agitato."

Raid lasciò andare il sospiro che aveva trattenuto.

"Hai un appuntamento galante stasera?" gli chiese Khloe, e la tensione che Raid aveva appena scaricato gli tornò.

"Cosa? Ma no!" le rispose alzando un po' troppo il tono. Di sicuro non voleva farle credere di uscire con un'altra donna.

Lei fece una risata. "Stavo scherzando," gli disse con un sorrisetto. "Ma adesso sono curiosa."

Merda. Raid non era pronto a svelare a Khloe cosa faceva il venerdì sera. Il loro rapporto era in una fase iniziale. Prima o poi, sì, certo... ma non ancora. Cercò di pensare a cosa dirle, per assecondare la sua curiosità, ma non voleva nemmeno mentirle.

Lei gli risolse il dilemma aggiungendo: "Vado a prendere i libri che sono stati resi stamattina e li inserisco nel sistema, poi sugli scaffali; cerco di finire prima dell'orario di chiusura. C'è altro che dovrei fare?"

"No, penso di no."

"Va bene. Raid?"

"Sì?"

"Devi lasciarmi la mano libera, altrimenti non posso andare."

Santo cielo, Raid non si era nemmeno accorto che le stava ancora stringendo la mano. Era una sensazione assai piacevole e naturale. Riaprì subito la mano, ma lei gliela strinse un'altra volta, prima di lasciarla, per poi girarsi e andar via.

Lui rimase a fissarla a lungo.

Si sentiva un idiota. Per forza era ancora single: era troppo impacciato con le donne che gli piacevano. Lo era sempre stato. *Era* come un ragazzino delle scuole medie, proprio come lo aveva descritto lei: stuzzicava una ragazza perché non aveva altri modi di farle sapere che gli piaceva.

Scosse la testa, poi tornò al banco di accoglienza e si sedette. Non riusciva a vedere Khloe, che aveva deciso di portare il carrello dei resi al computer dietro di lui, ma ne sentiva comunque la presenza.

Notò un movimento con la coda dell'occhio, alzò lo sguardo e vide nientemeno che Jason Mather che attraversava la biblioteca con *nonchalance*, senza cercare di attirare l'attenzione di Khloe o di Raid, ma ovviamente inorgoglito dal solo fatto di essere entrato. Percorreva le corsie con un ghigno in volto. Raid lo vide fare un cenno con la mano e capì che Khloe aveva alzato lo sguardo e l'aveva visto.

Si alzò, ma Jason non si fermò: continuò a camminare, dirigendosi verso l'uscita che dava sulla piazza.

"Bastardo tronfio," mormorò Raid; evidentemente i due fratelli si erano stufati di starsene con le mani in mano e avevano dato il via al loro piano... quale che fosse. Lui non si aspettava che attaccassero Khloe fisicamente, ma del resto non si aspettava nemmeno che qualcuno fosse tanto incosciente da cercare di investirla in un parcheggio, eppure era successo.

Raid aspettò un minuto, ma dato che Khloe non tornò da lui completamente nel pallone, tirò un sospiro di sollievo. La sua Khloe era più forte di quanto credesse Jason.

Stranamente, Raid non si preoccupò di aver pensato a lei come *sua*. Aveva aspettato anche troppo. A partire dall'indomani, avrebbe fatto tutto il possibile per farle capire che gli interessava andare oltre il rapporto di lavoro. Oltre l'amicizia.

———

Con un cenno della mano, Khloe salutò Raiden dalla porta di casa e lo vide rispondere con il capo, per poi fare manovra e uscire dal parcheggio. Lentamente, lei chiuse la porta, poi si trascinò verso il divano con un sospiro. Dal pensare a lui come a un datore di lavoro irritante, era passata a desiderare quell'uomo più dell'aria che respirava, e non sapeva nemmeno come fosse possibile cambiare idea tanto alla svelta.

Forse perché lui l'aveva sostenuta senza condizioni, non togliendole mai gli occhi di dosso e fulminando con lo sguardo chiunque osasse anche solo fissarla troppo a lungo.

In passato, se un uomo si fosse comportato in quello stesso modo, lei l'avrebbe considerato assai fastidioso. L'avrebbe accusato di essere troppo invadente e gli avrebbe intimato di darsi una calmata. Lei era assolutamente in grado di badare a sé stessa, e non aveva mai apprezzato un uomo troppo concentrato sugli aspetti esteriori.

Lo sguardo di Raid però non era di lussuria, ma di desiderio. Sembrava ammirarla da lontano, pensando di non poterla mai avere. La guardava con apprezzamento, con una strana forma di rispetto... e lei non si aspettava che fosse possibile guardarle il seno in modo rispettoso.

Khloe aveva deciso di prendere il toro per le corna, per così dire, chiedendogli di uscire insieme, dato che ovviamente lui non avrebbe mai fatto la prima mossa. Quando lui si era detto impegnato, Khloe si era sentita mortificata, e per un secondo aveva creduto di essersi sbagliata su tutto, di non piacergli, di aver frainteso il suo aiuto, che in realtà fosse *solo* una forma di amicizia.

Poi però lui si era precipitato a raggiungerla quasi rovesciando la sedia, l'aveva tenuta per mano e si era messo a straparlare. *Che carino.* Sapere di aver sedotto un uomo come Raiden al punto di fargli dire di getto tutto ciò che pensava le dava una sensazione inebriante. Khloe era felicissima di rivederlo l'indomani. Certo, a tante donne non sarebbe piaciuto un appuntamento nel bosco, una camminata, ma lei non era come tante. A lei non sarebbe venuto in mente nulla di meglio che uscire con Raid e Duke, riprendendo contatto con la natura. Magari si sarebbe offerta di nascondersi, per farsi ritrovare dal segugio.

Beh... in realtà le sarebbe venuto in mente qualcosa di più intrigante: seduta sul divano di Raid, accoccolata addosso a lui. Magari pronta a fare un'altra mossa, mettendosi a cavalcioni su di lui. Al solo pensiero degli occhi di Raid che si spalancavano, della sua reazione, le scappò da ridere.

Khloe aveva frequentato un discreto numero di uomini, e si era convinta che quelli più tranquilli fossero i più bravi sotto le lenzuola. Si lanciò nel pensiero di come sarebbe stato Raid a letto. La differenza di altezza avrebbe aggiunto più... interesse. Si agitò, pensando all'intensità con cui Raid si sarebbe concentrato nel darle piacere.

A lei non importava se Raid fosse un esperto in materia di sesso, oppure se avesse bisogno di consigli su ciò che le piaceva, su come toccarla. Senza dubbio, lui avrebbe fatto tutto ciò che poteva per farla godere. Era fatto così, sempre pronto a dare tutto per gli altri. Per gli amici, per le loro compagne, per gli utenti della biblioteca...

Dopo aver sognato a occhi aperti Raid per qualche minuto in più, Khloe passò dalla cucina e sospirò nel controllare prima il frigo, poi la dispensa. Doveva preparare qualcosa da mangiare prima che arrivassero Caryn e Drew, ma non era affatto dell'umore giusto per cucinare. Andò in camera da letto e si cambiò, indossando dei jeans e una maglietta. Avrebbe preferito una tuta qualunque, ma dato che aspettava gli amici, pensò che fosse meglio fare almeno lo sforzo di non presentarsi totalmente sciatta.

Scelse una pagina dal libro di cucina di Raid e si preparò per cena una ricetta con cereali, che mangiò stando in piedi in cucina; poi si trascinò nel salottino e si accasciò di nuovo sul suo divano di seconda mano. Era passata un'ora da quanto Raid l'aveva riportata a casa; fuori c'era già scuro, e lei non riusciva a smettere di chiedersi che piani avesse lui, il venerdì sera. Se non doveva uscire con una donna, cosa doveva fare? Per quanto ne sapeva lei, nessuno degli amici aveva in programma di incontrarlo, e Raid non era il tipo di uomo che amasse "uscire" e basta.

Aveva un carattere introverso. Non andava da nessuna parte, se non nel bosco. Allora, che diamine aveva in programma per quella sera? Cosa poteva essere più importante di un appuntamento con lei?

Certo, forse detto così sembrava presuntuoso, ma Khloe aveva capito che gli era dispiaciuto rinunciare a quell'invito. Nel qual caso, se gli dispiaceva *davvero*, perché non poteva annullare l'altro impegno, o rimandarlo?

Si impuntò su quella domanda, in un turbinio mentale che non riusciva a interrompere. Continuava a pensare a ipotesi di ogni tipo.

Raid doveva andare a rintracciare Jason e Scott per affrontarli.

Lavorava come spia e doveva indagare su alcune attività criminali della zona.

Era uno spogliarellista e segretamente andava a Roanoke ogni venerdì sera per esibirsi in un night club.

Khloe ridacchiò. Giustamente. Lui non l'avrebbe mai fatto. Certamente. *Impossibile*.

Raid non era il tipo da cercare il confronto aperto, e infiltrarsi come spia gli sarebbe riuscito difficile, visto che era alto come un cipresso. L'ipotesi più probabile era che avesse un nuovo libro che voleva veramente, ma *veramente* leggere.

Oppure, chissà, forse non era tanto preso da lei, e in fondo in biblioteca stava solo facendo il possibile per non ferirla nei sentimenti...

Si morse un labbro e si impensierì. Più cercava di indovinare cosa stesse facendo Raid, e più si crucciava.

Passarono altri venti minuti, e lei ancora non riusciva a

capacitarsi ... anzi, ormai si era fissata ... sul perché Raid non potesse passare la serata con lei; a quel punto, si decise.

Si alzò e prese il telefono dal mobile della cucina, dove l'aveva appoggiato appena tornata a casa. Inviò un messaggino a Caryn, scusandosi e dicendo che quella sera non le andava di stare in compagnia, chiedendole di rimandare la visione del film a un'altra occasione. Le dispiaceva molto dare buca a Caryn, ma sapeva che non sarebbe riuscita a rilassarsi, senza soddisfare la propria curiosità e scoprire cosa stesse facendo Raid quella sera.

Era un bisogno irrazionale. Una follia. Un impulso disperato al limite dell'ossessione. Ma lei non si lasciò frenare da quei dubbi. Erano passate quasi due ore da quando Raid l'aveva accompagnata a casa. Poteva raggiungerlo alla sua abitazione, dirgli...

Accidenti, chissà che scusa poteva usare per presentarsi da lui.

Con una scrollata di spalle, Khloe immaginò di inventarsi qualcosa nel tempo che le serviva per arrivarci.

Con un pizzico di eccitazione per l'avventura in cui stava per imbarcarsi, nonostante i pensieri folli, Khloe tornò rapidamente in camera da letto per prendere un paio di scarpe da ginnastica. Non stava nella pelle. Era passato molto tempo dall'ultima volta in cui aveva ceduto a un impulso. Non credeva che Raid se la prendesse, trovandosela a casa, ma era pur sempre un rischio. Qualora gli *avesse* dato fastidio, meglio saperlo subito, prima di innamorarsi troppo di lui.

L'eccitazione la accompagnò mentre usciva dall'appartamento e raggiungeva il suo fedele Maggiolino. Le piaceva molto quel modello della Volkswagen; non era pratico, ma a lei non importava. Stava per salirci, quando per puro caso guardò verso sinistra...

...e raggelò incontrando lo sguardo di Jason. Chissà da quanto tempo stava spiando quell'appartamento. All'improvviso, Khloe si scoprì ancor più grata agli amici che erano passati a tenerle compagnia ogni sera. Si chiese cosa volesse Jason, perché fosse proprio là davanti, ma non aveva certo intenzione di andarglielo a chiedere. Chiuse la portiera con forza e attivò la sicura. Le tremavano le mani, ma riuscì a infilare la chiave nel blocchetto di accensione e a far partire l'auto.

Il Maggiolino non era certo all'altezza di competere con il pick-up di Jason, ma lei non aveva intenzione di farsi raggiungere: sfrecciò lungo le strade secondarie di Fallport. Probabilmente Jason sapeva dove viveva Raid, ma nell'ipotesi remota che non lo sapesse, lei non voleva certo farglielo scoprire.

Arrivò a casa di Raid mettendoci un'eternità, ma almeno Jason non era riuscito a seguirla. Khloe si sentiva tremare dentro e fuori, ed era ancora agitata quando parcheggiò l'auto dietro il garage. L'avrebbe anche lasciata davanti, ma non voleva rischiare che Jason o Scott passassero là vicino e la trovassero. Non era certo un modello comune, soprattutto a Fallport.

Anche solo raggiungere la casa di Raid la fece sentire più al sicuro. Era una sensazione folle, considerando che i fratelli Mather erano in due, mentre Raid era solo, eppure lei si sentiva sollevata.

Khloe andò alla porta di casa e bussò. Passarono vari minuti e non ci fu risposta, così lei si preoccupò e bussò di nuovo. Più volte. Raid non arrivò. Quando era passata vicino al garage, dalla finestra aveva visto la macchina all'interno, quindi doveva essere a casa. Ormai impensierita, e anche un po' agitata, Khloe fece il giro della casa per andare alla porta sul retro.

Guardò in casa dalla finestra: era tutto buio. Duke non dormiva nella sua cuccia e non c'era traccia di Raid.

Khloe afflosciò le spalle. Raid non era a casa. L'importante impegno di quella sera, chiaramente, era da qualche altra parte. Qualcuno era passato a prenderlo, Raid poteva essere ovunque.

Si girò per tornare alla macchina, ma poi si ricordò di Jason, che probabilmente stava perlustrando le vie di Fallport cercandola, insieme al fratello. Chissà che le avrebbero fatto, se l'avessero trovata... Con un brivido, Khloe sospirò.

Non aveva idea di cosa la spingesse a farlo, ma afferrò la maniglia della porta sul retro.

Con sua grande sorpresa, e sollievo, la porta si aprì. Khloe fu colpita dal fatto che Raid non avesse chiuso a chiave, era ridicolo. Forse aveva lasciato uscire Duke di fretta, o per qualche motivo si era dimenticato di chiudere quando era rientrato. Una svista miope e pericolosa, specialmente considerando tutto ciò che era successo alle amiche, per non parlare dei fratelli Mather che erano in paese, pronti e ben disposti a creare scompiglio.

Ma Khloe fu comunque sollevata e grata che Raid quella sera fosse stato sbadato. L'avrebbe semplicemente aspettato a casa. Là era molto più al sicuro che nel proprio appartamento. Certo, poteva andare a casa di una qualunque delle amiche in cerca di compagnia, ma lei voleva solo rannicchiarsi sul divano di Raid.

Controllò che il chiavistello della porta fosse chiuso, poi sorrise mentre raggiungeva il divano. In casa c'era caldo, e si sentiva il profumino della cena preparata da Raid, mescolato con l'aroma di pino silvestre che gli apparteneva. Persino il suo sapone profumava di bosco, il luogo in cui amava passeggiare spesso con Duke.

Proprio mentre stava per accomodarsi, Khloe sentì un rumore.

Si irrigidì e allungò la testa per cercare di scoprire da dove provenisse. Era... la voce di Raiden! Ma dov'era?

Khloe attraversò il salotto in punta di piedi, fino al corridoio che portava alle camere da letto. Si fermò quando vide una porta socchiusa. Lei aveva sempre creduto che fosse un armadio, invece doveva portare a un seminterrato. Khloe non sapeva nemmeno che ci *fosse* un seminterrato, in casa di Raid. Non le aveva mai proposto di mostrarglielo, e lei aveva semplicemente immaginato che la casa fosse tutta al piano terra.

Cercando di non fare rumore, aprì lentamente la porta. Dal basso proveniva una luce, e la voce profonda di Raid era diventata più nitida. Le possibilità di cosa stesse facendo nel seminterrato cominciarono a turbinarle nella testa. Forse era *davvero* una spia, e teneva sotto casa i computer e le attrezzature informatiche che usava per infiltrarsi nei sistemi di sicurezza delle multinazionali o degli Stati canaglia.

Sentendosi sciocca, Khloe scese le scale senza far rumore. Arrivata a metà rampa, si fermò di nuovo. Ormai sentiva chiaramente la voce di Raid, ma ciò che diceva non aveva alcun senso. Le servirono vari minuti per arrivare di sotto.

In fondo alle scale si vedeva un muro di calcestruzzo, mentre il resto del seminterrato si apriva sulla destra. Con cautela, Khloe si accovacciò e si sporse per fare capolino in quel locale.

Vide Duke sdraiato pancia all'aria su una cuccia estremamente comoda. Raid era seduto a un tavolo, davanti a un computer. La luce dello schermo ravvivava più del solito i suoi capelli rossi. Vicino al computer, c'era un *abat-jour* accesa, nessun'altra luce nell'ambiente.

Vicino a lui c'era una scatola, con una specie di torretta in cima.

Mentre lo guardava, lui alzò una mano e fece cadere qualcosa in quella torretta; Khloe immaginò si trattasse di un dado, sentendo il rumore nella scatola. Raid lesse dei numeri, e lei si accorse che era collegato in videoconferenza con qualcuno, forse con più persone. Aveva davanti un blocchetto per gli appunti, girò una pagina e la lesse mentre la voce di qualcuno usciva dagli speaker.

Lentamente, senza fare rumore, Khloe si sedette sulle scale, da dove poteva sentire tutto ciò che proveniva dalle casse del computer. Avrebbe dovuto farsi notare, fargli capire che era presente, ma non resistette all'istinto di rimanere un po' in ascolto.

CAPITOLO UNDICI

Raid era concentrato sullo scenario che l'amico Dungeon Master stava esponendo. Quella sera non stava prestando l'attenzione dovuta alla partita di Dungeons & Dragons. Giocava tutti i venerdì con gli amici. Non tutti riuscivano a partecipare ogni settimana, ma si sforzavano di non mancare.

Raiden sapeva che quell'impegno era come un marchio di ludopatia certificato, ma non gli importava. A lui piaceva quel gioco fantasy, tanto che il suo personaggio aveva un'intera biografia: Bjorn Silverhammer, un elfo chierico della vita. Anche se Bjorn era un po' troppo alto per un elfo, l'altezza di un metro e mezzo era comica, rispetto ai due metri di Raiden, tanto che lui ci rideva spesso.

Gli piaceva molto anche creare nuovi personaggi, quando si annoiava. L'ultima delle sue creazioni era una druida che poteva mutare in un qualsiasi animale per aiutare Bjorn combattendo con lui. L'aveva chiamata Anise, era potentissima. Ironia della sorte, quel nuovo personaggio era in sintonia con gli animali quanto Khloe... e le somigliava anche terribilmente.

Non era una somiglianza programmata: quando gli era

venuta in mente per la prima volta quell'idea, era stata solo una coincidenza: l'affinità con gli animali della druida e Khloe che si rivelava una veterinaria.

Di solito, Raid si perdeva completamente nel mondo magico della fantasia. Era un modo per dimenticare ciò che gli era successo in passato, per sentirsi una creatura potente, almeno per un po'. Ogni settimana, si collegava con sei o sette amici. A volte erano liberi solo in quattro, ma riuscivano sempre a combinare qualcosa. Raid non amava il ruolo di Dungeon Master, ma aveva scritto molti scenari per quando gli toccava.

In quel momento, lui e gli amici avevano appena terminato una campagna lunga e coinvolgente, e invece di tuffarsi subito in una nuova, stavano facendo dei tiri singoli per dare al DM il tempo di preparare una nuova impresa. Uno degli amici stava spiegando la situazione e lui doveva fare attenzione per non essere ucciso. Sarebbe stato un brutto spreco, dopo tutto il tempo e la fatica a costruire il suo personaggio, se Bjorn fosse stato ammazzato solo perché Raid desiderava continuamente trovarsi nell'appartamentino di Khloe, seduto sul divano a guardare il programma di cucina.

"Siete nella prateria, gli altri gnoll giganteschi procedono per chilometri circondati dall'erba alta che arriva alle ginocchia... invece a te, Bjorn, arriva al petto, data la tua bassa statura. È una regione parzialmente civilizzata, con piccole fattorie e zone agricole qua e là. Ma gli gnoll si stanno infiltrando nelle fattorie e gli agricoltori sono preoccupati. Il vostro gruppo si trova davanti a una battaglia. Umani e gnoll morti sparsi tutt'intorno. I corvi gracchiano dall'alto, mentre le iene fanno razzia delle carcasse. C'è stata una battaglia di recente e si sentono i versi di altre creature necrofaghe che sovrastano i gemiti di chi è in fin di vita, animali e umanoidi. Lanciate un dado."

Raid lanciò il suo dado e lesse con gli altri il proprio

numero. Cosa sarebbe successo dipendeva dal lancio di ognuno.

"C'è un umano in fin di vita che vi fa dei cenni," disse il DM. "Cosa fate?

Una scelta facile per Raiden. Il suo personaggio, Bjorn, era un chierico della vita, quindi poteva facilmente lanciare un sortilegio per sanare il soldato ferito. Lo fece, e l'uomo spiegò di essere a capo dell'esercito che giaceva ai loro piedi, decimato. Poi aggiunse che gli gnoll avevano attaccato senza provocazione, e che tutte le iene si erano trasformate in gnoll dopo aver sbranato le carcasse dei morti. Gli serviva aiuto per risolvere quell'intera situazione.

Raid sorrise. L'aspetto che amava di D&D era la logica che rispettava: causa ed effetto. Bisognava pensare criticamente. Non era un gioco del tipo "arriva al punto A e poi vedi". Un buon DM creava migliaia di scenari differenti e poteva persino pensare a varianti immediate, per mantenere interessante il gioco, portandolo avanti.

Per esempio, il gruppo con cui stava giocando poteva aiutare l'uomo che giaceva a terra ferito, ma le iene potevano sentire e agitarsi. Chiaramente, gli gnoll avevano uno scopo, quindi era estremamente importante capire a cosa mirassero. Raid era sicurissimo che nelle vicinanze ci fosse un accampamento enorme di gnoll in cui doversi infiltrare. Probabilmente le iene erano state sguinzagliate apposta per fare la guardia. Uno scenario unico che rappresentava una sfida, proprio ciò che gli serviva in quel momento... se solo fosse riuscito a concentrarsi.

Raid ascoltò gli amici, degli uomini che non aveva mai incontrato di persona, ma con cui aveva legato immediatamente, mentre cercava un nuovo gruppo che giocasse a D&D; stavano dialogando con il DM, nel tentativo di convincere il militare a fidarsi e a svelare ogni informazione segreta.

Poi fu distratto da un rumore e si voltò per guadare...

...dritto negli occhi di Khloe.

Per un attimo, fu confuso. Non era previsto che lei lo raggiungesse. Doveva rimanere a casa, a guardare un film con Caryn e Drew. Diamine, Khloe non sapeva nemmeno dell'esistenza di quel seminterrato.

Eppure era là, seduta sulle scale, che lo guardava con un sorrisetto in volto.

Raid saltò su dalla sedia e la raggiunse a grandi falcate, mentre il panico gli cresceva dentro. "Stai bene? Che succede?"

"Sto bene, non è successo nulla," gli rispose con calma.

Fu proprio l'espressione calma che lo raggiunse nella mente, così Raid si fermò a un paio di metri da lei e le chiese perplesso: "Che ci fai qui?"

Khloe fece spallucce. "Cercavo di inventarmi una scusa, ma non mi è venuto in mente nulla di plausibile. Sinceramente, ero solo curiosa di sapere cosa stessi combinando stasera. Mi ero immaginata tutta una serie di ipotesi, ma mai avrei creduto che giocassi a D&D."

"Come hai fatto a entrare?" le chiese, cercando di non diventare paonazzo al punto da esplodere. Non che ci fosse da vergognarsi. Accidenti, giocare a D&D era sempre meglio che uscire a bere e fare casino. Ma lui era stato preso in giro fin da ragazzino, alle scuole superiori, poi al college, persino nella Guardia Costiera, al punto da abituarsi a non dire nulla su ciò che faceva nel tempo libero.

"La porta sul retro era aperta. Così non va bene, Raid. Dovresti stare più attento."

"Cacchio, hai ragione. Ero in ritardo e Duke ha insistito per uscire di nuovo prima che scendessimo nel seminterrato. Penso di essermi dimenticato di chiudere a chiave."

Khloe gli regalò un altro sorrisetto. "Allora, è chiaro che sei un esperto di D&D, eh?" gli chiese, indicando gli oggetti sulla scrivania.

Raid annuì. Sentiva i muscoli contratti, in attesa di un commento sarcastico.

"Mi insegni a giocare?"

Lui la fissò confuso per un momento. "Come dici?"

"Cioè, se non ti va, non è un problema. Probabilmente sarà noioso insegnare tutti i minimi particolari a chi non ha la più pallida idea di come funzioni."

"Ma no!" esclamò lui, cominciando a rilassarsi. "Ne sarei felice... se sei sicura."

"Raid, è chiaro che a te piace molto, e a volte mi sembra di non sapere nulla di te. Imparare a conoscere un poco quel gioco mi aiuterebbe a capire meglio anche *te*."

Lui ridacchiò. "Non so se funzioni così."

"Dovrei chiamarti Bjorn, come quel tipo al computer?" gli chiese per stuzzicarlo mentre si alzava.

"Solo se posso chiamarti Anise."

Lei ricambiò il sorriso. "Anise? Mi piace. È il nome di un altro personaggio del gioco?"

Raid annuì mentre lei gli si avvicinava. "Aiuta il mio personaggio. L'ho creata io."

"È una in gamba?"

Completamente serio, Raid le rispose: "In gambissima."

"Fantastico."

A Raid sembrava di vivere un risveglio spirituale: non gli era mai capitato di essere attratto da una donna che mostrasse il minimo interesse nei giochi fantasy; prese un'altra sedia e la avvicinò alla scrivania, davanti allo schermo del computer.

Presentò Khloe agli amici collegati, e mentre loro andavano avanti col gioco, lui disattivò il microfono e cercò al meglio di spiegarle le basi del gioco. Le mostrò la scatola dei dadi e le insegnò a cosa servivano e come funzionavano.

Quando toccò di nuovo a lui, si sentì addosso gli occhi di Khloe mentre tirava il dado per scegliere cosa far fare al proprio personaggio, e a quello di lei. Il DM lo informò che otto cavalli selvatici sembravano in arrivo da lontano, mentre il gruppo si avvicinava al forte di cui il militare morente aveva svelato la posizione.

Raid decise di usare i poteri di Anise per fare amicizia con i cavalli. Riuscì solo in parte, ma uno dei cavalli si lasciò montare da Anise.

Quando finì il turno di Raid, lui disattivò di nuovo il microfono e si voltò verso di lei.

"Mi piace," gli disse lei con un sorriso. "Ogni DM deve decidere ogni minimo dettaglio in anticipo?"

"Più o meno. L'importante sono le idee principali, ma sono i dadi e le reazioni dei personaggi a decidere lo svolgimento, a volte non si segue nemmeno la trama preparata dal DM. Qualunque evento non previsto viene portato avanti improvvisando."

"È come dover risolvere dei problemi improvvisi e allo stesso tempo leggere uno di quei libri in cui scegli tu la trama."

Raid fece un gran sorriso. "Esatto."

"Capito, forte... ora dobbiamo stare in ascolto e sentire cosa succede."

Le tre ore successive trascorsero con una rapidità sorprendente. Man mano che passava il tempo, lei migliorava sempre più nel gioco. Suggeriva idee molto azzeccate, e in gran parte simili a ciò che avrebbe scelto lui, fosse stato da solo. Khloe sembrava entusiasta di avere un personaggio tutto suo e le piaceva poter parlare agli animali nel gioco, controllarli.

Verso le due della notte, la partita si chiuse e decisero tutti insieme di salutarsi. Gli altri avevano accolto Khloe molto cordialmente, speravano tutti di rivederla anche negli incontri futuri.

Appena la videocamera si spense, Khloe si voltò verso Raid. "Allora è così che passate il venerdì sera?"

Lui alzò le spalle. "Ci proviamo. A volte non si riesce, perché il difficile è trovarsi tutti online alla stessa ora."

"Penso che sia forte, divertente," gli disse, e Raiden si sentì ancora più attratto da lei.

Non avrebbe mai immaginato che lei si appassionasse a D&D. Certo, si era impegnato per un anno a tenerla a debita distanza... un buon motivo per prendersi a schiaffi da solo. Aveva perso un sacco di tempo. Certo, solo qualche mese prima, lei forse non avrebbe avuto la mente aperta e disponibile a una nuova amicizia.

Proprio mentre stava aprendo la bocca per dirle che si stava facendo tardi, e per chiederle di rimanere a dormire nella camera degli ospiti, lei spalancò la bocca per uno sbadiglio enorme.

"Sono esausta," gli disse... ma senza guardarlo negli occhi. "Non è che per caso posso dormire qui?"

Era esattamente ciò che lui stava per chiederle, solo che lei gliel'aveva domandato con un tono vagamente imbarazzato. Di solito, Khloe non si faceva problemi a parlare apertamente, e lo guardava sempre dritto negli occhi, come per sfidarlo a ribattere, o a dirsi in disaccordo. Invece, in quel frangente, giocherellava con uno dei dadi nella scatola e guardava un po' ovunque, tranne che lui.

"Ma certo che puoi rimanere," le rispose.

Lei rilassò le spalle, come sollevata. Raid non riusciva a credere che lei si aspettasse un no, che le dicesse di tornare a casa. Ovviamente aveva qualcosa che le frullava in testa, e lui voleva... anzi no, lui aveva *bisogno* di sapere cosa.

"Che succede?" le chiese.

"Niente di particolare," gli rispose lei con un po' troppo brio.

"Guardami negli occhi, Khloe," le disse Raid con fermezza.

Lei sospirò, poi si voltò verso di lui.

"Parla con me," insisté Raid. "La Khloe che ho conosciuto in questi ultimi tempi non mi chiederebbe di rimanere: mi *informerebbe* che rimane perché l'ho tenuta alzata fino a tardi. Non me lo chiederebbe con tanta ansia."

"Io... È solo che... Jason-mi-aspettava-quando-sono-uscita-dall'appartamento," gli disse rapidamente, inanellando una parola in quella successiva.

"Cosa?"

Lei sospirò. "Sì. Quando sono uscita dall'appartamento, lui era nel parcheggio. Ho fatto un giro in macchina e quando l'ho seminato sono venuta qui, ma adesso non mi va di tornare in piena notte, sono nervosa. Però posso togliere il disturbo domattina presto."

Raid non ci pensò: semplicemente agì. Le mise una mano dietro il collo, l'altra intorno alla gamba per tenerla ferma. "Primo: mi dà fastidio che tu non me l'abbia detto *subito*, quando sei arrivata. Secondo: ci mancherebbe che ti lascio andar via adesso, dopo che me l'hai detto. E terzo... quel bastardo non ti farà alcun male, Khloe. Non glielo permetterò."

Invece di prendersela per quel contatto fisico, lei sembrò sciogliersi e mise una mano su quella che lui le teneva intorno alla gamba. "Permetterglielo?" gli chiese come per stuzzicarlo. "E come pensi di fermarlo?"

"Durante il giorno, avrai sempre qualcuno vicino. Se non ci sarò io, ci sarà uno degli altri. Caso mai, andrà bene anche una delle amiche. Però basta dormire da sola nel tuo appartamento. Se non ti va di rimanere qui, posso venire io da te. Prima o poi capiranno l'antifona, cioè che sei off-limits. Altrimenti, dovrò persuaderli diversamente."

"Raid, se ti succede qualcosa per causa mia, io..."

"Non mi succederà nulla. E comunque nulla di ciò che possono fare è colpa tua. *Nulla*. Mi capisci?"

Raid stava esagerando, e lo sapeva. Ma era una questione troppo importante.

Lei lo fissò per un secondo, poi abbassò la testa.

"Dove hai messo la macchina?"

"L'ho parcheggiata dietro al tuo garage. Non volevo che si vedesse dalla strada."

"Ottimo." Raid rimase immobile, poi le tolse di dosso le mani con riluttanza. "Forza, dai che ti sistemiamo. Duke, polentone, svegliati... andiamo di sopra."

Il segugio alzò la testa, grugnì come per lamentarsi per essere stato svegliato, poi si alzò controvoglia e si trascinò dietro di loro.

Raid le mise una mano dietro la schiena mentre salivano insieme le scale del seminterrato. Arrivati di sopra, chiuse la porta e le disse: "Porto fuori Duke, tu mettiti pure comoda. Sai già dov'è tutto il necessario. Posso portarti una maglia per dormire, se vuoi."

"Sì, grazie," gli rispose sottovoce.

Raid si girò e si avviò verso la porta sul retro, prima che gli venisse la pazza idea di invitare Khloe a dormire insieme a lui. Sapeva di non essere una cima, in fatto di rapporti sentimentali, perciò non aveva idea come farle capire che gli interessava. Non era nemmeno del tutto sicuro di interessare a lei nello stesso modo. *Che frustrazione.*

Quando Duke finalmente trovò l'angolino perfetto per fare pipì, ormai erano passati dieci minuti buoni. Raid rientrò e si ricordò di chiudere a chiave, poi andò in corridoio. Prese una maglia dalla cassettiera e si avviò verso la camera degli ospiti. Bussò alla porta e la sentì rispondere da dentro.

La trovò seduta sul bordo del letto, chiaramente lo aspettava.

"Scusa se ti ho fatto aspettare, Duke ha dovuto annusare centinaia di punti, prima di trovare quello giusto per scaricarsi. Ti ho portato la maglia."

Lei allungò una mano per prenderla. "Grazie."

Raid inclinò la testa e fissò Khloe. "Va tutto bene?"

"Sì. Sono solo stanca," gli rispose alzando le spalle.

Raid non fu convinto. Voleva dirle che poteva fidarsi di lui, che poteva parlargli. Ma lei sembrava... distante. Con la testa tra le nuvole. Così le sorrise e tornò alla porta. "Qui sei al sicuro, Khloe," le disse.

"Lo so. Grazie."

Non poteva esserci congedo più chiaro. Raid uscì dalla camera e si chiuse la porta alle spalle. Avrebbe voluto sbattere la testa contro il muro per la frustrazione. Mentre giocavano a D&D stava andando tutto a meraviglia... almeno lui se n'era convinto. Forse aveva frainteso tutto, come gli succedeva sempre quando era insieme a una donna.

Con un sospiro, si trascinò in camera e lasciò la porta socchiusa per poter sentire Khloe, nel caso in cui lei avesse avuto bisogno di qualcosa durante la notte, poi si preparò per andare a dormire.

―――――

Khloe si sforzò al meglio di controllare le proprie emozioni... senza riuscirci. Era frustrata perché Raid non aveva nemmeno *provato* a fare una mossa con lei. Sentirsi addosso le sue mani le era piaciuto. L'aveva sentito deciso e autoritario... e tutte le sue parti più femminili si erano risvegliate e messe in allerta. Poi, però, lui si era tirato indietro e non aveva fatto nulla di ammiccante, non le aveva dato nemmeno un bacio della buona notte.

A quel punto, da sola in quella camera, Khloe non riusciva a dormire.

Inoltre, non poteva fare a meno di irrigidirsi ogni volta che sentiva un'auto passare sulla strada davanti a casa. Raid non viveva certo in una strada molto frequentata, quindi, ogni volta che passava qualcuno, lei temeva che fossero Jason e Scott, pronti a creare problemi.

Dopo un'ora, non ce la fece più; sdraiata in quel letto per conto suo non si sarebbe mai addormentata. Gli unici momenti in cui si sentiva davvero al sicuro erano quelli che passava in compagnia di Raid. Alla faccia delle conquiste sociali ai tempi del femminismo; chissà in quante si sarebbero rivoltate nella tomba, ma a lei non interessava. Lei era una donna indipendente, perfettamente in grado di tagliare l'erba del prato, di pagare le bollette e di procurarsi da sola da mangiare e di che vestirsi. Ma non poteva competere con i Mather... e nemmeno con la propria immaginazione.

Gettò da parte il plaid e andò dritta alla porta; non pensò a cosa fare, si mosse e basta.

Attraversò in punta di piedi il corridoio per raggiungere la camera di Raid e aprì meglio la porta. I cardini scricchiolarono tremendamente nel silenzio della notte, facendola sussultare.

"Khloe? Sei tu?" le chiese Raid.

"Mi dispiace, non volevo svegliarti," gli rispose scusandosi.

"Non scusarti, tanto non dormivo. Che succede?"

Sentendo di nuovo quel tono deciso, lei ebbe un brivido. Accipicchia, quando lui tirava fuori il carattere da maschio alfa, lei non sapeva resistergli. Senza rispondergli, Khloe entrò e chiuse la porta, si avvicinò al letto matrimoniale, spostò le coperte e si infilò sotto le lenzuola.

Poi trattenne il fiato, pregando che lui non la cacciasse via.

"Khloe?" la chiamò di nuovo, ma con un tono più sommesso e un po' confuso.

"Non riesco a dormire. Continuo a vedere il cofano del camioncino di Alan che mi viene addosso, e la gamba mi fa male. E poi, ogni volta che sento passare un'auto, mi chiedo se siano i suoi fratelli. Posso dormire qui con te?"

La reazione di Raid fu tutto ciò che Khloe aveva sempre

voluto, se non di più. Si allungò verso di lei e la tirò a sé, facendola girare su un fianco, poi le si accoccolò addosso, circondandola completamente con proprio corpo caldo, imponente e forte.

Lei si mosse subito all'indietro, mettendosi comoda nella culla di quel corpo. "Allora lo prendo come un sì," gli disse con ironia.

"Certo che puoi rimanere," confermò lui con voce profonda e roca.

Le passò un braccio intorno alla vita, mettendole l'altro sotto la testa per fargliela appoggiare sul bicipite, come fosse un cuscino. Khloe fu avvolta dal profumo maschio di Raid e ne sentì sulla pelle i peli delle gambe. Indossava una maglia, proprio come lui, e stare sdraiata con lui nel letto le sembrò estremamente intimo.

"Te l'ho detto prima e te lo ripeto: nessuno ti farà mai del male, finché ci sono io. E finché quei due imbecilloidi saranno nei paraggi, sta' pur certa che ti terrò sempre d'occhio," le promise.

"Va bene," gli sussurrò.

Più che sentirne il suono, percepì le vibrazioni della risata dal petto di Raid. "Non hai intenzione di ribattere? Di dirmi che sei perfettamente in grado di cavartela da sola?"

Ma Khloe non rise. "Ovviamente non è così, visto quel che è già successo."

"Quel che è successo è successo solo perché Alan è un vile codardo," le disse Raid. "Una persona normale non si sarebbe mai comportata come lui. Se tu avessi saputo che era uno psicopatico, avresti agito diversamente. Non affliggerti se ti ha colta di sorpresa. In futuro non sarà tanto facile raggirarti."

Su quel punto non si sbagliava.

"Raid?"

"Sì?"

"Grazie per non essertela presa, perché mi sono intromessa nella tua serata di D&D. E grazie per aver condiviso con me un'attività che ovviamente ti piace moltissimo."

Raid rimase in silenzio a lungo, tanto che lei temette che non le rispondesse affatto. Quando le parlò, le disse qualcosa che la stupì.

"Sei la prima persona che non mi abbia trattato come un imbranato, solo perché mi piace ciò che faccio. Mi ero talmente abituato a tenere segreta quella parte di me, che non mi era nemmeno saltato in mente di raccontarti che programmi avevo."

"Non è un problema. E comunque non sei un imbranato," gli disse Khloe con decisione. "Mi sono divertita, e se in futuro qualcuno ti deride perché ti piace D&D, tu fammelo sapere che lo sistemo io."

"Ecco... sarà fatto," le rispose con un'altra risata.

"Raid?"

"Pensavo fossi venuta qui per dormire," le disse per stuzzicarla. "Se parli tutta la notte, domani saremo troppo stanchi per la nostra camminata."

"È vero, ma io mi attivo la notte... e se voglio aprire il pronto soccorso per animali, devo abituarmi a stare sveglia. Comunque volevo solo dirti una cosa. Non so con che tipo di donne tu sia stato in passato, ma a me piaci come sei. Tranquillo e quasi sempre introverso, a volte secchione, ma anche determinato e autoritario quando serve."

Raid la strinse col braccio, e Khloe proseguì prima di intimorirsi.

"So che è cambiato tutto molto rapidamente, negli ultimi tempi, ma... non sarei qui, nel tuo letto, tra le tue braccia, se volessi mantenere un rapporto di amicizia."

Il cuore le batteva a mille nel petto, e Khloe non aveva idea di cosa pensasse Raid. Era nel pallone perché lei aveva frainteso la situazione? Cercava di trovare il modo di dirle che lui voleva solo tenerla al sicuro? Che poteva offrirle solamente un rapporto di amicizia?

"E *nemmeno io* non sarei in questo letto, così attaccato a te, pelle a pelle, se non volessi andare oltre l'amicizia," le disse dopo un lungo, straziante minuto.

Era tutto ciò che Khloe voleva sentirsi dire.

Sospirò e si portò alla bocca la mano che Raid le teneva sul fianco per baciarne il palmo, poi, finalmente, chiuse gli occhi.

CAPITOLO DODICI

RAID SI ACCORSE del momento in cui il corpo di Khloe si
afflosciò, quando lei cadde in un sonno profondo. Lui non era
stanco, non più: come poteva, dopo la dichiarazione di
Khloe?

Gli sembrava di vivere un miracolo. Il suo miracolo.
Dopo momenti infernali, era arrivata lei. Khloe non lo
considerava un imbranato e voleva andare oltre l'amicizia.
Le donne con cui era entrato in intimità si contavano sulle
dita di una mano, e nessuna gli aveva trasmesso le sensazioni
che gli trasmetteva Khloe quando lui la teneva tra le
braccia.

C'erano arrivati dopo mesi di preparazione: ormai lui si
sentiva segretamente attratto da Khloe da un po' di tempo,
ma non si era mai fatto avanti. Per smettere di vivere con la
testa fra le nuvole, purtroppo, aveva dovuto affrontare il pericolo che incombeva su di lei e il malessere di Duke, che aveva
rischiato la vita. Raid avrebbe fatto tutto ciò che poteva per
essere una brava persona, per Khloe.

Meno male che a lei piaceva il suo essere secchione e
autoritario, perché lui non sapeva comportarsi altrimenti.

Non che volesse comportarsi da maschio alfa con lei, era solo spontaneo e faceva ciò che gli sembrava giusto.

Quando finalmente riuscì ad addormentarsi, Raid non dormì benissimo. In primo luogo perché non era abituato a dormire con un'altra persona; in secondo luogo, si sentiva costantemente eccitato, e le parole di Khloe gli riecheggiavano nella mente anche durante i sogni.

Lui piaceva a Khloe

Lei voleva andare oltre l'amicizia.

Con lui, si sentiva al sicuro.

Il mattino dopo, appena Duke si mosse, Raid si svegliò.

Scese dal letto con riluttanza e accompagnò il segugio alla porta sul retro per dargli modo di scaricarsi. Raid si sentiva pigro, sapeva che non c'erano programmi, se non la passeggiata insieme a Khloe, così andò nel bagno della camera degli ospiti per non svegliarla; si lavò i denti per evitare di spaventare Khloe con il proprio alito mattutino.

Quando tornò in camera, trovò Khloe seduta sul letto con un sorriso stampato in volto.

"Non volevo svegliarti," le disse a voce bassa.

"Non preoccuparti, ho il sonno leggero," gli rispose.

Raid stava per alzare gli occhi al cielo: per quel che aveva osservato *lui*, Khloe non aveva il sonno leggero. Aveva dormito come un ghiro e quasi non si era mossa per tutta la notte. Lui pensava di tornare sotto le coperte in sordina e tenerla stretta ancora un po', prima di dare inizio alla giornata, ma dato che lei si era già svegliata, si sentiva in imbarazzo e non sapeva bene che fare.

Rimase in piedi in mezzo alla camera, con indosso i boxer e una maglia, tentando disperatamente di pensare a qualcosa da dire.

"Vieni qui, Raiden," gli disse Khloe dando un colpetto sul letto, nello spazio libero accanto a sé.

Lui si mosse senza pensarci. Si sedette sul letto e si avvicinò a lei, appoggiandosi alla testiera. Lei lo sorprese girandosi e mettendogli una gamba sulle cosce, per poi mettersi a cavalcioni su di lui.

Raid le mise d'istinto le mani alla vita per tenerla ferma. "Khloe?"

"Hai detto sul serio stanotte? Oppure mi stavi dicendo solo ciò che secondo te volevo sentirmi dire?" gli chiese, guardandolo negli occhi.

"Ehm... su che punto?" le chiese.

"Sul fatto che ti piaccio e che vuoi andare oltre l'amicizia," gli spiegò con calma.

"Ero serissimo," le rispose.

Allora lei lo stupì sorridendo... e prendendo i bordi della propria maglia. Prima che lui potesse dire o fare qualcosa, lei se la sfilò dalla testa e lui si ritrovò davanti agli occhi il più perfetto paio di tette che avesse mai visto in vita sua.

Raid rimase senza parole. Non riuscì a pensare. Né a parlare. Riuscì solo a tenerla per i fianchi e a trattenersi per non venire immediatamente.

"Ottimo. Perché anch'io dicevo sul serio," disse Khloe con un sorriso. "E penso che, se non sarò io a fare la prima mossa, rischiamo di girarci intorno chissà fino a quando. Spero che per te vada bene."

Non si sbagliava. Probabilmente Raid ci avrebbe messo *un'eternità* per trovare il coraggio di baciarla di nuovo. Averla addosso? Era un sogno che si realizzava.

Senza parlare, le mise una mano tra le scapole, l'altra su un seno. Tenne le mani ferme, poi si sporse in avanti e prese tra le labbra il capezzolo già turgido, che quasi implorava quel contatto.

Khloe gemette e inclinò la testa all'indietro, mentre lui la assaporava. Gli infilò le dita tra i capelli aggrappandosi a lui e tenendolo contro il proprio seno.

Khloe si agitò su di lui, ma Raid strinse la presa, tenendola ferma, mentre realizzava una delle proprie fantasie. Passò all'altro seno, riservando all'altro capezzolo le stesse attenzioni. Passarono vari minuti, poi lui trovò la forza di staccare la testa e guardare l'esito del proprio operato: i capezzoli di Khloe sporgevano dal petto come due spilli, mentre lei muoveva il petto ansimando a fatica. Aveva la pelle del petto rossa, chiazzata dal desiderio, e lui dovette trattenersi per non spingerla sul letto e strapparle di dosso le mutandine.

La guardò negli occhi per la prima volta e quasi si sciolse per ciò che vide: delizia, lussuria, piacere. E bisogno.

"Immagino che ti vada bene," ribadì lei scherzando.

Raid sorrise. Non gli era mai capitato di ridere durante il sesso. Era un piacere nuovo. Un piacere enorme.

"Ogni volta che vuoi spogliarti davanti a me, sentiti pure libera di farlo," le rispose.

"Penso che uno di noi sia troppo vestito," replicò lei, infilandogli le mani sotto la maglia e sfiorandogli il petto con le unghie, pizzicandogli i capezzoli.

Sentendosi addosso le dita di Khloe, Raid fu subito sul punto di esplodere. Capì di dover mantenere il controllo di sé stesso, per non mettersi in una situazione imbarazzante, così si mosse.

Sollevò Khloe come se non pesasse nulla e la appoggiò sul materasso, con la testa verso il fondo del letto. Poi le si mise sopra, a cavalcioni, tenendola ferma mentre si toglieva la maglia.

Lei gli passò le mani sulle cosce, su e giù, mentre lui era impegnato, poi non esitò a impugnare l'uccello da sopra i boxer, al che Raid annaspò.

"Santo cielo, Raid... ma è enorme!"

Lui le fece spostare la mano... non perché non gli piacesse quel contatto, ma perché in quel momento rischiava di godere troppo... poi si mise su di lei sorridendo.

"Dicono che un uomo coi piedi grandi ha anche un grande uccello," gli disse lei per stuzzicarlo.

Lui fece spallucce. "Non è che vada in giro a esaminare piedi e uccelli degli altri, ma *io* ho sentito che l'uccello di un uomo è proporzionato al polso." Alzò un braccio e glielo mise davanti al viso.

Lei spalancò gli occhi in maniera esagerata, alzò una mano e con le dita gli avvolse il polso, o almeno ci provò. Non riuscì a toccare il pollice col medio, così sussurrò: "Wow."

"Non ti farò male," le disse Raid smorzando il sorriso.

"Lo so," gli rispose senza esitare. Poi inarcò la schiena sotto di lui e gli disse imbronciandosi: "Non mi hai ancora baciata."

"Invece sì," ribatté lui, pizzicandole un capezzolo. "E ti è pure piaciuto."

"Baciami, Raiden," gli ordinò alzando una mano e sforzandosi di fargli abbassare la testa.

Raid, che non desiderava altro, obbedì. Le sfiorò le labbra con le proprie. Una volta. Poi ancora. Quando lei gemette dal profondo della gola, lui smise di provocarla.

Abbassò le labbra su di lei, che aprì subito la bocca per riceverlo. Fu un bacio lungo e profondo, il più passionale che gli fosse capitato di scambiarsi. Khloe si concesse senza riserve, ricambiando la stessa passione. Quando Raid si staccò da lei, ansimavano entrambi.

Poi, Raid si mosse senza esitare. Si mosse con la lingua sul corpo di Khloe, soffermandosi sui seni che aveva già leccato prima.

Si accorse che le piaceva di più uno stimolo deciso. Quando ne succhiò uno con forza, pizzicando l'altro, lei si agitò e gemette sotto di lui. Raid perse la cognizione del tempo nel gustare quei seni. Solo quando si accorse che lei lo stava implorando e cercava di spingerlo più in giù, lui si abbassò.

Deciso a imprimersi quel momento per sempre nella memoria, Raid le baciò la parte anteriore delle mutandine. Poteva sentire il profumo dell'eccitazione e vide un punto in cui il tessuto era bagnato. Tra gli ansimi, si leccò le labbra pregustando un piacere maggiore.

Khloe alzò i fianchi per aiutarlo, mentre lui le infilava le dita sotto il pizzo delle mutandine e cominciava a sfilargliele. Ci fu un momento imbarazzante in cui lei gli colpì il mento con un ginocchio, ma lui non sentì il minimo dolore. Lei ridacchiò, ricordandogli quanto quell'esperienza fosse diversa da ogni altra avuta in passato a letto con una donna.

Di solito, lui era nervoso e si preoccupava sempre di ciò che stava facendo. Dove mettere le mani, se andare oltre oppure fermarsi... invece, con Khloe, sembrava tutto naturale.

Quando finalmente si trovò a stretto contatto con la passera, la fissò: era perfetta. Aveva i peli corti e ben curati, sensualissimi. Le passò un dito sul monte di Venere e apprezzò il movimento dei fianchi con cui lei lo incoraggiava.

Raid abbassò la testa e le baciò l'interno delle cosce, facendo volutamente sfregare la barba contro la pelle sensibile. Lei reagì gemendo.

"Ti prego, Raid."

"Ti prego che cosa?" le chiese.

"Succhiami il clitoride," gli spiegò senza esitare.

La capacità di Khloe di chiedergli ciò di cui aveva bisogno era eccitantissima. Raid abbassò la testa e fece come lei gli aveva chiesto. Chiuse le labbra intorno al clitoride e succhiò con forza.

"Accidentaccio!" esclamò lei facendo scattare i fianchi verso l'alto.

Lui ridacchiò e le portò una mano più in alto, sul ventre. Sembrava una mano gigantesca, tenuta su di lei. La tenne ferma mentre ritrovava il clitoride, che stimolò con la lingua.

Leggendo un sacco di libri e anche guardando qualche

video su internet, Raid aveva imparato che, per quanto fosse piacevole per una donna sentirsela leccare tutta, il vero piacere proveniva da quel piccolo centro nervoso. Raid alzò anche l'altra mano per titillarle le labbra del sesso, spargendo i succhi umidi che lei produceva grazie a quegli stimoli.

Il delizioso profumo muschiato di lei aumentò, mentre lui giocherellava col clitoride, succhiandolo e leccandolo in modo alternato, ogni tanto persino mordicchiandolo.

Raid non aveva mai visto Khloe perdere il controllo. Era una persona molto più posata di chiunque altro lui conoscesse. Così si sentì ancor più potente nel vederla dimenarsi sotto di lui. Khloe gli teneva le mani tra i capelli, cercando di attirarlo più vicino, mentre continuava a scattare coi fianchi. Muoveva la testa avanti e indietro, affondandola nel letto, mentre lui ne sentiva le cosce tremare, mentre montava l'orgasmo.

"Raid, sì... ecco... più forte! Oh, cacchio!"

La gioia e l'orgoglio che Raid provò nel vederla cavalcare l'onda del piacere superarono persino ciò che lui aveva provato nel momento in cui era stato ammesso nell'unità cinofila della Guardia Costiera. Era successo grazie a *lui*. L'aveva fatta godere.

Proprio quando l'orgasmo di Khloe sembrava scemare, Raid le fece scivolare un dito nel corpo bagnato e abbassò di nuovo la testa. Non passò molto, e un secondo orgasmo le esplose nel corpo.

Lui non aveva mai né visto, né sentito nulla di tanto meraviglioso. Vedere Khloe che si godeva quel momento di piacere fu l'esperienza più eccitante che Raid avesse mai fatto in vita sua. Ormai le si erano scompigliati i capelli, e aveva su tutto il corpo un sottile strato di sudore. Praticamente luccicava.

Quando lui smise di muoversi tra le sue gambe, Khloe alzò la testa e lo fissò. "Raid?"

"Sì, tesoro?"

"Ora tocca a te."

"No," le rispose tranquillamente.

Lei gli chiese perplessa: "Cosa vuol dire no?"

"Voglio guardarti di nuovo."

Lei lasciò cadere la testa sul letto e cacciò un sospiro sbuffando. "Non posso," lo informò.

Raid fece un gran sorriso. "Lo sai, vero, che se mi dici così è come agitare un drappo rosso davanti a un toro?"

"Voglio far godere anche te," gli disse rialzando la testa.

Raid apprezzò con gioia che Khloe non cercasse di nascondergli il proprio corpo. Sembrava perfettamente contenta di giacere nuda tra le sue braccia.

"Pensi che non mi stia divertendo?" le chiese Raid. "Khloe, ho il tuo sapore su tutta la faccia, sulla barba. Non ho mai assaggiato nulla di tanto delizioso in vita mia, e sto pensando di non lavarmi la faccia prima di andare fuori, così posso annusarti tutto il giorno. Non ce l'ho mai avuto tanto duro e non me lo sono nemmeno toccato. Sto quasi venendo a raffica e ho la sensazione che appena me lo guarderai, esploderà. Mi sto godendo questo momento più di quanto tu creda."

"Va bene," gli sussurrò. "Fai del tuo peggio."

Raid fece un sorrisone. "E se invece facessi del mio meglio?" Al che, decise di provare qualcosa che aveva visto su internet. Era uno dei suoi video preferiti... e non era un porno. Era più in stile tutorial: una donna sdraiata su un lettino da massaggio, con un uomo intorno completamente vestito che mostrava agli spettatori, lentamente e dando istruzioni, come e dove toccare una donna per provocarle un orgasmo dal punto G. Raid aveva guardato quel video un'infinità di volte, e non voleva altro che tentare di dare a Khloe il massimo del piacere.

"Ti è mai capitato un orgasmo dal punto G?" le chiese mettendosi in ginocchio tra le gambe di lei.

"Oh, cacchio," fu la risposta.

Lui lo interpretò come un no. Con il pollice della mano che le teneva sulla pancia continuò a manipolare leggermente il clitoride, mentre allungò l'altra verso il comodino, aprì il cassetto e sorridendole tirò fuori un flacone di olio da massaggio.

Lei guardò il flacone con un sorriso malizioso, e lui alzò le spalle dicendo: "Sono un uomo... cosa posso farci?"

"Non intendevo commentare," gli rispose Khloe. "Se hai dell'olio da massaggio nel cassetto, sono affari tuoi, proprio come il vibratore nel mio comodino è affar *mio*."

"Hai un vibratore?" le chiese, mentre l'uccello gli pulsava dalla voglia.

"Ma certo."

"Accidenti, davvero sexy." Si versò una dose generosa di olio sulle dita e gliene infilò due nel corpo.

Khloe si agitò sotto di lui. "È freddo!"

"Si scalda subito," le disse a voce bassa per tranquillizzarla, cominciando a spingere le dita avanti e indietro nella passera. Nel giro di un minuto, Khloe si ritrovò di nuovo a gemere profondamente, alzando i fianchi a ogni spinta della mano.

Ripensando al video che aveva guardato, Raid cominciò a sfregare il clitoride con più intensità, aumentando la velocità della mano che entrava e usciva dal corpo di Khloe, sempre facendo pressione sul punto più sensibile all'interno, che l'avrebbe fatta andare in estasi.

Il suono delle dita era estremamente erotico, e insieme ai gemiti che provenivano dalla bocca di Khloe gli fece venir voglia di sorridere. Raid apprezzava di cuore quella fiducia, l'apertura di Khloe, che si lasciava toccare da lui in quel modo.

Servì un po' di tempo... e un'energia sorprendente per tenere Khloe dove la voleva... ma finalmente Raid si accorse che la stava portando sull'orlo di un altro orgasmo intenso.

"È troppo! Non posso..." si lamentò Khloe gemendo.

"Sì che puoi. Lasciati andare, Khloe."

Dopo qualche altro lamento, lei si lasciò andare, spruzzandogli sulle dita del liquido dalla passera e agitando braccia e gambe.

Raid non poteva aspettare un secondo di più: doveva essere dentro di lei. *Subito.*

Tirò fuori le dita, prese il profilattico che aveva preparato insieme all'olio, si agitò abbassando l'elastico dei boxer e infilò il preservativo sull'uccello colmo di desiderio. Non perse tempo a sfilare le gambe dai boxer: fece divaricare le gambe ancora tremanti di Khloe e si spinse dentro di lei con un unico, lungo movimento.

La sentì subito contrarsi intorno a lui. La sola penetrazione aveva innescato un altro orgasmo. Khloe ormai stava quasi piangendo, ma gli afferrò le natiche con le mani e cercò di tirarlo più vicino, per fargli capire che era ancora presente e che lo voleva. Voleva *lui.*

Raid dovette sforzarsi di non esplodere in un istante. Abbassò una mano e afferrò la base dell'uccello, stringendola leggermente. Voleva durare a lungo. Lo stava facendo con Khloe per la prima volta, non voleva che fosse tutto finito in pochi secondi.

———

Khloe non riusciva a pensare, tanto era sovraccarica di piacere. Non aveva mai goduto tanto, quanto con le mani e la lingua di Raid. Era venuta più volte di quanto le fosse mai capitato in ogni rapporto precedente. L'ultimo orgasmo l'aveva quasi annientata.

Raid era stato dolce, ma determinato. Lei non sapeva dove avesse imparato a fare ciò che aveva fatto, ma non intendeva certo lamentarsene. Si stava raccapezzando appena, quando lo sentì di nuovo tra le gambe.

Ce l'aveva più grosso di qualsiasi altro uomo con cui lei fosse stata, ma appena la penetrò, la fece venire subito. Non fu un orgasmo intenso come quello precedente, ma forse fu persino più piacevole, con lui che la riempiva.

Ecco cosa le era mancato, quando si era sfogata da sola: si era sempre sentita troppo vuota, al contrario di ciò che stava accadendo in quel momento.

"Accidenti, Raid!" esclamò afferrandogli le natiche e affondandogli le unghie nella pelle attraverso i boxer. "Muoviti!"

"Non... posso... devo... aspettare... un attimo," le rispose ansimando.

Al diavolo. Khloe spinse in alto i fianchi e fu ricompensata dal grugnito sorpreso di Raiden, che si tolse la mano dall'uccello per mantenersi in equilibrio, penetrandola ancor più in profondità.

"Scopami, Raid!" gli ordinò.

Lui la guardò negli occhi, con le pupille dilatate.

"Non si torna più indietro," le disse, ancora immobile.

"Non voglio tornare indietro," lo rassicurò.

Raid inspirò a narici dilatate e finalmente cominciò a muovere i fianchi, tirandosi indietro lentamente, per poi spingersi dentro.

Lei sentì i seni rimbalzare sul petto e sorrise. "Sì," gli sussurrò, "ancora."

A quel punto, il sottile filo che l'aveva tenuto saldo al suo controllo si spezzò, e Raid la scopò con tutto sé stesso.

Fu un rapporto splendidamente travolgente.

Khloe era bagnata al punto da poterlo prendere senza difficoltà, Raid se n'era assicurato. Le prese i fianchi, si spostò e si mise in ginocchio alzando anche le gambe di lei. Nonostante il peso che le ricadeva sulle spalle, a lei non importò:

era troppo presa a osservare l'estasi sul volto di Raid che si agitava dentro e fuori.

"Ecco, dai, prenditi ciò che vuoi," gli disse ansimando.

"Sei mia!" esclamò lui, togliendo lo sguardo dal punto in cui i loro sessi si incontravano per guardarla negli occhi.

"Sei *mio*," ribatté lei.

"Sì, sono tuo!" ripeté Raid.

Poteva sembrare una dichiarazione di resa, ma Raid era tutt'altro che sottomesso, in quel momento. Aveva il controllo totale del corpo di Khloe, e a lei piaceva.

Le piaceva guardarlo avvicinarsi sempre più all'orgasmo, e vide il momento in cui lui si lasciò prendere, senza chiudere mai gli occhi, ma spingendo l'uccello enorme dentro di lei più che poteva, tanto da farle sentire dentro di sé ogni scatto, mentre lui scaricava il proprio seme.

Ma lui non si fermò. Nonostante il piacere che lo attraversava in tutto il corpo, chissà come, Raid le fece abbassare i fianchi fino a farle appoggiare il sedere sulle proprie cosce, e cominciò a stimolarle di nuovo il clitoride.

"Raid!" esclamò lei sentendosi presa da un piacere rapido e potente. "È troppo sensibile!"

"Bene, allora verrai subito," le rispose con uno sguardo intenso e concentrato.

Raid non si sbagliava.

Passò un tempo ridicolmente breve, e lei sentì il corpo attraversato dall'ondata familiare di un altro orgasmo.

Cacciò un gridolino mentre il corpo cominciò a tremare tra le braccia di Raid.

"*Cazzo*, che goduria," grugnì lui, togliendole finalmente le dita dal clitoride ormai gonfio.

"Sì, davvero," confermò lei.

Khloe tenne gli occhi incollati su Raid, che allungò una mano per trattenere il profilattico mentre si sfilava da lei.

"Porca miseria, Raiden. Tutto *quello* era dentro di me?" gli chiese incredula appena riuscì a guardare per la prima volta l'uccello nella sua interezza.

"Tutto, fino in fondo, e tu l'hai preso come se fossi nata per essere mia," le rispose.

Una risposta un po' presuntuosa, ma lei se l'era cercata. Khloe era completamente priva di energie e in quel momento non poteva nemmeno pensare a muoversi.

Raid scese dal letto per andare in bagno. Tornò dopo un momento, senza boxer, e Khloe non riuscì a togliere gli occhi di dosso all'uccello e ai testicoli che ondeggiavano, mentre lui la raggiungeva.

Raid la afferrò senza esitare e la spostò, facendole posare la testa sul cuscino e i piedi verso il fondo del letto.

"Non so quanto mi faccia piacere che tu possa prendermi e spostarmi di peso senza un minimo di fatica," borbottò Khloe, mentre lui si infilava sotto le lenzuola con lei.

"Sì che ti fa piacere," ribatté Raid, prendendola tra le braccia.

Khloe non disse più nulla, perché aveva ragione lui.

La sensazione del corpo nudo di Raid sotto il proprio le sembrò meravigliosa. Gli si sciolse addosso, accavallando una gamba sulle sue cosce.

Passarono diversi minuti in cui nessuno dei due parlò. Alla fine, lei sbottò: "Ti sta bene, che abbia fatto io la prima mossa?"

"Sì."

Lei aspettò che Raid si spiegasse meglio, ma lui non aggiunse altro, così Khloe si tirò su facendo leva su un gomito e lo fissò. "Tutto qua? Sì e basta?"

"Sì sì. Senza la tua iniziativa, chissà quanto tempo mi sarebbe servito per trovare il coraggio anche solo di baciarti di nuovo. Quindi... certo che mi sta bene che abbia fatto tu la prima mossa. Tra l'altro, è stata una mossa meravigliosa."

"Ti piacciono le poppe," gli disse per provocarlo.

"No, mi piace Khloe."

Lei si sentì sciogliere dentro e gli appoggiò di nuovo la testa sul petto. Con Raid si sentiva al sicuro, una sensazione che amava. Forse per la statura, per la sua determinazione silenziosa, per tutto il suo essere. Khloe non conosceva il proprio futuro, ma pregò che includesse anche Raiden.

"Ieri sera mi hai detto qualcosa..." esordì Raid, senza però terminare il pensiero.

"Ieri sera ho detto un sacco di cose," gli rispose per invitarlo a proseguire.

"Sul serio vuoi aprire un pronto soccorso per animali a Fallport?"

Lei annuì. "Sì. Perché?"

"Perché penso che sia un'ottima idea."

Per lei, il supporto di Raid era importantissimo. "Potrebbe anche non funzionare come voglio io," lo avvertì.

"Certo che funzionerà. Andrà a colmare un vuoto. Vedrai. Se ti serve aiuto, qualunque cosa, devi solo chiederlo."

"Grazie. Potresti pentirtene, perché a differenza di tanti altri, io non mi faccio riguardo a chiedere aiuto."

"Ottimo. Perché ne riceverai molto, da me, dagli altri e dalle amiche... C'è un edificio sul mercato, non troppo lontano dall'officina di Brock, da affittare. Sarebbe proprio in Main Street, probabilmente è la location ideale... sempre che si possa configurare per le tue esigenze."

Khloe alzò di nuovo la testa. "Davvero?"

"Sì. Che tipo di forniture ti servono? Tipo per gli interventi? Immagino avrai bisogno di molte scorte. Possiamo andare in banca e chiedere un prestito, io posso contribuire coi costi, se ne hai bisogno."

"Lo apprezzo, ma a Norfolk ho un garage pieno di roba."

"Fantastico."

A quel punto, Khloe finalmente capì: "Allora lo faccio davvero?"

"Lo spero proprio. Anche se non mi fa piacere perdere la mia assistente, la tua passione è sempre stata fare la veterinaria. Da quel che ho sentito dire in giro, in tanti sono già entusiasti della possibilità che tu rimanga e che apra una clinica."

"Tranne Raymond."

"Che vada a quel paese," commentò Raid sbuffando. "Se voleva continuare a tenere il monopolio nella zona, doveva comportarsi meglio, come persona e come veterinario."

Khloe non trattenne una risata. Stava meravigliosamente bene. Ottimista. Aveva appena goduto un'infinità di volte, evidentemente aveva un nuovo compagno, un uomo che lei rispettava e ammirava, stava per avviare un'altra attività come veterinaria, persino con il supporto dell'intera comunità

"Hai fame?"

La domanda di Raid stimolò lo stomaco di Khloe, che scelse quel momento per brontolare, facendolo ridere.

"Ecco, allora mi alzo e preparo qualcosa per colazione, prima di avviarci per la nostra camminata. Ti vanno bene dei pancake?"

"Hai anche delle gocce di cioccolato da scioglierci dentro?" gli chiese.

"Forse sì."

"Salsiccia o bacon?"

Lui reagì alzando le sopracciglia.

"Che c'è? Se dobbiamo uscire e bruciare delle calorie, mi servono le energie, specialmente dopo aver dato fondo a tutte quelle che avevo stamattina."

Khloe non avrebbe dimenticato tanto facilmente lo sguardo fiero di Raid.

"Se vuoi cioccolato, bacon *e* salsiccia, ti accontenterò. Vai pure a fare un salto in doccia, mentre io cucino."

"Possiamo fare la doccia insieme," gli suggerì con una smorfia di malizia.

"Allora rischiamo di non uscire più di casa. Peraltro... stamattina non voglio rischiare di lavarmi la barba."

Khloe alzò gli occhi al cielo, ma arrossì. "Lo sai che fa un po' schifo, vero?"

"Assolutamente no. Sentire il tuo profumo per tutto il giorno non è affatto uno schifo."

Poi si abbassò e la baciò a lungo, lentamente. Quando si staccò da lei, la fissò per un momento, poi le disse: "La mattina migliore della mia vita."

Khloe lo osservò saltar giù dal letto senza alcun imbarazzo e dirigersi verso il bagno senza nulla indosso. Lei non aveva niente da mettersi dopo la doccia, se non i vestiti con cui era arrivata la sera prima, ma non le importava. Raid si sarebbe fermato da lei prima di raggiungere il sentiero, per darle il tempo di indossare abiti adatti a una camminata nel bosco.

Nulla avrebbe potuto rovinare quel giorno. Khloe aveva rischiato tutto, facendo la prima mossa con Raid, ma per fortuna era andato tutto a meraviglia. Era più felice di quanto non fosse mai stata: finalmente le cose andavano per il verso giusto.

CAPITOLO TREDICI

RAIDEN SI SENTIVA un uomo completamente diverso rispetto a quello di ventiquattr'ore prima. Era più forte. Più sicuro. Più felice.

La colazione era stata divertente: gli aveva fatto piacere vedere Khloe che gustava ciò che lui le aveva preparato. La camminata con Duke era stata eccezionale: il segugio sembrava felice di tornare sui sentieri, all'aperto, e quando Khloe si era "nascosta", lui l'aveva ritrovata a fiuto in venti secondi netti.

Raid era grato per molti aspetti della vita, ma il più importante era la possibilità che Khloe decidesse di stabilirsi definitivamente a Fallport. Adorava vederla sempre più serena; probabilmente era passata un'eternità da quando lei aveva potuto rilassarsi veramente.

Forse fu proprio la felicità a fargli abbassare la guardia, e quando si fermò con Khloe all'Occhio di Bue per pranzare, si concentrò più su di lei e meno sul viavai di persone che frequentavano la tavola calda.

Quando Khloe sussurrò *Che mi venga un colpo*, Raid alzò lo sguardo... e ogni muscolo del suo corpo si irrigidì. Erano entrati Jason e Scott, i quali, mentre aspettavano che la cameriera li accompagnasse a un tavolo, avevano cominciato a discutere ad alta voce.

"Non posso credere che quell'assassina di cani possa entrare in questo posto."

"Vero? Se solo si sapesse il casino che ha fatto in quell'operazione, uccidendo il cane di Alan, non la tratterebbero come un'amica."

"Io non le lascerei guardare il mio cane nemmeno col binocolo."

"Avrebbero dovuto toglierle l'abilitazione."

Andarono avanti in quel modo, infamando Khloe e la sua professionalità sonoramente e con disprezzo. Raid tornò a guardare Khloe, seduta di fronte a lui, e notò che aveva le spalle contratte, probabilmente stava pensando a un modo per svignarsela senza farsi notare. Lui si allungò subito per prenderle una mano: "Khloe, guardami."

Le servì un momento, ma alla fine gli rivolse lo sguardo.

"Non ascoltarli."

Lei sbuffò e gli rispose: "È un po' difficile."

"Oh, guarda, ha abbindolato uno per uscirci insieme. Forse quel tipo non sa che lei è un'assassina."

"Sì, beh, mi sembra un pappamolle."

"Forse è un elfo... guarda che orecchie a punta!"

Più che vederla, Raid percepì l'umore di Khloe che cambiava. Gli strinse la mano e fece per alzarsi. Lui non voleva che lei affrontasse quei due idioti: non gli importava assolutamente nulla di ciò che dicevano su di lui... aveva già sentito in passato ogni sorta di insulto... e non voleva dar loro la soddisfazione di sapere che l'avevano colpita come volevano.

A quel punto, si accorse di non dover dir nulla per difendere Khloe, perché Sandra, la proprietaria della tavola calda, arrivò di gran passo dalla cucina e raggiunse direttamente i fratelli Mather.

Non solo: Bo, uno dei poliziotti di Fallport, si alzò da un tavolo all'angolo del locale. Era un uomo alto e con muscoli enormi, dato che nel tempo libero gli piaceva fare body-building. Voci di corridoio dicevano che Bo avesse vinto anche un paio di tornei.

"Fuori!" esclamò Sandra indicando la porta ai due fratelli.

"Cosa?" le chiese Scott, chiaramente sbalordito.

"Ho detto *fuori*!" ripeté Sandra. "Non vi voglio all'Occhio di Bue. Non tornate più. *Mai* più."

"Un momento, non puoi farlo!" insisté Scott.

"Non posso?" gli chiese Sandra incrociando le braccia sull'ampio petto. "Guarda caso, sono la proprietaria e posso rifiutare l'accesso a chi voglio, e ho deciso di rifiutare tipi come voi. Khloe Watts è la persona più gentile che io conosca, e voi due venite qui a parlare male non solo di lei, ma anche di uno degli eroi di Fallport, quindi andatevene e non tornate!"

"Ora sta un po' esagerando," mormorò Khloe per farsi sentire solo da Raid. "La persona più gentile che conosce? Ma per favore..."

Fu difficile evitare di sorridere, ma Raid ci riuscì... a malapena.

"È un'assassina di animali!" sbraitò Jason facendo un passo verso Sandra.

Bo si infilò tra Sandra e Jason, ormai furioso, dicendo: "Avete sentito la signora. Adesso dovete andar via."

Per un momento, Raid pensò che Jason si rifiutasse di andarsene, ma chiaramente quello decise che non era il caso di affrontare Bo, e si rivolse invece al fratello. "Andiamo, Scott, sono sicuro che qua si mangia da schifo. Poi non voglio avvicinarmi a quell'assassina."

"Veramente qui si mangia benissimo!" esclamò qualcuno da un tavolo alla destra di Raid.

"Sì, è il locale migliore della regione. Non sapete cosa vi perdete!" esclamò qualcun altro.

Jason e Scott se ne andarono senza dire altro. Se da un lato Raid sperava che quell'episodio fosse l'ultimo tentativo di intimidirla, dall'altro si aspettava che fosse solo l'inizio.

Guardò Khloe e notò che era tornata ad abbassare gli occhi verso il tavolo.

"È andata benissimo," le disse.

Lei alzò lo sguardo verso di lui. "Cosa? Come ti passa per la testa di pensare che sia andata benissimo, se sono venuti qui a chiamarmi assassina?" gli chiese con un filo di voce.

Raid fu contento di leggere rabbia in quello sguardo: Khloe era ancora disposta a lottare, e magari non le sarebbe tornato più in mente di scappare.

"Perché hanno avuto un assaggio di come gli abitanti di Fallport proteggono una di loro."

"Raid, non sono sicura..."

"No," la interruppe scuotendo la testa, impedendole di terminare il pensiero. "Te ne accorgerai. Questo è solo l'inizio. Dopo pranzo, pensavo di andare a trovare Heather e Marissa."

Khloe lo fissò tanto a lungo da fargli credere che avrebbe protestato; invece, alla fine, lei annuì.

Dopo una quarantina di minuti, si alzarono per uscire dalla tavola calda. Mentre passavano tra gli altri tavoli, pieni di clienti, Khloe si accorse subito di ciò che Raid stava cercando di dirle. Quasi ogni singola persona la fermò per dirle quanto l'apprezzava, quanto era felice che lei fosse a Fallport, quanto aspettava con ansia l'apertura di una sua clinica, il prima possibile.

Tutti davano per scontato non solo che lei rimanesse, ma che avviasse presto l'attività.

Quando furono quasi alla porta, arrivò anche Sandra.

Khloe si irrigidì, ma Raid le mise una mano dietro la schiena per sostenerla.

Senza dire una parola, Sandra prese Khloe tra le braccia e la abbracciò fin quasi al punto da strizzarla. Quando si staccò, le mise le mani sulle spalle e la fissò negli occhi. "Non ascoltare quegli imbecilli," le disse con voce decisa. "Sappiamo tutti che sono qui solo per cercare di provocarti. Non cedere. Scopriranno ben presto che nessuno da queste parti... beh, nessuno che conti... sarà disposto ad ascoltarli. Non riusciranno a spargere veleno su di te, perché non glielo consentiremo. Non è possibile salvare ogni singolo animale, lo sanno tutti. Da quel che ho sentito, quel povero cane era stato picchiato per anni. Cammina pure a testa alta, Khloe."

Raid tenne gli occhi su Khloe, per accertarsi che non cedesse alla paura.

"Inoltre," proseguì Sandra, "non preoccuparti per il tuo uomo. Si è trovato la più bella della regione. Cosa gli interessa di quel che dicono due forestieri su di lui? E a giudicare dal modo in cui lo guardavi quando siete arrivati, è chiaro che a te *piace* anche il suo aspetto fisico."

Khloe sentì le guance arrossire, ma alzò la testa e rispose: "Di sicuro non ho nulla da ridire, proprio zero, sull'aspetto di Raid."

"Ottimo," concluse Sandra soddisfatta. "Il nostro Raid merita una donna come te." Abbassò la voce e si avvicinò, proseguendo sottovoce per farsi sentire solo da Khloe e Raid. "E a giudicare da come ti tiene sempre gli occhi addosso, nemmeno lui ha nulla da ridire su di te. Tientelo stretto, amica mia. Un uomo che ti guarda come ti guarda Raiden in questo momento, vale il suo peso in oro."

Khloe si voltò e trovò gli occhi di Raid, che la stava fissando; lui non si sentì a disagio, ma le chiese: "Tutto a posto?"

Per la prima volta dall'arrivo di Jason e Scott, lei accennò un sorriso.

"Sì, penso di sì."

"Ottimo. Andiamo a sentire cosa combinano Marissa ed Heather."

Khloe annuì, e Raid si rivolse a Sandra, la abbracciò al volo e la ringraziò a bassa voce, nell'orecchio.

Uscendo con Khloe, Raid si guardò attorno con circospezione, in cerca di Jason e Scott, ma per fortuna non li vide nei paraggi. Non si aspettava di non rivederli mai più, ma sperava che, magari, almeno per un po', avessero recepito il messaggio: tormentare Khloe non sarebbe stato tanto semplice come si aspettavano.

———

Nella settimana seguente ci furono vari incontri con Jason e Scott. Si presentavano da soli o insieme, quando Khloe e Raid meno se l'aspettavano. Un giorno li avevano seguiti fino in pasticceria, ma Liam li aveva cacciati via... dopo aver sopportato a sua volta vari insulti razzisti per la sua provenienza ispanica.

In un'altra occasione, li avevano incontrati mentre attraversavano la piazza, dopo aver preso un caffè da Grinders. I fratelli si erano avvicinati da dietro, proferendo ogni sorta di volgarità su Khloe. Raid si era girato come un fulmine per pestarli a sangue, ma Davis era comparso dal nulla e si era gettato tra lui e i fratelli.

Raid non era mai stato intimidito dal senzatetto di Fallport, ma in quel momento l'aveva visto scatenato come una belva, in una condizione tale per cui era meglio non scherzare con lui. Evidentemente anche Jason e Scott l'avevano percepito allo stesso modo e avevano sparato un ultimo insulto, per poi ritirarsi alla svelta dietro l'angolo da cui erano sbucati.

Oltre a presentarsi quando Khloe andava in giro, i Mather le avevano fatto trovare un paio di "regalini" davanti alla porta dell'appartamento. Un giorno le avevano lasciato uno scoiattolo morto, un altro giorno un appunto che diceva *Qui vive un'assassina di animali*. Lei aveva cercato di ignorarli, arrivando persino a ridere della scrittura sgrammaticata in quel foglietto, ma Raid si era accorto che quel tormento cominciava a farla cedere.

Infine, era arrivato il giorno in cui Khloe era tornata all'appartamento per prelevare altri abiti... e aveva trovato la porta manomessa, come se qualcuno avesse cercato di entrarle in casa. Era andata insieme a Raid direttamente dall'amministratrice, che aveva promesso di tenere d'occhio l'appartamento di Khloe, ma Raid si chiedeva cos'avrebbero fatto quei due, se fossero riusciti a entrare.

Khloe aveva discusso con Simon l'eventualità di chiedere un'ordinanza protettiva, ma molti di quegli avvenimenti non erano riconducibili all'operato dei due fratelli, quindi il capo della polizia le aveva detto che difficilmente un giudice avrebbe acconsentito. Però le aveva promesso che gli agenti di Fallport avrebbero tenuto d'occhio i fratelli Mather.

Per quanto Raid apprezzasse la solidarietà di Fallport nei confronti di Khloe, odiava leggerle negli occhi la paura ogni volta che usciva di casa o dalla biblioteca.

Dalla prima notte in cui avevano fatto l'amore, Khloe aveva sempre dormito da Raid, una scelta che gli sembrava... perfetta. Avevano giocato un'altra partita di D&D nel seminterrato, ed era stata spassosa quanto la prima. Khloe sembrava veramente divertirsi, con gran soddisfazione di Raid. Lui non avrebbe mai voluto imporle alcunché, solo per farlo contento. Invece lei, almeno per qualche ora, sembrava aver dimenticato i fratelli Mather. Quando poi si era spenta la videocamera del computer, lei si era messa in ginocchio sotto la scrivania e gli aveva fatto un servizietto da impazzire, tanto da far dimenticare anche a lui quei due piantagrane.

Tuttavia, le minacce costanti e l'incertezza su ciò che potevano fare Jason e Scott cominciavano a farsi sentire, e Raid si era stufato... ma non sapeva bene cosa fare. Non poteva certo passare alle maniere forti, che sarebbero andati dritti a denunciarlo. Per il momento, non avevano ancora commesso alcun reato... non c'erano prove che fossero stati loro a tentare di sfondare la porta dell'appartamento, per quanto fosse altamente improbabile che ci avesse provato qualcun altro.

Ormai quasi tutti i commercianti della piazza avevano messo i fratelli sulla lista nera, impedendo loro di tornare nei vari negozi. L'ufficio postale era uno dei pochi luoghi da cui non potevano essere allontanati, dato che si trattava di un edificio pubblico... ma Silas, Otto e Art si stavano facendo in quattro per tenere alla larga James e Scott. I tre anziani amici erano degli innocui chiacchieroni, ma se necessario sapevano affilare le loro lingue.

Raid, Khloe e Duke si stavano avviando per una camminata più lunga: avevano bisogno di aria fresca e di rilassarsi in mezzo alla natura. Era una giornata soleggiata e dall'aria frizzante, perfetta per una passeggiata in montagna. Raid aveva telefonato a Cherise per farsi sostituire in biblioteca per il pomeriggio, e si stava avviando insieme a Khloe verso la porta sul retro, che si apriva sul parcheggio, quando i due incontrarono di nuovo Jason e Scott.

Ovviamente stavano aspettando Khloe, perché appena la videro uscire dalla biblioteca, Jason si spinse via dal suo veicolo e si incamminò verso di loro... ma senza avvicinarsi troppo. Raid non poté non notare che quel codardo si fermò a diversi passi di distanza.

"Pensi di fare la bella vita da queste parti, non è vero?!" le chiese con tono aggressivo.

Khloe fece un passo indietro e Raid si irritò nel vederla impaurita, così rispose a Jason: "Allora, non vi siete ancora stufati? Tanto, ormai avete visto che a quelli di qua non gliene frega un cazzo di quel che dite. Khloe è stata accettata nella comunità di Fallport e vostro fratello deve pagare per il suo crimine. Andate a casa vostra a vivere la vostra vita."

"Vaffanculo!" sbraitò Jason. "Quella stronza ha rovinato la vita di Alan! Deve pagarla!"

"Non ha rovinato un bel nulla," ribatté Raid alzando il tono della voce. "Alan l'ha investita, cazzo! Lei ha fatto solo il suo lavoro come meglio poteva. Se vostro fratello non lo avesse *maltrattato*, riempiendolo continuamente di calci, quel povero animale non sarebbe andato nemmeno in clinica." Già mentre stava parlando, Raid capì che non avrebbe mai convinto i due uomini che aveva davanti. La loro prospettiva degli eventi passati era troppo distorta, non avrebbero mai smesso di cercare vendetta per il fratello, per quanto fosse un'idiozia.

Dietro Khloe, Duke ringhiò e Raid si guardò alle spalle per controllare che Khloe stesse bene. Il segugio si era mosso, mettendosi davanti a lei, e gli si era rizzato il pelo dietro la schiena. Nonostante l'aspetto non troppo spaventoso, con le orecchie penzolanti e il muso triste, anche lui aveva zanne affilate come tanti altri cani, e i suoi quasi cinquanta chili di peso bastavano a intimidire chiunque fosse sul punto di farlo arrabbiare.

"Senti bene cosa ti dico, vedrai che ucciderà anche il tuo cane!" gridò Scott, ovviamente rimanendo dietro al fratello. "È un'incompetente e, se tu avessi un cervello, le staresti il più lontano possibile."

"Forse non vi do l'impressione di essere pericoloso, ma se solo tentate di sfiorare Khloe o il mio cane, scoprirete quanto posso diventare letale," ribatté Raid con un tono minaccioso, facendo un passo verso i fratelli.

"È ora che voi due ve ne andiate, ragazzi," disse una voce profonda alla destra di Raid.

Raid guardò con la coda dell'occhio e vide nientemeno che Whip Johansen in piedi davanti all'ingresso posteriore della Tana, il circolo del biliardo di cui era proprietario.

Da quando si era trasferito a Fallport, Raid non aveva *mai* visto quell'uomo impegnarsi per aiutare qualcuno. Non partecipava alle sfilate e alle feste di paese che si svolgevano in piazza, e tutti i figuri più loschi dei paraggi finivano per radunarsi nel suo locale. Era un personaggio totalmente asociale, e Raid poteva contare sulle dita di una mano le occasioni in cui aveva parlato con lui.

Vederlo coinvolto, incazzato da morire, per risolvere quella situazione fu una vera sorpresa.

"Possiamo rimanere qui come chiunque altro," gli rispose Jason.

"Questo parcheggio è proprietà privata," ribatté Whip.

"Non è vero. Questo qui è il parcheggio della biblioteca, che è una struttura pubblica, quindi non potete costringerci a fare un cazzo," ribatté Scott.

Whip emise un grugnito di gola, e Raid si avvicinò a Khloe di un passo: non che avesse paura del proprietario della Tana, ma non lo conosceva molto bene: era impossibile prevedere come avrebbe reagito e Raid non voleva che Khloe si trovasse in mezzo a uno scontro a fuoco, qualora qualcuno avesse estratto una pistola.

Però Whip non ebbe bisogno di un'arma da fuoco per vincere quella diatriba: fece un passo verso i fratelli Mather e indicò un cartello sul lato dell'edificio. La biblioteca e il circolo del biliardo erano confinanti, una vicinanza non certo ideale, ma dato che avevano orari opposti, almeno in termini di maggiore affluenza, non si era mai creato alcun problema. Quando il circolo si affollava e diventava chiassoso, la biblioteca era ormai chiusa.

Il cartello sulla parete diceva *Parcheggio solo per i clienti della Tana.*

Raid non l'aveva nemmeno mai notato, dato che quando apriva la biblioteca, il parcheggio era sempre vuoto.

"Ti sbagli," proseguì Whip. "Sono *io* a pagare la manutenzione del parcheggio, quindi appartiene a me e posso decidere chi può e chi non può parcheggiare. E voi due di sicuro non potete. Se non alzate i tacchi e non portate via subito il vostro veicolo, chiamo la polizia. A quel che ho sentito, gli sbirri non sono felici delle grane che create voi due. Ultimamente ci sono state diverse chiamate di cittadini che si lamentavano di due forestieri che tormentavano i clienti dei negozi e disturbavano la quiete pubblica. Sono sicuro che non ci metteranno molto a decidere che quando è troppo è troppo: vi trascineranno via di peso con un'accusa qualunque."

"Non possono farlo!" sbraitò Scott.

"Certo che possono. Sono poliziotti," ribatté Whip incrociando le braccia al petto.

"Quella stronza deve avercela magica, ha intortato tutti questi balordi," commentò Jason.

A quel commento, Raiden non ci vide più dalla rabbia.

Evidentemente anche Whip non ne poteva più: si voltò verso la porta del circolo e prese in mano qualcosa che era appoggiato alla parete. Raid si stava già dirigendo verso i due fratelli quando lo raggiunse anche Whip, con in mano un tubo di metallo lungo un metro, colpendo con l'estremità il palmo dell'altra mano e continuando a marciare verso Jason senza dire una parola.

Raid non aveva armi, ma poteva difendersi bene anche solo a mani nude. Quei due non avevano offeso solo il proprietario del locale, e Raid non sarebbe certo rimasto a guardare, lasciandolo da solo ad affrontarli.

Jason era certamente uno stronzo, ma non era *totalmente*

stupido. Appena vide i due uomini che si avvicinavano, lui e il fratello corsero verso il loro veicolo come se il diavolo in persona li stesse inseguendo.

Raid immaginò che quel tubo di metallo fosse solo una minaccia... ma mentre Jason premeva l'acceleratore a manetta facendo slittare le ruote per filarsela il più velocemente possibile, Whip corse in avanti e sferrò un colpo col tubo, colpendo con tutte le forze la luce posteriore destra del veicolo. Schegge di plastica volarono dappertutto, mentre il veicolo sfrecciava via rombando.

Whip e Raid rimasero in piedi nel parcheggio per un lungo momento, a guardare il veicolo che sfrecciava ad alta velocità, poi Whip si voltò verso Raid.

Sotto lo sguardo del proprietario del circolo, Raid si irrigidì. L'intero episodio era stato surreale, e Raid non capiva come mai Whip si fosse disturbato a intromettersi in quella situazione. Per quanto ne sapeva lui, in passato quel tipo non si era mai messo a difendere nessuno. Nemmeno quando Finley era stata minacciata perché, proprio in quel parcheggio, aveva involontariamente assistito a uno scambio di stupefacenti tra uno dei camerieri di Whip e uno spacciatore... nemmeno in quel frangente, Whip aveva deciso di immischiarsi, per quanto ne sapeva Raid.

Così rimase sul chi va là, mentre aspettava di vedere la prossima mossa di quell'uomo.

Con sua grande sorpresa, vide rispetto negli occhi di quel signore, che lo salutò con un cenno del capo, per poi voltarsi verso Khloe. "Tutto a posto?"

Lei annuì. "La ringrazio."

Whip scosse la testa. "Non voglio ringraziamenti."

"Allora *cosa* vuole?" gli chiese.

"Voglio che ti dai una mossa e apri il pronto soccorso per animali a cui stavi pensando."

Raid sbatté le palpebre per la sorpresa. Era l'ultima cosa

che si aspettava da quell'uomo. In giro, sapevano tutti che Whip si interessava solo degli affari suoi.

"Ci sto lavorando," gli rispose Khloe con calma. "Ma con quei due in paese, diventa tutto più difficile. Non escluderei che, se tentassi di aprire, loro cercherebbero di sabotare la mia attività. Potrebbero deturpare la vetrina, parlare con la banca per convincere chi di dovere che sono a rischio, picchettare davanti all'ingresso per allontanare i clienti..."

"Non lo faranno. Ci penso io."

Raid non era sicuro di volere che Khloe fosse in debito con quel tipo. Un giorno, lui le avrebbe chiesto di ricambiare quel supporto. "Perché?" gli chiese senza mezzi termini.

"Cosa, perché?"

"Come mai vuoi aiutare Khloe? Non è certo un segreto che non sei tanto interessato a quel che succede qui a Fallport. Non partecipi alle attività che si organizzano, sei stato l'unico a non mettere decorazioni per Natale, snobbi tutto ciò che noi amiamo di questo posto. E poi, mi dispiace dirlo, ma... sei sempre scontroso con tutti. Perché ora vuoi darti tanto da fare, quando in passato non hai mai fatto il minimo sforzo per intervenire?"

"La mia gatta," gli rispose Whip senza esitare. "Si è azzuffata con qualcosa, forse una lince, non lo so. Ma era in pessime condizioni e aveva bisogno di cure immediate. È successo verso le cinque del pomeriggio, ho telefonato a Ziegler, ho *implorato* quel coglione di aspettarmi in clinica per soccorrerla; lui ha detto di no. Mi ha detto che se ne andava, che chiudeva alle cinque. Per quanto abbia insistito, lui ha rifiutato. A quel bastardo non interessa nulla, al di fuori di sé stesso."

"La gatta si è salvata?" gli chiese Khloe sottovoce.

"Sono dovuto andare di corsa all'ospedale di Christiansburg. Quando sono arrivato, era quasi morta dissanguata, aveva perso la vista da entrambi gli occhi e le hanno dovuto amputare una zampa. Però è sopravvissuta, per miracolo. Adesso deve rimanere in casa, ha paura della sua stessa ombra e quando esco rimane sempre sotto al divano."

"E quando è *in* casa?" gli chiese Khloe, con un intuito senza pari.

Whip alzò le spalle e distolse lo sguardo. "Quando mi metto sul divano a guardare la TV... o anche solo per riposare, le piace sdraiarsi sulla mia spalla, oppure intorno al collo."

Raid non avrebbe potuto essere più sbalordito, nemmeno se gli avessero detto che Whip Johansen era Babbo Natale. Evidentemente il proprietario del circolo aveva molte più qualità di quante lui... accidenti, di quante *chiunque* si aspettasse.

"Allora," proseguì Whip schiarendosi la gola, "se apri una clinica, per me è un vantaggio. Quindi voglio che succeda il prima possibile. Eliminare quei due balordi ti consentirà di accelerare i tempi, quindi farò di tutto per incoraggiarli a tornarsene a casa. Così ti lasceranno in pace e potrai darti una mossa ad aprire la clinica, accidenti!"

"Il cane di loro fratello mi è *morto* durante un'operazione," ammise sottovoce Khloe. "Non sono riuscita a salvarlo. Forse non avrei potuto fare molto nemmeno per la sua gatta."

"Cazzate. Il veterinario ha detto che se Muffola fosse stata operata subito, forse non avrebbe perso la vista da entrambi gli occhi... e di sicuro le avrebbero salvato la zampa. Non sono un idiota, lo so che non è possibile salvare ogni singolo animale, ma se apri un pronto soccorso qui a Fallport, darai a molti animali tante chance in più, e risparmierai ai loro padroni il peso di dover guidare per mezz'ora per raggiungere il primo veterinario serio."

Whip non si sbagliava. Raid si voltò verso Khloe: aveva le lacrime agli occhi e stava guardando quell'uomo come se non l'avesse mai visto prima. La capiva: anche lui era un po' commosso.

"Il tuo aiuto ci farebbe davvero comodo," gli disse Raid infine.

Whip si voltò verso di lui. "Non lo faccio per te, belloccio," gli disse. "Tu e i tuoi amici non mi andate a genio. Lo faccio per me, per Muffola e per gli altri animali."

"D'accordo," rispose Raid annuendo; a lui non interessava affatto di andare a genio a quel tipo; non ne capiva l'atteggiamento, ma in quel frangente non gli importava nemmeno.

"Vedrò cosa posso fare per accelerare le procedure per il pronto soccorso animale," gli disse Khloe.

"Ottimo. Io terrò d'occhio quei due; se tornano qui, gli farò capire per bene che non sono i benvenuti."

"Grazie."

Whip non aggiunse altro: si girò e se ne tornò nel locale. Quando si chiuse la porta alle spalle, Khloe lasciò andare un lungo sospiro.

"Santo cielo!"

Raid non trattenne un sorriso.

"Aspetta che dica alle altre che Whip Johansen ha una gatta di nome Muffola che gli si appallottola sulle spalle," commentò Khloe con un sorriso enorme.

Raid non avrebbe resistito all'istinto di avvicinarsi a Khloe nemmeno se fosse stato in pericolo di vita; fece un passo verso di lei e le mise una mano dietro la nuca, appoggiando la fronte a quella di lei. "È stato un momento intenso; ti senti bene?"

Sentì le mani di Khloe scivolare sotto la maglia a maniche lunghe, le unghie che affondavano nella pelle della schiena.

"Posso scegliere di *non* sentirmi bene?" gli chiese con tono serio.

Raid alzò la testa senza lasciar andare Khloe. "Ma certo, hai tutto il diritto di essere incazzata, di avere un momento di difficoltà. Possiamo andare a casa mia, ti cambi, ti metti una tuta, ti sfoghi per bene, magari seduta sul divano con Duke sulle gambe, ti bevi quel bel caffè complicato che ti piace tanto... te lo compro mentre torniamo a casa."

"Oppure?" gli chiese inclinando la testa.

"Oppure possiamo andare a fare la camminata come da programma. Poi, quando torniamo a casa, puoi telefonare a Finley e alle altre, per raccontare di Muffola. Puoi chiamare anche Drew, per parlare della situazione economica e anticipare il più possibile le scadenze per aprire il primo pronto soccorso animale di Fallport. Infine, dopo che ti avrò preparato una cena ricca di proteine e avrai fatto il pieno di energie, potrai portarmi a letto e prendermi come più ti piace."

Khloe fece una risata. "Ogni volta che mi dici che posso prendere il controllo, finisco con la schiena sul letto e con la tua testa tra le gambe, completamente in estasi, mentre mi fai venire un orgasmo dopo l'altro."

"Ti stai lamentando?" le chiese con tono serio.

"Ehm... ma scherzi? No!" esclamò lei. "Hai mai visto il film degli anni Ottanta dal titolo *La rivincita dei nerds*?"

"Ma certo," le rispose Raid con espressione perplessa. "Perché?"

"Perché in quel film c'è un punto in cui Lewis, lo smanettone che nel film diventa un eroe, dice qualcosa del tipo che tutti quelli col fisico pensano agli sport, mentre gli smanettoni pensano al sesso. Penso che non si sbagliasse."

Raid sogghignò. Poi si fece serio. "Ho aspettato troppo a lungo di trovare una donna come te."

"Come me?" gli chiese Khloe. "Una che cammina male, con sbalzi d'umore e stizzosa?"

"Una compagna bella, fedele e divertente, in grado di tenermi testa quando la stuzzico, una che non si ferma alla mia statura esagerata, ai capelli fulvi che spiccano, alle orecchie a punta da elfo."

Khloe alzò una mano e gli passò le dita su un orecchio. "Tu sei perfetto, Raiden, talmente tanto che devo ripetermi continuamente che questo non è un sogno. Che ti piaccio davvero e che non mi stai solo prendendo in giro."

"Io mi ripeto le stesse cose ogni sera, quando ti stringo tra le braccia," le rispose rassicurandola.

Khloe si alzò in punta di piedi e Raid abbassò la testa per andarle incontro. Fu un bacio diverso dagli altri che si erano scambiati. Era la conferma di una promessa. La promessa di molti giorni e molte notti a venire.

Nello staccarsi da lui, Khloe gli disse: "Penso che per stavolta eviterò lo sfogo emotivo e sceglierò l'opzione numero due. Però mi riservo il diritto al suddetto sfogo in futuro, se la situazione si fa infernale."

"Affare fatto," le rispose Raid.

Poi Khloe rivolse l'attenzione a Duke, che era ancora in stato di allerta di fianco a lei, con una buona dose di bava che gli scendeva dal muso, cadendo sulla ghiaia tra le sue zampe.

"Chi è questo bravo ragazzo?" gli canticchiò abbassandosi su di lui. "Sei tu? Duke è un bravo ragazzo."

Il segugio si godette quelle attenzioni, ma Raid non poteva certo biasimarlo. Alla fine, Khloe si rialzò e disse: "Allora, la facciamo o no questa camminata?"

Anche se lei non lo pensava, Khloe era una donna estremamente forte. A Raid non faceva piacere sentirla definirsi una stizzosa che cammina male: la difficoltà alla gamba la rallentava fisicamente, ma lei aveva comunque un carattere d'acciaio. Non erano molte le persone in grado di affrontare ciò che aveva affrontato lei, uscendone senza perdersi.

Raid sapeva che le tribolazioni non erano finite; sarebbero arrivati giorni in cui la gamba le avrebbe fatto male più del solito, giorni in cui avrebbe dovuto sentir parlare di Alan e del processo; chissà, forse i fratelli Mather avrebbero cercato di tormentarla per anni. Ma lei era una sopravvissuta, e averla al proprio fianco lo faceva sentire un bastardo fortunato. Un lusso che lui non avrebbe mai dato per scontato. Mai.

CAPITOLO QUATTORDICI

A Khloe girava la testa per la rapidità con cui stava procedendo la pratica di apertura del pronto soccorso veterinario. Sinceramente, non si aspettava che arrivasse tanto presto il momento di organizzare il trasloco delle attrezzature dal magazzino di Norfolk.

Jason e Scott continuavano a rompere le scatole, ma nelle due settimane trascorse dal confronto con Whip e Raid, i due fratelli erano stati meno spavaldi. Khloe sapeva bene che erano sempre in agguato e si chiedeva come potessero permettersi di rimanere tanto a lungo a Fallport, come gestissero il lavoro o la famiglia. Comunque, si rifiutava di sforzare troppo il cervello per pensarci.

La vita di Khloe stava procedendo meravigliosamente e lei non voleva rovinare tutto per dei pensieri sbagliati. Non era una sciocca e sapeva che ci sarebbero stati periodi difficili, ma per il momento voleva solo godersi il rapporto con Raid.

Non aveva mai frequentato un uomo tanto devoto e... presente. Forse perché lavoravano entrambi in biblioteca e stavano vicini quasi ogni momento di ogni giorno. Qualunque fosse il motivo, a Khloe faceva piacere. Moltissimo. Il rapporto sarebbe cambiato, all'apertura della clinica, ma per il momento lei si stava godendo le tante attenzioni, l'affetto.

Passavano le notti esplorandosi a vicenda; Khloe apprezzava la fissa di Raiden di assicurarsi sempre che lei fosse soddisfatta e avesse goduto appieno, prima di raggiungere anche lui l'orgasmo. A chi non lo conosceva, Raid poteva sembrare un tipico *nerd*. Dungeons & Dragons, biblioteca, carattere introverso e non interessato agli sport o agli altri cosiddetti "passatempi da uomo". Ma Khloe si stava accorgendo che non avrebbe mai rinunciato a un nerd, per nessun altro tipo di uomo, in nessuna circostanza. Beh, non avrebbe mai rinunciato al *suo* nerd.

Non si era mai sentita tanto amata, tanto rispettata, più al centro dell'attenzione, prima di lui. C'erano ancora le frecciate, e lui non si faceva problemi a dirle quando qualcosa non andava per il verso giusto al lavoro; quell'aspetto non era cambiato, nonostante il nuovo tipo di rapporto.

Ma Raid era segretamente insaziabile e in camera da letto gli piaceva avere il controllo. Un aspetto che Khloe, sotto sotto, amava. Lei era una donna indipendente, che se l'era cavata da sola per tanto tempo, ma potersi rilassare e lasciare che Raid facesse ciò che voleva con lei era una liberazione, perché lui non voleva altro che farla godere al massimo.

La notte prima, per esempio, aveva insistito per farle un massaggio completo, dalla testa ai piedi e viceversa; al secondo passaggio, però, aveva completato il massaggio facendo il possibile per eccitarla. Le aveva pizzicato i capezzoli, le aveva infilato "per sbaglio" un dito nella passera mentre le massaggiava le cosce. Quando aveva finito, lei non era esattamente rilassata, ma poi lui l'aveva fatta venire due volte di fila, lasciandola sconvolta e sfinita.

L'altro aspetto che Khloe trovava quasi incredibile era la sorpresa di Raid, ogni volta che lei decideva di ricambiare. Evidentemente in passato aveva frequentato delle donne egoiste, che pensavano solo a ricevere e non a darsi. Uno dei ricordi preferiti di Khloe era la sera in cui si era messa carponi e gli aveva detto di prendersi ciò che voleva... *come* voleva. Ovviamente, lui non aveva mai ricevuto carta bianca in camera da letto, per quanto fosse un maschio alfa. Sentirlo torreggiare da dietro, sentirsi scopata a un ritmo brutale era stato un piacere per entrambi.

Senza dubbio, Khloe poteva ben dire che l'esperienza sessuale con Raid era la migliore che avesse mai vissuto. C'erano anche le sere in cui erano felici di tenersi semplicemente abbracciati. Khloe non sapeva quale di quei momenti fosse il suo preferito.

Era arrivato il lunedì sera, lei e Raiden avevano finito di lavorare e si stavano dirigendo verso il palazzo vicino all'officina di Brock, quello che lei avrebbe preso in affitto. Quando arrivarono, Rocky era già là che li aspettava, stava lavorando alle pareti divisorie che avrebbero modellato gli ambienti per ospitare gli animali e i relativi proprietari, oltre che per la sala operatoria e le stanze per i ricoveri e la convalescenza.

Quando Khloe aveva telefonato ad Afton, chiedendole se le andasse di farle da assistente veterinaria, la risposta era stata un grido di gioia e un grazie molto sentito. Afton le aveva raccomandato anche due amiche che avevano studiato veterinaria con lei: una viveva già a Fallport insieme ai genitori, l'altra si sarebbe trasferita presto da Richmond per unirsi al gruppo.

Realizzare fino in fondo il progetto era snervante, quasi travolgente, ma Khloe era felice.

Jason e Scott si erano presentati nei paraggi della futura clinica una volta, ma qualcuno doveva aver avvertito Whip... il quale era visto sotto una luce diversa da alcuni dei compaesani. Appena era arrivato in macchina, inchiodando per fermarsi, Jason e Scott se l'erano filata alla svelta.

Khloe era cautamente ottimista: dopotutto, finalmente la vita sembrava funzionare per il verso giusto.

Stava osservando Rocky che misurava le dimensioni del pavimento su cui andava creata la parete in cartongesso per la sala visite, quando squillò il telefono di Raid. Lei lo sentì rispondere.

"Tonka! Da quanto tempo! Come va?"

Khloe si voltò verso di lui. Non poteva sentire cosa si diceva all'altro capo del telefono, ma più Raid ascoltava, e più si faceva serio e si irrigidiva.

"Come cazzo è successo?" sbottò all'improvviso.

Khloe sussultò. Non aveva mai sentito un tale odio nella voce di Raid come in quel momento. Sentì una mano sotto al gomito e alzò lo sguardo, trovando Rocky al proprio fianco, impensierito per Raid.

"Ma è una cazzata! Non lo sanno di cosa è capace?"

Khloe sentì la nausea crescere: non sapeva cosa stesse succedendo, ma sapeva che non era nulla di buono.

"Che probabilità ci sono che se ne stia tranquillo?" chiese Raid al misterioso Tonka. "Sì. Certamente. Anche tu. Se trovi altro, fammelo sapere. Sì, anch'io. Ho sentito che ti sei sposato. Cerca di stare al riparo. Se necessario, penserò io a tutto. Lo so, e Khloe è tutto il mio mondo, ma *nessuno* è al sicuro con lui in circolazione. Ecco, sì... grazie per l'avvertimento. Ci sentiamo."

Raid chiuse la chiamata, ma non disse nulla. Rimase immobile, con lo sguardo fisso nel vuoto.

"Raid?" lo chiamò Khloe sottovoce.

Lui sussultò, come se avesse dimenticato dov'era e con chi era. Poi si voltò e uscì senza dire una parola.

"Ma che cacchio?" mormorò Khloe.

"Tu rimani qui, vado io a parlargli," le disse Rocky.

"No, ci vado io."

"Non so se è una buona idea. È successo qualcosa e potrebbe irritarsi con te," le disse Rocky.

Khloe si voltò verso di lui mettendosi le mani ai fianchi. "Posso gestire il suo malumore," gli disse. "Non sono un fiorellino fragile che perde i petali se Raid alza la voce. L'ho sopportato per un anno, prima che cominciassimo a frequentarci, posso sopportarlo anche adesso."

"Va bene, ma se dice qualcosa che ti ferisce, non devi prenderla sul personale."

"Chi è Tonka? Tu lo sai?" chiese Khloe a Rocky. Voleva aggiungere che Raid non l'avrebbe mai potuta ferire, ma si accontentò di domandare chi fosse la persona che aveva telefonato.

"Era un suo collega alla Guardia Costiera, prima che Raid mollasse quel lavoro. Non ha mai parlato di ciò che è successo, di cosa l'ha convinto a uscirne, ma ho l'impressione che sia stato bruttissimo."

Khloe deglutì a fatica e annuì.

"Ha bisogno di te," aggiunse Rocky appena lei si girò per raggiungere Raid. "Si è tenuto dentro un forte malessere; lo nasconde bene, ma non ha avuto vita facile. Crede davvero agli stereotipi che gli hanno appiccicato addosso, tipo che è uno smanettone strambo, che non è all'altezza degli altri..."

"Sono tutte cazzate. Io apprezzo tutto di lui."

"Ottimo. Vai. Chiudo tutto io, qui, quando ho finito. Portalo a casa, fa' in modo che parli con te, vedi se riesci a tirarlo fuori dal baratro in cui è ricaduto per questa telefonata."

Khloe annuì e si sentì presa da una crescente determinazione. Raid aveva fatto così tanto per lei: l'aveva supportata senza condizioni; non aveva battuto ciglio nemmeno quando lei gli aveva confessato di avergli mentito per nascondersi a lui e agli altri; l'aveva accettata esattamente com'era. Ora toccava a Khloe stargli vicino, essere la sua roccia, proprio come Raid aveva fatto per lei.

Non sarebbe stato facile. Raid aveva passato una vita intera tenendosi dentro ogni emozione, mostrando al mondo solo ciò che pensava che gli altri volessero vedere. Qualunque cosa fosse successa tra lui e Tonka, qualunque notizia il vecchio amico gli avesse appena comunicato, probabilmente aveva fatto riaffiorare ricordi tremendi.

Dopo un respiro profondo, Khloe si avviò fuori dalla porta per scoprire come aiutare l'uomo che per lei significava tutto. Ancor più della carriera. Ancor più di ogni segreto.

———

"Salta su."

Raid si voltò e vide Khloe che con un cenno della testa gli suggeriva di salire sull'Expedition, mentre lei si portava sul lato di guida.

"Non credo che..." esordì lui, ma Khloe non lo lasciò terminare.

"Bene. Non credere, salta su e basta. Torniamo a casa."

Raid sentiva la testa girare per la notizia che Tonka gli aveva appena comunicato: letteralmente il peggior incubo della sua vita.

Sapeva che quel giorno sarebbe arrivato, ma si aspettava che passassero prima degli anni.

Invece era arrivato troppo presto. Esageratamente presto. Lui e Khloe avevano appena cominciato...

...ed era già ora di lasciarla. Per proteggerla. Doveva allontanarsi da lei e dalle altre persone che lui amava: era l'unica scelta. Erano *tutti* in pericolo. Raid ne era convinto fino al midollo.

Ma un pericolo diverso dalle spacconate che divertivano i fratelli Mather.

Muovendosi come in una nebbia densa, Raid si avviò verso il lato del passeggero del proprio veicolo. Di solito, vedere Khloe che faceva slittare il sedile completamente in avanti per raggiungere i pedali l'avrebbe fatto ridere; invece in quel momento non riusciva a provare alcunché. Era come anestetizzato.

Duke era saltato sul sedile posteriore appena Khloe gli aveva aperto la portiera, lo si sentiva ancora sistemarsi, mentre Khloe manovrava per uscire dal parcheggio. Arrivarono a casa di Raid dopo un breve tragitto. Rigido come un pezzo di legno, Raid uscì e prese il guinzaglio di Duke, avviandosi verso la porta di casa.

Appena entrati, Raid chiuse la porta e si voltò verso Khloe per dirle di prendere tutte le sue cose e andarsene, ma fu lei la prima a parlare.

"Porta fuori Duke e fagli fare pipì, poi torna dentro e cambiati. Intanto preparo qualcosa per cena. Mangiamo, ci sediamo sul divano, poi parliamo."

Lui sbatté le palpebre sorpreso. L'aveva mai sentita parlargli con quel tono autoritario? Beh, sì, certo che era capitato! "Penso che dovresti andartene, Khloe."

"Beh, se la pensi così, evviva, ma non me ne vado. Duke deve scaricarsi, Raid. Lo sai che la fa solo nel tuo giardino. Quindi portalo fuori."

Sorpreso per quella risposta netta, e per la mancata reazione alla richiesta di andarsene, Raid si girò e portò Duke verso il giardino.

Dopo una ventina di minuti, in cui quel segugio tiratardi era riuscito ad annusare ogni angolino di prato per trovare il filo d'erba perfetto su cui scaricarsi, Raid aveva ritrovato un po' di calma; ma gli era riaffiorato anche il dolore che aveva subito tanti anni prima. Rischiava di essere travolto dai ricordi dell'ultima occasione in cui aveva visto Tonka.

Era ancor più determinato di prima ad allontanare Khloe:

Jason e Scott non erano nulla, rispetto al pericolo che comportava stare vicino a lui.

"Vai a cambiarti," gli intimò Khloe appena lo vide entrare in salotto.

Raid esitò; voleva protestare, ma prima di tutto gli serviva una doccia. Forse l'acqua gli avrebbe tolto di dosso anche la paura appiccicosa che sembrava attanagliarlo.

Quando finì la doccia, pur essendosi pulito, non si sentiva affatto meglio. Andò in salotto e vide Duke sdraiato sulla schiena, con le zampe in aria, che russava nella cuccia. Si rivolse verso la cucina e vide Khloe che impiattava uno dei piatti che lui preferiva: gli spaghetti con i würstel.

Era un piatto strano, da ragazzini, ma la mamma glielo preparava sempre quando tornava a casa da scuola piangendo perché era stato preso in giro dai bulli per via dei capelli rossi, dell'altezza, delle orecchie... Anche se Raid non era più molto vicino ai genitori, aveva raccontato a Khloe che gli spaghetti con i würstel gli davano sempre un certo sollievo e riuscivano sempre a farlo sentire meglio.

E lei se l'era ricordato, e, chissà come, aveva capito che era proprio ciò di cui lui aveva bisogno in quel momento.

Ovviamente, la pasta e i würstel non avrebbero cambiato la notizia che Tonka gli aveva comunicato.

Mangiò senza rendersene conto, ma se ne accorse quando finì, perché vide Khloe che riportava il piatto vuoto in cucina.

"Khloe... per favore, fermati. Devi andartene, davvero, mi dispiace, ma..."

"Ti ho sentito già quando me l'hai detto la prima volta, Raid, e comunque non vado da nessuna parte."

"La telefonata che mi è arrivata prima..." Raid chiuse gli occhi per un attimo. "Adesso, starmi vicino ti mette in pericolo, e non posso accettarlo. Quindi dobbiamo lasciarci. Nulla che tu possa dire mi farà cambiare idea," le disse con difficoltà, mentre lei metteva i piatti in lavastoviglie.

Khloe si girò di scatto e lo fulminò con un'occhiata piena di rabbia che lo fece sussultare.

"Lo so che oggi ti sono arrivate delle brutte notizie, e ti stai ancora riprendendo da ciò che ti hanno detto, ma adesso cominci a farmi arrabbiare."

Raid aveva paura per Khloe ma, stranamente, era allo stesso tempo anche fiero di lei.

Dato lui non ribatté, lei scosse la testa. "Perché non vai giù nel tuo rifugio a rilassarti un poco?" gli chiese con tono irritato.

Ovviamente, Raid non voleva *davvero* che Khloe se ne andasse; così si girò e andò verso la porta del seminterrato senza dire una parola.

Appena si chiuse la porta alle spalle, si pentì di essersene andato; si stava comportando da stronzo, ma lo faceva per un buon motivo.

Rimase nel seminterrato e perse la cognizione del tempo. A un certo punto, sentì dei passi scendere le scale. Si era messo seduto sul divano, con lo sguardo perso nel vuoto e i pensieri rivolti al passato. Si voltò per chiedere a Khloe cosa volesse.

Ma non trovò Khloe: fu Rocky ad arrivare.

"Ciao, amico; Khloe mi ha telefonato."

Certo che l'aveva chiamato... ma stranamente Raid non se la prese. Doveva *pur* parlare con qualcuno, e non era ancora pronto a raccontare a Khloe quella storia tremenda. Lei amava troppo gli animali, e sarebbe rimasta traumatizzata almeno quanto lui.

Rocky era stato nei SEAL, e senza dubbio si era creato anche lui un buon numero di nemici che volevano vendicarsi per ciò che aveva fatto in servizio.

"Ciao," gli rispose tardivamente.

Rocky si sedette davanti al computer e si appoggiò allo schienale; sembrava totalmente rilassato, come se non avesse ricevuto altro che una telefonata qualunque. Ma sapevano entrambi che la realtà era diversa

Dopo un lungo momento, fu Rocky a parlare: "Khloe mi ha detto che quella telefonata ti ha cambiato. Ma già lo sapevo, dato che ero presente. Però ha aggiunto che adesso hai degli sbalzi di umore come se avessi il ciclo e che sei scontroso, e che devi parlarne con qualcuno da uomo a uomo."

Raid si mise a ridere. Erano esattamente le parole che si aspettava di sentire da Khloe. Poi però tornò serio. "Stare con me potrebbe metterla in grave pericolo."

"Perché non cominci a spiegarmi tutto dall'inizio," gli suggerì Rocky.

E Raid obbedì, raccontando tutto all'amico, senza omettere alcun particolare.

Quando terminò, era passata quasi mezz'ora. Rocky non l'aveva interrotto, aveva solo ascoltato, senza commentare in alcun modo. Così Raid aggiunse: "Adesso capisci perché devo allontanarla? È in pericolo anche solo standomi vicino."

"Quel che ho capito è che tu e Khloe siete tanto simili che dovrei trovare le differenze col lanternino," gli rispose Rocky.

Raid lo guardò perplesso.

Rocky proseguì. "Lei voleva filarsela appena si è accorta che i fratelli Mather l'avevano trovata... giusto?"

"Sì," confermò Raid alzando le spalle.

"Allora mi spieghi cosa c'è di diverso? Hai appena scoperto che c'è una minaccia *potenziale*... perché a questo punto non esiste nemmeno prova che ci *sia* questa minaccia... e sei pronto a separarti da lei, allontanandola dalla tua vita per tornare a fare l'eremita che eri fino a un paio di mesi fa... solo per precauzione."

Raid fissò l'amico: tecnicamente, aveva ragione. Era impossibile sapere se ci fosse o meno una minaccia imminente, eppure lui aveva reagito d'istinto, spingendo via Khloe per proteggerla. Aveva persino riflettuto se fosse il caso che lui stesso andasse via da Fallport e lasciasse Duke con uno degli amici della squadra. "Non è esattamente la stessa cosa," ribatté, "lei non è inseguita da un killer malato di mente."

"Nemmeno tu," ribatté Rocky. "Prima di tutto, non sai nemmeno se ti darà la caccia," gli spiegò Rocky. "Ma, a parte questo... Alan Mather *ha* cercato di ucciderla. L'ha investita con un camioncino, maledizione, e non le ha maciullato il cranio solo per miracolo. Se quello non è un malato di mente, non so cosa sia. A me sembra che ci sia ogni ragione di credere che i suoi fratelli vogliano terminare ciò che lui ha lasciato incompiuto."

Raid strinse le labbra. Accidenti, Rocky aveva ragione.

"Devo parlare con lei," disse Raid dopo un momento.

"Eh sì," confermò l'amico.

"Volevo solo proteggerla da tutto questo, Rocky," mormorò Raid.

"E sono sicuro che anche *lei* abbia tenuto nascosti i suoi segreti per lo stesso motivo. Voleva proteggere i nuovi amici, te..." Rocky si alzò in piedi. "Te la mando qui e chiudo la porta quando esco di casa."

"Grazie." Raid aveva dei grandi amici; sicuramente Rocky aveva di meglio da fare, quella sera, eppure non aveva esitato, appena Khloe gli aveva telefonato.

Lei doveva essere rimasta ansiosamente in attesa, perché appena Raid sentì Rocky uscire e chiudere la porta di accesso al seminterrato, sentì anche lo zampettio di Duke sulle scale, seguito dai passi di Khloe.

"Possiamo scendere?" gli chiese appena raggiunse l'ultimo gradino delle scale.

Duke trotterellò dritto verso Raid, appoggiandogli il muso su una gamba per un momento; poi andò alla cuccia nell'angolo e vi si sdraiò con un sospiro.

"Grazie per aver telefonato a Rocky," le disse Raid. Ovviamente lei era in ansia, perché invece di sedersi vicino a lui sul divano, si accomodò sulla sedia appena liberata da Rocky.

"Capisco la necessità di tenere dei segreti," gli disse Khloe con tono serio, senza rispondere al ringraziamento. "Sarei l'ultima a potersi arrabbiare con chi ne ha... ma pensavo che stessimo costruendo qualcosa insieme, Raid. Non mi aspetto che tu sia sempre allegro e spensierato ogni attimo di ogni giorno. Hai affrontato delle situazioni orribili... situazioni di cui non so nulla, ma va bene così... fanno parte di te, della persona che sei, perché ti hanno fatto diventare l'uomo che sei oggi. L'uomo di cui mi sto innamorando."

"Capisco anche che tu stia cercando di allontanarmi per proteggermi. Accidenti, mi sono comportata allo stesso modo per mesi con te e con tutti gli altri, qui a Fallport. Ma tu mi hai fatto capire che le persone che mi stanno vicino mi rendono più forte. Mi difendono. Significa che i problemi non esistono? No! Significa che non corro alcun pericolo con Jason, Scott e Alan? Ma no, ci mancherebbe! Però non voglio più che siano loro a controllare la mia esistenza. Voglio fare ciò che amo: aiutare gli animali... e non sarei mai riuscita ad arrivare tanto lontano senza il tuo supporto."

"Sono ancora preoccupata. Mi spavento ancora, ma non sono più disposta a cedere a loro il controllo della mia vita. Se scappo, se mollo tutto, allora vincono loro. E io non voglio che succeda."

Raid fissò Khloe. Era una donna intelligente. Accidenti, era molto acuta.

Lei proseguì. "Oggi hai subito un trauma. Lo capisco. Ci sono passata anch'io. È subentrata la reazione istintiva, o lotti o scappi, e filarsela è molto più semplice che rimanere. Ma io sono qui, insieme ai tuoi amici, ai tuoi compagni. Lotteremo tutti al tuo fianco, se ci sarà bisogno. Ma quel che *non* accetterò è che tu mi allontani. Sono più tosta di quanto tu creda, Raid. Posso reggere ciò che ti ha spaventato tanto. Lascia che ti stia vicina, lascia che sia *io* a proteggerti. Anche se non sono una SEAL spaccatutto, anche se non ho prestato servizio nella Guardia Costiera, so battermi niente male."

"Vieni qui," le chiese Raid porgendole la mano e trattenendo il fiato, nell'attesa di vedere la sua reazione. Khloe aveva tutto il diritto di sbuffare e dirgli di no, ma per fortuna si alzò subito in piedi e si incamminò verso di lui.

Si accomodò tra le braccia di Raid appoggiandosi a lui, mettendogli un braccio sull'addome e infilando l'altro tra la sua schiena e il divano. Gli appoggiò la guancia sul petto e sospirò, come sollevata dalla preoccupazione di non sapere come l'avrebbe accolta Raid.

Una preoccupazione che lui odiava. Khloe si era comportata in modo impeccabile. Gli aveva lasciato dello spazio, l'aveva ignorato quando lui aveva cercato con non troppa convinzione di separarsi da lei, aveva telefonato a Rocky.

"Lavorare nella Guardia Costiera mi piaceva," le disse. Non fu certo una decisione difficile, raccontarle finalmente di quell'ultima missione. Prima però doveva spiegarle un po' meglio il retroscena. "Mi sono fatto il mazzo per essere ammesso al programma dell'unità cinofila. Entrano in pochissimi e c'è un addestramento estremamente rigoroso. Io non era certo avvantaggiato, per via dell'altezza, ma ho rifiutato di arrendermi. Ho superato tutto il programma insieme a un tipo che si chiama Finn Matlick. Lo chiamavano tutti Tonka, perché aveva una stazza che sembrava un furgoncino. In ogni caso, siamo andati subito d'accordo, diventando amici."

"Il suo Pastore Belga si chiamava Steel, il mio si chiamava Dagger. Erano fantastici. Eseguivano ogni comando senza esitare. Si fidavano ciecamente di noi, e noi di loro. Eravamo in sintonia perfetta, noi quattro, e insieme abbiamo portato a termine con successo un sacco di raid antidroga." Raid fece un respiro profondo; non gli piaceva ripensare a quell'ultimo, tremendo giorno di servizio, ma Khloe meritava di sapere cos'era successo, di cosa trattava la telefonata di Tonka.

Lei non lo interruppe, non gli disse frasi di circostanza e senza senso. Si strinse a lui e basta, per fargli sentire che lo stava ascoltando.

"Eravamo impegnati nell'ispezione di una imbarcazione sospetta. Un'operazione di routine, quindi invece di aspettare rinforzi... una mossa da stupidi... siamo stati tanto arroganti da presumere che avremmo saputo gestire tutto da soli. Quando ci siamo avvicinati, abbiamo visto a bordo solo una persona. Siamo saliti... e io sono stato colpito quasi subito e ho perso i sensi. Qualcuno mi ha raggiunto da dietro e ha cercato di spaccarmi il cranio, poi mi ha sparato per evitare che mi svegliassi e che rovinassi il divertimento che lui e i suoi compari avevano in programma."

"Merda!" mormorò Khloe.

"Infatti. Mi hanno spento come una candela. Non mi sono accorto di nulla di ciò che mi accadeva intorno. Potevano buttarmi in acqua come niente."

Poi rimase in silenzio per un minuto abbondante, così Khloe gli chiese: "E poi cos'è successo?"

Raid deglutì a fatica. "Poi è successo l'inferno. Non sapevamo che a bordo dell'imbarcazione c'era Pablo Garcia, uno dei narcotrafficanti più famigerati e crudeli di tutto il Sudamerica. Uno dei suoi si nascondeva dietro a delle casse, è stato lui a colpirmi in testa. Tonka invece non è stato altrettanto fortunato: quando Pablo ha minacciato di spararmi ancora, lui si è arreso e si è lasciato legare. Poi, tanto per divertimento... Pablo ha cominciato a torturare Dagger e Steel."

Khloe inspirò bruscamente e alzò la testa. "Cosa??"

"Sì. Hanno legato i cani, con delle fascette alle zampe, poi li hanno torturati. Ti risparmierò i dettagli... ma Tonka è stato costretto ad assistere a tutto, ogni secondo. Ha dovuto guardare gli occhi impauriti di Steel, non potendo far nulla per lui. Devi capire che quei cani erano come dei compagni per noi, in tutti i sensi. Eravamo disposti a tutto per loro, e viceversa. Guardarli soffrire... è come se si sia spezzato qualcosa nel cuore di Tonka."

"Quando Pablo e i suoi si sono stufati di quei giochetti, hanno gettato Steel e Dagger in mare, ma prima li hanno attaccati a della zavorra che avevano a bordo."

Khloe ansimò: "Vivi?"

Raid annuì.

"Santo cielo, ma è orribile!"

Aveva ragione: era anche peggio, e Raid si portava dentro il peso di non aver potuto accompagnare Dagger negli ultimi momenti della sua vita, mentre il cane probabilmente cercava l'aiuto del suo padrone, senza ricevere un briciolo di conforto, dato che lui aveva perso i sensi.

"Sembra che Garcia volesse divertirsi anche con noi, torturarci e gettarci a mare ancora vivi, ma per fortuna sono arrivati i rinforzi. C'è stata una sparatoria, Tonka è stato ferito più volte da alcuni proiettili, ma non è morto; è stato un miracolo."

"Grazie al cielo," disse Khloe con un filo di voce.

"Poi non è più stata la stessa persona," commentò Raid tristemente. "L'uomo che conoscevo, a cui volevo bene come a un fratello, è sparito. Guardare il suo fedele compagno soffrire in quel modo..." Raid abbassò il tono fino a interrompersi, e dovette schiarirsi la gola prima di tornare a parlare. "Io ho provato un senso di colpa talmente intenso che ho capito che non sarei più stato in grado di operare nella Guardia Costiera. Abbiamo mollato entrambi e siamo andati ognuno per la sua strada."

"Adesso Tonka sta bene?" gli chiese Khloe.

"Sì, per fortuna. Finalmente. Adesso vive in New Mexico. Ha aperto con degli altri soci un centro che accoglie persone traumatizzate, vive in un bosco, circondato da animali di ogni taglia. Mucche, capre, cani, gatti, persino galline, mi sembra di ricordare. Non solo, ma si è sposato e ha una figlia adolescente e un neonato."

"Bellissimo," sussurrò Khloe. "Mi fa molto piacere per lui."

"Anche a me," disse Raid, che era davvero contento per l'amico, un uomo che aveva superato l'inferno e che finalmente meritava di essere felice. Appagato. A quanto si capiva dal sito del Rifugio, il suo vecchio amico aveva trovato una strada in cui si era realizzato.

"Allora la telefonata di oggi per cos'era?" gli chiese Khloe.

Raid sospirò. "Pablo Garcia è stato rilasciato di prigione, sembra che la causa sia il sovraffollamento, ma anche la buona condotta..."

Khloe alzò lo sguardo fissandolo con occhi strabuzzati. "Cosa?!"

Raid annuì. Tonka mi ha telefonato per farmi sapere che Garcia è libero. È stato deportato, ma sappiamo bene che non significa nulla. Prima che venisse portato via da quell'imbarcazione infernale, ha giurato che avrebbe portato a termine ciò che aveva cominciato, che avrebbe finito noi due. Senza dubbio, in qualche modo, prima o poi ci troverà."

Invece di sembrare spaventata o preoccupata, sul viso di Khloe si formò un'espressione determinata. "Spero proprio che ci provi!" esclamò. "Bastardo infame assassino di cani!"

Raid si sorprese del proprio istinto di mettersi a ridere. Non di Khloe, giammai, ma del fatto che di solito non diceva parolacce. Sentirgliene pronunciare una sfilza era insolito, e gli fece capire quanto era incazzata anche per lui. Poi però si fece più serio. "Per questo penso che sia meglio che ci separiamo per un po', almeno finché io e Tonka non troveremo Garcia e scopriremo cosa intende fare."

"No."

Raid si acciglò e attese che Khloe aggiungesse qualcosa, ma lei non parlò.

"Khloe..." esordì, ma lei scosse la testa addosso a lui.

"No. Non ho paura di lui, e non ho intenzione di lasciarti da solo ad affrontare tutto questo."

"Ma *dovresti* avere paura di lui," ribatté Raid.

"Beh, invece no. Non so il perché, ma se è *davvero* abbastanza stupido da venire qui con l'intenzione di ucciderti, si troverà completamente fuori dal suo ambiente. Qui non siamo in una barca nell'oceano. Non può presentarsi a Fallport e pensare di poterti ammazzare per poi filarsela. Possiamo fare come con me: diciamo a tutti cosa sta succedendo, chiediamo di tener d'occhio ogni estraneo che mostri anche solo un cenno di interesse verso di te."

"Ci mancherebbe..." disse Raid scuotendo la testa con decisione.

Khloe si mise seduta, e lui sentì subito la perdita del suo calore. "Perché?" gli chiese.

"Perché non voglio che gli altri sappiano i fatti miei," le rispose.

"Ah, allora va bene che gli altri conoscano i fatti *miei*, ma non i tuoi?" gli chiese, logicamente irritata.

"Non è la stessa cosa," protestò lui.

"Senti, lo so che ti senti in colpa per quel che è successo, ma non hai alcuna responsabilità, Raid. Ti hanno colpito e sei svenuto. Ti hanno sparato! Se fossi stato vigile, avresti sofferto esattamente quanto il tuo amico. Sotto certi aspetti, hai avuto la *peggio* perché non ti sei accorto di cosa stava succedendo e non sei riuscito a dire addio al tuo Dagger. Però non hai fatto nulla di sbagliato. *Nulla*. Chi non ti dice che questo Garcia non avrebbe fatto di peggio a te o a Tonka, se tu non avessi perso i sensi? Forse avrebbe cominciato dal tuo amico, invece che dai cani, per farti soffrire. È uno schifo, Raid, senza dubbio... ma tu non hai nulla di cui vergognarti."

Raid non era convinto fino in fondo che Khloe avesse ragione, ma non era la prima persona a dirglielo. Accidenti, l'ultima volta che aveva ripercorso gli eventi di quel giorno con Tonka, persino lui gli aveva detto chiaramente di essere sollevato, perché Raid era rimasto privo di sensi per tutto il tempo e almeno non aveva visto cos'era successo.

"Certo, non dobbiamo per forza snocciolare tutti i dettagli di quanto è successo, basta dire che c'è qualcuno che quando eri nella Guardia Costiera hai beccato, un tipo che adesso potrebbe presentarsi qui con l'intenzione di vendicarsi. Sai che basterà questo agli abitanti di Fallport per tormentare il povero Simon e gli altri poliziotti denunciando ogni estraneo avvistato nella zona. Nell'ultimo mese ho imparato *questo*: che gli abitanti di qui faranno di tutto per proteggere uno di loro. Ultimamente ci sono stati drammi in abbondanza. E poi... tu qui sei un eroe. Quante persone smarrite hai ritrovato, insieme a Duke?"

"Non saprei," le rispose Raid alzando le spalle.

"Beh, moltissime. Basterà far sapere che tu e Duke potreste essere in pericolo, vedrai che si attiveranno tutti."

"Se ti succedesse qualcosa per causa mia..." Raid si interruppe.

Khloe si mise a cavalcioni su di lui e gli prese il viso tra le mani. "Adesso sai esattamente come mi sento anch'io," gli disse sottovoce.

Raid le portò le mani alla vita e la tenne ferma mentre lei parlava.

"Non posso garantirti che non ti succeda nulla a causa dei fratelli Mather, come non posso garantirti che non succeda nulla *a me* a causa di quel Garcia. Noi possiamo solo stare all'erta e comunicare tra noi. Siamo già molto circospetti, faremo ancora *più* attenzione. Tuttavia, nonostante i Mather, nelle ultime settimane sono stata felice quanto non lo ero da anni, tutto grazie a te. Non allontanarmi, Raiden. Per favore."

Lui le strinse le mani e la tirò a sé, affondandole il viso nel collo. Gli servirono diversi momenti per riprendere il controllo, ma quando fu pronto si staccò da lei. "Farai come dico, senza discutere," le ordinò.

Khloe annuì.

"Non correrai alcun rischio. Non affronterai nessuno. Non farai nulla che consenta a Garcia di metterti le mani addosso."

"Promesso," confermò lei. "Ma anche tu non fare nulla di folle, non andare oltre il limite, non spingere via me o gli altri amici del gruppo."

Al che, Raid sorrise rispondendole: "Va bene."

"Ottimo. Siamo una squadra, Raid. Io, tu e Duke."

Sentendo il proprio nome, il segugio gemette e si rotolò, mettendosi sulle zampe. Saltò sul divano e spinse il muso tra Khloe e Raid.

Lui tolse una mano da Khloe e coccolò il suo fedele amico bavoso.

"Ti senti meglio?" gli chiese Khloe.

"Sì."

"Bene. Non farlo mai più, Raid," aggiunse Khloe con un tono irritato.

Fu un tale cambiamento, rispetto alla donna amorevole che gli stava tra le braccia, che Raid non poté far altro che annuire e sentirsi in colpa.

"Dico davvero. Se mai dovessi tentare ancora di mollarmi 'per il mio bene'... la prossima volta non sarò tanto gentile."

Lui le sorrise. "Me lo ricorderò."

Al che Khloe, come suo solito, annuì e si mise tutto alle spalle. "Adesso possiamo andare di sopra? Penso che ti serva un'altra doccia."

"Mi serve, eh?" le chiese Raid.

"Sì, credo anche che ti serva aiuto a lavare i punti più diffi-cili della schiena."

"E tu pensi di aiutarmi?"

"Se proprio devo..." gli rispose con un sospiro esagerato. Poi lei gli mise di nuovo le mani ai lati del viso e si avvicinò. "Andrà tutto bene, si risolverà tutto," gli disse.

"Lo spero proprio."

"Ne sono certa," aggiunse lei con decisione. "Non posso aver appena trovato l'uomo con cui mi vedo invecchiare, solo per perderlo subito."

Raid sentì la gioia scorrergli nelle vene. "Idem," le disse con dolcezza.

"Ecco, allora, prima che mi sciolga direttamente qui sul divano, alza le chiappe e vai di sopra a farti una doccia, signorino."

Quando Raid avanzò sul divano e si alzò, sempre tenendola in braccio, Khloe cacciò un grido.

"Raiden!" esclamò gettandogli le braccia al collo per tenersi. "Non farmi cadere!"

"Mai!" le rispose con totale sicurezza. "Almeno c'è un vantaggio, nell'essere alto e forte... che posso portarti in braccio facilmente." La sentì rilassarsi tra le braccia.

"Ah sì? Magari dovrei chiederti di portarmi in braccio, ogni tanto. Sai, per la gamba, e tutto il resto."

Lui ridacchiò. "Sei troppo determinata e indipendente per farti portare in braccio troppo spesso," le rispose.

"Vero. Mi conosci bene."

"È vero," ribadì lui con un cenno del capo. "Proprio come tu sapevi che era meglio darmi un po' di tempo e telefonare a Rocky per farlo venire a parlare con me, per darmi una smussata. E non ti ho ancora ringraziata per la cena fantastica."

Lei arricciò il naso e lo fissò, mentre arrivavano al piano di sopra. "Per la cronaca... gli spaghetti con i würstel sono proprio un controsenso."

Lui ridacchiò. "Certo."

"Ma se ti fanno star meglio, se necessario, te li preparo anche tutti i giorni."

Raid si fermò nel corridoio per fissarla. Come aveva meritato la fortuna di stare con Khloe? Non lo sapeva proprio. "Non rovinerò tutto. Ma se in futuro dovessi fare qualcosa che ti fa incazzare, come è successo oggi, per favore, tu fammelo notare."

"Oh, stai pur certo che te lo farò notare," gli rispose con un sorriso. "Ma lo stesso vale anche per te. A me piace quando ci punzecchiamo, ma se esagero, o se dico o faccio qualcosa di esagerato, per favore, tu dimmelo."

"Mi conosci meglio di chiunque altro," le disse. "Prima di oggi, non avevo mai parlato di quella missione e di quel che era successo. Adesso lo sapete sia tu che Rocky. Nulla di ciò che tu puoi dire o fare mi spingerà a mollare. A meno che tu non voglia andartene veramente, e non solo per fare un gesto nobile."

"Vale lo stesso per me," gli sussurrò. "Ho bisogno di te, Raid. Ti prego."

Al che, lui sentì l'uccello attivarsi. "Mi piace quando mi preghi," le disse per stuzzicarla, mentre riprendeva a camminare nel corridoio.

"Lo so che ti piace," replicò lei scherzosamente.

Più tardi, molto più tardi, mentre teneva tra le braccia una Khloe sfinita e addormentata, Raid ripensò agli eventi di quella giornata.

Appena saputo che Garcia era stato rilasciato, Raid era stato assalito dalla paura, non tanto per sé, quanto per Khloe e per tutto il gruppo di amici; ma quella paura si era poi trasformata in qualcosa di diverso.

Rabbia.

Pablo Garcia era un assassino pericoloso, e chiunque avesse preso la decisione di liberarlo aveva commesso un errore enorme. Ma ormai era fatta, e l'unica possibilità era andare avanti e prepararsi, nel caso Garcia tentasse di mantenere la promessa di farla pagare a Tonka e a lui per averlo fatto arrestare. Quel tipo non l'avrebbe mai più colto di sorpresa. Raid sapeva che tipo di uomo era... e si sarebbe fatto trovare pronto.

Non solo, ma il tormento che Jason e Scott Mather stavano dando a Khloe doveva finire. Subito.

Raid doveva muoversi a fare delle telefonate. Doveva parlare con alcuni dei contatti che gli erano rimasti negli anni, persone che aveva pensato di chiamare appena aveva sentito la storia di Alan Mather.

Amava Khloe, senza alcun dubbio, anche se non se l'erano ancora detto. Nessuno gliel'avrebbe mai portata via. Meritavano di vivere felici, pacificamente, invecchiando insieme.

Raid non sapeva cosa avesse in serbo per lui l'immediato futuro, ma era determinato più che mai a lottare per ciò che voleva. E quel che voleva era Khloe. A Fallport. Con gli amici.

Senza dover essere costretti a guardarsi le spalle per il resto della vita. Avrebbe fatto di tutto per realizzare quel sogno.

CAPITOLO QUINDICI

RAID NON ERA SOLITO PRENDERE l'iniziativa e chiedere agli amici un incontro. Passava il tempo con loro quando le compagne organizzavano una serata tra amiche, e ovviamente lui e gli altri si fermavano a parlare al termine di ogni ricerca, dopo aver trovato la persona scomparsa. Tuttavia, a parte quelle occasioni, da quando Raid era entrato a far parte della squadra di ricerca e soccorso Eagle Point, non era mai stato *lui* a convocare gli amici.

Ecco perché, quando si trovarono nella sala riunioni della biblioteca, avevano tutti un'espressione piuttosto preoccupata. Raid non era disposto a lasciare da sola Khloe, pur non avendo alcuna prova che Garcia fosse nei paraggi di Fallport. Non era il caso di rilassarsi, almeno finché non si fosse scoperto dov'era quel criminale. Non solo: Jason e Scott Mather erano ancora in circolazione e probabilmente stavano tramando le prossime mosse per tormentare Khloe.

Non essendo abituato a tanti giri di parole, Raid non tentò nemmeno di imbastire una chiacchierata amichevole con gli altri. "C'è una certa probabilità che il mio passato possa riaffiorare per darmi il tormento," esordì. Poi raccontò ai suoi grandi amici tutto ciò che sapeva su Pablo Garcia e su ciò che era successo su quell'imbarcazione, qualche anno prima.

Dagli amici si aspettava una reazione rabbiosa e preoccupata. Ma non si aspettava certo di dover essere *lui* a convincere gli altri a calmarsi, tanto si erano incazzati per lui.

Rocky aveva già sentito quella storia, ma gli altri erano estremamente sconvolti. Non del fatto che esistesse uno come quel Garcia... avevano tutti già incontrato versioni differenti del male insito in quel trafficante... erano sbalorditi per la brutalità con cui aveva martoriato i due cani.

"Non ho alcuna prova che verrà qui a Fallport," disse Raid.

"Ma non hai prove che non ci verrà," puntualizzò Zeke.

"Esattamente. Senza dubbio, avrà passato gli anni di reclusione cercando ogni tipo di tortura da infliggere a te e a Tonka," commentò Drew.

"Cosa dice il tuo amico?" gli chiese Ethan.

"Non l'ha presa bene. Vive nel New Mexico con la sua famiglia. Ma ha anche una fattoria piena di animali e un gruppo di amici che ci lavorano con lui. È preoccupato almeno quanto me," spiegò Raid agli altri.

"Come è giusto che sia," commentò Tal. "Diamo la caccia a questo bastardo? Chi avvertiamo?"

Incredibilmente, Raid sorrise. Le reazioni degli amici erano rassicuranti. Non si trattava di esagerazione, di paranoia: erano tutti preoccupati quanto lui.

"Pensavo... Ethan potrebbe contattare quel suo amico, Tex. Forse lui può fare delle ricerche e scoprire qualcosa di più su Garcia. Magari può anche verificare se è rimasto dove l'hanno estradato, oppure se se l'è filata," spiegò Raid.

"Il mio amico in Colorado, Rex, ormai si occupa quasi solo di traffico umano per sfruttamento sessuale, però scommetto tutto ciò che possiedo che ha ancora dei contatti che potranno reperire delle informazioni per noi," disse Rocky.

"Non dimentichiamo la Silverstone," aggiunse Zeke. "Da quel che ho sentito, non sono più in attività, ma uomini come quelli non se ne stanno volentieri con le mani in mano. Hanno anche un sacco di contatti nell'FBI e in altre agenzie governative."

Annuirono tutti.

"Sono disposto a telefonare al presidente, accidenti, se devo, per avere informazioni!" esclamò Ethan. "Come diavolo hanno fatto a mollare uno come *quello*, proprio non lo capisco. Qualcuno ha fatto una cazzata madornale, e intendo impegnarmi al massimo per trovare chi è stato e per farlo licenziare."

"Allora, nel frattempo come si procede?" chiese Drew, rimasto un po' più calmo degli altri. "Che si fa con Khloe?"

"Non per ficcare il naso negli affari vostri, ma ultimamente mi siete sembrati molto attaccati," commentò Brock. "Presumo che la relazione sia andata oltre il rapporto di lavoro?"

"Sì," rispose Raid semplicemente. Lui non era mai stato abituato a raccontare agli amici di ogni bacio, ma non aveva problemi ad ammettere quanto fosse diventata importante Khloe per lui.

"Ecco, allora dobbiamo fare in modo che sia sempre sotto protezione," proseguì Drew con un cenno del capo.

"Non è una novità, da quando a Fallport sono arrivati Stanlio e Ollio," brontolò Zeke.

"Cazzo, mi ero dimenticato di quei due idioti," commentò Drew scuotendo la testa.

"Sapete... un po' mi mancano i giorni in cui l'unica preoccupazione era se e quando saremmo stati chiamati per cercare qualcuno," commentò ironicamente Ethan.

"Non è vero," ribatté Tal gettando una penna sul tavolo verso l'amico.

"Va bene, non è vero... non potrei mai tornare a vivere

senza Lilly. Ma la vita era sicuramente più tranquilla prima che arrivassero stalker, psicopatici ed ex."

"Più tranquilla, certo," ammise Brock, "ma tutt'altro che meravigliosa."

Aveva ragione.

"A parte proteggere Khloe, che altro avevi in mente?" chiese Drew.

"Khloe ha suggerito di far sapere in giro di Garcia," proseguì Raid. "Non tutto, ma abbastanza per mettere in guardia i bravi compaesani di Fallport."

"A te sta bene?" gli chiese Ethan preoccupato. "Da quando ti sei trasferito, non sei stato esattamente un libro aperto. Accipicchia, siamo i tuoi unici amici e ci hai raccontato solo adesso dello schifo che è successo in quella missione."

Raid annuì e decise di aprirsi ulteriormente a quegli uomini. Era il minimo che potesse fare, dato l'aiuto che gli stavano offrendo per proteggere Khloe... era arrivato il momento.

"Per tutta la vita, ho sempre cercato di tenermi defilato. Quando ero a scuola, mi sforzavo di non farmi notare dai bulli. Crescendo, non mi sentivo a mio agio in mezzo alla gente. Durante il servizio in Guardia Costiera, mi teneva compagnia Dagger. Passo ancora il venerdì sera a giocare a Dungeons & Dragons con delle persone che ho incontrato solo online. Preferisco starmene per conto mio. Ma non perché non apprezzi la vostra compagnia, ragazzi, è solo che... credo di non aver mai pensato che vi avrebbe fatto piacere conoscermi per come sono veramente. Ma so anche di non avervi mai dato l'opportunità."

"Io giocavo a D&D quando andavo alle superiori," disse Drew. "Magari potrei partecipare... sempre che tu sia d'accordo."

"Non c'è niente di male, se preferisci così," aggiunse Zeke.

"Non intendevo dire che avessi sbagliato a tenere i tuoi

segreti," aggiunse Ethan. "Tu ci vai a genio esattamente come sei, è solo che essere al centro del gossip di Fallport non è il massimo del divertimento."

Raid si sporse in avanti. "Non mi interessa. Farò tutto il possibile per tenere al sicuro Khloe e per togliere di mezzo Garcia. Quel criminale è una minaccia. È assolutamente impossibile che se ne torni a casa, che si ritenga soddisfatto di essere uscito in anticipo di prigione. Quello è uno psicopatico, non guarda in faccia a nessuno."

"Direi che è evidente, dopo quel che ci hai raccontato, visto quello che ha fatto a Dagger e Steel," commentò Brock con tono severo.

"Senza dubbio, prima o poi verrà a cercare me e Tonka. Io posso affrontarlo, ma è meglio che teniamo tutti gli occhi aperti, così non potrà prendere di sorpresa me... o Khloe. O uno di voi, a questo punto," spiegò Raid.

"Vuoi dire, *noi* possiamo affrontarlo," puntualizzò Ethan con tono deciso.

"Non è una responsabilità vostra. Tu sei sposato, devi pensare a tua moglie. Anche voi altri. Zeke, Brock, tra poco diventerete padri. Poi ci sono Tony, Marissa," proseguì Raid scuotendo la testa.

"Cazzo, sei proprio fuori strada," commentò Drew. "È una tua responsabilità tanto quanto *nostra*. Siamo compagni, amici, e se pensi che me ne stia in disparte mentre quello psicopatico tenta di far del male a qualcuno a cui tengo, devi essere fuori di testa quanto lui."

Raid deglutì a fatica. Era proprio ciò che aveva sempre desiderato nella vita: amici come quelli.

Fu allora che comprese la grave ingiustizia che aveva commesso nei loro confronti. Li aveva tenuti a distanza a causa dei propri pregiudizi, delle proprie insicurezze. Aveva dato per scontato che non l'avrebbero apprezzato più di tanto, solo perché preferiva i libri o i giochi fantasy alle attività fisiche all'aria aperta, come il campeggio, la caccia o simili.

Aveva consentito alle rancide paure dell'infanzia di influenzarlo anche nella vita adulta.

"Non sottovalutatelo," aggiunse Raid a voce bassa. "È uno furbo, non si presenterà certo in paese come se nulla fosse. Farà dei controlli, cercherà tutte le informazioni che gli servono, prima di colpire. È uno privo di scrupoli, uno disposto a tutto pur ottenere ciò che vuole."

"Abbiamo conosciuto tutti dei figuri come quello," rispose Zeke. "Non la spunterà, ci mancherebbe altro!"

Si trovarono tutti d'accordo e Raid fu di nuovo colmo di gratitudine nei confronti degli amici.

"D'accordo, allora contattiamo tutti quelli che possiamo, per scoprire dove può essere questo bastardo; spargeremo la voce, ma con cautela, dicendo che qualcuno potrebbe venire a Fallport in cerca di informazioni su Raid; informiamo anche Simon e gli altri della polizia; poi terremo sempre d'occhio Khloe, le nostre donne e i bambini. *Adesso* possiamo parlare di Raid e Khloe?" chiese Tal con un sorriso sornione.

"Sì, io pensavo che non andaste d'accordo," commentò Brock.

"Oh, invece si sono sempre piaciuti," intervenne Ethan ridendo. "Era palese."

"Vero? Più si prendevano a frecciate e più mi convincevo che si sarebbero messi insieme," aggiunse Rocky.

"Io penso che siano perfetti l'uno per l'altra... a nessuno dei due piace troppo la compagnia degli altri, preferiscono gli animali alle persone," spiegò Drew.

Raid incrociò le braccia e non tentò nemmeno di interrompere gli amici. Per esperienza, sapeva che, quando avevano qualcosa da dire, lo dicevano a prescindere.

"È verissimo!" esclamò Ethan. "Cioè, Duke va d'accordo con Lilly, ma *adora* Khloe."

"Aspetta, ma lei lo sa che giochi a D&D?" gli chiese Rocky.

Raid fece una smorfia. "Sì, e ha persino giocato insieme a me. È davvero brava."

Tutti gli altri sorrisero radiosi.

"Ecco, allora... se avete finito di fare gli impiccioni, posso tornare al lavoro," concluse Raid scuotendo la testa.

"Sì, diamoci da fare," aggiunse Ethan.

"Siamo tutti con te," gli disse Brock.

"Sì," aggiunse Tal, "non preoccuparti, Garcia non la spunterà."

"Nemmeno i fratelli Mather. E presto Khloe aprirà la sua clinica veterinaria e farà fallire quella di Ziegler," concluse Zeke con un sorriso.

Tutti gli amici si alzarono e salutarono Raid con una pacca sulla schiena, poi si defilarono dalla sala riunioni. Raid non poteva dire di sentirsi del tutto sereno, ma era soddisfatto perché sapeva che stava facendo tutto il possibile. Senza dubbio, gli amici di Tonka al Rifugio, l'attività di cui erano proprietari, stavano facendo altrettanto.

Dopo aver salutato tutti, Raid si guardò attorno e non fu sorpreso di vedere Khloe poco lontano. Le fece un cenno col capo verso l'ufficio, e lei si avviò allegramente per raggiungerlo.

Appena la porta fu chiusa, gli avvolse le braccia intorno alla vita. "Com'è andata? È partita l'operazione *Giù le mani dal mio ragazzo?*"

Raid reagì con una risata. Se il giorno prima qualcuno gli avesse detto che avrebbe trovato un briciolo di ironia in quella situazione, lui lo avrebbe preso a male parole. Invece Khloe trovava sempre il modo di dipingere la realtà togliendo ogni traccia di disperazione.

"Sì."

"Bene. Adesso, dato che stamattina eri stressato e brusco

e non mi hai dato il bacio del buongiorno, pensi di poter rimediare, Bjorn?"

Raid abbassò la testa sorridendo. Solo Khloe poteva usare il nome del personaggio di D&D come vezzeggiativo. La baciò a lungo, profondamente, per farsi perdonare la dimenticanza di quel mattino. Lei ricambiò con entusiasmo.

Quando Khloe si staccò da lui, lo guardò con espressione seria.

"Che c'è?" le chiese.

"Andrà tutto bene," gli disse con determinazione. "Non so cosa ci riservi il futuro, ma dopo tutto quello che abbiamo passato, col cavolo che la daremo vinta ad Alan o a Pablo."

Raid sentì un brivido lungo la spina dorsale, ma lo ignorò. "Puoi dirlo forte," le rispose.

Lei gli sorrise radiosamente. "Adesso, posso convincerti a fare l'inventario dei libri resi, mentre io mi metto al banco?"

Raid fece una risata nasale. Sapeva che riportare i libri negli scaffali non era l'attività preferita di Khloe, ma lui doveva fare delle telefonate e non poteva allontanarsi dall'ufficio. "No," le rispose. "Però penso di farmi perdonare questa sera."

Khloe gli tremò tra le braccia. "Affare fatto," gli sussurrò, infilandogli le mani sotto la maglia e accarezzando per un momento la pelle della schiena, per poi fare un passo indietro. "C'è caldo qui dentro?" gli chiese con un sorriso.

"Caldissimo," confermò lui.

Poi lei si fece seria. "Raid?"

"Sì, Khloe?"

"Non ero pronta per trovarti; pensavo di cavarmela bene anche da sola. Ma stare con te in queste ultime settimane mi ha fatto capire che sono stata un'idiota, perché mi sono tenuta lontana sia da te che dagli altri per troppo tempo. Non m'importa cosa succederà... so di potermi fidare di te, perché farai la cosa giusta."

Dopo quella dichiarazione bomba, Khloe si girò e uscì dall'ufficio per andare al carrello dei resi a recuperare i libri.

Raid rimase dov'era per un lungo momento. Quelle parole l'avevano lasciato a bocca aperta; lui provava la stessa sensazione. Aveva aspettato fin troppo tempo, prima di accettare di essere attratto da lei, e gli dispiaceva moltissimo. La fiducia di Khloe significava *tutto* per lui, e non l'avrebbe mai delusa. Avrebbe fatto qualsiasi cosa per assicurare a entrambi una vita felice, con un lungo, interminabile lieto fine. Insieme.

Il primo passo necessario era telefonare a Tonka. Avevano avuto entrambi un po' di tempo per elaborare il fatto che Garcia fosse stato scarcerato, dovevano parlare. Nessuno conosceva quel bastardo di Garcia quanto Tonka, che aveva passato con lui due ore infernali; se c'era qualcuno in grado di prevedere i piani di quel criminale, quel qualcuno doveva essere proprio lui. Purtroppo si trovava da tutt'altra parte, ma forse era meglio così, considerando la sete di vendetta di Garcia.

———

Quella sera, mentre Khloe si agitava su di lui freneticamente, cavalcandogli l'uccello, Raid non riusciva a togliere gli occhi di dosso dal suo bel viso. Khloe era la sua vita. Nell'ultimo annetto, gli era entrata dentro gradualmente, ma ormai l'aveva totalmente conquistato. Grazie a lei, Raid si sentiva un uomo diverso. Proprio il tipo di uomo che aveva sempre desiderato diventare.

Le affondò le dita nei fianchi, mentre lei lo guardava negli occhi. Con i seni che le rimbalzavano sul petto, era completamente disinibita. Mentre la guardava, lei inarcò la schiena e si portò le mani ai capezzoli per stimolarli, provocandolo quanto poteva.

Raid le portò una mano tra le gambe per stimolare con

forza il clitoride, che doveva essere ben sensibile, dopo i due orgasmi a cui lui l'aveva già portata. Le aveva concesso di mettersi su di lui per darle l'illusione di controllare il rapporto, ma era stata solo un'illusione: ogni volta che stavano insieme, lui non resisteva e prendeva sempre l'iniziativa, ben sapendo che piaceva anche a lei.

Appena la toccò, lei gemette e si fermò su di lui. Raid sentì la mancanza di quel movimento caldo e umido intorno all'uccello, ma adorava sentirla pulsare tutt'intorno

"Raid..." lo implorò mentre cominciava a tremare su di lui, portando le mani sul suo petto per sostenersi, mentre lui continuava a stimolarla.

"Vieni, fallo per me," le ordinò.

Lei scosse la testa, mentre il corpo continuava ad agitarsi.

Raid si chiese se non ci fosse qualcosa di esagerato, nel provare tanto piacere per quegli orgasmi forzati. Nulla lo faceva sentire più potente che guardare Khloe andare oltre ogni limite, solo perché lui la toccava.

Appena lei cominciò ad agitarsi convulsamente, lui si mise seduto, tenendola impalata con l'uccello, e la mise con la schiena sul letto. Poi cominciò a spingere con forza, vincendo la resistenza dei muscoli interni che palpitavano per l'orgasmo.

Quando lei gemette, lui spinse con più forza, provando un piacere indescrivibile. Nulla era mai stato tanto meraviglioso quanto penetrarla in quel modo, a fondo.

Lei gli avvolse le gambe intorno al corpo e gli affondò i talloni nelle natiche, per fargli spingere i testicoli più vicino. Raid era sul punto di esplodere, quando Khloe, senza un briciolo di indecisione, alzò le mani per pizzicargli i capezzoli.

La scossa di quello stimolo intenso e i movimenti della passera che ancora palpitava intorno a lui gli fecero perdere ogni controllo residuo. Raid si spinse in profondità dentro di lei e venne. Continuò a venire senza fine, al punto da pensare di non fermarsi mai. Riuscì solo ad appoggiarsi sul letto per non crollarle addosso, col rischio di sfracellarsi su di lei col proprio corpo enorme.

Quando non ce la fece più, Raid si lasciò cadere di lato, portandola con sé, ancora non disposto ad abbandonarne la passera. Passarono vari momenti, prima che riuscisse a parlare. "Accidenti, cara mia, mi hai completamente sfinito!" esclamò fingendo di lamentarsi.

"Tu mi sfinisci ogni volta che stiamo insieme," ribatté lei col sorriso in volto. "Però ti è piaciuto."

Raid non poté far altro che ridere. "Ma dai? Tanto per capirci, a che cosa ti riferisci in particolare?"

"A quando ti ho pizzicato i capezzoli," gli spiegò.

Raid si sostenne su un gomito e la fissò. "Mi piace tutto ciò che mi fai."

"A parte lasciarmi l'iniziativa," ribatté lei.

Lui fece spallucce. "Che posso dirti? Mi piace sentirti in mio potere."

Lei ridacchiò, e lui ne sentì le vibrazioni fin nell'uccello e si ricordò di doversi togliere il profilattico. "Non muoverti," le disse, "torno subito."

Aspettò di vederla annuire, poi uscì da lei e rotolò per scendere dal letto. Tornò da lei in meno di un minuto con una brutta smorfia in viso.

"Come mai questa faccia?" gli chiese Khloe mentre lui la raggiungeva a letto, sistemando le coperte sopra entrambi.

"Il profilattico si è rotto," le disse, andando dritto al sodo.

"Oh."

Raid attese, ma lei non disse altro, così le chiese: "Non hai nulla da dire al riguardo?"

Khloe fece spallucce. "Ho la spirale, il rischio che rimanga incinta è bassissimo."

"Ah davvero?"

Lei annuì. "Scusa, se non ti ho detto nulla prima."

"Come mai? Cioè, mi fa piacere che tu abbia fatto il possibile per proteggerti, ma sono solo curioso."

"Sei quel tipo di uomo che dà di matto, se mentre siamo a letto insieme parlo di altri rapporti che ho avuto?" gli chiese.

Raid ci pensò per un attimo, poi scosse la testa. "No. Ho quarantun anni, so di non avere l'esperienza sessuale che hanno avuto alla mia età molti altri uomini... o anche donne, per quel che importa."

"D'accordo, ma comunque... io *certamente* sono una donna che diventa possessiva e gelosa, quindi non voglio sentire storie di altre donne che ti hanno fatto diventare bravo a letto."

"Internet," commentò Raid senza esitare. Avrebbe dovuto dirlo con imbarazzo, ma con Khloe non era il caso.

"Come dici?"

"È così che ho imparato a dare piacere a una donna."

"È impossibile che tu abbia imparato quella cosa che fai con la lingua oppure come farmi venire un orgasmo nel punto G... guardando dei porno," gli disse con un certo scetticismo.

"Hai ragione. Molti porno sono solo schifosi, diventano persino violenti sulle donne, non li sopporto. Ma ci sono anche molti video che spiegano, dei tutorial in cui gli uomini sono completamente vestiti e spiegano nel dettaglio come portare una donna all'orgasmo."

Khloe rimase in silenzio per un momento. "Davvero?"

"Davvero."

"Beh... allora va bene. Comunque sia, per rispondere alla tua domanda, non ti ho detto prima della spirale perché in passato, quando lo dicevo, gli uomini insistevano a volerlo fare senza profilattico. Il che ci può stare se sei in un rapporto stabile da un po' di tempo, ma non accetterei mai di stare con qualcuno che ho appena conosciuto senza la protezione. Non so dove ha messo l'uccello, non voglio che mi vengano delle malattie perché un tipo ha fatto il deficiente ed è stato con troppe donne."

Raid non trattenne una risata. "Beh, con me non devi preoccuparti di malattie, perché è da un bel po' di tempo che il mio uccello frequenta solo la mia mano. Ma son contento di usare il profilattico per proteggerti finché vorrai."

"Tu vuoi avere dei figli?" gli chiese.

A quella domanda, Raid si irrigidì. Era troppo presto per parlare di figli... oppure no? Del resto, non gli aveva chiesto se ne voleva con lei, ma solo se ne voleva.

Raid non l'aveva mai ammesso con nessuno, ma in quel momento si sentì di aprirsi, perché era Khloe a chiederglielo. "Sì," le rispose sottovoce. "Ne ho sempre voluti, ma non so se sarei bravo a fare il papà. Se avessi un figlio maschio, non saprei come insegnargli a giocare a baseball, o a pescare, sai, le tipiche attività da padre. Se avessi una figlia? Figuriamoci! Non so *nulla* di ragazze."

"Oh, io non sono d'accordo," gli rispose ammiccando. Poi si girò sul letto per mettersi sopra di lui. "Io penso che saresti un papà perfetto. Chi lo dice che tuo figlio *vorrà* giocare con la palla da baseball in giardino? Magari gli interessa di più fare le costruzioni con il Lego insieme a te. Potresti insegnargli a giocare a D&D. Se invece avessi una figlia, ti comanderebbe a bacchetta, sarebbe la piccolina di papà, sicuramente."

"Tu vuoi avere figli?" le chiese.

Khloe fece spallucce. "Mi son sempre ripetuta che non ne volevo, che ero contenta di curare gli animali nella mia clinica. Poi, ho quarantatré anni... forse non sarebbe nemmeno più possibile. Però, con te... sì, penso che mi piacerebbe."

Ormai non parlavano più in astratto, e Raid sentì l'uccello che tornava duro tra le gambe di Khloe.

Lei gli sorrise e si sistemò, arretrando per metterselo esattamente dove lo voleva. Era duro solo a metà, ma lei alzò i fianchi e ne appoggiò la punta tra le labbra della passera. Poi affondò su di lui.

La sensazione di penetrarla senza barriera fu indescrivibile... e l'uccello diventò completamente duro.

"Oh wow! Che sensazione... meravigliosa!" esclamò Khloe gemendo. "Sento che ti diventa duro dentro di me."

"Non ho il profilattico," le ricordò.

"Lo so. Mi fido di te, Raid."

Accidenti... l'avrebbe fatto esplodere come un adolescente. Raid la avvolse con le braccia e si rotolò sul letto, rimanendo dentro di lei. Quando furono di nuovo comodi, Raid fissò la donna che gli aveva stravolto la vita. "Tieniti stretta," la avvertì.

"Stretta a cosa?" gli chiese.

"A me."

Poi Raid cominciò a mostrarle quanto fosse importante per lui, quanto la vita non sarebbe più stata la stessa, se si fossero separati, quanto fosse disposto a sacrificarsi, pur di tenerla al sicuro, protetta da tutto e da tutti.

CAPITOLO SEDICI

UN MESE DOPO, Khloe stentava a credere a quanto fosse cambiata la sua vita. Le sembrava che tutto si fosse mosso con estrema rapidità, ma in maniera entusiasmante.

Rocky aveva dedicato tutto il suo tempo libero ai lavori per la clinica, facendosi aiutare anche da Ethan, e il pronto soccorso per animali era aperto già da due settimane. Si erano già presentati vari clienti. L'orario di apertura andava dalle otto della sera alle sei del mattino, quindi non c'era un costante andirivieni, ma quando arrivava qualcuno, Khloe sapeva di fare una enorme differenza nella vita dell'animale in questione.

Non passava in clinica tutte le notti. Aveva incaricato dell'accettazione Aston e gli altri assistenti che aveva assunto. Quando arrivava un caso grave, se Khloe non era presente, le telefonavano.

Khloe aveva dovuto ridimensionare l'impegno in biblioteca, il che l'aveva resa triste, ma era stata una scelta inevitabile. Quando lavorava in clinica, Raid la accompagnava dopo aver cenato con lei, e tornava a prenderla il mattino dopo. La portava a casa, facevano colazione insieme, poi lei si sdraiava a letto per dormire. A volte, lui la raggiungeva e facevano l'amore prima dell'apertura della biblioteca; altre volte, lui rimaneva sdraiato con lei a leggere, prima di cominciare la giornata.

Khloe si alzava poi a mezzogiorno e andava in biblioteca a lavorare qualche ora insieme a Raid e al nuovo assistente che lui aveva assunto, poi uscivano. Passavano spesso del tempo con qualche amico, oppure facevano un po' di movimento con una breve passeggiata.

Raid e gli altri della squadra erano ancora molto sul chi va là, tenevano gli occhi sempre aperti, nel caso in cui Garcia facesse una mossa, ma nel frattempo non avevano visto nemmeno l'ombra di quel criminale. Khloe sapeva che era troppo presto per sperare che fosse tornato nella palude da cui era uscito per non farsi vedere mai più, ma lei lo sperava lo stesso.

Anche Jason e Scott erano spariti per un po', e le settimane in cui non si erano visti erano state tra le più belle della vita di Khloe, che era riuscita a rilassarsi per la prima volta dopo tantissimo tempo, godendosi tutte le situazioni che viveva in compagnia di Raid.

Duke era tornato in perfette condizioni, proprio come prima dell'intervento, e dato che la stagione turistica stava entrando nella fase più intensa, la squadra di ricerca e soccorso Eagle Point veniva chiamata di frequente per trovare le persone che si smarrivano.

Sembrava andare tutto per il meglio, per cui un giorno, uscendo dalla biblioteca e attraversando la piazza per prendere un caffè da Grinders e un rotolino alla cannella in pasticceria, dato che Finley le aveva promesso di tenerglielo da parte, Khloe non si aspettava certo di imbattersi direttamente in Jason e Scott Mather.

"Bene, bene, bene," esordì Jason con un ghigno malefico, fissandola con occhi cattivi. "Guarda un po', proprio la nuova veterinaria di Fallport. Hai ucciso qualche cane ultimamente?”

Dopo un respiro profondo, Khloe si sforzò di ignorare quel bullo e passò oltre la Tana, che in quel momento era chiusa; attraversò Cedar Street e passò davanti al negozio del barbiere.

Art, Silas e Otto erano seduti davanti all'ufficio postale come al solito e la videro arrivare.

“Pensa che se ci ignora ce ne andremo via,” aggiunse Scott seguendo a ruota il fratello.

“Beh, non è così. Alan ha dei progetti per te, tesoro, e anche noi. Fossi in te, non starei tanto tranquilla.”

Al che, Khloe non ne poté più. P-I-Ù. Non aveva fatto *nulla* a quei due, e per il cane di Alan aveva fatto tutto il possibile. Era stato *lui* a maltrattare quel cane, causando le emorragie interne. *Lui* non sopportava che una donna fosse più intelligente, *lui* aveva cercato di ucciderla e anche in quell'occasione aveva fatto fiasco... anche se di quello, Khloe non poteva certo lamentarsi.

Si girò di scatto e spinse Jason all'altezza del petto, tanto le era arrivato vicino. “Perché siete ancora qua?” gli chiese con tono stizzito.

Colto di soprassalto da quel movimento improvviso, Jason fece un passo indietro e si scontrò con Scott, che incespicò e cadde col sedere sul marciapiede.

“Dico davvero,” proseguì Khloe, spingendo di nuovo il petto di Jason, che poi passò oltre il fratello per starle lontano. “Guardatevi attorno, qui non siete i benvenuti. Nessuno vi vuole, ormai non potete più entrare nei locali di Fallport; accidenti, nemmeno Whip non vi accetta più al circolo del biliardo, il che è tutto dire, dato che quello è il posto in cui si trovano tutti i guastafeste della regione. Vostro fratello è un *idiota*, proprio come voi. Ha cercato di *investirmi*, non sta né in cielo né in terra... e adesso paga per aver perso la testa, maledizione! Se fosse andato avanti per la sua strada, adesso non sarebbe in prigione. E voi due, che tormentate una donna solo perché ha fatto il suo lavoro, siete due imbecilli allo stesso livello!"

"Cos'hai detto?" le chiese Jason con tono aggressivo, facendo un passo verso di lei. "Ti stai agitando un po' troppo. Avremmo dovuto fare ciò che ci ha chiesto Alan *già* da tempo."

Khloe si rese conto di aver esagerato e fece un passo indietro... ma sentì la presenza di qualcuno. Si voltò e vide il vecchio Grogan. Il suo negozio di alimentari era vicino all'ufficio postale; doveva aver visto o sentito cosa stava succedendo.

Anche Art, Otto e Silas si erano alzati. Khloe notò che Silas aveva preso in mano la scacchiera, sembrava pronto a usarla come una specie di arma... anche se con quell'arma impropria non avrebbe inferto molto danno.

Dietro Scott e James, Khloe vide arrivare a passo svelto Raid, mentre Tal stava uscendo dal negozio del barbiere dove lavorava.

Stavano arrivando i rinforzi, e Khloe si rilassò un pochino.

"È ora che vi diate una mossa," disse Harry Grogan con tono profondo.

"Ah sì? Altrimenti mi costringi tu, vecchietto?" gli chiese Jason stringendo i pugni.

"Forse lui no, ma io sì," disse qualcun altro dietro di loro. Era Davis Woolford.

"Pure io," aggiunse Clyde Thomas, l'anziano più famoso di Fallport, e di tutta quella zona della Virginia, per i suoi ottimi liquori artigianali; Clyde era anche un grande amico di Caryn.

"Voi due vi siete resi abbastanza ridicoli," commentò disgustata Dorothea Reese; l'anziana signora era circondata dalle sue tre care amiche Cora, Ruth e Clara... erano le quattro assidue frequentatrici del salone di bellezza vicino all'ufficio postale, e ovviamente non avevano resistito alla tentazione di intromettersi.

Guardandosi intorno, Khloe vide sempre più persone avvicinarsi. Neli, la proprietaria del negozio di libri usati; Guy, che lavorava nell'ufficio postale; Sandra, che proveniva dall'altra parte della piazza insieme con Karen, una delle cameriere della tavola calda. Non solo: Elsie e Zeke stavano accorrendo dall'On The Rocks, seguiti a ruota da Hank e Reina, due dipendenti di Zeke.

Evidentemente, i residenti di Fallport si erano stufati dei fratelli Mather tanto quanto Khloe, che abbassò la voce e cercò di mascherare ogni segnale di irritazione.

"Mi dispiace per quel che è successo," disse a Jason e Scott. "Se avessi potuto salvare il cane di Alan, l'avrei salvato. Ma era troppo grave quando me l'ha portato."

"Gli hai rovinato la vita!" esclamò Scott, che si era rialzato in piedi dietro al fratello.

"E tu hai preso troppe botte in testa, stupido!" esclamò Harry Grogan scuotendo il capo. "Lei non è onnipotente, non può salvare tutti gli animali che arrivano. Non è stata lei a rovinare la vita di vostro fratello, ha fatto tutto da solo."

"Stanne fuori, vecchio!" esclamò Jason.

"Voi due dovete andarvene... *subito!*" tuonò una voce esplosiva.

Si girarono tutti e videro Simon, il capo della polizia, che si avvicinava dal prato.

"Non puoi obbligarci," gli disse Jason con tono infantile.

"Hai ragione, non posso. Ma avete visto che non siete i benvenuti. Nessuno tollera più questo genere di bullismo intimidatorio. Peraltro, dormire in un furgoncino nel parcheggio del sentiero è illegale, e sono sicuro che la quantità di multe che posso affibbiarvi supera di gran lunga la vostra ostinazione. Vi invito caldamente a tornarvene a Norfolk. Dimenticate la dottoressa Watts... e consigliate a vostro fratello di fare altrettanto."

Khloe non immaginava che quei due dormissero nel loro furgoncino, ma non ne fu sorpresa. Fallport si era stretta intorno a lei... una sensazione piacevolissima.

Jason squadrò la folla di persone che lo circondava.

Khloe incontrò gli occhi di Raid, che si era avvicinato ai fratelli Mather, rimanendo in silenzio... motivo in più per amarlo: stava lasciando quella battaglia a lei e ai concittadini di Fallport, pronto a intervenire se fosse stato necessario.

Fu come una rivelazione: Khloe amava Raid intensamente. A quel pensiero, sorrise.

"Cos'hai da ridere, stronza?" le chiese Jason, che, preso da un impeto di rabbia e frustrazione, scattò in avanti col pugno alzato.

Prima che arrivasse a colpirla, Harry Grogan spinse Khloe da parte e allontanò la mano di Jason. In un lampo, Zeke gli fu addosso, mentre Tal si assicurava che Scott non intervenisse nella zuffa.

Khloe fece appena in tempo a voltarsi e Raid le fu di fianco, allontanandola di vari passi.

Simon sospirò con enfasi, fingendosi dispiaciuto. "*Adesso* dovrò arrestarti per tentata aggressione."

Jason si mise a gridare mentre Zeke gli teneva strette le braccia dietro la schiena, tirandolo in piedi.

"Vaffanculo!" gridò. "Ci sono i testimoni, questo qua mi ha aggredito!"

"Sì, siamo tutti testimoni!" esclamò Sandra. "Abbiamo visto tutti che hai cercato di colpire Khloe!"

Parlarono tutti insieme, sostenendo la posizione di Sandra e di Simon.

"Te ne pentirai!" gridò Jason a Khloe. "Sarà meglio che tu tenga d'occhio quel cane, non vorrei che finisse stecchito come quello di Alan!"

Khloe si irrigidì e abbassò lo sguardo su Duke, che come al solito era al fianco di Raid. Un conto erano le frasi di un bullo contro di *lei*, ma minacciare di uccidere Duke? No, proprio *no*.

Aprì la bocca per dire a Jason di stare lontano da Duke, quando, di nuovo, gli altri presenti vennero in suo aiuto.

"Se torcete un solo pelo di quel cane, avrete preoccupazioni molto peggiori di un'accusa per un reato minore," disse Clyde con voce minacciosa.

"Vogliono una rissa," commentò Guy scuotendo la testa.

"Da queste parti, Duke è un mito," aggiunse Finley. "Non vi conviene minacciarlo."

"Se ti becca ti sbrana!" gridò Reina.

Al che, Khloe sentì qualcuno ridacchiare: Duke non aveva il minimo istinto aggressivo... ma poi le sovvenne del giorno in cui l'aveva sentito ringhiare proprio ai fratelli Mather, quando l'avevano affrontata sul retro della biblioteca, quando Whip era intervenuto in suo soccorso.

"Andiamo," disse Simon. "Un po' di tempo al fresco ti farà bene. Magari ti darai una calmata."

"Vaffanculo!" esclamò Jason. "Fanculo anche tutti voi paesani! Difendete un'assassina e ve ne fregate!"

"Sì!" aggiunse Scott come un idiota, seguendo il fratello e Simon verso l'edificio della polizia.

Khloe sentì ancora Jason che inveiva contro di lei, contro Duke, contro Raid e tutti gli altri abitanti di Fallport.

"Stai bene?" le chiese Raid con voce profonda, avvicinandosi al suo orecchio.

Khloe ci pensò per un secondo, poi annuì. Stava bene. Non era stato un incontro piacevole, niente affatto, lei non amava scontri frontali di quel tipo, ma tutti i presenti erano intervenuti per sostenerla senza alcuna esitazione, proprio quando ne aveva più bisogno, lasciandola meravigliata e onorata allo stesso tempo.

Si prese il tempo di ringraziare tutti per essere intervenuti ad aiutarla in quel frangente, abbracciando persino qualcuno. Si accorse di destare sorpresa per quei gesti apertamente affettuosi, ma si era stancata di mantenere le distanze: non era più la donna appartata e schiva che era stata, ormai non aveva più nulla da nascondere. Tutti i suoi segreti erano stati scoperchiati, e tutti sembravano accettarla per la persona che era.

Quasi tutti tornarono a ciò che stavano facendo prima di quell'episodio, un incontro di cui si sarebbe discusso per mesi a venire, probabilmente esagerandolo oltre ogni logica. Khloe sapeva come funzionava il gossip e non si sarebbe sorpresa nel sentir dire che Jason aveva estratto una pistola e che lei aveva reagito con qualche mossa in stile *ninja* per strappargliela di mano, lasciandolo privo di sensi sul marciapiede.

Finley ed Elsie la abbracciarono dicendole che era stata molto forte nel tener testa a Jason; Zeke e Tal non furono altrettanto loquaci, ma l'abbracciarono per supportarla.

Raid rimase al suo fianco, mentre raggiungevano insieme la pasticceria e la caffetteria. "Adesso ho ancor più bisogno di caffeina," gli disse scherzosamente.

Lui non rispose a quel chiaro tentativo di alleggerire l'umore.

"Raid?"

Lui scosse la testa. "Poteva finire male in un battibaleno," le disse a bassa voce, senza guardarla.

Khloe aspettò di attraversare Main Street e di trovarsi davanti al negozio di libri usati. Poi smise di camminare, e anche lui, ovviamente, si fermò. Poi lei gli si gettò tra le braccia, sorprendendolo, ma lui la abbracciò subito, tenendola stretta a sé.

Khloe alzò gli occhi verso di lui: "Hai ragione, poteva finir male, ma per fortuna non è successo."

"Non mi piace che ti abbia minacciato platealmente. Accidenti, ha persino tentato di *colpirti*."

"A me non piace che abbia tirato in mezzo anche Duke," ribatté lei abbassando lo sguardo verso il segugio, che si era accomodato vicino a loro appena si erano fermati. "Ma sai che c'è?"

"Che c'è?"

"Reagire e difendermi da sola è stata una bella sensazione. Ai bulli non piace."

Lui accennò un sorriso. "Proprio vero."

"Allora si va avanti," affermò lei. "Magari passare un po' di tempo al fresco gli farà cambiare idea e se ne andranno."

"Magari," ripeté lui scettico.

"In quel momento, ho avuto come una rivelazione," gli confidò.

"Ah sì?"

"Eh sì." Khloe si sentiva un po' nervosa, ma non voleva più tenersi tutto dentro. *Chi non risica, non rosica...* a fidarsi dei proverbi. "Non ti sei affrettato a trascinarmi via da quella situazione. Mi hai lasciato dire ciò che dovevo dire. Però mi sei rimasto vicino, nel caso avessi bisogno di te."

"Volevo," le rispose, "intendo dire, volevo trascinarti via, ma negli ultimi mesi mi hai fatto capire chiaramente che sei una donna adulta e che tieni molto alla tua indipendenza."

"È vero," confermò lei. "Poi però, quando la situazione è cambiata, quando mi ha minacciato, tu sei arrivato e mi hai tenuta al sicuro."

Raid annuì semplicemente.

"La rivelazione è stata capire quanto ti amo," gli disse di getto. Non era certamente il momento o il luogo più romantico per quel tipo di dialogo, ma lei non riusciva a tenere per sé i propri sentimenti. Erano troppo forti. Si sentiva sul punto di scoppiare, se non gliel'avesse detto.

"Ce ne hai messo di tempo," le rispose, ma con un sorriso

enorme in viso. "Io ho capito di amarti da quando mi hai trovato che giocavo a D&D e hai voluto partecipare."

Khloe lasciò andare un piccolo sospiro di sollievo. Poi comprese ciò che le aveva appena detto. "Tu mi ami?" gli chiese con un sussurro.

"Talmente tanto che non mi ricordo com'era la mia vita prima che arrivassi tu."

"Probabilmente meno frenetica e stressante," gli rispose scherzando.

"Noiosa," ribatté lui, che poi le portò le mani al viso, facendole alzare la testa per baciarla. Con grande passione. Nel bel mezzo di Main Street, davanti a tutti quelli che passavano e a quelli che casualmente si affacciavano alle finestre.

In passato, a Khloe avrebbe dato un fastidio tremendo essere al centro dell'attenzione; ma quando sentì un clacson e alcuni astanti che commentavano quel bacio prolungato con urla e fischi, lei quasi non ci fece caso.

Staccandosi da lei, Raid le sistemò una ciocca di capelli che le coprivano gli occhi. "Non è così che mi immaginavano questa conversazione," le confidò con calma.

Khloe fece spallucce. "Noi due siamo fatti così: non seguiamo mai gli stereotipi."

"È vero. Anche se penso che mi basterebbe un pochino meno di adrenalina, rispetto agli ultimi tempi."

Lei fece una risata. "Sì. Un po' meno matti che ci tormentano e trafficanti che giurano vendetta e che si appostano nell'ombra."

"A proposito, togliamoci dalla strada, dobbiamo ancora prendere il caffè e il rotolino alla cannella," le disse Raid.

Con un sospiro, rimpiangendo di non aver taciuto quell'ultima frase, Khloe seguì Raid verso la caffetteria. Stava benissimo sotto al suo braccio, e anche lei lo avvolse col proprio. Duke gemette, si alzò e li seguì.

"Khloe?" la chiamò Raid raggiungendo la porta del negozio.

Lei sentì l'aroma uscire dalla caffetteria e le si formò l'acquolina in bocca. "Sì?"

"Stasera ti farò vedere esattamente quanto ti amo, e quanto mi faccia piacere che tu abbia fatto la prima mossa dicendomi ciò che provi."

Khloe lo guardò negli occhi e si sentì pervasa da un brivido. Non vedeva un uomo estremamente alto, né notava più il colore dei suoi capelli e della barba, o le orecchie più affusolate e sporgenti rispetto a quelle di molte altre persone. Ormai vedeva solo l'uomo che amava, l'uomo che non avrebbe esitato a mettersi tra lei e chiunque la minacciasse.

"Non vedo l'ora," gli rispose con un sorriso.

Al che, lui aprì la porta della caffetteria e le fece cenno di entrare.

Nonostante tutto ciò che era successo e che l'aveva portata in quella situazione, Khloe poteva ben dire che non avrebbe cambiato una virgola del proprio passato.

CAPITOLO DICIASSETTE

RAID NON RIUSCIVA A RILASSARSI. Andava tutto troppo bene, e l'esperienza gli aveva insegnato che, quando la vita sembrava procedere a meraviglia, c'era sempre da aspettarsi un imprevisto enorme dietro l'angolo.

Dal giorno in cui erano stati cacciati dalla piazza, Jason e Scott Mather erano spariti. Raid era certo che fossero ancora nei paraggi, intenti a tramare nell'ombra, *profondamente* incazzati; ma ormai non erano più in cima alle sue preoccupazioni.

Di Pablo Garcia non si era trovata alcuna traccia. Nonostante le numerose telefonate a tutti i contatti possibili e immaginabili di Raid e degli amici, nessuno era riuscito a scovare un minimo indizio su dove fosse quell'uomo. Il che non metteva certo in pace il cuore di Raid.

Garcia stava tramando qualcosa, Raid non aveva alcun dubbio, ma il problema era... *cosa* stava tramando quel trafficante?

Raid odiava non sapere, odiava stare sempre sul chi va là. Avrebbe preferito rilassarsi, godersi il rapporto con Khloe. Lei era sempre una peperina e lui si divertiva a stuzzicarla, ma da quando si erano confessati i sentimenti reciproci, i battibecchi avevano assunto un tono diverso. Erano più stuzzicanti, più giocosi, e lui ne andava pazzo.

Non solo: Raid si sforzava di vivere più in compagnia degli amici. Andava regolarmente insieme a Khloe a mangiare all'On the Rocks, a volte insieme agli altri, altre volte solo in due. Occasionalmente, si prendeva un giorno libero dalla biblioteca per tener compagnia a Rocky in uno dei cantieri in cui lavorava. Non era certo in grado di aiutarlo molto, ma faceva ciò che poteva e nel frattempo si divertiva insieme all'ex SEAL. Da quando Rocky era intervenuto, convincendo Raid a tranquillizzarsi e a raccontargli dell'ultima missione nella Guardia Costiera, i due si erano avvicinati molto.

Raid incontrava più spesso pure gli altri, anche se di solito si trovavano insieme alle compagne, il che a Raid non dispiaceva affatto. Gli sembrava di vivere in un mondo completamente diverso: osservava e ascoltava le risatine e le conversazioni nella stanza accanto, mentre lui e gli altri giocavano a poker o se ne stavano anche solo seduti a chiacchierare.

La clinica veterinaria di Khloe stava andando benissimo. Sempre più clienti la imploravano di aprire anche nelle ore diurne, per le cure quotidiane dei cuccioli. Lei non era ancora convinta, anche per evitare un conflitto con Ziegler, ma Raid pensava che fosse solo una questione di tempo.

Si trovava nell'ufficio della biblioteca e Khloe era appena arrivata, dopo aver dormito un po'. Quella notte, era stata chiamata d'urgenza in clinica perché una femmina di carlino era in travaglio e c'erano complicazioni nel parto dei cucciolotti. Erano passate delle ore, tanto che alla fine Khloe era stata costretta a praticare un'incisione per estrarre i cagnolini. Erano sopravvissuti tutti all'intervento, ma bisognava lasciar passare del tempo per capire l'effettivo stato di salute degli animali.

Khloe era seduta insieme a Tony a un tavolo nella zona

della biblioteca dedicata ai più piccoli; discutevano insieme del libro *La collina dei conigli*, che Tony stava leggendo. Era un libro voluminoso, all'altezza di un lettore di quell'età, anche se di solito veniva letto da adolescenti più maturi. Tony si era appassionato a quella storia, e Khloe era felice di parlare con lui dei significati più profondi di alcune allegorie sociali, di repressione, dei pericoli che corre chi non pensa con la propria testa, cedendo alla pressione esercitata dagli altri.

Raid si stava concentrando sul foglio di calcolo con il budget, quando sentì nel locale della biblioteca un certo trambusto; il che era alquanto insolito, dato che si trattava di una... *biblioteca*: in genere era uno spazio immerso nel silenzio, in cui nessuno alzava mai la voce.

Tuttavia, con tutti gli eventi degli ultimi mesi, Raid si mosse prima ancora di capire *chi* stesse causando quel trambusto.

Trovò Raymond Ziegler in piedi vicino al tavolo a cui erano seduti Tony e Khloe; il veterinario si stava sfogando senza mezzi termini.

"Non hai il diritto di rubarmi i clienti! Non rispetta l'etica professionale, farò un reclamo all'albo dei veterinari della Virginia! Di sicuro saranno molto interessati a sapere ciò che stai facendo: una veterinaria accusata di imperizia professionale che torna a operare!"

Raid aprì la bocca per invitare caldamente Ziegler a togliersi di mezzo, andandosene dalla biblioteca, ma Khloe si alzò di scatto, lasciando cadere a terra la sedia con un tonfo; affrontò quell'uomo furioso avvicinandosi al punto da trovarsi letteralmente testa a testa con lui.

"Ho *tutto* il diritto di operare qui a Fallport, non c'è nulla di male in un minimo di concorrenza. Scrivi pure un reclamo all'albo, non ho fatto nulla di illecito. *Nulla*. Quel che hai detto è vero, sono stata 'accusata'. Mi hanno *accusata*, ma il processo Mather ha dimostrato che non ho fatto nulla di sbagliato, perché non c'era più modo di salvare la vita di quel cane, a causa delle ferite subite prima dell'arrivo in clinica."

Ziegler rispose torvo. "Hai la reputazione di una che uccide i cani."

"Ti sbagli!" ribatté lei. "Ho la reputazione di una veterinaria che fa di tutto, pur di salvare gli animali che arrivano in clinica, a prescindere dagli orari di apertura. A prescindere dai programmi che avevo. Mollo tutto per fare il possibile, per aiutare. Tu puoi dire altrettanto?"

Se possibile, il volto di Ziegler si fece ancor più paonazzo.

A quel punto, Raid intervenne: non voleva dare a Raymond il tempo di fare qualche stupidaggine di cui si sarebbe pentito... il tempo di far del male a Khloe. "Fatti da parte, Ziegler," gli disse con la massima calma possibile.

Il veterinario finse di non averlo sentito. "Hai diffuso delle voci su di me, è inaccettabile!" esclamò Ziegler rivolgendosi a Khloe.

"Che voci?" gli chiese Khloe.

"Lo sai *benissimo*. Che sono uno schifo di veterinario e che non me ne frega niente degli animali."

Khloe si mise a ridere. Probabilmente non fu la reazione più furba, a fronte di quelle accuse, ma Khloe era la persona più genuina che Raid avesse mai conosciuto. Non era una che addolcisse la pillola. "Non ho sparlato di te con nessuno. Se circolano delle voci, circolano per quel che hai fatto, non per qualcosa che ho detto io," gli spiegò.

"Cazzate! Non avevo alcun problema, prima che arrivassi tu," aggiunse Ziegler.

"Solo perché i cittadini di Fallport non avevano altra scelta, a meno che non prendessero l'auto e si facessero almeno mezz'ora di strada per raggiungere un altro veterinario." Khloe prese fiato. "Senti, io non ho alcuna intenzione di rovinarti gli affari, ci mancherebbe. È già troppo difficile essere l'unica a offrire un certo servizio qui in paese. Ho aperto solo un pronto soccorso veterinario, che opera quando la tua clinica è chiusa. Così posso gestire le emergenze e tu puoi operare regolarmente durante il giorno."

"Non mentire!" tuonò Ziegler. "Ho sentito la gente parlare, cerchi del personale che ti sostituisca la notte per le emergenze, così potrai aprire anche durante il giorno!"

Raid fu genuinamente impressionato dalla velocità con cui le informazioni si erano diffuse in quella cittadina. Ziegler non aveva torto: in molti avevano implorato Khloe di curare infezioni, di fare igiene orale e controlli regolari, tanto che sarebbe stata una stupida a non valutare di aprire anche durante il giorno. Tuttavia, per quanto ne sapeva lui, non si era ancora decisa. Evidentemente, la brava gente di Fallport aveva dato per scontato che sarebbe avvenuto.

"Hai ragione," rispose Khloe con calma, allontanandosi di un passo da quell'uomo rabbioso. "*Sto* cercando del personale, ma c'è abbastanza lavoro per tutti e due, qui a Fallport; anche se, credo... se *tu* vuoi continuare a lavorare, penso che dovrai fare dei cambiamenti su come porti avanti la clinica."

Raid si mosse una frazione di secondo dopo Ziegler. Quando il veterinario fece un passo verso Khloe, Raid arrivò subito a bloccare quel tentativo di metterle le mani addosso.

"Non pensarci nemmeno," gli disse con voce tonante mentre lo spingeva indietro senza mezze misure. "Hai detto quel che volevi dire, adesso te ne vai."

"Vaffanculo, Walker! Non ho finito."

"Invece sì," ribatté Raid. "Siamo in biblioteca, guardati attorno, vedi altre persone sbraitare in questo modo? No. Ci sono anche dei bambini. Datti una calmata, Ziegler."

"Non me ne frega nulla di chi c'è qui, questa mi sta rubando i clienti!" gridò Ziegler.

"No, non è vero," disse una donna a qualche tavolo di distanza. Era seduta con la figlia piccola, che indossava un paio di cuffie ed era impegnata in un gioco educativo sul tablet. "Ha aperto un pronto soccorso notturno apposta per *non* farti concorrenza. Anche se vogliono tutti che apra anche durante il giorno... compresa me!"

Si alzò in piedi fissando Ziegler. "Un paio di mesi fa, ti ho portato la nostra nuova arrivata, una gattina. Tu l'hai visitata a malapena e hai detto che stavo esagerando, che non aveva nulla fuori posto. Io non mi sono fidata di quel controllo superficiale e ho chiesto una seconda opinione. Ho preso l'auto e sono andata a Christiansburg, dove le hanno diagnosticato una leucemia felina. Tu invece non hai fatto nemmeno dei test per vedere cos'aveva."

"È vero," intervenne un altro. "Il mio cane stava correndo con un legnetto e gli si è ficcato nella mandibola, stava soffrendo parecchio, sangue dappertutto... ma quando ho telefonato in clinica per chiedere aiuto... durante l'orario di apertura, aggiungo... mi sono sentito dire che avevi la giornata piena di impegni e che il primo appuntamento disponibile era dopo due giorni! Volevi davvero che aspettassi *due giorni* per far visitare il mio cane, che aveva una lesione alla guancia, con un legnetto che l'attraversava da parte a parte!"

"Io ho telefonato alla dottoressa Watts mezz'ora dopo che aveva chiuso, perché tu non avevi ancora aperto e io ero disperata," aggiunse un'altra donna. "La mia cagnolina era incinta, è entrata in travaglio e stava male. La dottoressa Watts non solo mi ha invitata a correre da lei anche se la clinica era chiusa, ma ha operato la mia Muffy per ore e ha salvato non solo lei, ma anche tutti i cuccioli. Ha lavorato quattro ore dopo la chiusura e non mi ha chiesto di pagare degli extra."

"A me sembra che sia tu a fare di tutto per perdere i clienti," disse Raid a Ziegler. "Khloe non sta facendo niente di male, solo il lavoro che ama."

"Vaffanculo!" esclamò Ziegler in faccia a Raid, per poi rivolgersi a Khloe. "Vaffanculo anche tu! Non sei la santarellina che tutti pensano. Sarà meglio che ti guardi alle spalle." Poi girò i tacchi e se ne andò fuori dalla biblioteca di gran lena.

"Questo lo posto sui social media di sicuro," disse una ragazzina da un tavolo vicino.

Raid si voltò rapidamente e la vide smanettare sul cellulare; doveva aver videoregistrato l'intero episodio. Ziegler era veramente un idiota: si era tirato la zappa sui piedi da solo.

"Avrei fatto volentieri a meno di qualcun *altro* che mi minaccia," commentò Khloe con un sospiro.

Raid si girò, pronto ad assicurarle che quell'imbecille di Raymond Ziegler non le avrebbe mai torto un capello... ma la trovò sorridente.

"Non è stato divertente," le disse.

Lei si fece seria. "Lo so, anzi, in realtà è molto triste. Sono stata sincera con lui, potevamo collaborare, ma è ovvio che si è abituato a fare tutto ciò che vuole e a passarla liscia, perché le persone di qui non avevano alternative. Quel che succede, succede, peggio per lui. Da quando ho aperto la clinica, non ho mai parlato male di lui."

"Perché è tanto malvagio?" chiese Tony, alzando gli occhi dal tavolo a cui era seduto.

"Non ne ho idea," gli rispose Khloe scompigliandogli i capelli.

"Beh, quando prenderemo un cane, dirò alla mamma di portarlo da te per tutto. Non da lui."

"Figurati se ti lasciavo andare da quello," commentò Khloe con un sorriso.

Raid non prese bene quell'episodio. Era stufo e non ne poteva più delle persone che minacciavano la donna che amava. Prese Khloe tra le braccia, poi si voltò verso gli utenti che stavano ancora guardando. "Lo spettacolo è finito. Tornate pure ai vostri libri... in silenzio, grazie. *Siamo* in biblioteca."

In tanti si misero a ridere, ma per fortuna distolsero tutti l'attenzione da lui e da Khloe. Raid non era un idiota: sapeva che di quel confronto si sarebbe parlato dappertutto, e non solo per via della ragazzina che probabilmente aveva già pubblicato il video online. Ziegler si sarebbe ritrovato con molti più clienti che annullavano gli appuntamenti per quell'ultimo sfogo.

Allontanò Khloe dal tavolo per rimanere un po' in disparte con lei. "Stai bene?" le chiese a voce bassa.

Lei si girò e lo abbracciò con forza, poi annuì. "Io sì, e tu?"

"No."

Khloe scosse la testa. "Non mi sorprende che si sia infuriato," gli disse. "Alcune delle persone con cui ho parlato, quelle che mi hanno implorato di aprire la clinica anche di giorno, mi hanno riferito che Raymond stava diventando sempre più difficile. È geloso e se l'è presa perché gli ho rovinato l'unica cosa buona che aveva qui a Fallport. Però è anche uno stronzo, e se c'è qualcuno che dovrebbe rivolgersi all'albo, quel qualcuno sono io."

"Ma non lo farai," aggiunse Raid.

"No. Sta facendo già un ottimo lavoro da solo nel sabotare la sua stessa clinica. Non ha bisogno del mio aiuto."

"Se Ziegler chiude, ti ritroverai molti più clienti di quanti tu possa gestirne," la avvertì Raid.

"Lo so," gli rispose alzando le spalle. "In quel caso, posso rivolgermi a degli amici della zona che ho conosciuto nelle varie conferenze e ai simposi. Posso spargere la voce dicendo che Fallport è meravigliosa, che c'è una fantastica opportunità professionale, che c'è spazio per una seconda clinica. Oppure, magari posso espandere la mia attività, assumere qualche collega che mi dia una mano."

Raid provava il massimo orgoglio nei confronti di Khloe; era una professionista intelligente, appassionata e con un talento difficile da battere. "So che non c'è bisogno di dirlo, ma te lo dico lo stesso: devi fare attenzione. Ziegler è incazzato come una bestia e chissà cosa farà."

Khloe sospirò. "Lo so, ma tu e gli altri mi state già tenendo d'occhio come se fossi una sorvegliata speciale. Non avrà occasione di beccarmi da sola."

Khloe non si sbagliava: Raid non rammentava le occasioni in cui l'aveva lasciata da sola, negli ultimi due mesetti. Se non era insieme a lui, era con le amiche, o con qualche altro buon cittadino di Fallport. "Dico solo che ha perso le staffe e che quando uno è disperato può compiere azioni disperate."

"Lo so, Raiden. Non sono certo contenta di essere al centro dell'attenzione di un altro matto scatenato, ma che posso farci? Che alternative ho? Chiudo la clinica e gliela do vinta?"

"No," le rispose brevemente Raid.

"Appunto! Motivo per cui andremo avanti così, ci guardiamo alle spalle e non ci lasciamo influenzare dagli idioti. Ora, posso tornare da Moscardo e Parruccone?"

"Da chi?" le chiese Raid.

Khloe fece un sorrisone. "Sono i personaggi de *La collina dei conigli*."

Raid fece una risatina. "Ecco, allora sì, ma solo dopo avermi baciato. Non un bacio del tipo 'mi è piaciuto il terzo orgasmo che mi hai appena provocato', ma più del tipo 'ti amo e siamo in un luogo pubblico'."

A quelle parole, lei scoppiò a ridere. "Appunto," gli disse, poi si alzò in punta di piedi.

Raid dovette comunque abbassarsi per raggiungere le labbra di Khloe. Si chiese se fosse un sogno, o se fosse vero che proprio lui, Raiden Walker, era riuscito chissà come ad attirare l'attenzione di una come Khloe.

La sentì sorridere nel bacio e fu sollevato dal fatto che l'episodio con Ziegler non avesse incrinato il suo atteggiamento positivo.

Quando il bacio finì, come riuscendo a leggergli nella mente, Khloe lo guardò e gli disse: "Sono felice, Raid, nulla potrà farmi cambiare idea. Ho non uno, ma *due* lavori che amo, mi piacciono le mie amicizie, mi godo un uomo che non solo mi ama, ma mi apprezza esattamente per come sono."

"Non cambiare mai," le disse.

"Vale anche per te. A proposito... domani sera si gioca a D&D, vero?"

"Certo." Khloe si era unita a Raid e agli altri nelle serate settimanali di D&D, rendendo le avventure di fantasia ancor più interessanti. Si era immedesimata in Anise, il personaggio che Raid aveva creato pensando a lei, aumentando il divertimento e le risate per entrambi.

"Forte," concluse stringendogli un braccio. Poi si avviò verso il tavolo, ma si fermò e si girò di nuovo verso Raid. "Comunque sia... grazie per essere intervenuto con Raymond. L'ho notato e lo apprezzo." Poi gli sorrise e tornò al fianco di Tony.

Raid si guardò attorno un'altra volta, per controllare che in biblioteca fosse tutto a posto; quando fu certo che non ci fossero altri matti nascosti e pronti a saltar fuori per minacciare lui o Khloe, tornò nel suo ufficio.

———

La settimana successiva, Khloe era seduta nel salotto di Bristol e Rocky insieme alle altre amiche. Lilly aveva organizzato una festa d'arte con drink. Khloe non ne aveva mai sentito parlare, ma stava partecipando e si stava divertendo un mondo.

Lilly aveva scattato delle immagini per la famiglia dell'insegnante d'arte delle superiori, con cui si era messa a chiacchierare della nuova moda di organizzare gruppi di pittura con aperitivo; le aveva chiesto se lei avesse mai organizzato un'iniziativa come quella. Da quella conversazione si era arrivati al gruppo di amiche nel salotto di Bristol, ciascuna con un cavalletto e una tela, un enorme telo di plastica sotto i piedi, pennelli e barattoli di colori tutt'intorno.

Il tavolo era zeppo di stuzzichini e bibite... non alcoliche, per le signore in dolce attesa, vino e liquori per le altre. Gli uomini erano fuori a giocare con Tony e Marissa, prendevano a calci una palla e trovavano ogni espediente per rimanere alla larga.

Khloe aveva esitato ad accettare l'invito per quell'evento d'arte, perché non era assolutamente portata per la pittura; ma alla fine aveva detto di sì, perché voleva passare del tempo con le amiche. Da quando aveva aumentato il carico di lavoro, non aveva fatto molta vita sociale. Da quando i suoi segreti erano stati svelati, lei aveva deciso di impegnarsi a passare più tempo con le amiche, che non l'avevano mai ignorata e l'avevano accettata per come era... un tipo chiuso, con sbalzi d'umore, a volte un po' scorbutica.

Quando era arrivata, aveva trovato una bella sorpresa: l'insegnante d'arte aveva abbozzato su ogni tela i contorni del soggetto da dipingere, un alce vicino a un lago con le lucine di Natale intrecciate nelle corna; così sarebbe stato molto più semplice non rendersi ridicola dipingendo un obbrobrio degno di una bimba di due anni.

Quando furono a tre quarti del laboratorio di pittura, Khloe era piacevolmente inebriata dai bicchieri di vino che aveva bevuto. L'insegnante aveva dato dei suggerimenti, ad esempio dipingere gli alberi con degli ampi movimenti di pennello, e se qualcuna di loro esitava, lei la incitava a bere un sorso. Qualche amica aveva seguito quel particolare consiglio alla lettera.

Così, Bristol, Caryn e Khloe si erano mezze ubriacate. Heather non amava il sapore del vino, ma si era gustata qualche bicchierino di liquore che aveva portato Caryn. Elsie e Finley avevano bevuto Sprite in bicchieri da vino.

Khloe stava aggiungendo a colpetti del colore alle luci nelle corna dell'alce quando si accorse di qualcosa e si fermò col pennello a mezz'aria; si voltò verso Lilly ed esclamò: "Lilly sta bevendo Sprite!"

Si fermarono tutte e si voltarono in perfetta sincronia verso l'angolo del tavolo in cui si trovava Lilly.

"Lilly... ma sei..." sussurrò Elsie.

"No... ma sono i giorni giusti del mese, e non voglio far nulla che renda più difficile il concepimento," spiegò alzando le spalle. "Lo so che l'alcol non ha nulla a che vedere col rimanere incinta, anzi, in tante concepiscono proprio quando sono ubriache, ma io sono un po' paranoica e non voglio correre rischi."

Dimenticata la pittura per un momento, si avvicinarono tutte a Lilly, litigandosi il primo abbraccio, con un entusiasmo simile a quello di un annuncio di gravidanza.

Lei si mise a ridere e le allontanò. "Ragazze, ma siete matte? Tornate al vostro posto, santi numi!"

"Ce lo dici subito, se fai pipì sul test ed è positivo, giusto?" le chiese Caryn.

Lilly alzò gli occhi al cielo. "No."

"Cosa? E perché no?" chiese Elsie imbronciata.

"Perché poi esagerate, mi trattate come una statuina di cristallo, siete peggio di Ethan," spiegò Lilly.

"E allora"? le chiese Finley. "Ti darebbe tanto fastidio?"

"Come se a te *dispiacesse* essere trattata con i guanti," ragionò Bristol.

Lilly reagì con un sorriso imbarazzato. "È vero; è solo che... non voglio portarmi sfortuna da sola."

"Le ricerche scientifiche dimostrano che si può avere una gravidanza dopo un aborto spontaneo," le disse dolcemente Finley.

"Lo so... ma finché non arrivo almeno almeno al quinto mese, rimarrò paranoica," concluse Lilly alzando le spalle.

"Ecco, allora... penso sia ora di terminare i nostri capolavori, così la nostra Lilly può tornare a casa e chiedere al marito di metterla incinta!" annunciò Caryn farfugliando leggermente.

Khloe non riusciva a smettere di sorridere. Non sapeva bene il perché, ma l'alcol che le scorreva nelle vene doveva aver contribuito. Era felicissima. Non aveva alcun dubbio sul fatto che Lilly avrebbe avuto una seconda occasione. Elsie e Finley erano in forma perfetta e non mancava molto al loro termine di gravidanza. Heather si era inserita bene, come se non fosse rimasta nascosta nel bosco per gran parte della sua vita, ma anzi fosse sempre stata nel gruppo di amiche. Khloe si sentiva veramente parte di una famiglia coesa, una sensazione che non provava da quando aveva perso il padre.

"Allora... ho sentito che quel deficiente di Ziegler si è presentato in biblioteca ed è uscito di melone," disse Caryn mentre le altre riprendevano a lavorare ai dipinti.

"Ho visto il video. Ziegler è finito, almeno qui a Fallport," disse Elsie.

"Un momento, c'è un video?" chiese Lilly. "Non lo sapevo!" Posò il pennello e prese il cellulare.

"No! Non puoi fermarti," le intimò Caryn puntandola col pennello. "Metti giù il telefono e finisci quell'alce. Devi andare a concepire un bimbo e non puoi andare prima di aver finito il dipinto!"

Risero tutte.

"Te lo trovo io," si offrì Heather tirando fuori il cellulare dalla tasca.

"Guarda sulla pagina social della comunità di Fallport," le disse Elsie. "È lì che l'ho trovato."

Nel giro di pochi secondi, Heather si alzò in piedi e portò il telefono da Lilly. Rimasero tutte in silenzio per ascoltare lo sfogo rabbioso di Raymond contro Khloe. Quando arrivò il punto in cui Ziegler mandava a fanculo Khloe, rimasero tutte a bocca aperta.

Poi Caryn commentò: "È finito!"

"Finiamo anche *noi* con un brindisi!" annunciò Finley. "Alla clinica di Khloe in espansione!"

Alzarono tutte i rispettivi bicchieri, persino l'insegnante d'arte, che era rimasta per lo più in disparte a osservare e ascoltare le chiacchiere.

"A Khloe!" annunciò Bristol.

"A Ziegler che chiude bottega!" aggiunse Elsie.

"A Fallport, che finalmente avrà una veterinaria che ci tiene!" aggiunse Finley.

"Alle amiche," disse Heather dopo essersi seduta.

All'improvviso, Heather sentì gli occhi pieni di lacrime. Sbatté le palpebre rapidamente per cercare di trattenere il pianto, ma non ci riuscì.

"Non piangere!" esclamò Elsie agitandosi. "Se cominci tu, con gli ormoni che mi ritrovo, chissà come finisco io!"

"Troppo tardi!" esclamò Finley singhiozzando.

Ridere e piangere allo stesso tempo fu una sensazione nuova, ma Khloe se la cavò alla grande. "Grazie a *tutte* per non avermi esclusa. So di non essere stata molto socievole in quest'annetto."

"Non importa," rispose Caryn con un cenno della mano. "Se qualcuno avesse tentato di uccidere me, avrei reagito allo stesso modo."

"Ma qualcuno *ha* tentato di ucciderti," le ricordò Lilly.

Caryn alzò le spalle. "Un cretino ha cercato di dare fuoco a un vigile del fuoco. Un'idiozia."

Khloe non voleva certo riportare a galla ciò che era successo all'amica, né voleva soffermarsi su ciò che era successo a lei stessa. "Da questo momento... non ci capiterà nulla di male, solo cose belle. Figli, sesso, feste, sfilate in paese, affari e attività fiorenti!"

"Beviamoci sopra!" esclamò Caryn.

"Tu bevi su tutto!" esclamò Bristol ridendo.

Terminarono i dipinti in breve tempo, soprattutto perché volevano che Lilly tornasse a casa da Ethan, nella speranza che il suo sogno di concepire si realizzasse. La festa finì poco dopo la partenza di Lilly. Si salutarono tutte, e quasi all'improvviso Khloe si ritrovò seduta vicino a Raid sul suo Expedition.

Appoggiò la testa allo schienale e lo fissò, mentre lui guidava per tornare a casa.

"Non è strano che io viva con te?" gli chiese di getto.

"No," le rispose lui senza alcuna esitazione.

"È solo per via dei Mather? E per quel trafficante? E adesso per Ziegler?"

"No," ribadì Raid.

Khloe si imbronciò. "Ah no?" Sapeva di essere un po' brilla e più propensa del solito a parlare, ma Raid non sembrava dispiaciuto.

"No," le ripeté alzando una spalla. "È perché ti amo e perché con te mi sento l'uomo che ho sempre voluto essere."

Khloe non sapeva come interpretare quelle parole, ma Raid, come al suo solito, capì e si spiegò senza bisogno di altre domande.

"Mi lasci essere me stesso, mi accetti per come sono."

"Io ti *amo* per come sei," gli disse.

"Ma non è questo il motivo principale per cui non è strano che viviamo insieme," proseguì lui con un sorrisetto. Prima che lei gli chiedesse spiegazioni, lui proseguì. "È perché non posso sopportare di starti lontano. Quando non sei con me, non so pensare ad altro che a te, a cosa stai facendo o pensando. Vorrei essere sempre insieme a te; sul lavoro, a casa, mentre sbrighiamo le faccende domestiche. Anche quando sono nel bosco con Duke, penso a te."

Khloe si stava sciogliendo sul sedile. Era la frase più romantica che qualcuno le avesse mai detto. "Io... anch'io," gli disse, sapendo di non aver trovato le parole migliori per esprimere tutto ciò che sentiva nel cuore.

Ma Raid le sorrise semplicemente, poi le prese la mano.

Dopo aver guidato per qualche secondo tenendole la mano, Raid le disse: "Non l'ho mai fatto in passato."

"Fatto cosa?" gli chiese Khloe confusa.

"Tenere una donna per mano. È bello."

Sentirglielo dire la intristì, mentre dentro di lei sorgeva una sensazione di possessività. Era l'unica donna che lui avesse mai tenuto per mano. Raid non aveva mai giocato a D&D con altre. Probabilmente, molte delle cose che avevano fatto a letto erano state delle novità per lui. Di sicuro lo erano state *per lei*.

Quell'uomo le apparteneva... e lei voleva sperimentare con lui molto altro.

"Hai mai fatto l'amore con una donna ubriaca?"

Lui fece una smorfia, ma non tolse gli occhi dalla strada. "Non posso dire di sì. È molto diverso dal fare l'amore con una donna che *non* è ubriaca?"

"Credo che tu stia per scoprirlo," gli disse per stuzzicarlo.

Al che, lui la guardò di sfuggita. "Quando arriviamo a casa, vai dritta a letto. Io porto fuori Duke e ti raggiungo. Ti voglio nuda e pronta per me."

Khloe sentì un brivido e gli rispose: "Va bene." Poteva ben dire di non essere mai stata tanto felice.

"Raid?"

"Sì?"

"Grazie per essere tanto meraviglioso."

Un leggero velo di rossore gli colorò le guance. Raid non

sapeva come reagire ai complimenti, ma anche quello era un lato del suo charme.

Raid si portò la mano di Khloe alle labbra e ne baciò dolcemente il dorso.

Durante il resto del breve tragitto verso casa, nessuno dei due parlò, ma ogni volta che Raid le sfiorava il dorso della mano col pollice, lei sentiva la voglia crescere. Gli apparteneva. Raid poteva chiederle qualunque cosa, e lei si sarebbe fatta in quattro per accontentarlo. Ma lui non ne avrebbe mai approfittato, perché Raid non era il tipo. Il che le faceva venire ancor più voglia di farlo felice.

Il futuro presentava ancora incertezze: Jason e Scott erano ancora in circolazione, probabilmente in attesa del momento giusto per colpire; il passato di Raid era in agguato nell'ombra; poi c'era un nuovo piano di espansione per l'attività... ma Khloe aveva almeno una certezza: qualunque cosa fosse successa, lei e Raid l'avrebbero affrontata insieme.

Un uomo osservava dal binocolo una casa da lontano. Aveva parcheggiato in una zona disabitata a un chilometro di distanza, poi aveva attraversato a piedi il bosco per appostarsi in quel punto, sul prato. Doveva essere sicuro che nessuno lo vedesse... perché altrimenti sarebbe stato tutto inutile.

Spiava quella coppia già da un po', ormai, per conoscerne le abitudini e raccogliere informazioni. Doveva avere pazienza, in quanto il tempismo era di estrema importanza. Il piano doveva filare alla perfezione. Agire troppo rapidamente o con eccessiva spavalderia avrebbe reso vano ogni sforzo. Lui non voleva certo che Raiden Walker o Khloe Watts si accorgessero di essere osservati: dovevano rimanere beatamente ignari.

Un paio di idee si stavano delineando, ma quale che fosse

il piano finale, andava eseguito con estrema perizia. L'area era affollata di turisti, confondersi tra loro non sarebbe stato difficile. Tuttavia, perlustrare un paesino tanto piccolo senza farsi notare era un compito delicatissimo: erano tutti molto curiosi, pronti a chiamare la polizia se solo qualcuno avesse osato orinare fuori posto.

Ma le difficoltà rendevano solo la sfida più interessante. Come piaceva a lui.

"Ecco," disse sottovoce osservando le sagome dei suoi obiettivi dietro una tenda. "Spassatevela finché potete, perché ben presto vi accorgerete cosa succede a chi fa incazzare la persona sbagliata."

Dopo un sogghigno, l'uomo abbassò il binocolo e si alzò da terra. Tornò al parcheggio senza dare nell'occhio, prese uno dei telefonini usa e getta dalla scorta che teneva in macchina e fece una chiamata per riferire ciò che aveva visto e per discutere i piani che si stavano delineando nella sua mente.

CAPITOLO DICIOTTO

RAID AVEVA LO SGUARDO FISSO, fuori dalla finestra; era perso nei propri pensieri.

Aveva parlato con Tonka quasi tutti i giorni e nessuno dei due aveva la minima idea di dove fosse Garcia; non era emerso nulla dal giorno in cui avevano saputo del suo rilascio dal carcere e del rimpatrio. Garcia poteva essere letteralmente ovunque, un'incertezza che non li lasciava liberi di vivere tranquillamente.

La liberazione del trafficante aveva fatto riemergere in Tonka ricordi orribili, memorie che lui era riuscito a gestire e sopportare grazie alla psicoterapia, con risultati notevoli nel contenerle e andare avanti con la sua vita. Sapere che Garcia poteva essere in cerca di vendetta l'aveva fatto ricadere in una depressione buia, ma grazie all'aiuto della moglie e delle figlie, oltre che degli amici del Rifugio, Tonka stava cercando di uscirne più determinato che mai a garantire l'incolumità delle persone che amava, impedendo a Garcia di far loro del male.

Dal canto suo, nei momenti più cruciali del loro scontro con il trafficante, Raid era rimasto privo di sensi, quindi sapeva ciò che era successo solo dai rapporti ufficiali e da ciò che gli era stato riferito. Molti giorni, gli sembrava che il dolore fosse altrettanto forte, perché l'immaginazione si metteva al lavoro e lo faceva soffrire per tutto l'accaduto.

Il pensiero che Garcia mettesse le mani su Khloe, o anche solo su Duke, lo teneva sveglio la notte. Più tempo passava senza che si trovassero tracce di quel criminale, più Raid diventava irritabile. Quel tipo avrebbe anche potuto aspettare degli anni, prima di vendicarsi, oppure avrebbe potuto essere sul punto di agire da un momento all'altro. Raid stava cercando di non impazzire per la paranoia, ma l'ansia cresceva ogni giorno di più.

Tonka la viveva nello stesso modo. Erano entrambi sicuri che Garcia avrebbe combinato *qualcosa*. Solo che non si sapeva cosa, né quando. Ma di sicuro, a un certo punto, avrebbe fatto una mossa.

Ironia della sorte, Pablo Garcia e Alan Mather avevano qualcosa in comune: avevano giurato di far soffrire coloro che ritenevano nemici... ma in realtà erano loro stessi i responsabili delle malefatte per cui erano stati incarcerati.

Pensare ad Alan fece spuntare un sorriso sul viso di Raid. Al momento, Khloe doveva ancora rimanere sul chi va là, ma era già partita un'inesorabile catena di favori che presto avrebbe portato Alan a capire: se avesse persistito nel tormentare Khloe Watts, ne avrebbe subito le conseguenze.

Raid non era certo fiero di aver fatto ricorso alle minacce, ma uomini come Alan non capivano altri metodi. Infatti, sia pur dalla cella di un carcere, quel bastardo continuava a minacciare Khloe, mandando i fratelli a fare il lavoro sporco.

Pertanto, un conoscente di Raid, un mercenario che viveva in Colorado, si era offerto di usare dei contatti personali per dare il via al piano: assicurarsi che Alan non costituisse più un problema per il futuro di Khloe.

Raid sussultò, sentendo le braccia di Khloe che lo avvolgevano da dietro, le mani che si appoggiavano sulla pancia; lui gliele coprì con le proprie.

"A che pensi, che sei tanto concentrato?" gli chiese con tono tranquillo.

Raid non intendeva crearle dello stress confessandole le proprie preoccupazioni... o raccontandole ciò che stava per succedere all'uomo che aveva tentato di ammazzarla. Si girò tra le braccia di Khloe e la strinse a sé, appoggiandole il mento sulla testa... poi mentì spudoratamente. "Pensavo a quanto sono felice."

Non che *non* fosse felice, anzi... ma era una gioia macchiata dall'ombra di un criminale in agguato.

"Anch'io," gli rispose. "Ethan vi ha detto nulla?"

Raid accennò un sorriso. Khloe gli aveva raccontato tutto ciò che Lilly aveva detto quella sera, all'incontro d'arte di qualche settimana prima. Da allora, Khloe gli aveva chiesto regolarmente se Ethan si fosse lasciato scappare qualcosa, ad esempio dicendo che la moglie era di nuovo incinta.

"No. Non è che ci troviamo per parlare di cicli e gravidanze," le spiegò ridacchiando.

"Lo so. Pensavo solo che, quando succederà, probabilmente sarà molto entusiasta e non riuscirà a mantenere il segreto."

"E pensi che Lilly ce la farebbe?"

"Sì," gli rispose. "Lilly è preoccupata, ha paura. Ha perso un figlio e di sicuro non vuole lasciarsi andare troppo alle speranze di una nuova gravidanza, almeno finché le probabilità di portarla a termine non siano preponderanti. Potrebbe arrivare persino al quinto mese, prima di convincersi a dare la notizia."

"Ed è un male?" le chiese Raid staccandosi da lei e guardando la donna che teneva tra le braccia.

"No! Ci mancherebbe. Deve fare ciò che crede, per evitare patemi. Ma io vorrei saperlo, in modo da poterla tenere d'occhio. Sai, per vedere se si stanca troppo, magari la invito a sedersi, oppure vado io a trovarla, invece che invitarla alla clinica, o qui a casa. Cose così. Mi preoccupo per lei."

Raid sentì il cuore sciogliersi. La sua Khloe aveva un cuore d'oro. "Se sento qualcosa, te lo dico subito."

"Grazie," gli rispose tranquillamente. "Glielo auguro di tutto cuore. Sarebbe felicissima di diventare mamma. Lei ed Ethan saranno genitori fantastici."

Raid era d'accordo.

"C'è qualcosa in particolare che ti va per pranzo?" gli chiese Khloe.

Lui sorrise: Khloe saltava spesso di palo in frasca, ma lui ci era abituato. Forse per via della sua intelligenza acuta, la mente di Khloe rimuginava di continuo decine di pensieri diversi. Quando decideva che un argomento era esaurito, lo chiudeva e passava a un altro.

"Panini con il formaggio alla griglia?" le chiese.

"Ottima idea. Faccio uscire Duke e poi preparo. Tu nel frattempo rimani pure qui con lo sguardo fisso nel vuoto."

Raid fece una risatina. "Per ora ho finito di pensare, vado a scaldare la griglia."

Khloe si alzò in punta di piedi e lo baciò sul mento. "Va bene."

Raid la lasciò andare controvoglia e la osservò con un sorrisetto, mentre lei svegliava Duke e cercava di convincerlo che era ora di uscire. Il giorno prima, lui era andato con il segugio nella prima missione di ricerca dopo l'intervento all'addome e Duke era andato alla grande. Non erano stati loro a ritrovare il turista smarrito, che era riuscito a raggiungere la strada principale e aveva fermato qualcuno per farsi riportare alla macchina, ma Duke non aveva mostrato alcun segno di affaticamento, ed era sembrato felicissimo di riprendere il servizio attivo.

I panini furono pronti in poco tempo; dopo mangiato,

Raid si mise seduto sul divano, Khloe appoggiata a lui, per guardare un altro programma di cucina. Era divertente sapere che erano entrambi tanto interessati a programmi come quello, quando nessuno dei due eccelleva particolarmente ai fornelli.

Solo verso le tre, Raid notò che Duke non era tornato nella sua solita cuccia all'angolo del salotto.

"Merda! Ci siamo dimenticati Duke!" esclamò, in preda a un incredibile senso di colpa.

"Oh no!" esclamò Khloe alzandosi immediatamente dal divano e andando insieme a Raid verso la porta sul retro.

Raid aprì la porta finestra scorrevole con più energia e fretta del solito. Si aspettava di trovare il segugio sotto un albero, addormentato... nel fango! Nell'ampio giardino c'erano un sacco di odori da seguire: conigli, scoiattoli e procioni di passaggio. Duke doveva essersi dato da fare al punto da stancarsi.

"Duke!" gridò Raid, dopo aver guardato intorno senza vedere subito il segugio.

Il cane non rispose al richiamo trotterellando tra gli alberi per tornare a casa, come suo solito.

"Tu vai di là," gli disse Khloe indicando verso destra. "Io vado di qua."

Raid annuì, leggermente nel panico per la mancata risposta del suo cane.

Avere un giardino recintato di quattromila metri quadri forniva uno spazio eccezionale a Duke, che poteva girovagare e rimanere in forma, ma era anche uno spazio enorme, se si trattava di cercarlo. Raid affiancò il perimetro della recinzione tenendo la destra, mentre Khloe percorreva il lato sinistro. Lui la seguì, tenendola d'occhio tra gli alberi, in quella ricerca simmetrica. Il timore cresceva a ogni secondo che passava senza che Duke rispondesse alla voce di Raid o di Khloe.

Quel bestione ci aveva quasi rimesso la pelle qualche mese prima; Raid non era pronto a perderlo.

Solo quando raggiunse l'angolo più remoto del terreno, Raid fu preso dal *terrore*.

Un albero era caduto sul recinto, che era crollato sotto quel peso enorme. Duke avrebbe potuto uscire facilmente da quel punto, specialmente se avesse trovato una traccia interessante da seguire fuori dal giardino.

"Khloe!" esclamò Raid.

La vide raggiungerlo di corsa... e quando anche lei notò il recinto danneggiato, si preoccupò visibilmente. "Oh no! È uscito?"

"Sembra proprio di sì," le rispose Raid a denti stretti, riavviandosi verso la casa.

"Duke! Torna qui!" gridò Khloe con una certa agitazione.

"Khloe, andiamo, dobbiamo fare qualche telefonata, poi usciamo a cercarlo," le disse Raid.

"Non siamo troppo lontani dalla strada," gli rispose Khloe con le lacrime agli occhi. "Potrebbe farsi investire."

Raid ci aveva già pensato, ma aveva preferito non parlare apertamente di quel rischio. "Non preoccuparti per nulla, lo sai anche tu che i segugi, quando seguono una pista, possono camminare per chilometri e chilometri. Poi, quando alla fine la traccia svanisce, loro alzano il muso e si guardano attorno, chiedendosi dove diavolo sono finiti. Duke è un cane fantastico, ma non è certo un genio. Però ha partecipato a centinaia di missioni di ricerca nei boschi qui intorno. Sono sicurissimo che saprà usare il fiuto per tornare a un posto che conosce. Nel frattempo, ci servono altri occhi che ci aiutino. Devo telefonare a tutti."

"Sì!" esclamò Khloe con impazienza, asciugandosi le lacrime che le avevano bagnato il volto. "Tu chiama gli amici della squadra, io comincio a cercare degli altri volontari."

Raid annuì. Tutto ciò che aveva detto a Khloe a proposito

di Duke era vero, ma rimaneva comunque la paura per la scomparsa del segugio.

Arrivarono in casa di corsa e raggiunsero immediatamente i rispettivi telefoni. Raid chiamò subito Ethan.

"Ciao, che c'è?" gli rispose l'amico.

"Duke è uscito dal terreno sul retro, sarà almeno un'ora, un'ora e mezza fa. Ci serve aiuto per cercarlo."

"Merda, va bene. Finisco subito un altro lavoro, poi esco e ti raggiungo il prima possibile. Vuoi che chiami gli altri?"

"Sì, grazie. Se puoi avvertire anche Rocky e Zeke, io nel frattempo sento Drew, Brock e Tal."

"D'accordo. Spargiamo la voce, Raid. Lo troveremo. Duke non è certo un estraneo, da queste parti."

Raid lo sapeva e contava sulla fama del segugio. Se qualcuno l'avesse avvistato nei paraggi di Fallport, avrebbe capito subito che era successo qualcosa e l'avrebbe accalappiato, avvisando Raid di andarlo a prendere. Se invece qualcuno l'avesse incontrato su un sentiero nel bosco, si sarebbe chiesto che ci faceva là da solo.

"Grazie. Ha il mio numero di telefono sul collare, quindi spero che chi lo trova mi chiami subito."

"Ti avvertiranno," lo tranquillizzò Ethan. "Ci mettiamo subito all'opera. A dopo."

Quando Raid chiuse la telefonata, sentì Khloe che parlava con Harry Grogan e gli chiedeva di spargere voce.

Raid odiava quella sensazione. Avrebbe voluto andare subito a cercare il suo cane, ma sapeva che era meglio avvertire il più persone possibili della scomparsa di Duke, per dargli più chance di tornare a casa subito. Chiamò Drew.

Dopo dieci minuti, praticamente tutta la cittadinanza di Fallport era stata avvertita. Khloe aveva contattato tutte le persone che conosceva, si era persino umiliata telefonando al dottor Ziegler, per fargli sapere che Duke si era perso. Erano state avvertite abbastanza persone da smuovere la macchina del gossip e farla funzionare a pieno ritmo. Tutti avrebbero cercato di rintracciare il segugio.

Raid avrebbe dovuto sentirsi meglio, ma il timore che gli aveva fatto gonfiare la gola minacciava di strozzarlo. Faceva fatica a pensare, talmente era fissato sul rischio che Duke fosse da qualche parte, ferito, incapace di muoversi. Oppure spaventato, da solo, nel bosco. O affamato.

Si era preoccupato anche quando Duke era stato male ed era stato operato, ma in quell'occasione, il cane era in ottime mani: quelle di Khloe. Il fatto che si fosse perso era quasi peggio. Non sapere dove fosse, né se stesse bene era un dolore straziante.

Per la prima volta, Raid comprese meglio la sofferenza di Tonka, ciò che aveva subito, mentre Garcia stava torturando Steel e Dagger, i loro cani, intelligenti e letali, ma anche molto affezionati ai loro amici e padroni. Ripensare al dolore e alla confusione che i due poveri animali dovevano aver provato, mentre Garcia li maltrattava e i padroni non facevano nulla per fermarlo, era un'ulteriore forma di tortura.

"Raid, svegliati!" gli intimò dolcemente Khloe. "Allora, qual è il piano? Dove vuoi che cominciamo la ricerca? Dobbiamo prendere due macchine?"

"No!" le rispose esclamando con eccessiva veemenza. Poi respirò a fondo. "No, dobbiamo rimanere insieme." Nonostante il panico, non poteva certo dimenticare il motivo per cui lui teneva d'occhio Khloe, insieme agli altri della squadra.

Per un attimo, Raid si chiese se la scomparsa di Duke avesse a che fare con il passato di uno di loro due, ma poi ci ripensò: aveva visto il recinto distrutto, l'albero caduto, non certo per mano umana. Quell'albero era caduto da solo, in modo naturale, per quanto infelice.

Ma Raid non era certo un incosciente, e non avrebbe lasciato Khloe andare in giro da sola.

"Va bene, la tua macchina o la mia?" gli chiese lei.

"La mia," le rispose, preso dal bisogno di controllare qualcosa, fosse anche solo il volante dell'auto. Del resto, l'Expedition di Raid era più grande, mentre nella macchina di Khloe c'era poco spazio per un cane della stazza di Duke.

Raid notò anche che Khloe afferrò la "borsa pronta", come la chiamava lei. Era la borsa in cui teneva tutto il necessario per un pronto intervento, nell'eventualità di dover soccorrere un animale ferito che non poteva essere trasportato in ambulatorio.

Dopo aver allontanato il pensiero che Duke avesse bisogno di cure immediate, Raid afferrò le chiavi e si avviò verso la porta.

Dapprima, percorse lentamente la stradina che lambiva il terreno, con i finestrini abbassati, chiamando a voce alta Duke. Dato che non lo trovarono, Raid parcheggiò all'imbocco del sentiero più vicino. Uscirono entrambi dal veicolo, sempre chiamando Duke. Di nuovo, nessun risultato.

Forse Duke era andato in direzione del centro; ormai era passato abbastanza tempo, probabilmente si era fatto dare da mangiare da qualche passante. Presero l'auto e andarono verso il centro di Fallport, percorrendolo in lungo e in largo, sperando, anzi, pregando di vedere Duke che trotterellava lungo il marciapiede, divertito come un matto per quell'avventura.

Non ne trovarono traccia.

Dopo una quarantina di minuti, Raid ormai faticava a non farsi prendere dal panico. Gli altri si erano fatti sentire ogni tanto, ma nessuno aveva intravisto nemmeno l'ombra dell'imprevedibile segugio.

"Forse dovremmo tornare a casa tua, vedere se è là. Potrebbe aver trovato la via di casa, magari perché gli è venuta fame. Sai, seguendo il proprio odore."

Non era una cattiva idea, ma più Raid pensava di tornare a casa senza Duke, più gli si stringeva lo stomaco. Ricordava ancora i primi giorni in cui aveva portato a casa quel cucciolo, maltrattato e trascurato, abbandonato come spazzatura. I primi tempi, ogni volta che Raid gli si avvicinava, Duke si rannicchiava impaurito e tremante. Dopo molta pazienza e tanto cibo, alla fine il segugio si era abituato, affezionandosi completamente a Raid.

Certo, Duke non era furbo come lo era stato Dagger, né era altrettanto aggressivo; non sarebbe mai saltato alla gola di qualcuno su comando, Raid lo aveva addestrato con molta soddisfazione, per ore e ore, a seguire le tracce olfattive delle persone. Tutto, per poi smarrirsi, sparire senza lasciare traccia.

Il telefono di Khloe squillò, spaventando Raid.

"Pronto? Davvero? Santo cielo, grazie mille per avermi chiamato! Stiamo andando proprio là! Sì, ti faccio sapere. Ciao!"

Raid si voltò per chiederle chi fosse, ma non ci fu bisogno, perché Khloe cominciò a spiegargli con frenesia.

"Era Sandra, ha detto che qualcuno ha chiamato la tavola calda dicendo di aver visto Duke! Era vicino all'imbocco del sentiero di Eagle Point. Credo che abbiano cercato di prenderlo, ma Duke ha ignorato i richiami e se n'è andato per i fatti suoi."

Raid pigiò a fondo l'acceleratore dell'Expedition. Il fatto che Duke non si lasciasse avvicinare da degli estranei non lo sorprese. Quel segugio non si era mai affezionato tanto alle persone... solo a Lilly e a Khloe, che erano delle rare eccezioni. Duke sopportava le persone. Raid sospettava che qualcuno l'avesse maltrattato, da cucciolo, e che quindi avesse perso per sempre ogni fiducia nel genere umano.

Il sentiero di Eagle Point era uno dei più difficili della zona, e non era lontanissimo da casa di Raid. Il fatto che Duke andasse in quella direzione era comprensibile, dato che aveva partecipato a molte missioni di ricerca che erano partite proprio da quel parcheggio. Raid pregò che il segugio rimanesse dov'era abbastanza a lungo per farsi trovare.

"Sandra ha detto chi ha telefonato? Come mai ha telefonato in tavola calda e non a noi?"

"No, non me l'ha detto, ha solo detto che era una voce maschile, un signore che ha visto un segugio che non sembrava randagio, ma solo smarrito, e che ha pensato che qualcuno lo stesse cercando. Sandra pensa che fosse un turista che aveva il numero dell'Occhio di Bue perché è uno dei pochi ristoranti di Fallport in cui si può ordinare da asporto."

Aveva ragione. Accidenti, lo stesso Raid conosceva a memoria quel numero, tante erano state le occasioni in cui aveva ordinato da mangiare, soprattutto prima di mettersi insieme a Khloe.

Senza preoccuparsi del limite di velocità, Raid sfrecciò verso quel parcheggio. Ogni minuto prezioso per arrivare a destinazione era come una tortura: lui voleva solo ritrovare il suo cane.

Accostarono nel parcheggio all'imbocco del sentiero di Eagle Point e vi trovarono altri tre veicoli. Un uomo che Raid non riconobbe era in piedi vicino a un vecchio modello di Oldsmobile. Doveva essere il tipo che aveva telefonato a Sandra dicendo di aver avvistato Duke. Erano parcheggiate sulla ghiaia anche una Jeep nera e una Honda Civic, senza nessuno all'interno. I proprietari dovevano essere sul sentiero.

Raid parcheggiò e sfrecciò fuori dalla macchina, incamminandosi insieme a Khloe verso quell'uomo.

"Ha chiamato lei per il mio segugio? L'ha visto?" chiese Raid senza troppi preamboli e senza perdere il tempo nemmeno per un saluto educato.

"Sì, l'ho visto laggiù," rispose l'uomo girandosi e indicando tra gli alberi.

Raid e Khloe si voltarono verso il punto indicato da quell'uomo. Raid si mise le mani davanti alla bocca per amplificare il suono della voce e gridò: "Duuuuuuuke!"

"Ehm, Raid," gli disse Khloe con una voce strana.

Lui era interamente concentrato, alla ricerca di un movimento qualunque tra gli alberi. "Duuuuuke. Vieni qui, amico!"

"Raid!" esclamò Khloe con più forza.

Ancora intento alla ricerca, Raid si voltò verso di lei distrattamente... e appena la vide, il sangue gli si gelò nelle vene, e ogni pensiero sul segugio disperso svanì in un baleno.

L'uomo che avevano appena incontrato aveva tirato fuori una pistola e la stava puntando dietro la testa di Khloe. Lei aveva le mani alzate, in segno di resa.

"Ma che cazzo succede?" grugni Raid.

"Adesso farai come dico, altrimenti le faccio saltare le cervella!" esclamò l'uomo.

"Il mio telefono è in macchina," disse Khloe a voce bassa. "Anche quello di Raid. Prendili. Anzi, prendi l'auto, le chiavi sono ancora nel blocchetto d'accensione," aggiunse implorando.

Ma l'istinto di Raid gli fece capire subito che non si trattava di una rapina. Quel tipo non era Pablo Garcia, era troppo alto e aveva la carnagione chiara. Ma senza alcun dubbio lavorava proprio per quel trafficante.

Raid si sentì incredibilmente stupido. Si era preoccupato troppo per Duke, al punto da non pensare con chiarezza. Si era messo a correre come una lepre impazzita e l'uomo di Garcia ne aveva approfittato.

"Non voglio i vostri telefoni del cazzo," disse l'uomo a Khloe. Poi si rivolse a Raid: "Tu cammina lentamente verso la mia macchina ed entra nel baule."

A quell'ordine, Khloe inspirò bruscamente. Gli occhi strabuzzati, le guance completamente scolorite, osservò Raid come aspettandosi che facesse qualcosa per uscire da quella situazione. Ma con quella pistola puntata alla testa di Khloe, nemmeno Raid aveva alternative. Senza dubbio, quell'uomo non avrebbe esitato a sparare. Chiunque scegliesse di lavorare per Garcia doveva essere assolutamente privo di scrupoli, compassione o umanità.

Raid esitò troppo a lungo, così l'uomo, senza una parola di preavviso, spostò la pistola dalla testa di Khloe, puntandola verso Raid, e premette il grilletto.

Raid sentì subito un dolore acuto alla gamba, ma per miracolo riuscì a non accovacciarsi a terra.

Il fragore dello sparo fu come attutito; Raid si accorse che alla fine della canna era applicato un silenziatore artigianale. Non ebbe il tempo di pensare: la pistola tornò subito contro la testa di Khloe. Stavolta sulla tempia.

Khloe era là in piedi, tremava per la paura, sbalordita, cercava di prendere fiato.

"Ho detto di andare verso la mia macchina e di entrare nel baule. Altrimenti il prossimo le trapassa il cervello," disse con calma l'uomo, scandendo bene le parole.

Raid capì di non avere scelta; odiava aver messo Khloe in quella situazione; obbedì a quell'uomo, arretrando verso il veicolo.

"Raid, non..." cominciò a implorarlo Khloe.

"Sì, certo, Raid, non..." la imitò l'uomo, canzonandola. "Ti prego, dammi motivo di ammazzarla. È passato un po' di tempo, mi farebbe molto piacere. Ho dovuto trascorrere in questo cazzo di paesino delle settimane a osservarvi. Non desidero altro che farla finita e uccidervi entrambi. Mi hanno ordinato di portare vivo solo te, ma penso che anche lei sia importante, un bel modo di controllarti. Adesso, maledizione, dentro!"

Il baule era già sbloccato; Raid sollevò il coperchio e guardò l'interno perplesso: non era sicuro ci fosse abbastanza spazio.

La coscia gli pulsava di dolore nel punto in cui era passato il proiettile. Raid non credeva che l'arteria femorale fosse stata colpita, ma la gamba sanguinava comunque profusamente. "Lasciala andare," implorò, pregando quel mostro senza vergognarsene. "Lei non c'entra nulla. Garcia vuole me, non lei."

"Dentro," ripeté l'uomo.

Raid non aveva davvero altra scelta: entrò nel bagagliaio. Gli girava la testa nel tentativo di valutare una via d'uscita. Gli amici erano tutti sguinzagliati a cercare Duke. Di sicuro avevano già sentito della telefonata alla tavola calda, o almeno l'avrebbero scoperto a breve. Avrebbero capito tutto, lui ne era certo fino al midollo... ma forse sarebbe stato troppo tardi.

Appena Raid fu completamente dentro il bagagliaio, in una posizione scomodissima, l'uomo spintonò Khloe con forza. Lei cadde sulla ghiaia in ginocchio e lui alzò il piede e le sferrò un calcio al fianco. "Adesso tocca a te. Dentro!"

"Cosa? No!" esclamò Raid.

L'uomo puntò di nuovo la pistola verso Khloe. "Entra o sei morta."

Khloe si mosse velocemente, tornò in piedi e si avvicinò al baule. Non esitò: alzò una gamba sul paraurti e salì in quello spazio angusto insieme a Raid.

Senza dire altro, il rapitore allungò una mano sul coperchio del bagagliaio e lo chiuse sbattendolo, così Raid e Khloe rimasero nel buio più assoluto.

Raid sentiva Khloe respirare a fatica, rapidamente. Cercò di spostarsi per lasciarle più spazio, ma fu tutto inutile. Non c'era un centimetro di spazio in tutto il bagagliaio.

Le passò un braccio intorno al corpo e la strinse a sé. Lei riuscì a girarsi in modo da trovarsi faccia a faccia con lui. Avevano le gambe intrecciate. Ogni volta che Khloe si muoveva, lui sentiva un dolore acuto alla gamba, nel punto in cui il proiettile l'aveva colpito. Ma Raid riuscì a ignorare quel dolore. In quel momento, era l'ultimo dei suoi pensieri.

Il motore si avviò e il veicolo cominciò a muoversi. Raid sentì Khloe che gli piangeva sul petto, ogni lacrima che attraversava il tessuto della maglia per bagnargli la pelle gli bruciava l'animo. Era stato *lui* a metterla nei guai. Raid si sentiva in colpa. Era stato *lui* a cacciarla in quella situazione.

La musica rimbombò nel bagagliaio, facendoli sussultare entrambi dalla sorpresa. L'uomo alla guida aveva messo dell'heavy metal impostando il volume al massimo. Raid sentì subito un dolore pulsante alla testa.

Sentì Khloe che faceva un respiro profondo. Poi un altro. Infine la sentì spostarsi per mettergli le labbra contro una guancia, su fino all'orecchio. "Non c'è una leva per l'apertura di emergenza?" gli chiese, praticamente urlando.

Era riuscita a riprendere il controllo delle proprie emozioni, e Raid non poteva essere più orgoglioso di lei.

"Non lo so," le rispose, sperando che lei lo sentisse.

Evidentemente lo sentì; infatti si agitò, girandosi di nuovo con la schiena sul petto di Raid e tastando tutt'intorno quanto poteva. Lui sapeva che i modelli più recenti erano dotati di una maniglia di apertura ad alta riflettenza, da usare nel caso in cui un bambino si chiudesse per sbaglio all'interno; tuttavia, per quanto cercasse nel buio, non riuscì a sentire nulla che potesse aiutare a sfuggire la situazione di pericolo in cui si trovavano.

Raid cercò di staccare gli agganci delle luci posteriori, ma si accorse che erano stati fissati con viti e bulloni di grandi dimensioni. L'uomo che li aveva costretti a entrare in quel bagagliaio aveva programmato nel dettaglio quel rapimento.

Khloe si girò di nuovo, e Raid fu colpito dal fatto che riuscisse a muoversi così tanto. Quando sentì la mano di lei sulla coscia, sussultò dal dolore, e quando lei trovò il punto in cui il proiettile era penetrato nella carne e lo strinse con forza, Raid cacciò un'imprecazione impossibile da trattenere.

"Scusami," gli disse Khloe sovrastando il volume della musica, ma senza mollare la presa.

Per distrarsi, Raid cercò di capire in che direzione si stesse dirigendo l'auto. All'uscita dal parcheggio, aveva svoltato a destra, in direzione di Fallport. C'era stato qualche rallentamento, anche uno stop, probabilmente al semaforo fuori dal centro. Poi il veicolo era ripartito e Raid immaginava si trovasse sulla strada che portava verso la statale.

Maledizione. Quel bastardo aveva attraversato il centro di Fallport, probabilmente passando tra le persone che cercavano Duke, amici inclusi.

La musica a tutto volume era stato un dettaglio furbo. Raid e Khloe faticavano a comunicare all'interno del bagagliaio e, se avessero colpito il baule per farsi sentire, nessuno se ne sarebbe accorto.

Raid strinse i denti, mentre Khloe esaminava la ferita con la mano. Nonostante lo spazio angusto e il buio, lei si mosse in modo estremamente efficace. Lui non capì assolutamente cosa stesse facendo, ma a un certo punto sentì qualcosa stringergli la gamba.

Un laccio emostatico. Era la cintura. Il dolore alla gamba era talmente straziante, che Raid non si era nemmeno accorto che Khloe gli aveva tolto la cintura.

Doveva concentrarsi meglio su ciò che stava accadendo. Si era perso per via del dolore e della musica a tutto volume, che gli rimbombava in testa, ma doveva reagire, trovare una via d'uscita per salvare entrambi.

Passarono vari momenti, poi Khloe si tirò su e gli portò di nuovo le labbra all'orecchio. "Ho fermato l'emorragia, ma se tolgo la cintura ricomincia. Non so come sia ridotta la tua gamba, senza un minimo di luce non posso fare una diagnosi. Non so se sia un bene o un male, ma non c'è un foro d'uscita."

Raid annuì; la pistola doveva essere di piccolo calibro, dato che il proiettile non aveva attraversato completamente la gamba. La cintura che gli stringeva la coscia non era certo piacevole, ma l'alternativa era perdere troppo sangue, al punto da non riuscire più a difendere né Khloe né sé stesso.

"Adesso cosa facciamo?" gli chiese Khloe.

Raid si irrigidì. Era proprio la domanda che temeva. Sinceramente non sapeva bene nemmeno lui che cosa *potessero* fare, e non pensava che Khloe avrebbe gradito l'unica risposta che gli veniva in mente: aspettare.

"Raid?" lo richiamò.

Lui la avvolse con le braccia e la tenne stretta, muovendo la testa per parlarle direttamente nell'orecchio. "Non lo so, Khloe. Oddio, vorrei tanto avere una risposta migliore, ma non ce l'ho. Dobbiamo aspettare, prendere tempo, vedere cos'ha in mente questo stronzo e poi decidere. Però, se ti capita l'occasione, tu devi scappare. Allontanati da me più che puoi."

La sentì irrigidirsi e capì senza bisogno di chiederglielo che a lei non piaceva quel suggerimento.

"Lo so, è una situazione schifosa, ma quel bastardo aveva ragione: l'unico motivo per cui sono in questo bagagliaio è che lui minacciava te. Se io fossi stato da solo, non avrebbe potuto usarti contro di me."

La sentì tremare e muovere le labbra contro la sua gola.

"Che rabbia."

Non gli fu difficile capire quelle parole grazie al movimento delle labbra.

"Lo so."

Rimasero l'uno addosso all'altra in quel modo per un'eternità, che in realtà durò probabilmente una ventina di minuti; la macchina sembrava diretta sempre a est. Ormai dovevano aver raggiunto la statale I-81, ma l'auto non aveva svoltato né a nord, né a sud, o almeno a Raid non era parso. Quindi la destinazione doveva essere sulla costa, in direzione di Norfolk.

Passò altro tempo, forse un'ora, forse sei. Nel buio pesto di quel bagagliaio era impossibile capirlo. Raid era convinto che ogni singolo minuto trascorresse come al rallentatore, mentre la mente gli turbinava di ipotesi, scenari che lui creava e scartava, pensando al momento in cui fossero finalmente usciti da quell'auto. Ma ciò che sapeva per certo, a prescindere da ogni ipotesi, era che sarebbe bastata un'altra pistola puntata alla testa di Khloe per mandare in fumo ogni piano. Non poteva... *non voleva* rischiare la vita di Khloe.

Mentre si chiedeva per l'ennesima volta quanto tempo avessero passato in quel bagagliaio, con la musica a palla che gli trapanava il cranio, gli sovvenne qualcosa. Strinse a sé Khloe gridandole nell'orecchio: "Ehi! Indossi ancora il tuo smartwatch?"

Lei gli annuì addosso.

"Puoi usarlo anche per telefonare... vero?"

Lei alzò la testa tanto alla svelta che quasi gli colpì il mento. Poi tirò su il braccio tra i loro corpi. Una lucina spuntò dallo schermo dello smartwatch. Non bastava a illuminare l'interno del bagagliaio, ma almeno si riusciva a leggere il display.

Raid fu sbalordito nel vedere che erano passate tre ora da quando erano stati rapiti.

"Santo cielo, ma certo! Perché non ci ho pensato prima? Non mi serve il telefono per fare una chiamata! Pensavo fosse una spesa inutile, comprare il modello con la SIM invece di quello solo col Wi-Fi, ma quando sono al lavoro è molto utile, non devo fermarmi a trovare il telefono per rispondere alle telefonate o ai messaggi!"

Stava parlando a vanvera, ma Raid non poteva certo biasimarla. A causa del frastuono della musica, sentì solo qualche parola, ma ne capì il senso.

"Chi devo chiamare?"

"Rocky," le rispose Raid senza esitare. Uno qualunque degli amici avrebbe smosso mari e monti per aiutare lui e Khloe, ma Rocky era l'unico ad aver sentito tutta la storia di ciò che era successo tanti anni prima con Garcia. Certo, Raid aveva spiegato tutto anche agli altri, ma senza entrare nei minimi dettagli, come invece aveva fatto con Rocky quando Khloe l'aveva chiamato a casa per parlare con lui.

"*Telefonare Rocky*," disse Khloe dopo aver premuto un pulsante sullo smartwatch... ma non successe nulla.

"Prova ancora," insisté Raid.

Lei ripetè il comando vocale, ma senza risultato. "La musica è troppo forte, il microfono non prende la mia voce."

"Respira a fondo, Khloe, funzionerà. Deve funzionare."

Lei prese fiato, si tolse lo smartwatch dal polso, lo protese con le mani su ambo i lati, abbassò la testa e attivò il display per dare il comando e chiamare Rocky.

Raid non la sentì parlare, ma evidentemente funzionò, perché lei rialzò la testa e avvicinò lo smartwatch all'orecchio di Raid.

Lui non era certo che funzionasse: la musica che rimbombava tutt'intorno era assordante, forse Rocky non sarebbe riuscito a sentire una sola parola. Tuttavia, il fatto stesso che ci fosse una telefonata proveniente dal numero di Khloe, con una musica a tutto volume, sarebbe stato un indizio sufficiente a capire che era successo qualcosa.

"Khloe? Dove sei?"

Appena Raid sentì la risposta di Rocky, si portò alla bocca lo smartwatch di Khloe; lei capì e lo protese con le mani nella speranza che Rocky sentisse chiaramente.

"Sono Raid. Io e Khloe siamo nel bagagliaio di una Oldsmobile bianca. Stiamo telefonando con lo smartwatch di Khloe. Un uomo di Garcia ci ha presi, stiamo andando verso est. Chiama Tex, facci rintracciare. Mi ha sparato, ma l'emorragia è sotto controllo. Qualunque cosa succeda, salva Khloe."

Si portò di nuovo lo smartwatch all'orecchio, sforzandosi di sentire ciò che diceva Rocky dall'altra parte, ma non riuscì a sentire altro che le urla di quella che doveva essere una canzone, il cui frastuono riecheggiava nel bagagliaio.

"Ci avrà sentito?" chiese Khloe.

Senza dire una parola, Raid le prese la mano e le avvolse il cinturino dello smartwatch intorno al polso. Non era affatto sicuro che Rocky avesse ricevuto il messaggio, ma sperava e pregava che avesse sentito abbastanza per capire che era successo qualcosa. Raid si fidava di Rocky: avrebbe avvertito gli altri e utilizzato ogni risorsa per trovare lui e Khloe. Raid non aveva alcun dubbio.

Per il momento, non rimaneva che aspettare, cercando di non cedere al panico. Non era possibile controllare cosa sarebbe successo nel prossimo futuro, né dove. Bisognava conservare le energie per il momento in cui l'auto si fosse fermata. Perché a quel punto sarebbe iniziato il pericolo vero.

Raid non smaniava dalla voglia di ritrovarsi faccia a faccia con Pablo Garcia, ma in un certo senso era sollevato dal fatto che stesse succedendo: così non avrebbe dovuto aspettare mesi, o anni, guardandosi alle spalle. Il suo unico rimpianto era che Khloe fosse stata trascinata in quella tempesta.

Dopo un respiro profondo, Raid cercò di calmarsi. Doveva essere concentrato al massimo, per liberare Khloe da quel pericolo. Ormai era rassegnato a morire, ma avrebbe fatto di tutto pur di salvare la vita di lei. Se poi fosse riuscito a eliminare anche Garcia, avrebbe risparmiato a Tonka e alla sua famiglia il terrore di dover affrontare di nuovo quel criminale, in futuro.

Soddisfatto della propria decisione di sacrificarsi, anche se separarsi da Khloe era la scelta più ardua di tutta la sua vita, Raid la strinse a sé. Contava sugli amici, che con le loro abilità da ex militari, e con i contatti che avevano, li avrebbero trovati. Ma se fosse giunto il momento della verità, Raid era prontissimo e dispostissimo a un gesto estremo, per far sparire dalla faccia della Terra un malvagio come Pablo Garcia. In un modo o nell'altro.

———

Rocky alzò lo sguardo verso il fratello Ethan.

"Che c'è? Era Khloe? Cos'ha detto?"

Rocky scosse appena la testa, mentre il sangue gli si raggelava nelle vene. Era successo qualcosa di brutto. Qualcosa di tremendamente brutto. Quando aveva visto sullo schermo del cellulare il numero di Khloe, per un attimo si era sentito sollevato. Tal e Heather erano andati nel parcheggio all'imbocco del sentiero di Eagle Point dopo aver sentito dell'avvistamento di Duke, e avevano trovato l'Expedition, ma nessuna traccia di Raid, di Khloe o del cane.

Nel veicolo c'erano due cellulari, le chiavi ancora nel blocchetto d'accensione. Degli indizi pessimi.

Un paio di turisti erano usciti dal sentiero e non avevano riferito nulla di insolito; avevano detto di non aver incontrato altre persone durante la camminata.

Dopo una ricerca rapida a casa di Raid, Heather e Tal avevano telefonato agli altri, che si erano trovati a casa di Rocky, dove erano rimasti. Avevano contattato vari altri concittadini per scoprire se qualcuno avesse visto Khloe o Raid.

Le donne erano nell'altra stanza, stressate all'inverosimile, mentre Rocky e gli altri stavano cercando di decidere come muoversi. Un conto era la scomparsa di Duke, un altro quella di Raid e Khloe: ovviamente non era un caso, stava succedendo qualcosa.

A quel punto, Rocky riteneva che i fratelli Mather avessero a che vedere con quella maledetta situazione, così aveva proposto di cercare Jason e Scott per interrogarli, ma era stato interrotto dallo squillo del telefono.

Quando Bristol era stata rapita, Rocky aveva installato sul cellulare un'app di registrazione automatica, nel caso i rapitori telefonassero per chiedere un riscatto. Da allora, per fortuna, non aveva mai provveduto a cancellarla.

Armeggiò con il cellulare per ritrovare l'app e poi cliccò su alcuni pulsanti; poi fece un respiro profondo e riprodusse l'ultima registrazione, per far ascoltare la telefonata di Khloe ai cinque uomini ansiosi che lo circondavano.

Non sentirono altro che un frastuono incredibile, una specie di canzone heavy metal.

"Che cazzo significa?" chiese Drew. "Questa sarebbe musica?"

"Perché mai Khloe dovrebbe ascoltare heavy metal? Non mi sembra il tipo," commentò Brock.

"Aspetta, mandala ancora, Rocky," gli chiese Zeke. "Alza il volume."

Rocky premette il pulsante del volume, alzandolo al massimo, poi riprodusse di nuovo la registrazione.

"Ancora," gli disse Zeke, appena il file terminò.

Rocky avrebbe voluto chiedergli cosa stesse sentendo, ma si limitò a obbedire.

Dopo un terzo ascolto, Zeke si alzò. "Dobbiamo portare il file a qualcuno in grado di eliminare il rumore della musica."

"Hai sentito qualcosa?"

"Sì. C'è una voce che si sente appena," confermò Zeke.

"Che mi venga un colpo," imprecò Tal. "È la voce di Khloe?"

"Non lo so."

"Aspetta, ma come fa Khloe a telefonare, se il suo telefono era nella macchina di Raid?" chiese Drew.

Rimasero tutti in silenzio per un momento, poi Brock spiegò: "Non ha uno smartwatch?"

"Cazzo! Sì, è vero!" confermò Ethan. "Lilly la prendeva in giro perché agitava il braccio, così l'app rilevava un movimento fisico. Penso che a Khloe desse fastidio la vibrazione, perché ogni ora lo smartwatch la avvertiva di alzarsi e di fare movimento, così lei agitava semplicemente il braccio, ingannando il dispositivo."

"È possibile rintracciare il segnale?" chiese Rocky.

"Non vedo perché no. Se usa la rete dei cellulari, dovrebbe passare da un ripetitore a un altro come quello di un normale telefonino," disse Ethan.

Si guardarono tutti per un attimo, poi si mossero.

"Io telefono a Tex," disse Drew.

"Io chiamo Rex," disse Ethan.

"Io sento Simon," disse Zeke con decisione.

"Io avverto Tonka," disse Rocky agli amici.

"Era il suo partner nella Guardia Costiera?" chiese Ethan.

"Esatto. Raid ci ha raccontato cos'è successo, come mai è uscito dalla Guardia Costiera, ma con me ha parlato più a lungo di quel bastardo che ha aggredito lui e il suo partner, oltre che i cani. Se non sono i fratelli Mather, allora Khloe e Raid sono nei guai fino al collo. Dobbiamo avvertire Tonka, anche lui potrebbe essere in pericolo. Forse potrebbe sapere cos'ha in mente Garcia, dato che lui è stato a stretto contatto con quello psicopatico."

"Allora sentilo," gli disse Ethan con fermezza. "Raid si è sempre fatto in quattro per noi, maledizione! Adesso non possiamo certo abbandonare lui o Khloe."

CAPITOLO DICIANNOVE

"Sono riuscito a eliminare la musica... la canzone è di *Butcher the Weak* e si intitola *Devourment*," disse Tex con un certo disgusto. "Delle parole terribili, truci, piene di violenza... più del solito. Insomma, è più importante sentire cos'è rimasto. Eccolo."

Rocky e gli altri si avvicinarono con gli occhi fissi sul cellulare al centro del tavolo. Tex aveva superato sé stesso. Appena aveva ricevuto la registrazione da Rocky, aveva cominciato a lavorare al file audio, separando le frequenze. Sentirono la voce di Raid limpida come la luce del giorno. Era chiaramente sotto stress, ma era riuscito a parlare con calma, con frasi brevi e nette.

"Sono Raid. Io e Khloe siamo nel bagagliaio di una Oldsmobile bianca. Stiamo telefonando con lo smartwatch di Khloe. Un uomo di Garcia ci ha presi, stiamo andando verso est. Chiama Tex, facci rintracciare. Mi ha sparato, ma l'emorragia è sotto controllo. Qualunque cosa succeda, salva Khloe."

"Merda!" imprecò Zeke.

Gli altri usarono parolacce ancor più colorite e brutali.

"Cos'ha detto Tonka?" chiese Rocky a Ethan.

"Ha detto che prendeva un aereo il prima possibile," rispose Ethan. "Pensa che, dopo l'estradizione, l'unico modo che Garcia ha di rientrare negli USA sia via mare, di nuovo con una barca, quindi è probabile che Raid e Khloe stiano andando verso una località sulla costa."

"Ma non sappiamo dove, esattamente," aggiunse Tal frustrato.

"Raid aveva ragione, stanno andando a est," intervenne Tex. "Il segnale di telefonia mobile nel sud della Virginia fa schifo, ci sono molte zone morte con una ricezione scarsa o assente. Ma l'ultimo segnale rimbalzato dallo smartwatch di Khloe... ottima idea tracciarlo, bravi... si trovava lungo la 58, vicino a Emporia."

"Quindi in direzione di Norfolk," commentò Ethan.

"Direi proprio di sì," confermò Tex.

Erano quasi le dieci di sera, era già buio. Le donne erano ancora a casa di Rocky e Bristol. Nessuno voleva tornare a casa, sapendo che Khloe e Raid erano nei guai. Duke non si era ancora trovato, il che era un ulteriore preoccupazione, anche se, al momento, erano tutti concentrati per trovare una soluzione e mettersi in cerca di Khloe e di Raid. La brava gente di Fallport avrebbe pensato a ritrovare Duke.

Nessuno voleva nemmeno pensare alla possibilità che chi aveva rapito Raid e Khloe avesse anche ucciso il segugio, che avesse attirato i due amici in quel parcheggio catturando prima Duke, per fare in modo che i due bersagli arrivassero in un luogo in cui effettuare il rapimento senza testimoni.

"Non ci sono segnali da un'ora, credo che quel tipo se ne stia fermo da qualche parte, buono buono, nell'attesa dell'orario concordato in cui incontrare Garcia," disse Tex.

"È un segno buono o cattivo?" chiese Brock, dato che nessun altro parlava.

"Entrambi," rispose Tex. "È buono nel senso che ci lascia più tempo per attivare le nostre risorse. Più tempo per Tonka, che deve arrivare dal New Mexico. È buono anche perché, se quel tipo sta seguendo un piano, Khloe e Raid probabilmente sono al sicuro, perché Garcia li vuole vivi. Il cattivo segno è che Raid e Khloe sono costretti in uno spazio angusto da ore, probabilmente terrorizzati. Per non parlare della ferita da arma da fuoco, *cazzo*. Raid sta sanguinando in quel maledetto bagagliaio."

Rimasero tutti in silenzio per un momento, pensando agli esiti peggiori in cui poteva incorrere l'amico. Poi Ethan chiese: "Ci fai sapere appena rilevi un altro segnale, vero Tex?"

"Ma certo," rispose l'ex SEAL della Marina, con un tono leggermente irritato da quella domanda.

"Ottimo. Conosciamo un sacco di persone a Norfolk o nei paraggi," disse Ethan.

"Ci sono anche alcuni amici miei dei Berretti Verdi," aggiunse Zeke.

"I miei contatti alla polizia di Stato possono monitorare le strade," disse Drew.

"Io ho ancora delle conoscenze nella polizia di frontiera," aggiunse Brock.

"Ecco, abbiamo pensato a tutto," commentò Ethan. "Non abbiamo passato i migliori anni della nostra vita addestrandoci a proteggere il nostro Paese, per poi lasciare che un bastardo trafficante arrivi e ci rapisca gli amici da sotto al naso. Dobbiamo darci una mossa. Possiamo rifinire il piano durante il viaggio."

Si dissero tutti d'accordo in un mormorio generale; appena Tex si scollegò, si prepararono tutti a partire. Nessuno poteva permettersi un affronto del genere nei loro confronti.

———

Khloe aveva il mal di testa. Sentiva un dolore tremendo. Le canzoni heavy metal erano andate avanti senza interruzione per ore, con bassi che pompavano nella testa, una tortura inimmaginabile. Un paio di secondi di silenzio le sembravano un sogno. Certo, avrebbe desiderato molto di più, ma per il momento si sarebbe accontentata.

L'auto aveva smesso di muoversi da una decina di minuti. Lei e Raid si erano agitati, aspettandosi che il baule si aprisse, con altre pistole puntate contro di loro, invece non era successo nulla.

Chissà per quale motivo, il rapitore si era fermato e non sembrava intenzionato a riprendere il viaggio tanto presto. L'attesa era snervante, e se da un lato Khloe cercava di rimanere calma, dall'altro le sembrava impossibile riuscirci. Aveva anche cercato di fare altre telefonate, ma dovevano essere in una zona senza segnale, dato che nessun tentativo di telefonare o di inviare messaggi aveva avuto successo.

Aveva cercato di controllare la gamba di Raid, ma lui le aveva afferrato la mano, dicendole di non preoccuparsene. Tenere un laccio emostatico per ore non era molto sano, ma non gli avrebbe fatto perdere la gamba, contrariamente alla superstizione di molti. L'alternativa era toglierlo, ma l'emorragia sarebbe ripartita; un rischio che lei non voleva correre.

La verità era che Khloe aveva paura e cercava solo un modo per distrarsi. Sapeva cosa era successo a Raid, al suo amico Tonka e ai loro cani, e l'idea di essere consegnata a un uomo che si divertiva a torturare animali e persone era terrificante.

Raid l'aveva chiamata coraggiosa per ciò che aveva sopportato in passato, ma lei di sicuro non si sentiva una donna coraggiosa. Però sapeva per certo una cosa: anche se avesse avuto modo di scappare, mai e poi mai avrebbe lasciato Raid tra le grinfie di quel Garcia. Non avrebbe mai abbandonato l'uomo che amava, lasciandolo morire da solo. Se quella doveva essere la loro ultima ora, che lo fosse.

Almeno potevano pensare insieme a qualche mossa per

uscire da quella situazione. Erano riusciti a telefonare a Rocky, e Khloe si aggrappava a quella speranza, per quanto non ci fosse certezza che la voce di Raid fosse arrivata dall'altra parte.

Più tempo passava in quella posizione, più Khloe si sentiva preoccupata e stressata. Non riusciva a trattenere le lacrime che le sgorgavano dagli occhi. Non voleva dare l'impressione di essere una frignona, ma in una situazione come quella, probabilmente era anche normale piangere.

Sentì le braccia di Raid che la cingevano, affondò il naso nel suo collo. Lui era stato saldo come una roccia. Era difficile per lei pensare a quanto sarebbe potuto durare un tale stoicismo. Khloe avrebbe voluto parlargli, sentire la sua voce profonda; ma quella maledetta musica impediva loro di tentare un qualunque tipo di dialogo, ed era esattamente quello il motivo per cui il volume era al massimo.

L'unico sollievo possibile era il calore del corpo di Raid, la sensazione confortante della sua barba contro la guancia...

Quasi per miracolo, Khloe era riuscita ad addormentarsi tra le braccia di Raid; così, quando la macchina riprese la marcia, lei si svegliò di soprassalto.

Spostò il polso per guardare l'ora e si accorse con stupore che erano quasi le due di notte. Aveva dormito per almeno tre ore! Si spostò per parlare nell'orecchio di Raid. "Come stai?" gli chiese.

"Sto bene," le rispose Raid.

Khloe sentì crescere la frustrazione. Raid non stava bene. Come *poteva* star bene?

Più durava quel viaggio e più lei si arrabbiava.

Raid era ferito e aveva bisogno di cure immediate.

Erano stati rapiti.

Erano accalcati nel bagagliaio di un'auto diretta chissà dove.

Quella maledetta musica heavy metal non si era fermata

un minuto, da quando erano partiti da Fallport, il mal di testa era ormai infernale.

E ancora non si sapeva cosa fosse successo a Duke!

Era troppo. Khloe era prontissima a lottare.

Certo, aveva una paura da farsela sotto, ma ormai la rabbia aveva preso il sopravvento.

Passò un'altra mezz'ora, poi l'auto cominciò a rallentare. Dopo qualche curva, Khloe pregò che la destinazione fosse finalmente vicina, ovunque fosse. Voleva parlare a Raid del piano, di cosa fare appena usciti da quell'accidente di bagagliaio, ma con quel frastuono era impossibile.

Khloe immaginava di scattare fuori dal veicolo come nel film *Una notte da leoni*, quando mister Chow salta fuori dal baule di un'auto completamente nudo. Però le fu impossibile. Quando finalmente il baule si aprì, lei *tentò* di muoversi, ma aveva tutti i muscoli del corpo indolenziti e non poté far altro che alzare la testa il minimo indispensabile per guardare fuori.

Peraltro, trovarsi faccia a faccia con la canna di una pistola non fu l'ispirazione migliore per diventare Wonder Woman. Non solo, ma Raid la teneva saldamente per il braccio, intimandole di non commettere azioni impulsive.

Quell'uomo la conosceva benissimo. Non era servito parlare: lui intuiva perfettamente che Khloe aveva in mente qualcosa per proteggerlo in ogni modo.

L'uomo che li aspettava era totalmente diverso da come se l'era immaginato Khloe. Era ben curato, capelli castani che sembravano appena sistemati dal barbiere; indossava un paio di pantaloni color cachi e una polo. Calzava scarpe di pelle niente affatto economiche. Tutto sommato, sembrava... normale. Nessun segno del trafficante malvagio e squilibrato che lei si era immaginata. Del resto, non sapeva che aspetto avesse un trafficante malvagio e squilibrato, ma di certo non se l'immaginava in quel modo.

Nonostante i vestiti che indossava e l'ampio sorriso...

furono gli occhi marroni, freddi e maligni, a confermare tutto ciò che Khloe si aspettava. Se avessero tentato qualche mossa stupida, quel tipo non si sarebbe fatto abbindolare, anzi, si sarebbe divertito un mondo a farli soffrire ulteriormente.

"Che piacere rivederti, caro signor Walker. Sono contento che ci sia anche una tua amica," disse Pablo Garcia con un tono di voce pacato e calmo, con un leggerissimo accento ispanico.

Appena quell'uomo le fece un cenno, Khloe uscì goffamente dal bagagliaio, con le orecchie che le ronzavano per le tante ore di frastuono incessante. La voce di Garcia sembrava uscire da un tunnel.

Non volendo osservare la pistola che Garcia teneva in mano, Khloe si girò per aiutare Raid a uscire dall'auto. Se lei aveva tutti i muscoli indolenziti, lui doveva sentirsi anche peggio.

Il verde dei pantaloni cargo era macchiato dal rosso del sangue, che scendeva dalla coscia fino alla caviglia della gamba destra; però Raid si mise in piedi vicino a lei come se nessuno gli avesse sparato ore prima e non avesse avuto un proiettile conficcato nella carne.

"Vorrei tanto ricambiare lo stesso saluto, ma sarebbe una bugia," rispose Raid al trafficante.

Garcia rise, producendo un suono da maniaco che irritò i nervi di Khloe, mettendola estremamente a disagio. Quando Raid le aveva detto che Garcia era uno psicopatico, razionalmente lei l'aveva capito; ma sentirselo dire e riscontrarlo di persona erano due cose completamente diverse.

"Dove siamo?" chiese Raid freddamente.

"Norfolk," rispose Garcia senza alcuna difficoltà. "Questa dev'essere la tua zona, giusto, signorina Moore... ah no, scusa... Watts?"

Khloe annuì lentamente.

"Beh, mi dispiace, ma non c'è il tempo di andare a salutare

i tuoi vecchi amici. Abbiamo dei programmi molto più interessanti. Prego, dopo di voi," disse Garcia facendo cenno con la pistola per farli camminare.

Khloe avrebbe preferito non eseguire gli ordini di quell'uomo, ma vide altri tre tizi uscire dalle macchine vicine e capì di non avere scelta. Si trovavano in una specie di parcheggio. Era buio, c'era solo un lampione in lontananza, non si vedevano altre persone nei paraggi. Khloe immaginò si trattasse di una zona industriale abbandonata.

Respirò a fondo e sentì il profumo dell'oceano, un misto di salmastro, pesce e alghe che proveniva dall'acqua di mare.

"Khloe," le sussurrò Raid appena cominciarono a camminare nella direzione indicata da Garcia. "Appena hai l'occasione, corri."

Lei quasi sbottò a ridere, ma riuscì a trattenersi. "Corri? Anche volendo non ce la farei a seminare tutti e quattro," gli rispose con un sibilo. "Non so se ti ricordi, ma Alan ha cercato di investirmi e la mia gamba non funziona più come una volta."

Forse Khloe non avrebbe dovuto rispondere con quel tono diretto, ma era stressata all'inverosimile. Se Raid si aspettava che lei lo mollasse, lasciando che Garcia lo ammazzasse, si sbagliava di grosso.

Raid strinse i denti e la seguì zoppicando.

"Va bene così. Ne usciremo insieme," gli disse per rassicurarlo. Non sapeva nemmeno lei se fosse vero o meno, ma aveva un disperato bisogno di crederci.

Mentre camminavano verso alcune luci lontane, Khloe capì dove erano diretti: il naso non l'aveva ingannata.

Dietro a un magazzino fatiscente c'erano delle banchine abbandonate. C'era solo una barca, legata al molo più vicino. Non era un'imbarcazione sfarzosa; sembrava un peschereccio del tipo usato per le aragoste, come quello che Khloe aveva visto in un reality show in TV, ma di livello infimo. Lungo circa sei metri, con una piccola timoniera, molte funi, barili e cianfrusaglie varie sparpagliate sul ponte.

Raid smise di camminare e si girò verso Garcia sibilando: "No."

Garcia rise di nuovo. "Mi dispiace, caro amico, ma *sì*."

"Non salgo su quella cazzo di barca con te!" esclamò Raid.

Garcia si mosse più rapidamente di quanto si aspettasse Khloe. Scattò verso di lei con una mossa felina e lei si vide passare davanti agli occhi tutta la vita in un secondo.

Garcia alzò la pistola e gliela appoggiò alla fronte.

"Invece *sì*," ribadì. "Altrimenti ci ritroveremo addosso il cervello della signorina Watts."

Khloe non riusciva a staccare gli occhi da Garcia, il quale fissava Raid come per sfidarlo a reagire e dimostrargli che non stava bluffando. Nonostante l'aria fresca e la brezza oceanica, Khloe si accorse che stava sudando, aveva la gola secca come la sabbia e non riusciva a deglutire.

Raid la teneva per mano da quando si erano incamminati e lei gli stava affondando le unghie nel dorso della mano, incapace di allentare la presa. Era bloccata dalla paura. La sensazione di quella pistola contro la pelle la annichiliva, dandole la forza solo di risucchiare aria.

Lo stallo durò solo qualche secondo, ma a Khloe sembrò un'eternità.

Raid fece capire in qualche modo a Garcia che avrebbe obbedito, forse con un cenno del capo, infatti la pistola si abbassò e il trafficante tornò a rivolgersi a lei. "Mi dispiace," le disse con tono insincero. "Adesso, per cortesia, ricominciate a camminare, così daremo il via alla nostra gita di *piacere*."

Khloe tremava talmente tanto che non era sicura di poter compiere un passo dopo l'altro. Aveva visto molti film, letto libri con protagoniste appassionate e coraggiose, eroine audaci e imbattibili. In quel momento, lei si sentiva all'opposto. La rabbia che l'aveva pervasa era svanita completamente. Ormai le era rimasta solo una paura estrema.

Lei e Raid stavano per morire. Garcia si sarebbe divertito a farli soffrire, prima di ucciderli. Mettere piede su quella barca significava accettare una condanna a morte, ma non c'era altra scelta.

L'unico elemento che rendeva quella situazione sostenibile era la presenza di Raid. Khloe non voleva morire. Finalmente aveva trovato un uomo con cui immaginava di poter invecchiare, era parte di un gruppo di donne e uomini che si volevano veramente bene, stava riavviando la professione che amava... eppure tutto sembrava rischiare di svanire in un nonnulla. Uno psicopatico stava tenendo in ostaggio lei e Raid, mosso dal cocente desiderio di torturare l'uomo che riteneva responsabile della propria cattura.

Khloe e Raid si somigliavano molto; entrambi avevano un carattere introverso, amavano il sarcasmo, gli animali... e subivano entrambi accuse da criminali che davano a loro la colpa delle proprie malefatte. Si sarebbe messa a ridere, ma non ce la faceva.

Salì a bordo della barca e si appoggiò a Raid, sostenendolo mentre anche lui saliva. Garcia li raggiunse sulla barca, seguito da un altro uomo. Gli altri due rimasero sul molo, liberarono le gomene rapidamente e la barca si avviò prima che Khloe se ne rendesse conto.

Garcia rimase a poppa insieme ai due ostaggi, sempre con la pistola puntata verso di loro, mentre l'altro uomo andò al timone a governare l'imbarcazione.

"Sta per piovere. La temperatura si abbasserà. Vi consiglio di mettervi seduti comodi," disse Garcia con molta calma. "C'è ancora molta strada, prima di arrivare a destinazione."

"E dove sarebbe?" gli chiese Raid.

Khloe non si aspettava che Garcia gli rispondesse, invece il trafficante sembrò divertito dalla domanda di Raid. "Torniamo dove ci siamo incontrati per la prima volta," disse con un sorriso poco convinto. "Ho le coordinate esatte dove la mia barca è stata intercettata, non mi sembra giusto che ti sia perso lo spettacolo la prima volta, quindi ho pensato di ricreare la stessa scena, ma stavolta sarai sveglio e attento, così potrai partecipare. Peccato che non ho il tuo cagnaccio maledetto con cui divertirmi... ma forse è anche meglio." Puntò gli occhi su Khloe, che rabbrividì.

Vicino a lei, Raid era talmente teso che lei temeva stesse per crollare. Era riuscito in qualche modo a non reagire alla provocazione di Garcia, ma Khloe sapeva che era solo questione di tempo, prima che lui cedesse.

Garcia aveva ragione: era calato il freddo; il tipo al timone mise il motore avanti tutta, facendo rombare la barca nel buio della notte. C'era vento teso e le onde increspavano il mare, rendendo la navigazione più movimentata. Mentre continuavano ad affrontare con difficoltà le acque agitate, arrivò anche la pioggia che Garcia aveva previsto.

Khloe e Raid si appoggiarono contro la fiancata dell'imbarcazione, cercando di tenersi stretti, mentre la barca affrontava onda dopo onda.

A un certo punto, Raid la prese in braccio e la appoggiò sulle proprie gambe. Lei protestò subito: "Raid, la tua gamba!"

"La gamba non mi fa male, ed è l'ultimo dei miei pensieri," le rispose.

Su quel punto, Khloe non poteva che essere d'accordo. Lo avvolse con le braccia e si strinse a lui, affondando il naso nell'incavo del suo collo, mentre le lacrime le bagnavano gli occhi. Sarebbe stata forse quella l'ultima volta in cui si sarebbero abbracciati? L'ultima volta in cui la barba ispida di Raid le avrebbe grattato la pelle? Un acuto rimpianto la travolse, più forte della paura stessa!

"Va bene così," le mormorò Raid in un orecchio, incurvandosi su di lei per proteggerla almeno in parte dal vento gelido.

Khloe si corrucciò. *Va bene così?* Come diavolo poteva andar bene quella situazione?

"Siamo due contro due," le spiegò Raid.

"Hanno le pistole," mormorò Khloe parlandogli nel collo. Tra la pioggia, il vento e lo sciabordio delle onde, il rumore era parecchio, ma non era nulla rispetto al frastuono della musica nel bagagliaio dell'auto in cui avevano viaggiato.

"Stanno arrivando, Khloe. Dobbiamo solo resistere finché non ci trovano."

Khloe sapeva a chi faceva riferimento Raid: gli amici. La fiducia che Raid nutriva nei loro confronti era rassicurante. Khloe annuì contro di lui.

Nel frattempo, Garcia non aveva mai smesso di parlare, divertendosi a spiegare i dettagli più minuziosi e crudeli di ciò che intendeva far loro, torturandoli come aveva martoriato i poveri Dagger e Steel. Era difficile ignorare quelle parole, ma Khloe preferiva di gran lunga concentrarsi sull'uomo che la abbracciava.

"Arriveranno in tempo," ripeté Raid con voce profonda e vibrante.

Khloe non sapeva se quelle parole intendessero rassicurare *lei*, o lo stesso Raid. Anche lei confidava negli amici, ma non era certa che avrebbero scoperto in tempo dove li stava portando Garcia.

Certo, Raid aveva ragione, sulla barca erano alla pari, Garcia si era portato un solo uomo contro due ostaggi, ma Khloe era convinta che la parità numerica non bastasse: Raid era ferito, e rimanevano ancora le pistole.

Tuttavia... lei e Raid avevano un vantaggio: erano determinati, innamorati, convinti che l'amore avrebbe prevalso sul male. Almeno così accadeva nei film.

Khloe trasalì: le sembrò di aver avuto il pensiero più

ottuso nella storia dell'umanità. Paragonare i film alla realtà? Erano tutte finzioni, copioni. La vita di Khloe e Raid era appesa a un filo, i proiettili nella pistola di Garcia erano di metallo vero, non erano mortaretti di scena. L'unico modo per salvarsi era agire in sintonia, rimanere circospetti, approfittare della prima opportunità per agire.

Erano pensieri facili, ma la realtà pratica era molto più ardua. Più la barca si allontanava dalla riva, più diventava difficile non lasciarsi prendere dal panico. Era piena notte, pioveva a catinelle, Khloe e Raid erano intrappolati su quell'imbarcazione con uno psicopatico. In quel frangente, l'amore avrebbe dovuto darsi parecchio da fare per prevalere.

CAPITOLO VENTI

"Sono a Norfolk, in un porticciolo industriale," disse Tex appena Ethan rispose al telefono. Lui e gli altri avevano raggiunto Norfolk a tutta velocità. Si erano messi subito in viaggio, pur non sapendo esattamente dove fossero Raid e Khloe, a causa del segnale di telefonia debole. Si erano accontentati di conoscere la direzione in cui andare.

"Mi serve un indirizzo preciso," disse Ethan rapidamente.

"Già inviato. Tonka è atterrato?"

Ethan respirò a fondo. Doveva rimanere calmo. Era passato del tempo dall'ultima missione di quel tipo. Un SEAL rimane sempre un SEAL, ma lui non riusciva a rimanere freddo, distaccato, non in quell'occasione: erano in ballo le vite di Raid e Khloe. "Sì. Sta sentendo alcuni contatti della Guardia Costiera, sarà pronto appena riceve altre informazioni."

"Ottimo. Quando la barca è andata al largo, ho perso la localizzazione, perché ovviamente nell'oceano non ci sono ripetitori, ma ho fatto delle ricerche e... so che sembrerà un tentativo remoto, ma penso che stiano andando nello stesso punto in cui c'è stato il primo confronto trucido di Tonka e Raiden con Garcia."

Ethan annuì. La voce di Tex proveniva dagli speaker del Tahoe di Rocky, il quale ascoltava insieme a Ethan, Zeke e Drew; Brock e Tal erano nell'Explorer di Talon, appena dietro.

"Penso sia la previsione più azzeccata," confermò Rocky. "Da quel che ha detto Raid, Garcia è un bastardo psicotico, e non mi sorprenderebbe se, per chiudere i conti con Raid, volesse tornare dove secondo lui è cominciata tutta l'ingiustizia."

"Hai le coordinate, Tex?" chiese Zeke.

"Certo. Le mando a Tonka. Ragazzi?"

"Sì?" rispose Ethan per tutti.

"Fate attenzione. Quel Garcia è un pazzo instabile. Non è stato rilasciato per buona condotta, ma solo affinché fosse estradato, per toglierlo di mezzo. Anche in carcere, continuava a creare problemi, sembra che abbia ammazzato a mani nude due altri reclusi, anche se non è mai stato dimostrato."

"Ci pensiamo noi," rispose Ethan. "Tonka ha un piano. Conosci un elicotterista delle forze speciali, per caso?" chiese all'ex SEAL della Marina, diventato il riferimento di tante donne e tanti uomini nel mondo.

Tex ridacchiò. "Guarda caso, conosco una squadra specialissima."

"Penso che ci servirà il loro aiuto, visto dove stanno andando Raid e Khloe. Raid è stato ferito ore fa, dobbiamo portarlo in ospedale il prima possibile."

"Ottima idea. Li avverto subito, così si preparano. Tenetemi informato."

"Ma certo. Grazie per l'aiuto, Tex."

"A dopo," rispose Tex, per poi chiudere la chiamata.

"È proprio vero che non gli piace sentirsi ringraziare, vero?" chiese Drew.

"Infatti. Vai a manetta, Rocky," disse Ethan. "Hanno troppo vantaggio, sappiamo tutti che Garcia non li sta portando in mezzo all'oceano per offrir loro tè e biscotti."

Rocky fece sfrecciare il veicolo a tutta velocità verso il porticciolo industriale vicino al punto in cui lo smartwatch di Khloe aveva mandato l'ultimo segnale.

———

Raid non ricordava di essere mai stato tanto spaventato. Sì, poteva ammettere di essere terrorizzato oltre ogni immaginazione. Ma non avrebbe mai lasciato trasparire quello stato d'animo sul proprio volto: era proprio ciò che sperava Garcia, che si crogiolava nella paura e nel dolore altrui.

Sentiva battere freneticamente contro il petto il cuore di Khloe, mentre la teneva stretta a sé. Più la barca si allontanava dalla riva, più lui sentiva il cuore soffocare. Era piena notte, buio pesto, in pieno temporale, e Garcia aveva intenzione di torturare Khloe per farlo soffrire.

Però... Raid aveva un piano.

Era pericoloso e il rischio che andasse a vuoto era altissimo, ma lui avrebbe fatto tutto il possibile, pur di dare a Khloe uno spiraglio di fuga.

L'idea era di saltare addosso a Garcia, che forse gli avrebbe sparato, ma magari Raid avrebbe fatto in tempo a trattenerlo, sottraendogli nella lotta la pistola e sparando sia a lui che al complice. Magari. Dipendeva dalla fortuna del primo sparo di Garcia, che poteva colpirlo alla testa o al cuore.

Il pensiero di lasciare Khloe da sola, inerme, tra le grinfie di quei criminali gli faceva venire i conati di vomito. Raid odiava quella sensazione di impotenza. Fosse stato in uno degli scenari di D&D, probabilmente avrebbe preso decisioni che mettessero a rischio solo lui. Ma non stavano giocando:

erano in reale pericolo di vita, e Raid voleva disperatamente sopravvivere.

La barca cominciò a rallentare. Raid non aveva idea di quanto tempo fosse passato da quando la barca aveva lasciato il molo. Si guardò attorno, ma non vide nulla, se non la pioggia fitta e le lucine sul retro della cabina di pilotaggio. L'imbarcazione sobbalzò tra le onde, su e giù, fino a fermarsi.

"Siamo arrivati!" gracchiò Garcia. "Comincia lo spettacolo! L'ultima volta che siamo stati qui, il tempo era molto diverso. Te lo ricordi?"

Raid squadrò quell'uomo e non fece alcun tentativo di muoversi: rimase rannicchiato con Khloe, contro la fiancata della barca.

"Ho detto, *te lo ricordi*?" sbraitò Garcia, sparando un colpo in aria.

Khloe sussultò tra le braccia di Raid, che arrivò a odiare quell'uomo ancor di più.

"Me lo ricordo," gli disse, con ogni muscolo del corpo contratto e pronto a scattare. Doveva solo aspettare il momento perfetto.

Garcia sorrise. "Era una bella giornata di sole, con poche nuvole nel cielo, l'oceano era tranquillo, calma piatta. I guaiti e i pianti di quei due cani bastardi riecheggiavano nel mare come una musica deliziosa."

Raid fu pervaso da un'ondata d'odio talmente potente che lui dovette sforzarsi al massimo per non scattare e saltare addosso a quell'uomo in modo incontrollato. Nel momento in cui guardò all'interno della barca e vide l'altro uomo con la schiena appoggiata al timone, sorridente, Raid sentì i muscoli tendersi per scattare. Ma doveva agire con astuzia, aspettare che entrambi i criminali abbassassero la guardia. Pensavano già di averla avuta vinta. Raid doveva solo aspettare qualche minuto in più.

"In piedi!" ordinò Garcia, che per dare maggior peso alle parole puntò di nuovo la pistola contro di loro.

Raid annuì lentamente. Voleva dare a Garcia l'impressione di essere totalmente impaurito. Ma doveva anche prendere tempo. Voleva dare ai rinforzi i minuti necessari per raggiungerli. Aveva piena fiducia negli amici, sapeva che li avrebbero trovati e avrebbero salvato Khloe. L'alternativa era inimmaginabile.

"Ho bisogno che ti alzi," disse Raid a Khloe con tutta la dolcezza possibile.

La sentì piagnucolare, ma la vide muoversi; Khloe gli tolse una gamba di dosso e si mise in ginocchio di fianco a lui. Alzò una mano e afferrò la ringhiera perimetrale, tirandosi in piedi. Raid la vide oscillare un poco, ma lei tenne le ginocchia tese, divaricò le gambe per stabilizzarsi e rimase in equilibrio.

Khloe stava dimostrando coraggio, e Raid non avrebbe potuto essere più fiero di lei. Khloe gli porse una mano per aiutarlo, e lui la prese volentieri. Quando fu in piedi, si appoggiò alla fiancata per tenersi in equilibrio. La barca oscillava parecchio, si vedeva pochissimo a causa del buio e della pioggia.

In quel momento, gli venne in mente un nuovo piano.

Data la statura sopra la media, il corrimano in metallo gli arrivava sotto le natiche; sarebbe bastata una distrazione, e un'onda particolarmente alta e potente l'avrebbe sbattuto fuori bordo...

"Vieni qui," ordinò Garcia a Khloe.

Lei non si mosse.

Il criminale sospirò. "Vedo che volete entrambi rompermi le palle! Ma sei sorda? Ho detto *vieni qui*! Muoviti!" sbraitò.

Khloe strinse la mano di Raid e poi obbedì all'ordine. Si trascinò sul ponte della barca con le braccia aperte, come un marinaio ubriaco che tentava di camminare senza cadere nel mare agitato. Quando fu abbastanza vicina a Garcia, lui allungò la mano libera e gliela mise intorno alla gola.

Khloe portò subito le mani su quella di Garcia, cercando di staccarsi quelle dita dalla gola, ma lui scoppiò a ridere. Raid fece un passo in avanti, ma Garcia reagì con l'unica mossa che l'avrebbe tenuto buono: puntò di nuovo la pistola alla testa di Khloe.

"Fa schifo," disse Garcia con tono del tutto normale, fissando Raid. "Vecchia come il cucco. Scommetto che ce l'ha rugosa e secca. Eppure, sono stato tanto tempo senza una passera e da quando sono uscito non mi sono capitate molte occasioni. Magari mi diverto e la ripasso un pochino mentre tu guardi. Non potrai farci un accidente," disse Garcia. "Altrimenti le pianto un proiettile nel cervello. Anche se... forse sarebbe la fine migliore. Guardarla soffrire... o farla morire?"

Garcia rise sguaiatamente, producendo un suono che fece tremare la spina dorsale di Raid come lo stridio delle unghie su una lavagna.

Maledizione, Raid non poteva certo starsene buono a guardare Khloe che veniva violentata da quell'animale! La guardò negli occhi e vi lesse lo stesso pensiero: Khloe avrebbe preferito morire, piuttosto che essere costretta a stare con quel criminale.

Garcia fece scivolare la canna della pistola sulla guancia di Khloe, poi si avvicinò, tenendo gli occhi su Raid, e le leccò il viso dov'era appena passata l'arma.

Poi, senza preavviso, la spinse via con forza e lei volò sul ponte, cadendo malamente sul sedere.

"Torna qui!" le ordinò appena la vide atterrare sul ponte.

Khloe non esitò, stupendo Raid con il proprio coraggio: riuscì a rimettersi in piedi e tornò incespicando verso Garcia.

Quando gli fu abbastanza vicino, Garcia la prese per un braccio e fece cenno al suo compare di avvicinarsi. "Tienila stretta, intanto che le tolgo i vestiti," gli ordinò.

Raid fece uno scatto in avanti con i pugni stretti, ma Garcia alzò di nuovo la pistola e la puntò alla testa di Khloe. "Non muoverti, damerino, se non vuoi che le faccia saltare le cervella su tutto il ponte."

Raid strinse i denti. La situazione stava precipitando più rapidamente di quanto lui sperasse. Doveva darsi una mossa! Ma quella pistola puntata alla testa di Khloe lo terrorizzava. L'unica scena peggiore di vederla abusata da quel mostro sarebbe stato vedere un proiettile che le spappolava la testa. Garcia doveva abbassare quella cazzo di pistola!

"Bravissimo. Resta. Seduto," gli ordinò Garcia ridendo; Raid riportò l'attenzione su Khloe. La donna che lui amava più della vita stessa stava dando filo da torcere a Garcia e al suo scagnozzo, che faticavano a tenerla ferma; Khloe lottava con tutta sé stessa.

Con tutti i muscoli del corpo contratti, Raid attese che Garcia abbassasse la pistola per tenere ferma Khloe...

Un movimento improvviso, catturato con la coda dell'occhio, gli fece guardare sulla destra per una frazione di secondo.

Ciò che vide gli fece credere che forse, con un po' di fortuna, poteva sperare di sfuggire a quella situazione infernale.

Il rumore di uno strappo lo costrinse a tornare con gli occhi su Khloe. Uno dei due criminali era riuscito a strapparle la maglia, che ora era appesa a una spalla.

Garcia aveva abbassato la pistola e si agitava per tener ferma Khloe, che scalciava fieramente con tutta la rabbia che aveva.

Era giunto il momento.

"Lasciala andare!" gridò Raid, cogliendo di soprassalto i due criminali, che interruppero per un attimo ciò che stavano facendo e lo guardarono. "Tra pochi minuti, avrai ben altro di cui preoccuparti, altro che una donna minuta che ti prende a calci." Raid indicò alla sua destra...

...verso le luci di varie imbarcazioni che si avvicinavano da lontano, convergendo verso di loro a velocità sostenuta.

I due criminali si voltarono verso quel punto, sbalorditi da ciò che videro, e Raid non esitò. Corse verso Khloe, la prese per un polso e tirò con tutta la forza.

Quella mossa sorprese ancor più i due criminali, permettendogli di sottrarla facilmente alle loro grinfie.

Quando i due scattarono verso di lui, Raid si gettò di peso verso la fiancata della barca. Il suo baricentro alto sortì esattamente l'effetto che lui sperava: appena colpì il parapetto, lui e Khloe capitombolarono fuori bordo.

Gli dispiacque di non aver potuto avvertire Khloe in alcun modo. Gettarsi nell'oceano in piena tempesta e al buio era una follia, ma sempre meglio che rimanere ostaggi di Garcia.

Prima di cadere in acqua con la schiena, Raid ebbe il tempo di fare un respiro profondo e di stringere a sé Khloe. Le onde agitate li sbatterono per qualche momento, poi Raid si orientò e tirò la testa sopra la superficie dell'acqua; avvolse Khloe con un braccio, per evitare che la forza dell'oceano gliela strappasse. Separarsi da lei con quel mare agitato significava rischiare di non rivederla mai più.

L'acqua era fredda. Raid impiegò un secondo a riprendere fiato, poi guardò Khloe: aveva i capelli schiacciati sulla testa, era in balia delle onde e si stringeva disperatamente a lui... sbattendo le palpebre sotto shock.

"Spero che tu nuoti bene!" gli disse Khloe rapidamente, evitando il più possibile di ingoiare l'acqua di mare.

"Il migliore del mio anno," la rassicurò. "E tu?"

"Me la cavo malino," ammise lei.

"Ti tengo io," le disse Raid con la massima sicurezza. La violenza della mareggiata li aveva già allontanati dalla barca di vari metri, ma ormai non importava: Garcia e il suo scagnozzo si stavano dando da fare freneticamente per cercare di avviare il motore e filarsela prima di venire catturati.

"Ci hai salvati," disse Khloe a Raid, stringendolo intorno alla vita e non togliendogli gli occhi di dosso. Lui la sentiva tremare, ma era oltremodo fiero di lei.

La gamba gli faceva un male cane, ma lui sperava che il sale avesse un effetto detergente sulla ferita. Muovendo la gamba sana e il braccio libero, Raid riuscì a tenere la propria testa e quella di Khloe sopra la superficie dell'acqua.

Come ricordandosi della ferita, Khloe ansimò. "Oh, cacchio, quasi mi scordavo della tua gamba! Pensi che il sangue attirerà gli squali?"

Raid non trattenne una risata nervosa. "Penso che in questo momento, il filo di sangue che mi esce ancora dalla ferita alla gamba sia l'ultimo dei nostri problemi."

"Trovali!" urlò Garcia al suo scagnozzo; chiaramente, il trafficante aveva rinunciato all'idea di scappare: si era messo in piedi sul bordo della fiancata, con l'arma puntata verso il mare, nell'evidente tentativo di trovare Raid e Khloe.

"Dobbiamo andarcene da qui!" gridò l'uomo tornato al timone.

"*No!*" sbraitò Garcia, ma l'altro lo ignorò e finalmente riuscì ad avviare il motore, impostando l'inizio di una virata. Tuttavia, ormai le altre barche gli erano addosso.

L'espressione sul volto del trafficante, quando si accorse di essere stato beccato, di nuovo, era senza prezzo. Rabbia, frustrazione, odio... evidentemente, un turbinio di emozioni che lo sconvolgeva.

Garcia alzò rapidamente l'arma e cominciò a sparare a raffica, non alle barche che lo circondavano, ma in direzione dell'acqua, verso il punto in cui erano caduti Khloe e Raid.

Qualcuno sparò un colpo e fece saltare la pistola e qualche

dito dalla mano di Garcia; Raid non vide chi fu, ma ringraziò il cielo per la mira perfetta.

Fu l'ultima immagine che Raid vide, prima che un'altra barca si frapponesse tra lui e il criminale che li aveva rapiti per torturarli.

"Se volevi farti una nuotata, forse era meglio scegliere un altro momento e un altro posto," disse una voce familiare, mentre un'altra barca si avvicinava lentamente.

Raid non era mai stato tanto sollevato di sentire la voce di Ethan come lo fu in quel momento.

"Beh, sai, io opto sempre per le scelte meno prevedibili," rispose Raid scherzando.

La mareggiata non si stava calmando, anzi, le onde sembravano ancor più aggressive di prima. Non fu facile, soprattutto perché l'acqua gelida gli impediva di coordinarsi al meglio, ma alla fine Raid si avvicinò a sufficienza ai due uomini che si sporgevano dalla fiancata e riuscì a passare loro Khloe affinché la traessero in salvo.

Per sottrarre Raid alle onde servirono tre uomini; una volta a bordo, lui si lasciò cadere sul ponte, vicino a Khloe. Il sorriso con cui lei lo accolse fu indimenticabile.

"È finita?" gli chiese Khloe.

"È finita," confermò Raid.

Lei si tirò su un gomito, ignorando gli uomini che la sovrastavano per avvolgerla in una coperta termica d'emergenza. "L'hanno beccato?"

"Non può andare da nessuna parte," la rassicurò Zeke.

Raid si mise seduto e prese la coperta da Zeke. Khloe aveva ancora la maglia strappata che penzolava da una spalla; aveva la pelle pallidissima per via dell'acqua gelida, tanto che Raid temeva che sarebbe andata in ipotermia, se non si fosse scaldata subito. La avvolse con la coperta termica mentre lei si rivolgeva a Zeke, cominciando a fare domande.

"No, intendo, è morto? L'hanno ucciso? Perché altrimenti quello torna! È come un boomerang. Che strano oggetto il boomerang, come fa a tornare indietro se non colpisce la preda? Insomma, è per dire che devono ucciderlo, spargli. *Qualcosa*. Perché altrimenti non la finirà mai di dare la caccia a Raid!"

"Non creerà più problemi," le rispose Tal per rassicurarla.

Raid guardò gli amici: erano circondati da vari militari... dall'aspetto, sembravano SEAL della Marina. Ethan e Rocky dovevano aver contattato degli ex colleghi ancora in servizio. Con una rapida occhiata nei paraggi, Raid vide anche un paio di pattuglie della Guardia Costiera che oscillavano tra le onde; senza dubbio le aveva chiamate Tonka.

Da bravo duro, tosto quanto i SEAL, ma in versione britannica, Tal si inginocchiò vicino a Khloe, che aveva le labbra cianotiche. Raid avrebbe voluto intimare a tutti di darsi una mossa per tornare a riva: Khloe necessitava di un intervento medico urgente. Invece sembravano tutti tranquilli e nessuno aveva fretta di andarsene, il che lo confuse.

"Tal..." esordì Khloe.

"Laggiù c'è Tonka," disse lui interrompendola con tono tranquillo. "Non è certo allegro. Sappiamo tutti per certo che Garcia, dopo aver finito con voi due, avrebbe dato la caccia a Tonka, con tanto di famiglia e animali soccorsi al Rifugio. Fidati di me, Garcia non creerà più alcun problema."

Khloe si accigliò. "Tonka passerà dei guai?"

Accidenti, Raid amava quella donna alla follia. Era appena sopravvissuta a una situazione infernale e già si preoccupava per un uomo che non aveva mai nemmeno incontrato. Anche se, probabilmente, l'interesse nei confronti di Tonka nasceva dal fatto che era amico di Raid.

Raid la prese per mano dicendole con fermezza: "No." Lui non aveva idea di quale fosse il piano, né di cosa stesse succedendo sulla barca di Garcia, ma se Tonka era presente, il trafficante non avrebbe avuto scampo e ne sarebbe uscito solo morto.

Con tutto il sollievo che Raid provava per essere sopravvissuto e aver tolto Khloe dalle grinfie di Garcia, c'era un altro pensiero che lo stressava. "Duke?" chiese a Ethan con voce rotta. In fondo, il trafficante poteva essere stato il mandante della sparizione del segugio... poteva averlo fatto soffrire...

"È al sicuro," lo tranquillizzò subito Ethan, prima che Raid pensasse al peggio.

"Grazie al cielo!" esclamò Khloe con un filo di voce.

Sopraffatto dall'emozione, Raid non poté far altro che annuire verso l'amico.

Prima che riuscisse a fare altre domande sul cane, o su tutto il resto, Raid sentì un rumore familiare provenire dal cielo e sovrastare il vento e la pioggia. Alzò lo sguardo e vide qualcosa di incredibile: nonostante la tempesta che imperversava, si stava avvicinando un elicottero MH-60 Knighthawk.

"Ma che diavolo..."

"È arrivato per voi, vi porterà via di qui," gli spiegò Ethan sorridendo. "Tex ha incassato dei favori e vi ha mandato quel bel giocattolo, con due tra gli elicotteristi migliori delle forze speciali."

"Abbiamo pensato che fosse il modo più rapido per farvi arrivare all'ospedale," gli spiegò Rocky.

"Immagino che non ti dispiacerebbe toglierti al più presto quel laccio emostatico," aggiunse Brock.

Raid ormai non sentiva più la gamba. Dopo il dolore provocato dal proiettile, la cintura che gli stringeva la coscia e l'acqua fredda, ormai la gamba era diventata un peso morto. Però non se la sentiva di alimentare la preoccupazione di Khloe, esprimendo il rischio di perdere l'arto, o anche solo di non riuscire più a usarlo al cento per cento. Era vivo. Khloe era viva. Null'altro gli importava.

L'elicottero volteggiò sospeso direttamente sulla barca, con le pale dei rotori che aumentavano l'effetto della pioggia e del vento, mandando miriadi di gocce sul viso di Raid, che si voltò verso Khloe e la protesse al meglio.

Lasciò che gli amici gli facessero indossare l'imbracatura, ma insisté affinché Khloe venisse issata per prima. Quando toccò a lui, Raid si voltò verso i sei amici più importanti che avesse mai avuto, gli amici che l'avevano accettato per come era, che l'avevano soccorso quando lui ne aveva avuto più bisogno: il regalo più prezioso che avesse mai ricevuto. "Sapevo che sareste arrivati," disse loro, sentendosi commosso e stordito.

"Sì, sì, sì," gli disse Ethan, "poi ne parliamo in ospedale, dopo che ti hanno sistemato. Nel frattempo, cerca di non metterti nei guai."

Mentre veniva issato, Raid sorrise e alzò lo sguardo verso l'elicottero.

Una volta all'interno, si spostò rapidamente vicino a Khloe, mentre il portellone laterale veniva chiuso.

Gli infermieri furono subito su di loro, collegando le flebo e cercando di metterli a loro agio, mentre il velivolo viaggiava verso l'ospedale più vicino, sulla terraferma.

Raid aveva la mente in un turbinio di mille pensieri, a cui si aggiunse la follia dell'elicotterista, che faceva sfrecciare il velivolo a tutta velocità nell'aria. Né Raid né Khloe erano in condizioni critiche, ma i militari non lo sapevano e stavano affrontando a tutta birra quella tempesta diabolica, per raggiungere il prima possibile l'ospedale.

Raid si voltò e vide due militari ai controlli: parlavano tra loro e ridevano come se quello fosse un volo di piacere, e non un trasporto d'emergenza in condizioni avverse.

Gli elicotteristi delle forze speciali, i *Night Stalker*, erano tra i migliori di tutte le forze armate. Lavoravano spalla a spalla con i corpi speciali di tutti i tipi, sia per portare le truppe in prima linea o dietro le linee nemiche, sia per andare a recuperarle. Intervenivano nelle situazioni più critiche, come i disastri naturali, sia in patria che all'estero; venivano considerati le *rockstar* nel settore dell'aviazione militare.

"Ragazzi, siete due matti," disse Raid nell'interfono del casco che uno dei medici gli aveva fatto indossare.

Il pilota si voltò e fece un gran sorriso, poi gli fece cenno col pollice in alto.

Anche il copilota si voltò verso Raid con un gran sorriso in volto. "A nome di Casper, il pilota di questa gita di piacere, e a nome di Pyro, che sarei io, vi porgo il benvenuto a bordo del nostro elicottero. Siamo stati contattati da qualcuno che probabilmente conoscerete, un certo Tex?"

Raid annuì e sorrise.

"Sì, beh, il buon vecchio Tex ci ha chiesto se ci andava di fare un giretto per riportare a casa due suoi amici. Se lo conoscete bene, sapete che a Tex non si dice mai di no. Così, eccoci qua."

"Siamo in debito con voi," gli disse Raid.

"Col cavolo!" gli rispose Casper. "Da quel che ho capito, il Paese ha un debito enorme di riconoscenza nei *vostri* confronti per aver tolto di mezzo un bastardo come Garcia. Ora tenetevi stretti, arriveremo in ospedale in un baleno."

"Vi fermate in volo sospeso e ci calate con la fune direttamente nella finestra del pronto soccorso, o atterrate in eliporto come tutti gli altri piloti normali?" chiese Raid scherzando.

Entrambi gli elicotteristi si misero a ridere.

"Preferite entrare dalla finestra appesi alla fune? Si può fare," gli rispose Casper.

"Penso che un atterraggio in eliporto sia più che sufficiente. Per oggi abbiamo superato abbastanza traversie," commentò Raid.

I due militari gli risposero con il pollice in alto, poi tornarono a occuparsi degli strumenti di navigazione.

Raid si rilassò per la prima volta da quando si era svegliato, il mattino precedente; allungò un braccio verso la lettiga su cui era accomodata Khloe e le prese di nuovo la mano. Il viso di lei stava riprendendo colorito, le labbra erano meno cianotiche rispetto a prima.

Khloe gli strinse la mano e lo fissò, accennando con le labbra: "Ti amo."

"Ti amo," le rispose Raid senza esitare.

Era stata una nottata estenuante, una disavventura che Raid non avrebbe mai augurato a Khloe; tuttavia, il modo in cui lei aveva affrontato quelle dodici ore lo rendeva molto fiero... e gli dava sollievo esserle stato vicino. Ormai, Raid non pensava ad altro che a tornare a Fallport, per vivere il resto della propria vita al fianco di Khloe.

———

Finn "Tonka" Matlick non era mai stato tanto calmo in vita sua. Non si aspettava di trovarsi in quella situazione, ma in quel momento si sentiva composto e concentrato.

Pablo Garcia, l'uomo che aveva reso la vita di Tonka un inferno, era sdraiato sul ponte di quella barca, con una mano lacerata che sanguinava... piangeva, implorava soccorso medico. Ma nessuno sarebbe intervenuto per salvare quel bastardo.

No: nel futuro di Garcia c'era solo la morte.

Tonka non sapeva come si fosse mosso Tex, ma non gli importava. L'unica cosa che contava era la morte di quel criminale. Garcia non avrebbe mai smesso di dare la caccia a Raiden e allo stesso Tonka. Anche se l'avessero rimesso in prigione per rapimento e tentato omicidio, prima o poi lui ne sarebbe uscito, e le preoccupazioni sarebbero ricominciate, costringendo Tonka e Raiden a guardarsi alle spalle.

Tonka sarebbe rimasto su quella barca tutto il tempo necessario per assicurarsi che Pablo Garcia non fosse più una minaccia.

Il SEAL della Marina che aveva sparato a Garcia se n'era già andato con il complice del trafficante. L'avrebbero interrogato per individuare gli altri complici, poi l'avrebbero rinchiuso a marcire in una prigione federale. A fianco della barca di Garcia, era rimasta solo un'altra imbarcazione in balia delle onde. I due uomini che aspettavano Tonka su quella barca erano già informati di tutto.

Tex aveva garantito per loro, e Tonka non aveva motivo di credere che il suo vecchio amico mentisse o si sbagliasse.

Tonka si accovacciò vicino a Garcia, scrutandolo con gli occhi socchiusi, senza dire una parola.

"Che *cazzo* hai da guardare? Riportami subito a terra! Mi serve un cazzo di medico!" sbraitò Garcia.

"Non credo proprio," gli rispose Tonka dopo un lungo momento di silenzio.

"Cosa? Che cazzo vuoi dire? Ho bisogno di aiuto!"

"No, invece no. Hai solo bisogno di morire. Il mondo sarà un posto migliore senza di te."

Garcia spalancò gli occhi. "Non puoi! Sei un assassino!"

Tonka fece una risata dal suono poco allegro. "Questa sì che è bella, detta da te!" Poi si alzò e si incamminò verso un'ancora legata a una cima. Prese con calma la cima e tornò da Garcia.

"Che cazzo fai? Fermati! No!" gridò Garcia, tentando di evitare le mani di Tonka. Fu tutto inutile: nel giro di pochi secondi, Tonka gli legò le caviglie e i polsi, poi gli passò la cima anche intorno al corpo.

"Ti prego! Parliamone!" urlò Garcia. "Ho tanti soldi, puoi

diventare ricco! Non vuoi avere successo con quel tuo stupido ranch? Posso aiutarti io!"

"Lo sai cosa voglio veramente?" gli chiese Tonka senza nessuna espressione in particolare.

"Tutto! Ti darò tutto ciò che vuoi!"

"Rivoglio Steel, il mio cane. Rivoglio indietro le ore della mia vita che ho passato ad ascoltarti mentre torturavi lui e Dagger. Vorrei riuscire a dormire senza sognare i suoi occhi che mi implorano. Puoi darmi anche questo?"

Garcia fissò l'uomo che l'avrebbe giustiziato e non proferì parola.

"Proprio come immaginavo," aggiunse Tonka, che alzò le spalle e continuò ad annodare la cima intorno a Garcia.

"Non dormirai più, mi avrai sulla coscienza!" gli sbraitò il trafficante disperatamente.

Tonka fece un'altra risata. "Ti sbagli di grosso. Dormirò come un angioletto, e lo sai il perché?" Non lasciò a Garcia il tempo di rispondere. "Perché saprò che non sarai più in circolazione e non potrai più fare del male a nessuno. Non potrai divertirti torturando altri animali. Non potrai più contare i tuoi soldi sporchi, guadagnati con la dipendenza dalle droghe che tu produci e spacci."

"Se mi ammazzi, diventi un bastardo come me!" urlò Garcia.

"Nessuno è bastardo quanto te," gli rispose Tonka con tono teso. "La mia donna conosce tutti i miei segreti... e mi ama lo stesso. Lo sai cosa mi ha detto, prima che venissi qui? 'Trovalo e ammazzalo'." Poi Tonka guardò Garcia dritto negli occhi. "Accidenti, dormirò come un angioletto, bastardo maledetto."

Al che, trascinò un recalcitrante Garcia sulla fiancata della barca. "Pensavi che gettare nell'oceano Dagger e Steel ancora vivi fosse *divertente*. Vediamo se ti diverti anche stavolta."

Al che, Tonka issò di peso il corpo di Garcia oltre la fiancata, gettandolo in mare, seguito dall'ancora collegata alla cima.

Non si fermò a osservare: si voltò e fece cenno ai due uomini sull'altra barca per far loro capire che era pronto a rientrare.

Poco prima di abbandonare la nave, prese una tanica di gasolio appoggiata in un angolo e la rovesciò. Salito sull'altra imbarcazione, puntò una pistola da segnalazione contro il ponte della barca del trafficante, ormai vuota, e sparò. L'incendio divampò subito, nonostante la pioggia scrosciante.

In meno di mezz'ora, di quella barca non sarebbero rimaste tracce. Il rapporto ufficiale avrebbe confermato che l'imbarcazione aveva preso fuoco ed era affondata, con Pablo Garcia ancora a bordo. Nessuno avrebbe fatto domande, anche grazie al debito di riconoscenza di molti nei confronti di Tex.

Mentre la barca rientrava verso Norfolk, Tonka non si voltò mai indietro. C'era un aereo che lo aspettava, una famiglia da raggiungere.

"L'ho fatto per te, Steel," sussurrò dopo aver chiuso gli occhi. "Ora tu e Dagger potrete riposare in pace."

CAPITOLO VENTUNO

KHLOE ERA SEDUTA sul divano di Raid, avvolta da una coperta, vicino a lui. Dal momento stesso in cui Khloe era stata dimessa dall'ospedale, Raid non si era più allontanato da lei. Il proiettile che Raid aveva nella gamba era stato rimosso e il chirurgo si era detto meravigliato dai pochissimi danni che aveva trovato nella coscia. Raid si aspettava una lunga riabilitazione, ma gli avevano assicurato che, dopo molta fatica e un periodo di tempo non eccessivo, sarebbe tornato a camminare per i sentieri di montagna, come ogni membro effettivo della squadra di ricerca e soccorso Eagle Point.

Khloe si era ripresa molto bene da quella tragedia, anche se ultimamente sentiva sempre freddo. Raid aveva acceso il riscaldamento in casa, nonostante fosse piena estate, ma per quanto la temperatura salisse oltre i venti gradi, anche oltre i venticinque, lei aveva sempre freddo. Così lui le aveva comprato una valanga di coperte con cui la avvolgeva di continuo, ogni volta che la vedeva seduta.

Khloe aveva passato buona parte della settimana a cucinare e a sistemare la casa. Raid non poteva aiutarla molto, un limite che lo frustrava: avrebbe voluto tornare subito a muoversi, ma lei gli rammentava, anche in base alla propria esperienza, che serviva tempo per tornare alla forma normale.

Il momento più emozionante del rientro a Fallport era stata l'accoglienza entusiasta di Duke. Ritrovando l'amico a quattro zampe, Raid si era messo a piangere senza alcun imbarazzo, nonostante tutti i presenti che assistevano alla scena commovente del ricongiungimento con il segugio, sano e salvo.

Gli amici e le amiche si erano presentati tutti insieme per festeggiare il ritorno a casa di Raid e Khloe, e naturalmente anche di Duke, fermandosi per qualche chiacchiera e per fare gossip.

"Va bene, qualcuno *finalmente* vuole dirmi dove diavolo si era cacciato Duke e cos'è successo, dopo che noi due siamo spariti?" chiese Raid.

Era passata una settimana abbondante da quella nottata terribile, ma Raid e Khloe erano stati impegnati dai ricoveri ospedalieri, dal rientro a casa, dalla convalescenza sia fisica che mentale. Avevano pregato gli amici di lasciar loro un po' di tempo, prima di trovarsi tutti insieme, quindi non avevano ancora sentito il racconto di come fosse stato ritrovato il segugio. Si erano accontentati di riaverlo con loro, ma finalmente era giunto il momento di sentire tutto ciò che era successo dal rapimento.

Duke non era sdraiato nella sua cuccia nell'angolo: era saltato sul divano, vicino a Raid, con il muso sulla coscia del suo padrone, mentre Khloe era accoccolata all'altro fianco di Raid.

Gli amici e le amiche occupavano tutti gli spazi possibili del salotto. Avevano preso anche le sedie dal tavolo della cucina, ma alcuni erano seduti sul pavimento, vicino al divano. Tony giocava con Marissa in giardino. Zeke e Tal erano in piedi vicino alla porta scorrevole sul retro, per tener d'occhio i due bambini.

Khloe si guardò attorno e si commosse di nuovo. Mai e poi mai si sarebbe aspettata di trovare un gruppo di donne e uomini di tale valore, tanto importanti per lei. Era una donna fortunata e lo sapeva.

"Ecco, allora, come sapete, quando si è sparsa la voce della scomparsa di Duke, tutta Fallport si è messa a cercarlo," spiegò Caryn. "Poco dopo la telefonata dello scagnozzo di Garcia alla tavola calda per riferire del falso avvistamento, una coppia stava passeggiando nel quartiere di Raymond Ziegler."

"Hanno sentito un guaito straziante provenire da casa di Ziegler," proseguì Bristol nel racconto. "Hanno detto che sembrava il verso di un animale sotto tortura, così hanno reagito come avrebbe reagito chiunque: hanno telefonato alla polizia."

"Simon ha raggiunto la casa di Ziegler e ci ha trovato un bel crocchio di persone," aggiunse Elsie con entusiasmo. "Il capo della polizia ha bussato alla porta, ma non ha risposto nessuno, mentre il guaito si è fatto più potente. Allora Simon ha inviato Miguel alla clinica di Ziegler per chiedergli cosa diavolo stesse succedendo."

"Ziegler ovviamente ha capito che stava per capitargli qualcosa di poco piacevole, così ha mentito spudoratamente," aggiunse Brock. "Ha detto che non aveva idea di cosa stessero parlando. La risposta più stupida che potesse dare. Se avesse semplicemente confessato subito, forse avrebbe potuto continuare a lavorare, invece di trovarsi costretto a svignarsela con la coda tra le gambe."

Khloe sorrise all'immagine evocata dalle parole di Brock.

"Per farla breve," proseguì Lilly, "Simon ha fatto irruzione a casa di Raymond, trovando Duke in un bagno di servizio."

"Duke non reagisce bene quando viene chiuso a chiave in un ambiente di dimensioni ridotte," commentò Raid con ironia.

Risero tutti.

"Infatti, chiaramente... si era scaricato dappertutto e poi ci aveva camminato sopra," disse Bristol con un gran sorriso. "Quando Simon ha aperto la porta di quel bagno, Duke è scattato fuori e l'ha quasi travolto. Poi, per mostrare la gioia di essere stato liberato, Duke è andato a zonzo per tutta la casa, così ha lasciato impronte di popò dappertutto."

"Quando è sotto stress, gli parte lo stimolo, io l'ho imparato a mie spese," commentò Raiden appena tutti smisero di ridere. "L'unica spiegazione possibile è che il primo proprietario fosse un balordo che lo teneva chiuso a chiave. Così adesso Duke odia rimanere chiuso in una stanza da solo."

"Beh, tutti i presenti a casa di Ziegler hanno tirato un sospiro di sollievo appena hanno visto Duke, ma poi si sono anche incavolati, volevano sapere cosa fosse successo," spiegò Rocky. "Ve lo giuro, quando Simon si è presentato alla clinica con buona parte dei testimoni, è diventato quasi un linciaggio. Ziegler è stato interrogato e ha risposto di aver trovato Duke che girovagava per la strada e di averlo accalappiato solo per tenerlo al sicuro."

"Sì, ceeeeeeerto," commentò Finley con tono sarcastico. "L'ha accalappiato e non ha detto a nessuno, tantomeno a *Raid*, di aver ritrovato il cane e di esserselo portato a casa, poi è andato a lavorare come se nulla fosse."

"Non ti sto dicendo che qualcuno ci ha creduto, è solo ciò che ha affermato," spiegò Rocky sorridendo.

"Appena si è saputo in giro che il veterinario storico di Fallport aveva in pratica rapito uno degli eroi del paese, la gente si è scandalizzata al punto tale che hanno cominciato ad annullare tutti gli appuntamenti alla clinica di Ziegler," spiegò Lilly. "A fine giornata, aveva già perso tutti i clienti."

"Stando a quel che ho sentito, è andato a stare dal fratello per un po' di tempo, vicino a Washington," aggiunse Tal.

"Che liberazione!" esclamò Heather con una certa enfasi...

almeno *per lei*. "Penso che a Fallport ci siano stati abbastanza casi di rapimento, sia di persone che di animali."

"Assolutamente!" esclamò Bristol con fervore.

Si dissero tutti d'accordo.

"Pensi che Duke sia uscito per conto suo, o che sotto ci sia stato lo zampino del tipo di Garcia?" chiese Ethan.

Raid fece spallucce. "Non lo so. Duke non è mai stato particolarmente girovago, ma se ne ha la possibilità, se intercetta una traccia, non escludo che parta per conto suo. In fin dei conti, non importa. Non sapevo che Garcia avesse mandato un uomo da queste parti; è chiaro che quel tizio ha approfittato della situazione per portare avanti il piano."

"Allora Garcia è sparito davvero? Non tornerà più?" chiese Finley.

Raid fece un momento di pausa, poi annuì. "Non creerà più problemi a me, a Tonka, alle persone che amiamo. Mai più."

"Perché la sua barca ha preso fuoco e lui è stato raggiunto dalle fiamme," aggiunse Elsie con tono chiaramente scettico.

"Esatto," commentò Raid mantenendo un'espressione impassibile.

Khloe sapeva esattamente cos'era successo, perché Raid gliel'aveva raccontato in ospedale, una sera a tarda ora, quando erano rimasti solo loro due. Le aveva confidato che, pur non essendo in grado di fare ciò che aveva fatto Tonka, non se la sentiva nemmeno di condannarlo. Garcia aveva torturato Tonka in modo infernale, uno strazio che non sarebbe mai svanito. Raid provava molta gratitudine nei confronti dell'amico, che con il suo gesto aveva messo al sicuro anche il futuro di Khloe.

"Una bella liberazione," commentò Caryn. "Lo stesso vale per il dottor Ziegler. Allora, Khloe... riuscirai a soddisfare il numero crescente di clienti?"

Khloe fece spallucce. "Ci proverò. Afton e gli altri assistenti si sono rivelati fondamentali. Riescono a svolgere molte mansioni di routine, come le iniezioni o le visite di base, lasciando gli interventi più delicati a me e alla mia nuova socia. La mia amica di Norfolk si sta dimostrando fenomenale nel portare avanti la clinica."

"Ha accettato la tua offerta con un tempismo perfetto," commentò Bristol.

"Allora... Garcia è stato eliminato, Ziegler è un cattivo ricordo... ma che succede ai fratelli Mather?" chiese Ethan.

Khloe si fece seria. "Non lo so, è da un po' che non vedo Jason e Scott in circolazione, ma non escluderei la possibilità che si presentino quando meno ce li aspettiamo."

"Non succederà," disse Raid con una convinzione tale da far voltare Khloe con gli occhi socchiusi.

"Cos'hai combinato?"

"Nulla che non avrebbe combinato chiunque altro volesse trascorrere un'esistenza tranquilla e felice con la donna che ama," le rispose Raid stringendole una spalla.

Khloe ebbe l'impressione che tutti gli altri si stessero facendo avanti, presi dalla voglia di sentire tutti i dettagli.

"Raiden Walker, dopo tutto quello che ho passato... sono stata investita, ho superato la riabilitazione tutta sola e impaurita, mi sono trasferita in una cittadina dove non conoscevo nessuno, mi sono fatta assumere per un impiego di cui non sapevo nulla, ho subito tutte le *tue* frecciate, ogni santo giorno, ho visto le mie amiche in difficoltà, rapite, ferite, i miei segreti sono stati esposti a tutti, mi sono innamorata, sono stata rapita e *finalmente* mi sembra di tornare a respirare e posso vivere con la persona che ho sempre sognato... e adesso devo anche preoccuparmi che ti arrestino e che ti sbattano dentro per aver fatto qualcosa di illegale a quel bastardo e ai suoi fratelli che mi tormentavano senza motivo?!"

Durante quella lunga sfuriata, Khloe aveva alzato il tono

della voce, ma non le importava: si stava sfogando veramente. Le sembrava che *finalmente* tutti i pezzi del puzzle della sua vita si stessero incastrando nel modo giusto, e l'ultima cosa che voleva era che Raid si mettesse nei guai.

Raid rise, seguito dagli amici, ma soltanto dagli uomini, facendo infuriare Khloe ancor di più. Lei si mise seduta, pronta ad avviare un'altra bella sfuriata, ma lui la tirò a sé.

"Shhhh. Non ti agitare, Khloe. Non mi vergogno di ammettere che avevo un bel piano pronto per Alan e i suoi fratelli. Un piano che includeva una persona che conosco in Colorado, la quale doveva far arrivare voce ad Alan in prigione tramite alcuni reclusi... dei brutti ceffi che gli avrebbero fatto capire per bene di lasciarti in pace; l'avrebbero convinto a richiamare i suoi fratelli e, se lui si fosse opposto, gli avrebbero reso la vita in carcere estremamente difficile, più del normale."

"E allora?" gli chiese Khloe confusa, dato che lui si era fermato e non spiegava.

"E allora è andata a finire che non c'è stato bisogno di farlo. I tipi con cui è in contatto il mio amico non hanno avuto nemmeno il tempo di muoversi, perché Alan Mather ha fatto ciò che gli riesce meglio: ha fatto incazzare la persona sbagliata. È stato ucciso sei giorni fa, dopo aver sfidato uno dei boss di una gang, un malavitoso che scontava la pena nello stesso blocco. Da quel che mi è stato riferito, l'hanno pugnalato al cuore ed è morto dissanguato nel giro di pochi minuti."

"Santo cielo!" sussurrò Khloe.

"Invece i suoi fratelli?" chiese Elsie. "Adesso non si saranno incazzati ancor di più?"

"Mi ero preoccupato anch'io, ma quella gang ha molti membri attivi anche fuori dal carcere e si sono dati da fare per recapitare il messaggio anche a Jason e Scott. Adesso non potranno più venire a Fallport a tormentare Khloe, altrimenti faranno la stessa fine di Alan," commentò Raid alzando le spalle.

"Perché mai una gang dovrebbe preoccuparsi tanto di Khloe?" chiese Heather. "Senza offesa," aggiunse subito, dopo essersi resa conto che quella domanda poteva essere fraintesa.

"Ma figurati, me lo domandavo anch'io," la rassicurò Khloe.

"Non penso che sia tanto per Khloe," rispose Raid. "È che si era sparsa la voce anche in prigione dei dettagli del caso, del motivo per cui Alan era infuriato con te... che poi è lo stesso motivo per cui si è messo a 'discutere' con quel boss. Evidentemente, anche i criminali più incalliti si affezionano ai loro animali. Immagino che la gang si sia sentita coinvolta per proteggere chi tenta di salvare gli animali."

"Wow!" esclamò Caryn. "Non so se essere sbalordita o impaurita."

"Sbalordita," disse Finley con fermezza.

"Ecco, allora, non dovrebbero esserci altri figuri inquietanti appostati nell'ombra in attesa di aggredirti," affermò Lilly con decisione. "E vale anche per tutte noi... a meno che non ci siano altri segreti da svelare? Adesso o mai più. Ci sono altri ex pronti a diventare stalker? Altri soci finiti male e trasformatisi in mostri? Magari qualche contatto della mafia russa di cui non sappiamo nulla?"

Risero tutti scuotendo la testa.

"Ottimo. Allora la preoccupazione più impellente che abbiamo è quella di non lavorare troppo. A meno che non arrivi Bigfoot di corsa, incazzato perché lo abbiamo disturbato mentre si rilassava tranquillamente in montagna."

Ethan alzò gli occhi al cielo, mentre tutti gli altri risero.

Con il sorriso stampato in volto, Khloe ascoltò le battute tra gli amici. *Ecco* cos'aveva sempre desiderato: amici e amiche con cui ridere, o piangere, persone su cui contare senza alcuna ombra di dubbio.

Raid le si avvicinò e la baciò in testa, così lei lo guardò negli occhi.

"Stai bene?" le chiese Raid tranquillamente.

"Sto alla grande," gli rispose Khloe.

"Vuoi sposarmi?" le chiese di getto.

Khloe lo fissò per una frazione di secondo. "Cosa? *Sul serio?*"

Lui arrossì. "Sì. In realtà non avevo intenzione di chiedertelo così, ma ti amo tantissimo e ho pensato fosse meglio farti la proposta quando eri rilassata e felice, sai, per avere più probabilità di sentirmi dire un *sì*."

"Ma starai scherzando... pensi davvero che ti direi mai di no?"

Raid alzò le spalle.

Khloe ignorò gli amici e si mise in ginocchio sul divano. Aveva una voglia matta di mettersi a cavalcioni su Raid, ma lui era ancora convalescente e non sarebbe stata una mossa intelligente. Così gli appoggiò i palmi delle mani sulle guance e gli si avvicinò.

"Ti amo, Raid, talmente tanto che quasi me la faccio sotto. Se non ci fossi stato tu con me nell'oceano, mi sarei arresa subito, ben prima che arrivassero i nostri. Mi fai aspirare a diventare una persona migliore. Mi rendi una persona più *forte*. Il modo in cui mi guardi mi fa sentire capace di tutto. Mi fai sentire di poter essere come voglio. Posso essere Anise per il tuo Bjorn. Posso conquistare *gnoll* e *ogre*, operare sortilegi. Posso persino vivere felice per sempre."

Sentì Lilly che zittiva tutti, ma ignorò l'attenzione generale.

Raid non disse nulla per un momento... poi la prese per il polso, tirandola e facendola sdraiare di schiena. Duke fu spintonato e grugnì, ma quando si accorse di avere la faccia di Khloe a portata di lingua, ne approfittò subito.

Lei gridò mentre il segugio le dava una bella lavata con la

lingua. Khloe stava ancora ridendo, quando Finley la raggiunse per soccorrerla, tirando Duke giù dal divano.

Raid la sovrastò, portandosi con la faccia a pochi centimetri da lei. Con una mano le sosteneva la testa, mentre con l'altra la cingeva intorno alla vita, tenendola ferma.

"Lo devo prendere come un sì?" le chiese.

Khloe fece un gran sorriso. "Dipende."

Raid si impensierì. "Da cosa?"

"Dipende: solo se mi fai indossare un enorme abito bianco tutto vaporoso e se mi fai soffrire una cerimonia di nozze ampollosa…"

Il sollievo di Raid gli si lesse negli occhi. "Puoi organizzare le nozze che preferisci. A me basta che alla fine tu diventi mia moglie, nero su bianco, il resto non mi importa."

"Voglio che ci sia una festa. Una festa *coi fiocchi*. Per celebrare la vita. La mia, la tua, quella di Duke e di tutti," gli disse Khloe. "Nell'ultimo annetto, abbiamo passato tutti dei momenti di paura, penso che dobbiamo scatenarci e celebrare il fatto che l'amore trionfa sempre sul male."

Sentì tutti i presenti applaudire e acclamare, ma lei rimase con gli occhi su Raid.

"D'accordo," le rispose con un sussurro. "Non avrei mai creduto che questa potesse diventare la mia vita, che una persona come te, tanto meravigliosa e bella, potesse scegliere proprio me."

"Io scelgo te, Raid: oggi, domani, dopodomani e tutti i giorni a venire."

"Ti amo."

"Anch'io ti amo," gli rispose Khloe.

Si baciarono, mentre gli amici cominciavano a organizzare la festa più grandiosa che si fosse mai tenuta a Fallport.

K HLOE ERA SEDUTA a un lungo tavolo sulla veranda di Bristol e Rocky, sorrideva alla confusione totale che la circondava. Erano passati quindici anni e c'erano stati innumerevoli alti e bassi nella sua vita, ma lei non avrebbe cambiato una virgola.

Rocky e Bristol avevano portato avanti dei lavori sulla loro proprietà ampliando il fienile e la veranda, aggiungendo una piscina e tre camere da letto a una casa che già rasentava la perfezione. Ormai quello era diventato il punto di ritrovo di tutti. D'estate, Khloe ci andava quasi tutti i giorni, tra un turno e l'altro in clinica. Ormai a Fallport c'erano tre veterinari, quindi nessuno era sovraccarico di lavoro e ognuno aveva abbondante tempo libero per godersi la vita.

Negli anni, si erano susseguiti festival agricoli, mostre su Bigfoot, opere d'arte di Bristol Wingham-Watson, con valanghe di risate e divertimento.

Il secondogenito di Elsie e Zeke si stava azzuffando con i più piccoli, che correvano per il cortile come se avessero appena ricevuto iniezioni di caffeina pura. La figlia primogenita di Finley e Brock era in casa a guardare *Frozen IV* con alcuni altri bimbi. Si era offerta volontaria, non perché le piacesse particolarmente quel film di animazione, ma perché, mentre i bambini e le bambine che doveva tener d'occhio erano distratti, lei poteva scambiarsi messaggini ammiccanti con il suo ragazzo.

Khloe si meravigliava di poter ricordare tutti i loro nomi: negli anni, il gruppo di amicizie si era allargato parecchio, tanto che spesso le sembrava che fosse diventato una specie di centro di accoglienza.

Elsie e Zeke avevano avuto quattro figli, oltre a Tony; Rocky e Bristol solo una... Samantha, che li aveva colti di sorpresa, perché i genitori non erano sicuri di volere dei figli; ma Sam era stata una benedizione senza la quale i due non avrebbero più potuto vivere. Drew e Caryn non avevano generato figli, ma erano sempre impegnati a tenere quelli degli altri, si offrivano di portare i più grandi in campeggio o di tenerli impegnati nella caserma dei vigili del fuoco, dove Caryn passava molto tempo.

Brock e Finley si erano fermati a quota tre, mentre Tal ed Heather avevano due figli biologici, oltre a Marissa, adottata, che ormai era al college con l'obiettivo di diventare un'agente dell'FBI specializzata nella ricerca di minori rapiti o scomparsi.

Poi c'erano Lilly ed Ethan, che dal primo tentativo avevano dovuto aspettare due anni lunghi, frustranti e a tratti strazianti, prima di concepire di nuovo... ma poi era arrivato Brandon, e Lilly non si era più fermata. Nei cinque anni successivi, era rimasta incinta ogni singolo anno. Le amiche l'avevano presa in giro fino allo sfinimento, dicendole spesso che non ricordavano più come fosse, senza il pancione della gravidanza.

Khloe e Raid ne avevano parlato a lungo, ma alla fine avevano deciso che, forse, avere figli non rientrava nel loro destino comune. Quando si erano sposati, avevano entrambi più di quarant'anni e nessuno voleva compiere sessant'anni con ancora dei figli che andavano a scuola.

Ma la vita riservava sempre delle sorprese, dei modi nuovi di mandare in fumo anche le decisioni più consolidate.

Mentre Khloe si trovava a Richmond per una conferenza dedicata ai veterinari, in un momento di relax, dopo una lunga giornata, la sua attenzione si era fissata su una notizia al telegiornale.

Era inizio dicembre, il periodo delle feste si avvicinava, la giornalista stava intervistando un bambino di una decina d'anni e gli aveva chiesto cosa desiderasse come regalo di Natale. La sua risposta aveva quasi spezzato il cuore di Khloe.

Il bimbo aveva risposto esprimendo il desiderio che lui e le sue tre sorelle trovassero un posto dove dormire.

Così era partita un'odissea lunga tre anni per riuscire a trovare Joaquin e le sue tre sorelle, ottenere l'autorizzazione all'affidamento, infine all'adozione. Era stato un percorso folle. Ma Khloe ringraziava il cielo ogni giorno perché Raid non aveva fatto una piega quando era tornata a casa da quel viaggio e l'aveva informato di voler accogliere in casa quattro bambini, al fine di poterli adottare.

Così, Khloe e Raid erano diventati i genitori di Joaquin, diciassettenne, Lateesha, quattordicenne, Tasha, undicenne, e di Diamond, nove anni. I quattro non avevano avuto vita facile, ma Khloe voleva credere che il trasferimento a Fallport li avesse aiutati.

Raiden, nonostante le sue preoccupazioni, si era dimostrato un padre eccellente, sempre presente per qualunque esigenza dei figli. Non aveva mai paura di parlare con loro anche delle sue emozioni, si apriva raccontando della propria crescita e li metteva nelle condizioni di poter condividere con lui qualunque problema o pensiero avessero.

Guardare Raid che giocava a Dungeons & Dragons con Tasha faceva sciogliere il cuore di Khloe: la bimba si era rivelata una giocatrice coi fiocchi e la passione per quel gioco aveva reso ancor più speciale il legame con Raid.

L'anno precedente, senza alcun preavviso, Joaquin aveva raggiunto Khloe in cucina per abbracciarla a lungo e con forza, un gesto insolito per quell'adolescente taciturno; l'aveva ringraziata per aver garantito a lui e alle sue sorelle un posto sicuro in cui vivere.

Il motivo per cui si trovavano in quella casa quel giorno era speciale. Ogni anno, il gruppo si riuniva per ricordare l'unica bimba che non era presente fisicamente, ma che sarebbe rimasta per sempre nei loro cuori.

La prima volta che Elsie aveva suggerito un ritrovo in memoria della prima gravidanza di Lilly, quella che si era interrotta anzitempo, tutti avevano reagito con un certo disagio. Si chiedevano come l'avrebbe presa Lilly. Lei, invece, li aveva sorpresi: aveva pianto per la gioia a quell'iniziativa, in ricordo della creatura di cui lei sentiva la mancanza ogni singolo giorno.

Così, quel primo anno, nell'anniversario del giorno previsto per il termine di quella gravidanza, avevano organizzato un piccolo party. In pratica, le donne si erano trovate per un drink, a parte quelle incinte o in fase di allattamento, mentre gli uomini tenevano loro compagnia. Da allora, quei ritrovi annuali si erano trasformati in grandi feste, occasioni in cui gli adulti si trovavano a chiacchierare, mentre una ventina di bambini scorrazzavano e si godevano il tempo trascorso con i "cuginetti".

"È ora!" annunciò Elsie uscendo dalla casa con un solo cupcake in mano. Rocky mise le mani alla bocca per fischiare con forza, richiamando l'attenzione di tutti i presenti nel giardino. Nel frattempo, arrivò Zeke con i bambini che erano rimasti in casa a guardare il film.

Si trovarono in veranda diciannove bambini: mancavano solo Tony e Marissa, che ormai erano al college. Elsie, Bristol,

Caryn, Finley, Heather e Khloe si sedettero intorno al tavolo, lasciando a Lilly il posto d'onore a capotavola. Gli uomini si misero in piedi dietro alle mogli, in silenzio, dando loro sostegno, come sempre avevano e avrebbero fatto.

Elsie mise il cupcake davanti a Lilly, poi accese la candelina.

"Insieme a Lilly ed Ethan, vogliamo augurarti un felice compleanno. Sei e sarai sempre nella nostra memoria. Ti abbiamo voluto, ti abbiamo amato. Buon compleanno."

Ogni anno, le parole cambiavano un pochino, a seconda di chi le pronunciava, a turno, ma il sentimento era sempre lo stesso. La creatura che non era arrivata a vedere la luce, che non aveva compiuto un solo respiro sulla Terra, era stata desiderata. Se ne sentiva la mancanza. Era importante.

Lilly fece un respiro profondo ed Ethan si abbassò per sussurrarle qualcosa all'orecchio. Lei annuì e spense la candelina con un soffio. Poi inclinò la testa all'indietro ed Ethan la baciò sulle labbra.

Ci fu un breve momento di silenzio, brevissimo, dato che quella famiglia allargata comprendeva molti bambini; poi una delle figlie di Finley urlò: "Adesso la torta!"

Risero tutti. La bimba aveva ragione. Dopo aver spento l'unica candela sul cupcake, tradizione voleva che si desse l'assalto alla torta gigante che Finley preparava ogni anno. E ogni volta la torta sembrava surclassare quella dell'anno precedente. L'ultima non faceva eccezione. Brock uscì in veranda tenendo in mano una millefoglie enorme. La tenne in alto, immaginando la reazione di tutti nel vederla per la prima volta, poi la abbassò sul tavolo con un gesto enfatico.

Khloe scoppiò a ridere, insieme a tutti gli altri. Negli anni, il tema Bigfoot era riaffiorato regolarmente... con gran disappunto di Lilly, che era arrivata a Fallport proprio a causa della creatura leggendaria, ma che affermava di essere logora, a forza di vederne immagini o di sentirne parlare.

Finley aveva usato del cioccolato fondente per decorare la torta con un Bigfoot gigante, che però non si nascondeva tra gli alberi, come molti se lo immaginavano. Quel bestione particolare indossava in testa un cappello conico tipico delle feste, aveva un farfallino al collo e delle bandierine tra le mani. Aveva in volto un sorriso enorme ed era circondato da scoiattoli, cervi, puzzole; c'era persino un orso. Evidentemente era il ritratto di una festa nel bosco, a cui erano invitati solo gli animali.

Khloe rimase impressionata dal talento artistico di Finley, che da quando aveva aperto la pasticceria era migliorata di anno in anno: le sue torte andavano a ruba a Fallport e dintorni.

Dopo aver abbracciato Lilly, Khloe fece un passo indietro per lasciare che i bambini si avvicinassero al tavolo e a quella torta favolosa. Sentì intorno alla vita il braccio di Raid. Ormai avevano passato entrambi i cinquanta… e si avvicinavano ai sessanta, e lui non aveva lasciato passare un solo giorno di quei quindici anni senza dirle quanto l'amava.

Avevano entrambi qualche capello bianco, di cui Raid si lamentava, anche se lei, sotto sotto, pensava che quella spolverata di bianco tra barba e capelli fulvi lo rendesse ancor più affascinante.

"Sei quasi pronta per tornare a casa?" le sussurrò Raid in un orecchio.

Khloe sentì un brivido, si girò tra le braccia di Raid e alzò lo sguardo. "Sì."

"Stasera ti farò sudare, cara mia," le disse.

"Questa sarebbe una minaccia?" gli chiese lei con un sorriso.

"È una promessa," ribatté lui, che la strinse tra le braccia e alzò la testa per trovare gli occhi di Drew. "Noi andiamo."

"Andate pure a divertirvi, voi due. Io e Caryn terremo i vostri pargoli impegnati fino a tarda notte, li riempiremo di dolciumi e di schifezze, poi ve li riportiamo domattina belli stanchi e indolenziti, ma ancora su di giri per via degli zuccheri."

Khloe fece una risatina, mentre Raid guardò male l'amico. "Sarà meglio di no," gli disse, come per ammonirlo.

Caryn si avvicinò a Drew e gli diede una spallata. "Ma certo che no," promise a Raid. "Beh, magari staranno alzati un pò più a lungo del solito, ma controllerò io che mangino anche della verdura e magari li portiamo al nuovo percorso di addestramento dietro l'officina, così stasera saranno prontissimi a crollare."

"Grazie, Caryn!" esclamò Khloe, che poi mandò un bacio a tutte le figlie, con un'occhiata da *fate le brave* che aveva perfezionato negli anni; dopodiché, trascinò Raid verso la macchina. "Andiamo. Voglio vedere se riesco a farti mantenere la promessa," gli disse per stuzzicarlo.

"Scommettiamo, cara mia?"

"Scommettiamo," confermò Khloe.

Dopo due ore, Khloe si avvicinava per ascoltare con grande interesse le parole della Dungeon Master. Anise e Bjorn avevano appena terminato una piccola battaglia contro un branco di *Gibberling*. Anise era stata colpita più volte, ma Bjorn aveva attivato degli incantesimi e l'aveva guarita. Erano alla ricerca della bestia sopravvissuta, che era sparita infilandosi in una serie di tunnel.

"Cammini nel tunnel per una lunghezza pari a un campo da calcio, ai tuoi piedi c'è dell'acqua, fa molto freddo. Ogni tanto, qualcosa ti sfiora le caviglie, puzza come di morto. Si è formata una certa foschia, diventa sempre più difficile vedere lontano davanti a te."

"Cacchio, non mi piace," disse Khloe a Raid. Poi tornò a

rivolgersi allo schermo del portatile e chiese alla DM: "C'è qualcosa intorno a noi? Una porta? Oppure una diramazione del tunnel davanti a noi?"

"Tira un dado percezione," le rispose la DM.

Khloe prese il dado a venti facce e lo lasciò cadere nella sua torre di lancio. Quando il dado finalmente smise di rotolare, in fondo alla scatola, lei guardò il numero che rappresentava la sua percezione, poi informò la DM: "Venti."

La DM controllò i propri appunti. "Illumini con la torcia, ma non vedi alcuna curva davanti a te. Non si vedono nemmeno altre uscite."

"Allora significa che la bestia è passata di qua," commentò con calma Raid.

"A meno che non ci sia sfuggita una porta, prima della foschia," replicò Khloe imbronciata.

"Andiamo avanti," le disse Raid.

"D'accordo." Khloe tornò a rivolgersi allo schermo. "Decidiamo di camminare," disse alla DM.

"Va bene. Una decina di metri più avanti nel tunnel trovate una pietra per terra."

"Quanto riusciamo a vederla? Pensavo ci fosse dell'acqua ai nostri piedi," disse Raid.

"La pietra è larga circa due spanne, alta mezzo metro. È di un materiale diverso da quello che vi circonda nel tunnel," disse con calma la DM.

"È in mezzo al tunnel, oppure vicina alla parete?" chiese Khloe.

"Vicina alla parete."

"Posso spostarla, o è troppo pesante?" chiese Khloe, muovendosi sul ciglio della sedia. Negli anni, si era molto appassionata a D&D. C'era sempre qualche conquista nuova che la costringeva a ragionare, oltre che a usare le sue abilità magiche per rimanere in vita.

"Lancia un dado per la forza," le disse la DM.

Khloe afferrò rapidamente il suo D20 e lo lanciò, ma senza lasciarlo cadere nella torre. Il dado rimbalzò nella scatola e si fermò mostrando la faccia del venti. "Un venti naturale!" gridò Khloe, ignorando la smorfia di Raid, che era sempre divertito dall'entusiasmo che lei mostrava durante il gioco.

"Sì, riesci a spingerla senza fare fatica."

"Bene, voglio esaminare la pietra."

"Non trovi nulla di anomalo."

"Hmmmmm. D'accordo, allora forse è solo un segnale. Io e Bjorn vogliamo controllare se ci sono porte segrete. Vogliamo esaminare le pareti."

"Lancia un dado indagine," disse la DM.

"Qui è meglio se interviene il Nano." Raid sorrise mentre afferrava il dado. "Quindici."

"Non trovate nulla di strano lungo le pareti."

"Cacchio," commentò Khloe sbuffando. "Dev'esserci qualcosa. Altrimenti che ci starebbe a fare una pietra? Controlliamo il soffitto?"

"Non potete raggiungere il soffitto, è una spanna oltre la tua portata, più di un metro oltre la portata di Bjorn."

"Ma certo!" esclamò Khloe. "Scommetto che la pietra non è un segnale, è un gradino! Ci salgo sopra con l'aiuto di Bjorn e comincio a spingere il soffitto in vari punti."

La DM alzò lo sguardo e sorrise nella videocamera. "Ti guardi attorno e all'improvviso una parte del soffitto si sposta. Hai trovato un pannello che può essere sollevato e spostato."

"Fai attenzione," la avvertì Raid.

Khloe aveva giocato per diversi anni e sapeva bene che non era il caso di affrettarsi. Alcuni degli scenari creati da altri DM erano stati molto pericolosi, tanto che lei era quasi morta in più occasioni. Sarebbe stato uno sfacelo, se il personaggio creato da Raid fosse morto dopo anni passati ad affinarne abilità e punti di forza. "Sposto il pannello molto lentamente e con cautela. Vedo qualcosa?" domandò.

"La tua testa è ancora sotto il livello dell'apertura, ma puoi vedere una specie di luce da una parte."

"Se invece sollevassi Bjorn, così può guardare meglio?"

"Va bene, vi scambiate di posto, poi lo sollevi nello spazio sopra il tunnel..."

"No, aspetta!" esclamò Raid. "Mi solleva solo di un poco, giusto per farmi mettere la testa nell'apertura. Non mi alza con tutto il corpo in quello spazio."

"Va bene, Bjorn, vedi un altro tunnel, somiglia molto a quello che stavate già percorrendo, ma procede solo in una direzione. A una quindicina di metri c'è una porta, vedi delle orme che partono dall'apertura in cui ti stai affacciando e arrivano a quella porta."

"Sì!" esclamò Khloe.

Raid si voltò verso di lei e sorrise. "Mi meraviglia sempre la tua gioia, quando giochiamo," le disse a bassa voce.

Khloe gli mise una mano sulla coscia e gliela strinse. Negli anni, l'aveva rassicurato più volte dicendogli che lei non giocava a D&D solo per compiacerlo, ma perché amava scoprire gli indizi e risolvere i misteri, curiosa di scoprire i traguardi che i loro due personaggi potevano raggiungere insieme.

L'arrivo dei figli aveva limitato le occasioni per partecipare, ma, quando ci riuscivano, lei si divertiva almeno quanto la prima volta che avevano giocato insieme.

Dopo varie ore, risolto il mistero della bestia scomparsa, Bjorn e Anise erano sopravvissuti per affrontare altre sfide e giochi; Khloe, soddisfatta, non riusciva a smettere di sorridere mentre il marito la trascinava al piano di sopra, verso la camera da letto.

Dopo essersi preparata per la notte e aver raggiunto Raid a letto, Khloe gli si mise sopra a cavalcioni e sorrise sentendo che l'uccello gli si gonfiava e le premeva contro il sedere. "Sei stanco?" gli chiese.

"Ti sembra che sia stanco?" ribatté lui, cingendola con le mani ai fianchi.

"Chiedevo solo," gli rispose, spostandosi su di lui con un sorriso ancor più ampio.

Dopo un'ora, Khloe si accoccolò al fianco di Raiden cercando di riprendere fiato. Lui non riusciva ad arrivare all'orgasmo più di una volta nello stesso rapporto, ma si assicurava con grande perizia che *lei* godesse almeno due volte.

"Raid?" lo chiamò Khloe.

"Sì, tesoro?"

"Ti amo."

"Anch'io ti amo," le rispose.

"A che ora arriva domattina Caryn con i ragazzi?"

"Non lo so."

"Dovrei alzarmi a controllare l'agenda, per vedere che impegni hanno domani," gli disse Khloe, facendo per alzarsi.

"No," le disse Raid scuotendo la testa. "È tardi, siamo comodi, il cane dorme. Possiamo controllare l'agenda domattina. Dormi, Khloe."

Lei sorrise. "D'accordo."

"D'accordo," ripeté lui.

Dopo non molto tempo, i respiri di Raid si fecero regolari, l'abbraccio intorno a Khloe si allentò.

Passò mezz'ora, ma Khloe ancora non dormiva. Avrebbe dovuto, dato che era tardi e l'indomani ci sarebbero stati i figli da gestire, con l'energia e la voglia di parlare di ciò che avevano fatto con zia Caryn e zio Drew, spiegando nel dettaglio tutti i modi in cui si erano divertiti.

Con un sospiro, Khloe scivolò giù dal letto e prese la calda vestaglia invernale che aveva lasciato cadere sul pavimento quando era andata a letto.

Si avvicinò lentamente alla finestra e guardò dalla parte

opposta, verso il buio della notte. C'era la luna piena che illuminava tutto il vialetto fino alla strada e anche oltre, mostrando il bosco in cui Raid aveva passato molto tempo.

D'istinto, Khloe guardò verso sinistra, nell'angolo che Duke aveva occupato per tanti anni. Ormai lui non c'era più: si era spento anni prima, nel sonno, in pace; ma non passava giorno senza che Khloe e Raid non pensassero a lui. Callie, la femmina di Coonhound che avevano adottato poco prima che Duke morisse si stava dando da fare per onorare l'importante incarico che il segugio le aveva lasciato. Stava ancora imparando come comportarsi durante le ricerche, ma l'energia e l'entusiasmo non le mancavano, infatti aveva già ritrovato qualche persona smarrita.

Ma Callie aveva un carattere diverso da quello di Duke: amava farsi coccolare, interagire con le persone, però preferiva dormire nella sua casetta, nel suo spazio sicuro, non nella stanza con Khloe e Raid, che all'inizio si erano dovuti adattare, ma col tempo si erano abituati al carattere della nuova arrivata.

Khloe rimase in piedi alla finestra, pensando per un po' alla propria fortuna... poi catturò un movimento con la coda dell'occhio e si accigliò. Si avvicinò al vetro, fin quasi a toccarlo con la fronte, per cercare di capire cosa diamine fosse ciò che stava osservando.

Lontano, tra gli alberi, dall'altra parte della strada, c'era qualcuno... sembrava una persona. No, non era una persona. Forse un orso?

Ma gli orsi non deambulano sulle zampe posteriori.

Khloe sbatté le palpebre e scosse la testa, poi strizzò gli occhi cercando di trovare una spiegazione logica a ciò che stava vedendo. La... creatura nel bosco si voltò verso di lei per un attimo, guardando in direzione della casa, poi sparì tra gli alberi.

"Cosa stai guardando con tanto impegno?" le chiese Raid

un attimo prima di avvolgerla con un braccio e di appoggiarle il mento sulla testa.

Khloe si girò e alzò lo sguardo, osservando con occhi strabuzzati il marito. "Se te lo dico, non mi crederai."

"Mettimi alla prova."

"Sono quasi sicura di aver visto Bigfoot."

Raid accennò un sorriso. "Ah sì? Forse era una creatura licantropa."

"Non prendermi in giro, Raid. So cos'ho visto!"

"Uh-huh. Penso che il tuo cervello sia rimasto in modalità D&D. Dai, torniamo a letto. Ormai è tardissimo, dovremo alzarci molto presto, per quando Caryn ci riporterà i nostri marmocchi."

Khloe si lasciò accompagnare a letto; le piaceva il modo in cui lui le si accoccolava sempre addosso, quando si infilavano sotto le coperte. Raid la abbracciò e la baciò dolcemente dietro l'orecchio. "Dormi, tesoro."

"Ho visto *davvero* Bigfoot," gli disse, volendo disperatamente che lui le credesse.

"Fammi indovinare, alto almeno due metri e mezzo, pelo nero e marrone, camminava sul ciglio della strada?"

Khloe si sostenne su un gomito e si voltò per fissare Raid. "Sì!"

"L'ho visto anch'io," le disse con la massima naturalezza.

"Santo cielo, Raid! Perché non me l'hai detto prima?" gli chiese.

Lui fece spallucce. "Perché mi dispiace per lui. Da quando è andato in onda quel programma, tanti anni fa, gli danno la caccia senza tregua. Pensavo fosse più carino lasciarlo in pace."

Khloe tornò a sdraiarsi e si appoggiò al petto di Raid. "Sì... lo capisco. Ma insomma! Almeno potevi dirmelo!"

"Mi avresti creduto?" le chiese mezzo addormentato.

Khloe avrebbe voluto dire di sì, ma non era sicura che sarebbe andata veramente così.

"Ti amo, Khloe. Solo *noi* possiamo avere questa conversazione in questo modo, come se stessimo parlando del buon Davis, di quando gironzolava come un maniaco nel bosco."

Raiden aveva ragione. Davis Woolford, il veterano che aveva abitato a Fallport senza dimora, si era trasferito a Washington ed era riuscito a diventare uno dei tanti pasticceri impiegati alla Casa Bianca. Ogni tanto tornava a Fallport, accolto da tutti con gioia per il successo che aveva ottenuto. Era andato in psicoterapia, si era sposato e aveva due figli. Era orgoglioso di provenire da Fallport, così come tutta Fallport era orgogliosa di lui. Si era lasciato alle spalle ogni problema, costruendosi una vita di cui andare fiero.

"Non ci credo, ho appena visto Bigfoot," sussurrò Khloe.

"Se vuoi, posso mostrarti qualcos'altro di grosso e peloso," le disse Raid.

Khloe fece una risatina e gli diede una gomitata nella pancia.

Raid reagì ridacchiando.

"Raiden?"

"Sì?"

"Ti amo."

"Meno male, dato che mi hai sposato. Ora stai buonina e lasciami dormire."

Khloe fece un gran sorriso e sospirò per la gioia. Si addormentò tra le braccia del marito... sognando che Bigfoot si era unito ad Anise per combattere contro Saltborn, il gigante di pietra che aveva dato l'assalto agli esploratori trogloditi per massacrare il gruppo che gli dava la caccia.

———

Grazie per aver letto la serie *Ricerca e soccorso Eagle Point*!

Scrivere questi libri mi ha appassionato fin dal primo momento! Ambientare la serie in una cittadina come Fallport è stata una gioia! Ora tornerò ai temi da cui ero partita... SEAL della Marina in servizio attivo! Il primo libro, *Proteggere Remi*, parla di un salvataggio in mare aperto, ma anche di un rapimento; sono entrambi temi che mi appassionano, perché consentono alla protagonista di avere paura, ma di essere forte, facendo il possibile per sopravvivere, con un aiutino da parte del protagonista maschile! Grazie davvero per tutto il supporto, e buona lettura!

Meritare Ryleigh

<u>Delta Duo</u>

La forza di Gillian
La forza di Kinley
La forza di Aspen
La forza di Jayme
La forza di Riley
La forza di Devyn
La forza di Ember
La forza di Sierra

<u>Forze Speciali alle Hawaii</u>

Trovare Elodie
Trovare Lexie
Trovare Kenna
Trovare Monica
Trovare Carly
Trovare Ashlyn
Trovare Jodelle

<u>Armi & Amori: verso il futuro</u>

Soccorrere Caite
Soccorrere Brenae
Soccorrere Sidney
Soccorrere Piper
Soccorrere Zoey
Soccorrere Avery
Soccorrere Kalee
Soccorrere Jane

<u>Delta Force Heroes</u>

Salvare Rayne
Salvare Emily

Salvare Harley
Il Matrimonio di Emily
Salvare Kassie
Salvare Bryn
Salvare Casey
Salvare Sadie
Salvare Wendy
Salvare Mary
Salvare Macie
Salvare Annie

Armi e Amori

Proteggere Caroline
Proteggere Alabama
Proteggere Fiona
Il Matrimonio di Caroline
Proteggere Summer
Proteggere Cheyenne
Proteggere Jessyka
Proteggere Julie
Proteggere Melody
Proteggere il Futuro
Proteggere Kiera
Proteggere i figli di Alabama
Proteggere Dakota

Mercenari di Montagna

Difendere Allye
Difendere Chloe
Difendere Morgan
Difendere Harlow
Difendere Everly
Difendere Zara
Difendere Raven

<u>Ace Security</u>

Il riscatto di Grace
Il riscatto di Alexis
Il riscatto di Bailey
Il riscatto di Felicity
Il riscatto di Sarah

<u>Una raccolta di storie brevi</u>

Un momento nel tempo

BIOGRAFIA

L'autrice best seller del *New York Times, USA Today,* e *Wall Street Journal,* Susan Stoker ha un cuore grande come lo stato del Texas, dove vive, ma questa tipica ragazza americana ha trascorso gli ultimi quattordici anni vivendo nel Missouri, in California, in Colorado, e nell'Indiana. È sposata con un ex militare dell'esercito, che ora la segue in tutto il Paese.

Ha debuttato con la sua prima serie nel 2014, seguita dalla serie SEAL of Protection, che ha consolidato il suo amore per la scrittura, e la creazione di storie in cui i lettori possono perdersi.

Se ti è piaciuto questo libro, o qualsiasi libro, per favore considera di lasciare una recensione. Gli autori lo apprezzano più di quanto tu possa immaginare.

www.stokeraces.com
susan@stokeraces.com